# MONSTER EILAND

DAVID WELLINGTON

# MONSTER EILAND

LUITINGH FANTASY

Published by arrangement with Thunder's Mouth Press, an Imprint of Avalon Publishing Group, Inc., U.S.A.

Oorspronkelijke titel: *Monster Island*
Vertaling: Lia Belt
Omslagontwerp: Mariska Cock
Omslagfotografie: Larry Brownstein / Getty Images

ISBN 978 90 245 2211 8
NUR 335/300

www.boekenwereld.com
www.dromen-demonen.nl

# DEEL EEN

# 1

Osman leunde over de reling en spoog in de grijze zee voordat hij zich weer omdraaide en bevelen begon te schreeuwen tegen zijn stuurman Yoesoef. De GPS had twee maanden geleden op zee de geest gegeven, en in de mist mochten we van geluk spreken als we niet in volle vaart tegen de kust van Manhattan voeren. Zonder havenlichten om bij te navigeren en zonder enige hulp van de radio kon hij alleen afgaan op zijn inschatting en intuïtie. Hij keek me ongerust aan. '*Naga amus*, Dekalb,' zei hij – hou je kop – ook al had ik geen woord gezegd.

Hij rende van de ene kant van het dek naar de andere en duwde de meisjes opzij. Ik kon hem in de mist amper zien toen hij bij de stuurboordreling aankwam, waar touwachtige nevelkronkelingen zich om zijn voeten wonden en piepkleine dauwdruppeltjes op het hout en het glas van het voordek belandden. De meisjes kletsten en gilden zoals ze altijd deden, maar in de claustrofobische nevel klonken ze als aasvogels die ruziemaakten over de lekkerste stukjes van een karkas.

Yoesoef schreeuwde iets vanuit het stuurhuis, iets wat Osman overduidelijk niet wilde horen. '*Hooyaa da was*!' schreeuwde de kapitein terug. Toen, in het Engels, zei hij: 'Kwart kracht! Breng haar terug naar een kwart kracht!' Hij moest iets gevoeld hebben daar in die soep.

Ik weet niet waarom, maar ik draaide me om en keek vooruit, naar de haven. Het enige wat ik aan die kant kon zien, was een trio van onze meisjes. In hun uniformen leken ze op een vreselijk gedegenereerde meisjesband. Grijze hoofddoeken, marineblauwe schoolblazers, geruite minirokjes, kistjes, AK-47's over hun schouder geslagen. Zestien jaar oud en tot de tanden bewapend. Het Glorieuze Meisjesleger van de Vrije Vrouwenrepubliek van Somalië. Een van de meisjes wees met haar arm ergens naar. Ze keek naar me om voor bevestiging, maar ik zag daarbuiten helemaal niets. Toen ik het eindelijk wel zag, knikte ik instemmend. Er stak een hand hoog boven de zee uit. Een opgezwollen, enorme groene hand met een gigantische fakkel erin, het goud bovenlangs dof in de mist.

'Dit is New York, ja, Mr. Dekalb? Dat daar is het beroemde Vrijheidsbeeld.' Ayaan keek me niet aan, maar ze keek ook niet naar het standbeeld. Zij sprak van alle meisjes het best Engels, dus had ze zich onderweg opgeworpen als mijn tolk, maar we waren niet wat je noemt hecht. Ayaan was met niemand hecht, behalve als je haar wapen meetelde. Men zei dat ze fantastisch kon schieten met een AK en dat ze een meedogenloze moordenaar was. Toch deed ze me nog altijd denken aan mijn dochter Sarah en die maniakken in Mogadishu bij wie ik haar had achtergelaten. Maar Sarah zou zich tenminste alleen maar druk hoeven te maken over menselijke gevaren. Ik had een persoonlijke garantie van Mama Halima, de Strijdvrouwe van de VVRS, dat ze zou worden beschermd tegen het bovennatuurlijke. Ayaan negeerde mijn starende blik. 'Ze hebben ons een foto van het standbeeld laten zien, in de madrassa. We moesten op de foto spugen.'

Ik negeerde haar zo veel mogelijk en keek toe terwijl het gehele standbeeld uit de mist opdoemde. Lady Liberty zag er prima uit, nog ongeveer net zoals ik haar vijf jaar eerder had achtergelaten. Lang voor de Epidemie begon. Ik denk dat ik had verwacht iets te zien, een teken van schade of verval, maar ze was al groen uitgeslagen voordat ik zelfs maar geboren was. In de verte kon ik door de mist de fronton zien, de stervormige basis van het standbeeld. Hij leek onmogelijk echt, perfect en smetteloos als een hallucinatie. In Afrika had ik zo veel verschrikkingen gezien dat ik vergeten was hoe het in het Westen kon zijn, met zijn schittering van normaliteit en gezondheid.

'*Fiir*!' riep een van de meisjes bij de reling. Ayaan en ik drongen ons naar voren en staarden de mist in. We zagen nu het grootste deel van Liberty Island en de schaduw van Ellis Island daarachter. De meisjes wezen opgewonden naar de boulevard rondom Liberty, naar de mensen daar. Amerikaanse kleding, Amerikaanse kapsels, blootgesteld aan de elementen. Toeristen, misschien. Misschien ook niet.

'Osman,' riep ik, 'Osman, we komen te dichtbij,' maar de kapitein zei alleen maar weer dat ik mijn kop moest houden. Op de boulevard zag ik honderden mensen. Ze zwaaiden naar ons, met stijfjes bewegende armen, als een scène uit een stomme film. Ze dromden naar de balustrade, duwden elkaar opzij om dichter bij ons te komen. Terwijl de treiler naderbij kwam, zag ik ze over elkaar heen klimmen in hun wanhoop om ons aan te raken, om aan boord van ons schip te zwermen.

Ik dacht dat ze misschien, heel misschien, toch in orde waren. Misschien waren ze naar Liberty Island gevlucht en hadden ze daar een veilig heenkomen gevonden, en wachtten ze enkel op ons, wachtten ze op redding, maar toen rook ik ze en wist ik het. Ik wist dat ze helemaal niet in orde waren. Geef me je vermoeiden, je armen, je ellendige uitschot, herhaalden mijn hersens steeds opnieuw, als een mantra. Het was een verhaspeling van Emma Lazarus' prachtige gedicht, maar ik kon niet ophouden, mijn hersens wilden er niet mee ophouden. Geef me je samengepakte massa's. Samengepakte massa's die snakken naar adem. 'Osman! Keer om!'

Een van hen viel over de balustrade, misschien geduwd door de opgewonden menigte achter haar. Het was een vrouw in een knalrode windjekker, haar haren in een vervilte klomp aan één kant van haar hoofd. Ze probeerde wanhopig op zijn hondjes naar onze treiler te zwemmen, maar ze werd gehinderd doordat ze steeds naar ons reikte, haar blauwige hand bleef uitsteken om naar ons te graaien. Ze wilde ons zo graag. Wilde ons bereiken, ons aanraken.

Geef me je vermoeiden, je zo vreselijk, vreselijk vermoeiden. Ik kon dit niet aan, wist niet wat ik had gedacht te kunnen bereiken door hierheen te komen. Ik kon het niet meer aanzien. Nog meer dode mensen die klauwden naar mijn gezicht.

Een van de meisjes pakte haar geweer en opende het vuur, een gecontroleerd salvo, drie schoten. *Wak wak wak* en het grijze water schuimde. *Wak wak wak* en de kogels scheurden door de rode windjekker, reten de hals van de vrouw open. *Wak wak wak* en haar hoofd plofte open als een overrijpe meloen en ze zonk, ging geruisloos onder water zonder gespetter of luchtbellen en nog altijd, tegen de balustrade rondom Liberty Island gedrukt, reikten honderd anderen naar ons. Reikten naar ons met smekende, skeletachtige handen om ons te grijpen, te pakken wat hun toekwam.

Je opeengepakte massa's. Geef me je doden, dacht ik. Het schip helde zwaar over naar één kant toen Osman eindelijk bijdraaide, met de boeg langs de rand van Liberty Island dook en voorkwam dat we tegen de rotsen botsten. Geef me je ellendige doden, hunkerend om te verslinden, je schuifelende massa's. Geef me. Dat was toch wat ze dachten, de levende doden daar op het eiland? Als er nog een vonkje over was in hun hersens, enig soort van gedachte die ontbonden neuronen nog konden genereren, dan was het dat: geef me. Geef me. Geef me je leven, je warmte, je vlees. Geef me.

# 2

Gebroken licht en bleke schaduwen wervelden voor Gary's ogen langs. Hij kon zich niet herinneren dat hij ze open had gedaan, kon zich amper een tijd herinneren dat ze niet open waren. Langzaam kon hij het beeld plaatsen, zag hij dat hij opkeek vanonder een gesmolten laag ijsblokjes. Iets hards en indringerigs duwde lucht in zijn longen, met een ritmisch gepomp dat niet direct pijnlijk was. Nee, zijn lichaam was half bevroren en hij voelde helemaal geen pijn. Maar het was wel ongelooflijk onplezierig.

Hij kwam zo snel overeind dat hij vlekken voor zijn ogen kreeg en rukte met van de kou verdoofde vingers aan het masker dat op zijn gezicht was geplakt, scheurde het af en trok, trok aan een onmogelijk lang stuk buis dat uit zijn borst kwam, van ergens diep daarbinnen, met eerst een schurend gevoel en toen een scheurend gevoel, maar er was nog altijd geen pijn.

Hij keek om zich heen naar de badkamertegels, naar de badkuip vol gelig ijswater. Naar de slangetjes in zijn linkerarm. Ook die trok hij los, waardoor er een diepe wond in zijn arm ontstond doordat het infuus zijn rubberachtige, natte huid openscheurde. Er kwam geen bloed uit de wond.

Nee. Nee, natuurlijk niet.

Gary ging zorgvuldig zijn lichaamsfuncties na. De vlekken die voor zijn ogen dansten, op de maat van het gesuis in zijn oren, gingen niet weg. Hij hoorde een gezoem achter in zijn hoofd waardoor hij de neiging kreeg een telefoon op te nemen. Geen teken van hersenletsel, die impuls, gewoon een simpele pavloviaanse respons, natuurlijk. Als je een rinkelend geluid op die specifieke frequentie hoorde, haastte je je om daar gehoor aan te geven, zoals je al je hele leven deed. Maar er waren natuurlijk helemaal geen telefoons meer. Hij zou nooit meer een rinkelende telefoon horen. Hij zou dat gedrag moeten afleren.

Zijn benen voelden wat zwakjes. Niks om over in paniek te raken. Zijn hersens... hadden het overleefd, waren er bijna ongeschonden doorgekomen. Het was gelukt! Voor hij dat feit echter kon vieren, moest hij zijn ijdelheid tevredenstellen. Hij wankelde naar de wastafel, hield zich met beide handen vast aan het porselein. Keek op in de spiegel.

Een beetje cyanotisch, misschien. Blauwig bij de kaken, de slapen. Heel bleek. Zijn ogen doorschoten met rood waar haarvaatjes waren gesprongen... misschien zou dat nog genezen, in de loop der tijd. Als hij nog kon genezen. Een ader in zijn linkerwang was dood en opgezwollen, zo blauw dat het bijna zwart was. Turend, porrend, terwijl hij de huid van zijn gezicht uitrekte met zijn vingers, vond hij nog andere klontjes en verstoppingen, webachtige spinnenwebben van dode aderen. Net als de aderen in een stuk marmer, dacht hij, of een stuk stilton. Zonder de aderen is marmer gewoon graniet. Zonder de blauwe aderen is stilton gewoon kaas. De dode aderen gaven zijn gezicht een zeker karakter, misschien zelfs een zekere plechtstatigheid.

Het was beter dan hij had gehoopt.

Hij drukte twee vingers tegen zijn pols, vond geen hartslag.

Gary deed zijn ogen dicht en luisterde, en besefte voor het eerst dat hij niet ademde. Een voorwereldse drang zwol op in zijn primitieve hersenschors, een intuïtieve angst voor verdrinking en verstikking, en zijn borst bewoog spastisch, kwam omhoog, probeerde lucht naar binnen te zuigen, tevergeefs.

In paniek – wetend dat het paniek was maar niet in staat het te onderdrukken – liep hij tegen de gestolen dialysemachine aan en hoorde die op de vloer kletteren terwijl hij zich de afgesloten badkamer uit duwde, zich een weg baande naar licht en lucht. Zijn benen verdraaiden onder hem en dreigden hem elk moment onderuit te halen, zijn armen uitgestrekt, de spieren gespannen, strak als stalen kabels onder zijn koude huid.

Hij struikelde verder tot zijn benen het begaven en hij met een klap op het witte, hoogpolige kleed belandde. Zijn lichaam bokte en rilde in een poging om adem te halen, alleen maar een beetje lucht. Gewoon instinct, schreeuwde hij in gedachten, het is gewoon een reflex en het gaat wel weg, het gaat zo over. Zijn wang wreef heen en weer over het kleed en hij voelde de warmte van de wrijving terwijl zijn lichaam spastisch bewoog.

Uiteindelijk kalmeerde zijn instinct, gaf zijn lichaam toe. Zijn longen hielden op met bewegen en hij lag stil, al zijn energie verbruikt. Hij had honger. Hij keek op, keek naar de blauwe hemel buiten zijn ramen. De witte, gaasachtige wolken die voorbij dreven.

Het zou allemaal goed komen.

# 3

Zes weken eerder:

Sarah sliep eindelijk, onder de versleten deken die ze haar hadden gegeven toen ik lang genoeg had gezeurd. Ze leerde overal doorheen te slapen. Lieve meid. Ik hield een arm om haar heen, schermde haar af, of er nu onmiddellijk gevaar dreigde of niet. Het was een instinct van me geworden om mijn lichaam zo veel mogelijk tussen haar en de wereld te houden; zelfs voor de Epidemie deed ik dat al. We hadden in Afrika dingen gezien die niemand zou moeten zien, hadden kracht in onszelf gevonden die er gewoon niet had moeten zijn. Ik had dingen gedaan... Het maakte niet uit. Ik had ons Nairobi uit weten te krijgen. Ik had ons over de grens naar Somalië weten te krijgen. We waren met ons drieën geweest en nu waren we nog met ons tweeën. Maar we hadden het gered. Sarahs moeder was... was... was er niet meer, maar we hadden het gered. We hadden Somalië gehaald. Enkel om bij een wegversperring te worden opgepakt door een stel huurlingen en samen met enkele andere westerlingen in deze cel te worden gesmeten. Om vervolgens maar af te wachten wat de plaatselijke strijdheer met ons wilde doen.

Verdomme. Ik zou mezelf niet kwalijk nemen wat ik had gedaan. We leefden nog. We waren nog altijd onder de levenden. We behoorden tot de gelukkige minderheid.

'Ik begrijp het niet,' zei Toshiro. Een mouw van zijn pak was bij de schouder gescheurd, waardoor een centimeter donzige voering zichtbaar was, maar zijn stropdas zat nog altijd keurig gestrikt om zijn hals. Zelfs in de hitte van de cel was hij een Japanse zakenman. Hij zwaaide met zijn mobiele telefoon. 'Ik krijg een perfect signaal. Vier streepjes! Waarom kan ik Yokohama dan niet bereiken? Niemand op kantoor neemt op. In de oude economie lieten we zoiets nooit gebeuren!'

In de andere hoek zaten de Duitse backpackers tegen elkaar aan en deden hun best om niet naar hem te kijken. Ze wisten net zo goed als ik wat er met Yokohama was gebeurd, maar in die eerste, vreselijke dagen van de Epidemie praatte je daar niet over. Het was niet zozeer een kwestie van ontkennen als wel van schaalgrootte. Heel Europa, voor zover wij wisten, was weg. Het had er althans net zo goed niet meer kunnen zijn. Rusland was weg. Tegen de tijd dat je je begon af te vragen wat er met Amerika was gebeurd, was er gewoon niet meer genoeg ruimte in je hoofd. Een wereld zonder Amerika was gewoon niet mogelijk; de wereldeconomie zou instorten. Elke kleine strijdheer en dictator in de derde wereld zou een feestje bouwen. Het was gewoon niet mogelijk. Het zou wereldwijde chaos betekenen. Het zou het einde betekenen van de geschiedenis zoals wij die kenden.

En dat was precies wat er was gebeurd.

De beschaafde landen, met tweekamerstelsels en eerlijke politiemachten en een goede infrastructuur en een regering op basis van wetten en rijkdom en privileges, het hele Westen... Toen de doden kwamen, konden ze niet standhouden. Alleen de gierputten van de wereld hadden het gered. De gevaarlijkste plekken. De instabiele landen – de feodale staten, de anarchistische uithoeken waar je de deur niet uit zou durven gaan zonder geweer, waar lijfwachten modeaccessoires waren – deden het uiteindelijk een stuk beter.

Voor zover ik had gehoord, was het Midden-Oosten het laatste toevluchtsoord van de mensheid. Afghanistan en Pakistan redden zich prima. Somalië hád niet eens een regering. Er waren meer huurlingen dan boeren in dat land. Somalië redde het vrij aardig. Ik was wapeninspecteur bij de VN geweest. We hadden vroeger op ons kantoor in Nairobi een wereldkaart. Daar stonden alle landen van de wereld op in verschillende kleuren die aangaven hoeveel vuurwapens er per hoofd van de bevolking waren. Nu zou je de legenda van die kaart kunnen voorzien van de tekst: Wereldpopulatiedichtheid.

'Vier streepjes!' jammerde Toshiro. 'Ik heb geholpen bij het bouwen van dit netwerk, het is helemaal digitaal! Dekalb, jij moet toch nieuws voor me hebben, ja? Jij moet weten wat er gaande is? Ik moet weer contact krijgen. Jij kunt me daarbij helpen. Je moet me helpen. Jij bent VN. Je moet iedereen helpen die dat vraagt!'

Ik schudde mijn hoofd, maar niet met veel overtuiging. Zo moe, zo warm. Zo uitgedroogd in die kleine cel. We hadden nooit gebrek aan water in Kenia, wij drieën, vóór de Epidemie. Voordat de doden weer tot leven begonnen te komen. In Nairobi, waar we een butler en een chauffeur en een tuinman hadden, was er in ons afgesloten wereldje een fontein geweest die het hele jaar door klaterde. Hoewel ze wist dat het het beste was, wilde Sarah het jaar daarop niet naar de internationale kostschool in Genève, omdat ze het zo fijn vond in Afrika.

Jezus. Genève. Ik had daar een hoop vrienden, collega's in het

VN-kantoor daar. Hoe moest het daar zijn geweest? Er waren wel wat wapens in Zwitserland. Niet genoeg. Genève was vast weg.

De deur ging open en warm licht scheen over ons heen. Het silhouet van een meisje wenkte me. Even begreep ik het niet; ik had gedacht dat ik voor altijd in deze cel zou blijven. Toen krabbelde ik overeind en tilde Sarah op.

'Dekalb! Vraag ze naar mijn verbinding! Verdomme als je het niet doet!'

Ik knikte; een soort van afscheid, een soort van bevestiging. Ik volgde de meisjessoldaat de cel uit naar het door de zon geverfde pleintje daarbuiten. De stank van brandende lijken was doordringend, maar beter dan de stank van de strontemmer in de cel. Sarah duwde haar gezicht tegen mijn borst en ik hield haar stevig vast. Ik wist niet wat er nu ging gebeuren. Het kon onze beurt zijn om iets te eten te krijgen, het eerste in twee dagen. Die meisjessoldaat kon me naar een martelkamer brengen of naar een vluchtelingencentrum met een warme douche en schone lakens en een of andere belofte voor de toekomst. Maar dit kon ook een oproep voor onze executie zijn.

Als Genève niet meer bestond, dan gold dat ook voor het Verdrag van Genève.

'Kom!' zei de soldaat.

Ik ging.

# 4

Zes weken eerder, vervolg:

Een Chinese helikopter bracht met zijn traag draaiende rotor het stof op het pleintje in beweging. Wie er ook net was gearriveerd, het moest een belangrijk iemand zijn, want ik had al weken geen enkel soort vliegtuig meer gezien. In de schaduw van de barakken hield een groep ineengedoken vrouwen in *khimars* en verhullende jurken hun handen over de vijzels waarin ze hun graan aan het malen waren.

De meisjessoldaat leidde me langs een paar 'technicals'; commerciële pick-ups met zware machinegeweren op de achterbak gemonteerd. Een specifiek Somalisch soort akeligheid. Normaal werden technicals bestuurd door huurlingen, maar deze waren haastig voorzien van Mama Halima's kleuren: lichtblauw en geel als een paasei. De voertuigen waren nu eigendom van de Vrouwenrepubliek. Er hingen meisjessoldaten rond bij de trucks, hun geweren losjes in hun armen terwijl ze afwezig op qat kauwden en wachtten op het bevel iemand neer te schieten.

Eenmaal voorbij de technicals liepen we langs een lijkenvuur. Het was een stuk groter dan toen Sarah en ik die eerste keer naar de compound werden gebracht. De soldaten hadden de lijken in witte lakens verpakt en daarna bedekt met kamelenmest, als brandstof. Benzine was te waardevol om te verspillen. De stank was vreselijk en ik voelde Sarah ineenduiken tegen mijn borst, maar onze gids keek niet op of om.

Ik probeerde mijn identiteit aan te roepen, enige kracht te putten uit mijn beroepswoede. Jezus. Kindsoldaten. Kinderen van tien – kleuters – die van school werden geplukt en geweren kregen, drugs kregen om ze tevreden te houden en te dwingen in oorlogen te vechten die ze met geen mogelijkheid konden begrijpen. Ik had zo hard gewerkt om dat soort obsceniteiten uit te bannen, en nu was ik ervan afhankelijk voor de veiligheid van mijn dochter. De ergste verschrikkingen van de eenentwintigste eeuw waren veranderd in de enige hoop voor de mensheid.

We gingen een laag bakstenen gebouwtje in dat behoorlijk was gehavend door artillerievuur en nooit was gerepareerd. Stof dwarrelde door het zonlicht dat binnenviel door het ingestorte dak. Aan het einde van een donkere gang kwamen we bij een soort commandocentrum. Wapens lagen in zorgvuldig gesorteerde stapels op de grond en op een houten tafel lag een berg mobiele telefoons en transistorradio's. Aan de tafel zat een vrouw in militair uniform lusteloos te staren naar een stuk papier. Ze was misschien vijfentwintig, een beetje jonger dan ik, en ze droeg helemaal geen hoofdbedekking. In de islamitische wereld was dat een boodschap waarvan verwacht werd dat ik hem onmiddellijk begreep. Ze keek niet op toen ze tegen me sprak. 'Jij bent Dekalb. Van de Verenigde Naties,' zei ze, voorlezend van een lijst. 'En dochter.' Ze gebaarde, en onze gids ging naast haar zitten.

Ik nam niet de moeite om het te bevestigen. 'Jullie hebben

buitenlandse burgers in die cel zitten, die op onmenselijke wijze worden behandeld. Ik heb een lijst van eisen.'

'Ik heb geen belangstelling...' begon ze.

Ik onderbrak haar. 'We hebben voedsel nodig, dat ten eerste. Goed voedsel. Betere sanitaire voorzieningen. En nog meer.'

Ze pinde me vast met een blik op mijn middenrif die aanvoelde als een messteek. Dit was geen vrouw die met zich liet sollen.

'Als het nog mogelijk is, willen we graag contact maken met onze verschillende consulaten. We moeten...'

'Je dochter is zwart.' Ze had helemaal niet naar mij gekeken. Ze had naar Sarah gekeken. Mijn mond vulde zich met een bittere smaak. 'Maar jij bent blank. Haar moeder?'

Ik ademde een tijdje snel door mijn neus. 'Keniaans. Dood.' Toen ze me in de ogen keek, kwam het plotseling naar buiten. 'Wij hebben haar gevonden, ik bedoel... ik vond haar op een avond toen ze door ons afval zocht, ze had koorts gehad maar we dachten dat ze het wel zou redden, ik haalde haar naar binnen maar hield haar in de gaten, ik kon niet...'

'Je wist dat ze een dode was.'

'Ja.'

'Heb je je op de juiste manier van haar ontdaan?'

Mijn hele lichaam schokte bij de gedachte. 'We... Ik heb haar opgesloten in de badkamer. We zijn toen weggegaan. De bedienden waren al weg, de buurt was half verlaten. De politie, zelfs het leger kon niet veel langer standhouden.'

'Dat hebben ze ook niet gedaan. Nairobi is twee dagen na jullie vertrek overgenomen, volgens mijn inlichtingen.' De vrouw zuchtte, een vreselijk, menselijk geluid. Ik kon deze vrouw begrijpen als dodelijke bureaucraat. Ik kon haar begrijpen als soldaat. Ik kon het niet aan als ze sympathie zou betuigen. Ik smeekte haar in stilte geen medelijden met me te hebben.

Had ik even geluk.

'We kunnen jullie niet te eten geven. Deze installatie is niet verdedigbaar, dus we kunnen jullie hier ook niet laten blijven,' zei ze. 'En ik heb geen tijd om te discussiëren over je lijst van eisen. De eenheid breekt vanavond het kamp op, als onderdeel van een tactische aftocht. Als je wilt dat we je meenemen, heb je vijf minuten om te vertellen waarom we dat zouden doen. Je bent van de VN. Noodhulpverlener? We hebben vooral behoefte aan voedsel en medische artikelen.'

'Nee. Ik was wapeninspecteur. En Sarah?'

'Je dochter? Haar nemen we wel. Mama Halima houdt van alle weesmeisjes van Afrika.' Het klonk als een politieke slogan. Het feit dat Sarah geen wees was, behoefde geen opheldering; als ik nu faalde, zou ze dat wel zijn.

Op dat moment besefte ik wat het betekende om een van de levenden te zijn. Het betekende dat je alles moest doen wat nodig was om niet een van de doden te worden.

'Er ligt een wapenvoorraad – kleinere wapens vooral, een paar lichte antitankwapens – net over de grens. Ik kan jullie ernaartoe brengen, laten zien waar jullie moeten graven.' We hadden de wapens in een afgedichte ondergrondse bunker gelegd in de hoop dat we ze op een dag zouden kunnen vernietigen. Stom van ons.

'Wapens,' zei ze. Ze keek naar de stapel geweren op de vloer aan mijn voeten. 'Wapens hebben we. En munitie hebben we ook meer dan genoeg.'

Ik drukte Sarah toen zo hard tegen me aan dat ze er wakker van werd. Ze veegde haar neus af aan mijn shirt en keek naar me op maar hield haar mond. Lieve meid.

'Je dochter zal worden beschermd. Gevoed, opgeleid.'

'In een madrassa?' Ze knikte. Voor zover ik wist, was dat het beste wat het Somalische schoolsysteem te bieden had. Dagelijks reciteren uit de Koran en eindeloos bidden. Maar ze zou tenminste leren lezen. Toen sloeg er iets in in mijn hart, iets waardoor het zo gespannen raakte dat ik het nooit meer kon ontspannen. De wetenschap dat dit het beste was waar Sarah op kon hopen, dat al mijn protesten, al mijn vermoedens dat dit misschien niet goed genoeg was, zinloos en contraproductief waren.

Over een paar jaar, als ze oud genoeg was om een geweer vast te houden, zou mijn dochter kindsoldaat worden, en dat was het beste wat ik haar kon bieden.

'De gevangenen,' zei ik, die gedachtegang achter me latend. Ik moest nu hard zijn. 'Jullie moeten wat wapens voor ons achterlaten als jullie vertrekken. Geef ons een kans om te vechten.'

'Ja. Maar ik ben nog niet klaar met jou.' Ze keek weer naar haar vel papier. 'Jij hebt voor de VN gewerkt. Jij was lid van de internationale hulporganisatie.'

'Dat zal best,' zei ik.

'Misschien kun jij me helpen iets te vinden. Iets waar we zeer wanhopig behoefte aan hebben.' Ze bleef praten, maar een tijdlang hoorde ik niets, ik was te druk bezig me mijn eigen dood voor te stellen. Toen ik besefte dat ze me niet ging vermoorden, kwam ik weer bij zinnen. 'Het gaat om Mama Halima, snap je.' Ze legde het papier neer en keek me aan, keek me nu echt aan. Niet alsof ik een onplezierige klus was die ze moest afhandelen, maar alsof ik een echt mens was. 'Ze is ten prooi gevallen aan een aandoening die maar al te vaak voorkomt in Afrika. Ze is afhankelijk geworden van bepaalde chemicaliën. Chemicaliën waarvan onze voorraad gevaarlijk klein begint te raken.'

Drugs. De Strijdvrouwe had een verslaving en ze had een stomkop nodig die een voorraad dope voor haar ging halen. Iemand die wanhopig genoeg was om naar Amerika te gaan en haar drugs voor haar te halen. Ik zou het natuurlijk doen. Geen twijfel mogelijk.

'Over wat voor "chemicaliën" hebben we het? Heroïne? Cocaïne?'

Ze tuitte haar lippen alsof ze zich afvroeg of ze een vergissing had begaan door mij voor deze missie te kiezen. 'Nee. Eerder AZT.'

# 5

Vijf weken eerder:

Mama Halima had aids; inderdaad een toestand die veel te vaak voorkwam in Afrika. Het was aan mij om de medicijnen te vinden die ze nodig had, de combinatie van pillen die haar virusbelasting laag kon houden en kon voorkomen dat ze zich zwak toonde. Het betekende een nieuw leven voor Sarah, en misschien zelfs voor mij. Ze vroegen me om ziekenhuizen en opslagplaatsen aan te wijzen, de hoofdkwartieren van internationale medische hulporganisaties en klinieken die waren opgezet door de Wereldgezondheidsorganisatie. Ik deed wat ik kon, natuurlijk. Ik tekende kruisen op kaarten, en zij brachten me naar de plekken die ik had aangewezen en hielden me in leven terwijl ik plunderde.

In Egypte hoorde ik geweren knallen in het duister, een voor een. Voorbij het draadhek zag ik lichamen draaien en vallen. Ik hoefde niet dicht genoeg bij ze in de buurt te komen om hun gezichten te zien. Daar was ik blij om.

In de stevige bries vanaf de woestijn stonden de tenten te schudden en te rimpelen aan de aluminium tentstokken. Boven op elke tent was een rood kruis geverfd, zodat het zichtbaar zou zijn vanuit de lucht. Binnen, bij het licht van kerosinelampen, gooiden meisjes niet ouder dan Sarah krat na krat om, smeten de inhoud ervan op de aangestampte aarde. Plastic zakken vol antibiotica, pijnstillers in foliepakketjes, insuline in kant-en-klare injectienaalden. Ik sorteerde een voor een de schatten, las de opschriften in vette letters op elk label. Het Rode Kruis had deze plek verlaten en ze hadden een schatkist achtergelaten. Hoeveel mensen daarbuiten in de Afrikaanse nacht gingen op datzelfde moment dood door een gebrek aan een paar tabletten erythromycine?

Een achttienjarig meisje in een militair uniform stapte door de tentflap naar binnen en keek onderzoekend in mijn gezicht. Ik hurkte tussen de gevallen medicijnen en schudde mijn hoofd. 'Nog niet,' zei ik tegen haar.

Vier weken eerder:

Twee dagen reizen vanaf Dar es Salaam vonden we een veldhospitaal dat in de resten van een versterkt kamp was opgezet door Artsen zonder Grenzen. Het hulpstation stond aan de voet van een overwoekerde heuvel. Bomen schermden de smalle, bunkerachtige ingang af. Batterijen machinegeweren hielden de wacht, nu overgeleverd aan de regen. Binnen in het kamp, onder de aarde, schenen we met onze zaklantaarns in alle hoeken, verlichtten elke operatiekamer, elke onderzoeksruimte. In de spookachtige schemering bleef mijn licht achter dingen hangen: schaduwen in de vorm van menselijke lichamen, glinsteringen, weerspiegelingen van mijn eigen gezicht in nachtspiegels, in gootstenen.

Er lag niets. Geen pil, geen snufje medicinale poeders. Professionals hadden de boel op de kop gezet, kaalgeplukt en er niets achtergelaten dan angst en schaduwen. We gingen het zonlicht weer in en plotseling trokken de meisjessoldaten om me heen hun wapens. Er was iets mis… en zij voelden het.

Ik voelde helemaal niets. En toen wel; een geluid, het gekraak van takjes onder het gewicht van een mensenvoet. Even later rook ik de geur.

Ik begon een beetje Somalisch te leren. Ik begreep dat de commandant van de meisjes hun opdroeg om mij tegen elke prijs te beschermen. Ik voelde me niet gevleid. Er was me meer dan eens verteld dat ik de enige was die wist waar de medicijnen waren.

We gingen terug naar het water in een losse formatie, met mij in het midden. Af en toe schoot er iemand, maar we konden niets zien tussen de bomen. We redden het.

Drie weken eerder:

'Hoeveel miljoenen mensen in Afrika lijden er aan aids?' wilde ik weten. 'En hoeveel van die mensen hebben hetzelfde idee ge had als wij?'

'Voor jou, Dekalb, hoop ik helemaal niemand.' Ifiyah, de commandant van de tienersoldaten, maakte een ingewikkeld gebaar. Achter haar gingen de troepen in de rij staan. Het hoofdkantoor van Oxfam in Maputo achter ons was donker en verlaten. Net als verdomme elk ander gebouw in Afrika. We hadden zes dagen eerder een paar overlevenden gezien in Kenia. In Mozambique waren die er niet, voor zover we konden bepalen. We waren per helikopter aangekomen en toen we over de jungle vlogen, hadden we niets zien bewegen. Helemaal niets.

De doden waren daarbuiten. Ze waren waarschijnlijk dichterbij dan me aanstond. Ons plan – mijn plan – was geweest om ruw en snel het Oxfam-centrum binnen te gaan en snel weer weg te wezen voordat zo'n ondode klootzak ons kon ruiken en kon komen kijken of er iets te snacken viel. Een blik in de faciliteiten in Maputo had ons er echter van overtuigd dat we onze tijd verspilden. De boel was volledig uitgebrand. Er was niets van de spullen binnen over dan koude as en hier en daar een nog warme sintel.

'Er zijn geen aidsmedicijnen meer,' schreeuwde ik tegen Ifiyahs rug terwijl ze bij me wegliep. Haar geweer bewoog op haar schouder maar ze draaide zich niet naar me om. 'Niet hier. Nu niet meer.' Ik was te moe voor deze discussie. Ik had de laatste tijd zo'n beetje drie uur per nacht geslapen. Niet doordat ik de kans niet had. Van pure angst.

'Dus wat stel je dan voor, misschien?' vroeg ze me. Haar stem klonk gevaarlijk zacht.

'Weet ik niet. Ik weet geen andere plek om te zoeken. Niet in Afrika.' Zelfs dat Oxfam-gebouw was vergezocht geweest. Oxfam was een ontwikkelingsorganisatie; ze hadden nooit grote hoeveelheden medicijnen gehad. 'Ik ken maar één plek waar ze hebben wat jullie zoeken.'

'Een plek waar je zeker van bent? Waarom zeg je dat niet eerder?' Toen draaide ze zich wel naar me om.

'Omdat die een halve wereld verderop ligt,' zei ik. Het was een zieke grap, dat weet ik. Ik had alleen schamele troost te bieden: de zekerheid dat wat zij wilde wel bestond, al was het dan op een plek die onmogelijk te bereiken was.

Ik had nooit gedacht dat ze erop in zou gaan. 'Het VN-gebouw,' zei ik haar.

'Welk VN-gebouw? We hebben er zo veel gezien, jij en ik, in twee weken tijd.' Ze kneep haar ogen tot spleetjes alsof ze vermoedde dat ik een grapje maakte dat ze gewoon niet snapte.

'Nee, nee, het hoofdkantoor van de VN. Het Secretariaatsgebouw in New York, in Amerika. Ze hebben daar een hele medische afdeling op de vijfde verdieping. Ik ging er altijd elk jaar naartoe voor een griepprik. Ze hebben er een soort van miniziekenhuis. Ze hebben medicijnen voor elke ziekte die je maar kunt bedenken, alles wat een afgevaardigde zou kunnen krijgen. Er is een hele zaal voor chronische zorg. Hiv-medicatie in ongelooflijke hoeveelheden.'

Ze liet me haar tanden zien en keek verward, maar het duurde maar even. 'Goed dan,' zei ze.

'Kom op, ik maakte maar een grapje,' zei ik een uur later toen we achter in helikopters waren geladen en onderweg terug waren naar Mogadishu. 'We kunnen niet naar New York voor die medicijnen. Dat is gekkenwerk.'

'Ik doe met alle plezier een paar gekke dingen om haar te redden,' zei Ifiyah. Haar ogen waren vastberaden, rustig. 'Ik wil de hele wereld rond, ja. En ik wil het gezicht van de dood aanraken, ja.'

'Maar denk even na! Je kunt niet meer gewoon naar New York vliegen. Je kunt er niet meer veilig met een vliegtuig landen.'

'Dan moeten we met de boot.'

Ik schudde mijn hoofd. 'Zelfs dan, zelfs dan... Hoeveel doden zijn er nu in Manhattan?'

'We kunnen tegen ze vechten,' zei ze. Zomaar.

'Je hebt al tegen tientallen van die lui gevochten. Misschien honderd tegelijk. Er zijn er nu waarschijnlijk zo'n tien miljoen in New York.' Ik hoopte dat dat haar angst zou aanjagen. Het joeg mij in ieder geval meer dan genoeg angst aan. Ze haalde enkel haar schouders op.

'Heb je ooit gehoord wat infibulatie is?' vroeg ze me. 'Ja? Het is heel gewoon in Somalië. Of dat was het, vroeger.'

Ik schudde mijn hoofd, wilde me niet laten afleiden. Ik wist waar dit naartoe ging en kon het gesprek niet laten ontsporen.

'Ik weet wat het is, het is een soort vrouwenbesnijdenis...'

Ifiyah onderbrak me. 'Besnijdenis van de clitoris is nog maar het eerste deel. Vervolgens naaien de mannen de vagina dicht. Ze laten een klein gaatje open waar urine en menstruatiebloed doorheen kan. Als het meisje trouwt, worden er wat hechtingen uit gerukt zodat ze kan worden geneukt wanneer de man daar zin in heeft. Veel meisjes krijgen infecties van die prachtige ingreep. Hier gaan veel meer vrouwen dood in het kraambed dan op andere plekken. Veel meer die sterven als ze voor het eerst gaan menstrueren.'

'Dat is vreselijk. Ik werk mijn hele leven al om dat soort barbaarse praktijken tegen te gaan,' zei ik bemoedigend, in een poging weer wat grond onder mijn voeten te krijgen.

Ze wilde het niet horen. 'Mama Halima vermoordt elke man die probeert zoiets te doen. Zij heeft het illegaal gemaakt. Het was voor mij te laat, maar niet voor mijn *kumayo*-zusters.' Ze maakte een weids gebaar naar de meisjes die in de bemanningsstoelen gegespt zaten. 'Zij hebben jouw barbaarse praktijken niet meegemaakt. Dus als je me vraagt of ik dat gekkenwerk wil doen, of ik naar Amerika wil gaan om die pillen te halen om Mama Halima te redden, dan denk ik dat je nu je antwoord hebt.'

Wat kon ik daarna nog anders doen dan beschaamd mijn hoofd laten hangen?

# 6

Nu:

Gary zat op de vloer van zijn kitchenette, omringd door verpakkingen en dozen; allemaal leeg. Hij likte langs de binnenkant van een verpakking waar een mueslireep in had gezeten, groef de piepkleine kruimeltjes eruit met zijn tong. Helemaal op.

Hij had meer honger dan ooit tevoren.

Hij voelde zijn maag uitdijen. Hij wist dat hij vol zat, voller dan ooit eerder in zijn leven. Het leek niet uit te maken. Als je dood was, had je altijd honger, klaarblijkelijk. Het betekende dat je zo'n knagend gevoel vanbinnen had, dat je nooit kon laten ophouden. Dit verklaarde zo veel. Hij had zich afgevraagd – in zijn vorige leven – waarom ze mensen hadden aangevallen, zelfs mensen die ze kenden, mensen van wie ze hielden. Misschien hadden ze wel geprobeerd zichzelf daarvan te weerhouden. De honger was gewoon te erg. De behoefte om te eten, te verorberen, was vreselijk en angstaanjagend. Was dit waar hij zichzelf toe had veroordeeld?

Zelfs terwijl hij hierover nadacht, kwam hij overeind, zijn handen uitgestoken naar de kast. Zijn vingers waren onhandig. Dat baarde hem zorgen. Was zijn zenuwstelsel te zeer beschadigd? Zijn handen gehoorzaamden hem voldoende om het deurtje open te krijgen. Het kastje was bijna leeg en hij voelde een kloof binnen in zich opengaan, een wanhopige, donkere plek die gevuld moest worden. Voedsel. Hij had voedsel nodig.

Hij had gedacht dat de zorgen van het leven achter hem lagen. Dat was de hele opzet geweest. Het tijdperk van de mensheid was voorbij en de tijd van *Homo mortis* was aangebroken. Het was een chaos geweest in het ziekenhuis, met stervende patiënten die opstonden om de gezonde mensen te grijpen, politieagenten die hun wapens leegschoten in de gangen, de lichten die woest flikkerden. Hij was de deur van de eerste hulp uitgelopen met een waskarretje vol dure apparatuur en niemand had zelfs maar een poging gedaan om hem tegen te houden.

Hij vond een doos pasta, pakte die van de plank. Het fornuis deed het niet. Hoe moest hij dit koken? Zijn duimnagel groef toch in het deksel van de doos. De wens is de vader van de gedachte.

Er was geen andere optie geweest. Je sloot je of bij hen aan, of je werd hun eten. En ze bleven komen, je kon wel wegrennen en je verstoppen, maar ze waren overal. Het werden er elke dag meer en er waren steeds minder plekken waar je naartoe kon, minder delen van de stad waarvan de Nationale Garde kon zeggen dat ze veilig en in quarantaine waren. Zelfs nadat ze een protocol voor het afvoeren van doden hadden ingesteld. De burgemeester had het opgegeven, zeiden ze. Hij verscheen in ieder geval niet meer in het openbaar. Het enige wat nog op televisie was, was een publieke mededeling van het CDC over de juiste manier om je geliefden te trepaneren. Overal buiten de politiehekken woedden brandjes. Rook en gegil. Net elf september, maar dan op iedere hoek van de straat.

Gary prutste een macaronistukje uit de doos en stopte het in zijn mond. Misschien kon hij erop zuigen tot het zacht werd.

Misschien hoefde het niet zo erg te zijn, had Gary gedacht. Als je toch doodging, doodging en dan terugkwam... Het ergste was dat je je intellect kwijtraakte, je denkvermogen. Al het andere kon hij wel missen, maar hij kon het niet verdragen om een redeloos lijk te worden dat voor eeuwig over de aarde zwierf. Maar misschien hoefde het niet zo te gaan. De stommiteit van de doden moest voortkomen uit organisch hersenletsel – toch? – veroorzaakt door zuurstoftekort. De tijd vanaf het moment dat je stopte met ademhalen tot je weer wakker werd, in die tijd moest het gebeuren, met elke seconde stikten er meer hersencellen en stierven af, de kritieke overgang tussen denkend, rationeel mens en dom, dood beest. Als je jezelf van zuurstof kon blijven voorzien, een ademhalingsapparaat in je longen, een dialysemachine om je bloed in beweging te houden en die essentiële zuurstof naar je hoofd te brengen... alles met batterijvoeding voor het geval de stroom uitviel.

Zijn tanden beten hard op elkaar, zijn maag was niet bereid te wachten tot zijn speeksel de pasta zacht had gemaakt. Hij kauwde furieus, kraakte de harde pasta tot fragmentjes die zo hard en scherp waren als mesjes. Stopte nog een stukje in zijn mond. Nog een.

Op een dag had hij een overheidshelikopter, de eerste die hij in een week had gezien, ergens in het park neer zien gaan met het geluid van een auto-ongeluk. Vier uur lang had hij de zwarte rook van die plek zien opstijgen, gekeken hoe de toppen van oranje vlammen boven de skyline dansten. Niemand kwam te hulp. Niemand ging het vuur blussen. Hij wist dat de tijd daar was. Een stukje pasta drong diep in zijn onderlip en doorboorde zijn huid.

Met een schok besefte hij wat hij deed en spuugde de stukken pasta in de droge gootsteen. Hij betastte de binnenkant van zijn lippen en voelde daar honderd piepkleine sneetjes. Hij had zichzelf echt kunnen verwonden, maar hij had het amper gevoeld. De pijn was zo ver weg geweest, slechts een lichte gloed aan de horizon.

Hij werd gek hierbinnen. Hij moest zijn appartement uit. Hij moest op zoek naar meer voedsel. Echt voedsel.

Vlees.

# 7

‘Epivir. Ziagen. Retrovir.’ Osman keek hoofdschuddend naar de lijst. ‘Dit is anti-aidsmedicatie.’

Ik knikte maar luisterde amper. Yoesoef stuurde de *Arawelo* een paar graden bij en Manhattan verscheen in de optrekkende mist. Het leek wel een kubistische bergketen die boven het water zweefde. Als een verkruimelend fort. Maar het had er altijd zo uitgezien. Ik verwachtte een of andere duidelijke schade te zien, een litteken dat was achtergelaten door de Epidemie. Er was niets. Alleen door de stilte, de volkomen rust op het water, wist je dat hier iets ergs was gebeurd.

Osman lachte. ‘Maar Mama Halima heeft geen aids. Je moet je vergissen.’

Ik vond toen we de stad naderden dat ik het Osman verschuldigd was om hem uit te leggen waarom we de halve wereld waren overgestoken om naar een spookstad te gaan. Hij en Yoesoef – en natuurlijk de meisjessoldaten – stonden op het punt hun leven te riskeren. Ze verdienden het om dit te weten. ‘Dit zijn mijn bevelen. Vat ze op zoals je wilt.’ Mama Halima was het enige wat tussen Osmans familie en een horde ondoden stond. Als hij wilde geloven dat zij onkwetsbaar was voor HIV 1, zou ik hem dat laten geloven. Ik wou dat ik de feiten zelf ook gewoon kon negeren; Sarah rekende ook op Mama Halima. Somalië werd bijeengehouden door niets meer dan het vicieuze charisma van één vrouw. Als Halima nu stierf, zouden rivaliserende facties haar erfgoed in beslag nemen. Het geweld zou oplaaien, oude vetes zouden weer naar voren komen. Somalië zou zichzelf verscheuren. Hoe lang kon een land dat in een burgeroorlog verwikkeld was de doden weerstaan?

Yoesoef stuurde ons langs Battery Park, langs de ferrydokken van Staten Island. Alle boten waren nu weg, waarschijnlijk in beslag genomen door vluchtelingen. We kruisten op een afstand van honderd meter langs de dokken en gingen richting het noordoosten, de East River op, langs Governors Island rechts van ons. Brooklyn was een bruine schaduw in het oosten.

'Maar dit is waanzin. Die medicijnen zijn nergens te vinden. Laat me je ergens anders naartoe brengen,' stelde Osman voor, en hij klonk ontzettend redelijk.

'Dat heb ik eerder gehoord.' Ik zuchtte. 'Tegen de tijd dat ze mij oppikten, had ik elke stad in Afrika al uitgekamd, zelfmoordtroepen naar Nairobi en Brazzaville en Jo'burg gestuurd. Ik had nog een stuk of zes andere plaatsen voorgesteld; vluchtelingenkampen, medische stations van de VN waar ze misschien nog niet van gehoord hadden. Ze waren allemaal geplunderd of verwoest. Toen kreeg ik dit heldere idee. Ik had niet verwacht dat het echt zou gebeuren.' Mama Halima's mensen dachten schijnbaar dat je bij elke drogist in New York aidsmedicatie kon kopen. Voor zover ik wist, was er echter maar één plek waar ik gegarandeerd alles zou kunnen vinden wat er op die lijst stond. De vijfde verdieping van het gebouw van het VN-Secretariaat, in de medische ruimtes. En het Secretariaat lag direct aan het water.

Mama Halima's troepen hadden geen tijd verspild. Ze hadden Osmans boot gevorderd, een nieuwe naam op de boeg geschilderd, en we waren onderweg. Als Osman geen zin had in de missie – en dat had hij niet – dan was hij te slim om dat hardop te zeggen.

Yoesoef gaf wat meer gas terwijl we naar het noorden koersten en de hoofdarm van de East River ingingen. Hij stuurde recht op de donkere, solide massa van de Brooklyn Bridge af, die nog altijd in mist was gehuld. Osman wreef over zijn gladgeschoren gezicht en keek alsof hij op het punt stond een geweldig idee te krijgen.

'Ik denk dat ik het weet,' zei hij uiteindelijk. 'Ik denk dat ik het nu weet.'

Ik staarde hem verwachtingsvol aan.

'Ze wil die medicijnen hebben om ze aan ánderen te geven. Mensen die wél geïnfecteerd zijn met aids. Ze is een zeer gulle vrouw, Mama Halima.'

Ik haalde enkel mijn schouders op en liep naar de boeg van de treiler waar een groepje meisjes bij elkaar stond, wijzend naar de gebouwen die we passeerden, alsof we toeristen waren die zochten naar het Empire State en het Chrysler Building. Ik hield mijn blik op de oever gericht, op de massa's pijlers en dokken die de South Street Seaport vormden. Ze waren verlaten, ontdaan van alles wat zou kunnen drijven. Hier en daar zag ik mensen op de pieren lopen. Dode mensen, wist ik, maar in de mist kon ik doen alsof het niet zo was. Anders zou ik me rot schrikken telkens als er eentje bewoog.

Dit zou allemaal over een paar uur achter de rug zijn, hield ik me voor. Naar binnen, medicijnen halen, wegwezen. Dan kon ik weer terug naar Sarah. Mijn leven op de een of andere manier opnieuw beginnen, denk ik. Overleven was het eerste punt op de agenda. Daarna konden we gaan nadenken over hoe we dingen moesten rechtzetten. Het moeilijkste en het langdurigste zou de wederopbouw van ons leven zijn.

Mijn buik verkrampte steeds alsof ik hem inhield, maar ik kon mijn spieren niet ontspannen.

De meisjes begonnen opgewonden te kletsen en ik volgde hun blikken terwijl ze over de boeg naar voren leunden. Het was niets, alleen maar een gele boei. Iemand had er met zwarte verf iets op geschilderd, een ruwe tekening waarvan ik wist dat ik hem kende... O, ja. Het internationale symbool voor biologisch gevaar. Osman kwam achter me staan en greep mijn bovenarm. Hij zag wat ik zag en schreeuwde over zijn schouder naar Yoesoef dat hij vaart moest minderen.

'Het is niks,' zei ik hem. 'Gewoon een waarschuwing. We weten al dat het hier gevaarlijk is.'

Hij schudde zijn hoofd maar zei niets. Ik nam aan dat hij meer van marinetekens wist dan ik. Hij wees naar een schaduw op het water en zei tegen Yoesoef dat hij de schroef helemaal stil moest leggen.

'Het is niks,' herhaalde ik. Misschien was ik zelf ook vatbaar voor ontkenning. De treiler deinde naar het noorden, geruisloos nu, zo stil dat we het water tegen de boeg konden horen klotsen. De schaduw op het water werd duidelijker. Hij vormde een streep langs de riviermonding, een donkere veeg met kleine schuimkopjes. Er stond een groot gebouw op een pier die een heel eind uitstak, en daar voorbij veranderde de textuur van het water. We dreven steeds dichterbij, tot Osman het bevel gaf de motoren in hun achteruit te zetten. We kwamen te dichtbij als dit een soort van blokkade was. De veeg nam vorm aan toen we langzaam voortdreven; het werden bergen, bergen van iets wat in het water was gedumpt, veel kleine dingen op hopen.

Lijken.

Ik kon ze niet goed zien. Dat wilde ik ook niet, maar Osman

duwde een verrekijker in mijn handen en ik keek. De East Rivier was verstopt met mensenlijken. Mijn mond was droog, maar ik slikte toch en keek nog eens. In het voorhoofd van elk van de lijken (ik controleerde er een stuk of tien om er zeker van te zijn) zat een rode wond met opstaande randen. Geen kogelwond. Eerder iets wat door een ijspriem zou ontstaan.

Ze hadden het geweten. De autoriteiten in New York hadden geweten wat er met hun doden gebeurde. Ze moesten het hebben geweten en hebben geprobeerd er iets tegen te doen, of het tenminste te vertragen. Als je de hersens vernietigt, blijft het lijk liggen, dat was de les die we allemaal tegen zo'n hoge prijs hadden geleerd. In Somalië verbrandden ze de lijken naderhand en begroeven de resten in een kuil, maar hier, in een miljoenenstad, was er gewoon geen plek voor. De autoriteiten moesten de lijken gewoon in de rivier hebben gedumpt, in de hoop dat de stroming ze wel weg zou spoelen, maar er waren zo veel doden dat zelfs de zee ze niet kon ontvangen.

Duizenden lijken. Tienduizenden, en nog was het niet genoeg geweest, het werk kon misschien niet vlug genoeg worden gedaan. Het was gevaarlijk en akelig werk geweest. Ik voelde het in mijn armen alsof ik het zelf had gedaan. Door bot en grijze massa prikken met een stuk metaal, steeds maar weer. En het was gevaarlijk. Een lijk dat je definitief wilde uitschakelen kon ineens gaan zitten en je arm grijpen, of je gezicht, en dan lag je zelf op de stapel. Wie had dit gedaan? De Nationale Garde? De brandweer?

'Dekalb,' zei Osman zachtjes. 'Dekalb. We kunnen er niet door. Er is geen plaats om erdoor te komen.'

Ik staarde naar het noorden, langs het vlot van lijken. Het strekte zich uit zover mijn oog reikte, tot ver voorbij de Brooklyn Bridge. Hij had gelijk. Ik kon het VN-gebouw van hieraf net niet zien, maar ik was er zo dichtbij. Mijn borst ging woest op en neer, misschien door het snikken of misschien omdat ik moest overgeven, dat wist ik niet. De medicijnen, mijn enige kans om Sarah terug te zien, waren daar, maar ze konden evengoed een miljoen kilometer verder weg zijn.

Yoesoef draaide de *Arawelo* bij en koerste terug richting de baai, terwijl Osman en ik probeerden te bedenken wat we nu moesten doen. Je kon verder gaan, de Hudson op en dan eromheen, via de rivier de Harlem om Manhattan heen en dan terug naar de East River. Osman verwierp dat plan onmiddellijk. 'De Harlem,' zei hij, wijzend naar een smal blauw lint op een van zijn kaarten, 'die is te ondiep. Te veel kans dat we vastlopen.'

'Het is de beste kans die we hebben,' zei ik, mijn armen strak tegen mijn maag gedrukt terwijl ik naar de kaarten staarde.

'Het spijt me,' zei hij, 'maar dit kan niet. Misschien is er iets anders. Een andere plek, een ziekenhuis. Of een apotheek.'

Ik staarde en staarde naar de kaarten. Ik kende het hier. Ik kende het hier beter dan wie dan ook op de boot. Waarom kon ik niets verzinnen?

# 8

Achter in het vriesgedeelte van de kleine kruidenier, in het donker, vond Gary eindelijk wat hij had gezocht, achter glad, helder glas. Hij nam de doos diepvrieshamburgers mee naar voren en legde ze op de plastic toonbank bij het display met wegwerpaanstekers en de lottomachine. Ze hadden koud aangevoeld in de vriezer, volledig ontdooid en met wat pluizige, witte schimmel erop maar nog wel eetbaar, dacht hij. In zijn ogen zagen ze er goed uit. Hij was uitgehongerd. Hij overpeinsde verschillende manieren om ze klaar te maken tot hij uiteindelijk de moed verzamelde om in een rauwe hamburger te bijten en het er maar op te wagen.

Zijn mond liep vol speeksel en hij dwong zichzelf te kauwen, het vlees te proeven ook al stonden zijn ogen vol tranen. De spanning in zijn maag, de knagende honger, begon af te nemen en hij leunde met beide handen op de toonbank. Het had hem de hele ochtend gekost om ook maar een flintertje vlees te vinden. Hij was een heel eind weggelopen bij zijn appartement, noordwaarts naar West Village. Maar bij elke slagerij en kruidenier had hij alleen maar lege inloopvriezers en lege vleeshaken aan kettingen gevonden. Hij was kennelijk niet de eerste die naar de plekken was gegaan waar je vroeger vlees kon vinden. Het afgelopen uur had hij alle kleine buurtwinkeltjes en eethuisjes zo groot als kasten afgeschuimd, en dit was alles wat hij gevonden had. Maar zijn maag ontspande zich en zijn handen trilden nu niet meer, en dat maakte de wandeling de moeite waard.

Hij was bezig zijn tweede hamburger te verslinden toen hij een geluid achter zich hoorde en zich omdraaide; hij was niet meer alleen. De eerste wandelende dode die Gary ooit van dichtbij had gezien, een grote kerel met een truckerpet en bakkebaarden, was de winkel binnen komen zetten en had een rek met bierworstjes omgegooid. Het hoofd van de indringer wiebelde op zijn dikke nek en er liep kwijl van zijn slaphangende onderlip toen hij Gary aanstaarde met ogen die niet helemaal scherp schenen te kunnen stellen. Hij had dezelfde dode aderen en blauwige kleur die Gary in de spiegel had gezien, maar zijn gezicht hing slap en los, de huid hing in rimpels en vouwen van zijn kaken en nek. Er ontbrak een groot stuk vlees in zijn linkerdij. Zijn spijkerbroek zat onder het geronnen bloed en toen hij naar voren kwam, boog zijn been helemaal verkeerd onder hem door, zodat de grote vent bijna recht tegen Gary's borst belandde.

Zonder een woord te zeggen, wankelde de dode man naar voren en stak zijn handen uit, graaiend naar het vlees op de toonbank. Voor Gary hem kon tegenhouden, stopte de grote kerel een van de hamburgers in zijn mond en graaide naar de andere, de laatste van de vier.

Gary zei: 'Hé, kom op, dat is van mij,' en greep het rugpand van het flanellen hemd van de man om hem weg te trekken bij het voedsel, maar het was net of hij probeerde een koelkast te verplaatsen. Hij wilde de arm van de man grijpen en werd naar achteren gesmeten, waardoor hij in een display van kletterende blikjes Starkist-tonijn terechtkwam. Langzaam draaide de kerel zich om en keek Gary aan met die doffe, glazige ogen. Gary keek omlaag en zag dat hij nog een stuk hamburger in zijn linkerhand had.

De grote kerel zette zijn kaken wijd open, alsof hij Gary wilde opslokken zoals een slang een ei opslokt. Hij maakte nog altijd geen geluid, helemaal geen geluid. Hij zette een wankele stap naar voren op zijn slechte been, viel bijna, herstelde zich. Zijn handen kwamen in vuisten omhoog.

'Nee,' zei Gary, die overeind krabbelde maar uitgleed over de gevallen blikjes, 'ga weg.' De grote kerel bleef komen. 'Waag het niet!' krijste Gary, hoewel het zelfs in zijn eigen oren absurd klonk, maar hij zei het toch. 'Stop!'

De grote kerel stopte halverwege zijn stap. De hongerige, woedende uitdrukking op zijn gezicht maakte plaats voor gewone verwarring. Hij keek even om zich heen en Gary voelde de koude gestalte van die kerel boven zich uit torenen, een dode schaduw boven zich, die zo meteen neer zou komen als een ton bakstenen, om hem te verpletteren, hem tot moes te drukken.

Hij stond daar alleen maar en kwam niet dichterbij.

'Rot op en val dood!' schreeuwde Gary doodsbang.

Zonder geluid te maken, draaide de grote kerel zich op zijn goede been om en liep de winkel uit. Hij keek niet achterom.

Gary keek hem na en kwam toen overeind. Hij voelde zich weer rillerig. Bijna misselijk. Hij had de hamburger in zijn hand opgegeten, maar die hielp niet zo veel als de eerste. Het gevecht met die grote vent had hem iets ontnomen. Hij haalde een hand door zijn haren, keek om naar de vriezer. Die was nu leeg. Hij bukte en pakte alle bierworstjes die de grote vent had omgesmeten. Dat was ook vlees, dacht hij. Misschien zou het helpen.

Terwijl hij de kruidenier uit strompelde, het daglicht in, kwam zonder waarschuwing het gepiep in zijn oren terug, luider dan tevoren. Hij wist dat hij in beweging moest komen, dat hij hier weg moest voordat die grote kerel terugkwam op zoek naar nog meer eten, maar hij kon amper rechtop blijven staan. Hij greep naar zijn hoofd toen alles om hem heen draaide en leunde tegen de koele glasplaat van de winkelruit. Een uitbarsting van witte ruis schoot als een ijzige straal water door zijn hoofd en hij wankelde de straat op. Wat gebeurde er verdomme met hem? Hij voelde zijn benen onder zich bewegen, voelde dat hij vooruitging maar kon niets zien, kon zijn blik nergens op richten.

Wat was er toch met hem? Ook zijn medicijnenstudie hielp hem niet echt te beschrijven wat er gaande was. Aneurysma? Ischemisch accident? Zijn hersens voelden aan alsof ze krompen in zijn hoofd. Was dit alles wat hij kreeg voor al zijn inspanningen? Een halve dag intellect? Zou hij dat nu kwijtraken?

Hij voelde iets hards en metaligs tegen zijn dijen botsen en bleef staan. Hij tastte omlaag en voelde een metalen stang, een stang die hij vastgreep terwijl hij zich op zijn knieën liet zakken. Met grote inspanning dwong hij zijn ogen open te gaan en knielde daar starend neer, starend met wanhopige intensiteit naar de Hudson voor hem. Als hij nog drie passen had gezet, zou hij erin zijn gevallen.

Alles was zo levendig, helderder dan ooit in zijn leven. Gary keek naar New Jersey aan de overkant van het water, naar de heuvels daar, en zag de grond beven. Hij greep zich stevig vast aan de balustrade toen de aarde onder hem rolde en er scheuren verschenen in de rotsen, scheuren waar giftige, zwarte dampen uit opstegen die de hele wereld vulden met rook.

Achter hem, bij de kruidenier, rolde de truckerpet bij de grote kerel van het hoofd toen hij op de stoep in elkaar zakte. Zijn handen bewogen spastisch toen de vonk die hem de schijn van leven gaf hem verliet, en zijn ogen vielen dicht.

# 9

'Die daar is te actief,' zei Ayaan, die de werf afspeurde met haar verrekijker. De dode man in kwestie droeg alleen een strakke spijkerbroek waar zijn opgezwollen vlees overheen puilde. Hij greep zich met één arm aan een houten pijler vast en graaide met de andere in de lucht. Zijn hongerige blik volgde de boot toen we langsvoeren.

Boven op de stuurhut riep Mariam om haar Dragoenov, en een van de andere meisjes gaf haar die aan. Mariam zette zich schrap tegen de radarkoepel van de *Arawelo* en tuurde door de zoeker van het scherpschuttergeweer. Ik stopte mijn vingers in mijn oren, net voordat ze schoot. De dode man op de pier draaide rond in een wolk van ontploffend hersenweefsel en viel in het water.

Zestien jaar oud, en Mariam was nu al een vakkundig scherpschutter. Wanneer hadden die meisjes tijd om te trainen? Ik neem aan dat er weinig anders te doen was in Somalië. Geen kabeltelevisie, geen winkelcentra.

Osman schraapte zijn keel en ik keek weer op de kaart. 'Hier,' zei ik, wijzend naar een blauwe letter H op de kaart, slechts een paar straten van de Hudson vandaan. Ik keek op naar de rij gebouwen op de oever en wees naar een plek tussen twee gebouwen. 'St. Vincent Medical Center. Daar is – of was – een hivzorgfaciliteit.' Ik haalde mijn schouders op. 'Het is gevaarlijk. We zijn dan minstens een uur uit het zicht van het schip. Maar het is de beste optie, als we niet naar het VN-gebouw kunnen.'

De kapitein wreef over zijn gezicht en knikte. Hij riep naar Yoesoef dat hij het schip naar een lege pier moest sturen. De meisjes kwamen massaal aan dek, hesen hun wapens op hun schouders en controleerden ze. Osman en ik worstelden met een stuk verroest tin van drie meter lang en even breed, dat op de treiler dienstdeed als loopplank.

De motoren jankten en het water kolkte toen Yoesoef ons met een bons tot stilstand liet komen. De meisjes sprongen al aan land voordat we de loopplank hadden neergelegd; commandant Ifiyah voorop, die al haar kumayozusters naar zich toe riep. Ze bulderden als leeuwen terwijl ze hun positie innamen in twee rijen van twaalf op de houten pier (Mariam stond nog op de stuurhut met haar Dragoenov). Ik hees mijn rugzak op mijn schouders, gaf Osman een hand en liep voorzichtig over de plank alsof ik bang was om in het water te vallen. Ik voelde me rustig, veel rustiger dan toen we de East River probeerden. Ayaan had me een truc geleerd: mijn vinger in mijn keel steken voor de strijd zodat ik naderhand die behoefte niet zou voelen. Het was niet moeilijk geweest. De stank van dood en verrotting die van Manhattan vandaan kwam, voegde zich toe aan mijn zeeziekte, waardoor ik al een weeïg gevoel had sinds we het Vrijheidsbeeld hadden zien staan.

Het geluid van mijn voetstappen op de pier weerkaatste in de stilte. Ik dook ineen achter Ayaan, die totaal geen aandacht aan me besteedde. Ze was zo geconcentreerd, zo volledig op haar gemak in deze waanzin. Ik greep mijn eigen AK-47 en probeerde haar schiethouding na te doen, maar ik wist door het gevoel van de kolf op mijn schouder dat ik het verkeerd deed.

'*Xaaraan*,' zei ze zachtjes, maar niet tegen mij. Het woord betekende 'ritueel onrein', of letterlijk eigenlijk 'onjuist geslacht vlees'. Ik had nooit een passender beschrijving gehoord van de mannen en vrouwen die toen over de pier op ons af kwamen. Groteske, verwrongen gezichten op opgezwollen lichamen die in onnatuurlijke hoeken gebogen waren, handen die naar ons graaiden met vingers zo krom als klauwen, gebroken tanden, rollende ogen, de stilte om hen heen. De stilte was het ergst. Echte mensen maakten geluid. Dit waren doden.

'*Diyaar*!' schreeuwde Ifiyah, en de meisjes begonnen te vuren, het ene geweer na het andere sprong op met een knallend geluid waardoor weer een lijk in de lucht draaide en met een smak op de pier belandde. Ik zag er een die in de mond werd geraakt; het tandglazuur danste in de lucht. Een andere, met schouderlang haar, greep naar zijn maag maar bleef op ons afkomen, niet zozeer rennend als spartelend op onzekere voeten, spartelend naar ons toe met een onafwendbaarheid die me doodsangst aanjaagde. Een vrouw in een spijkerjas en hoge zwarte laarzen drong zich langs hem heen en kwam recht op me af, en toen de wind haar haren van haar gezicht wegblies, zag ik dat haar beide wangen waren weggevreten. Haar kaken gaapten in afwachting wijd open en ze stak haar armen uit om me te grijpen. Een rookpluim steeg op uit haar maag en ze viel achterover, maar anderen verdrongen zich meteen om haar plaats in te nemen.

'*Madaxa*!' beval Ifiyah; schiet op het hoofd. Ik zag een paar jongere meisjes nerveus van houding veranderen en hun geweerlopen een stukje hoger richten. Ze vuurden nog eens en de doden vielen om, landden met een bons op de pier of vielen in het water of achterover tussen de menigte, die gewoon om hen heen ging en sneller naderde. Hadden ze op ons gewacht? Het waren er zo veel. Zelfs met het lawaai dat wij maakten, kon ik me niet voorstellen dat er zomaar ineens zo veel waren verschenen. Behalve misschien als New York, de stad waar het altijd druk is, gewoon zó veel wandelende doden had. Als dat zo was, waren we zo goed als dood. Het zou onmogelijk zijn onze missie uit te voeren.

'*Iminka*,' zei Ifiyah ademloos. Nu. In mijn afgrijzen had ik amper het meest afgrijselijke van alles opgemerkt; dat de doden ons nu wel erg dicht naderden. Slechts een paar meter scheidden ons nog van de naderende menigte. De meisjes raakten niet in paniek, maar ik wel, ik hyperventileerde en scheet bijna in mijn broek. Als één schakelden ze hun geweren met een denderende klap om naar volautomatisch en begonnen te schieten.

Als ik de slachting eerder al erg vond... dan had ik nog geen idee. Ik had al eerder assautgeweren in volautomatische werking gezien. In mijn functie als wapeninspecteur was het vaak genoeg voorgekomen dat een plaatselijke hoofdman of opperhoofd me wilde imponeren met zijn vuurkracht. Ik had alleen nog nooit gezien dat automatische assautwapens op Amerikanen werden gebruikt. Het leek niet uit te maken dat ze al dood waren. De rij voor me ontplofte gewoon, hun hoofden verpulverd, hun nek en bovenlichaam werden aan vezelachtige flarden geschoten. Degenen daarachter schudden en schokten alleen maar woest, alsof ze een attaque hadden, toen de kogels door hen heen vlogen.

Het geluid van vierentwintig kalasjnikovs die dansen en springen is niet te beschrijven, dus dat probeer ik ook maar niet. Het schudt je door elkaar, letterlijk. Door de vibraties voelt je hart alsof het gaat stilstaan, en bij langdurige blootstelling kunnen je organen zelfs beschadigd raken.

Toen het klaar was, stonden we voor een stapel bewegingloze lichamen. Een vrouw in een I LOVE NEW YORK-shirt met afgescheurde mouwen worstelde zich onder de berg vandaan en kwam klauwend naar ons toe, maar een van de meisjes – Fathia – stapte gewoon naar voren en stak de dode vrouw met haar bajonet in het hoofd. Het lijk bleef liggen. Daarna bleven we allemaal een tijdje staan luisteren naar het gepiep in onze oren. We speurden de walkant van de pier af of er nog een golf kwam, maar die kwam niet.

'*Nadiif*,' kondigde Ifiyah aan. De pier was vrij. De meisjes ontspanden zich zichtbaar en hesen hun geweren over hun schouder. Enkele meisjes lachten bulderend en schopten tegen de afgeslachte lijken op de houten pier. Fathia en Ifiyah gaven elkaar een high five. Alle meisjes lachten, behalve Ayaan.

Met een hard gezicht stak ze haar hand uit en greep de loop van mijn kalasjnikov vast. Ik kromp een beetje ineen omdat ik dacht dat ze zichzelf om een of andere reden met opzet wilde branden – de AK-47 was er berucht om dat hij na langdurig schieten oververhit raakte – maar toen trok ze haar hand weg en liet me haar ongeschonden handpalm zien.

'Je hebt niet geschoten,' zei Ayaan. De walging in haar gezicht was vernietigend.

Toen besefte ik dat ik mijn wapen helemaal niet had gebruikt, nee. Ik had het te druk gehad met naar de meisjes kijken. 'Ik ben geen moordenaar,' protesteerde ik.

Ze schudde bitter haar hoofd. 'Als je niet wilt vechten, ben je al een xaaraan.'

De meisjes verspreidden zich over de pier, met commandant Ifiyah achteraan terwijl ze de oevers afspeurden naar beweging. Ayaan rende naar haar positie voor aan de wig. Ik draaide me om en keek om naar de *Arawelo*. Osman gebaarde 'oké' naar me. 'Ga maar achter ze aan, Dekalb,' zei hij met een brede glimlach. 'Wij blijven wel hier om het schip te bewaken.'

# 10

De meisjes verspreidden zich over de straat en maakten handgebaren naar elkaar. De lopen van hun kalasjnikovs bestreken de straathoeken, de portieken, de honderden auto's die verlaten op het asfalt stonden. Ik had verwacht – of misschien gehoopt, eigenlijk – dat de straten vrij zouden zijn. Dan hadden we een transportmiddel kunnen zoeken en naar het ziekenhuis kunnen rijden.

Geen schijn van kans. In de paniek van de Epidemie moest de gebruikelijke verkeersopstopping in Manhattan zijn veranderd in een dodelijke val. Er stonden overal auto's, veel ervan gedeukt of beschadigd. Ze stonden in elke zijstraat die we passeerden, verstopten elke kruising. Ik zag een Hummer 2 op de stoep staan, de glanzende voorbumper permanent vast tussen een brievenbus en de kapotte pui van een verlaten bistro. Aan de overkant van de straat klom Fathia op een taxi met vier platte banden en speurde de weg voor ons af, met haar geweer voor haar gezicht.

'Deze kant op,' zei ik tegen Ifiyah, en ze gebaarde haar troepen dat ze ons moesten volgen. Ik leidde haar een korte straat door vanaf Horatio Street, langs een benzinepomp met luiken voor de ramen. Om de pompen waren met tape stukken papier bevestigd: GEEN BENZINE, GEEN GELD, GEEN TOILET. GOD ZEGENE U. Om de hoek was een winkeltje van een helderziende (de lelijke neonbuizen in de etalage nu uit) en een boetiekje waar ze dameskleding moesten hebben verkocht. In de etalage stonden drie vrolijk geklede etalagepoppen en er hing een stel wolkende repen groene stof.

Ayaan bleef voor de etalage staan en tuurde naar binnen.

'Overweeg je een nieuwe look voor de zomer?' vroeg ik, omdat ik wilde dat ze opschoot. Het was natuurlijk begrijpelijk. Ayaan had waarschijnlijk nog nooit damesmode gezien. Ze had het grootste deel van haar leven in uniform gelopen, en de verlokkingen van westerse kleding moesten...

'Ik zag beweging daarbinnen,' zei ze.

O.

De soldaten stapten naar haar toe, sommigen liepen achteruit met hun geweren naar buiten gericht, geleid door anderen die een hand op hun schouders legden. Hun discipline was hart versterkend. In een ander leven had ik het misschien eng gevonden, zoals die meisjes samenwerkten, maar nu betekende het dat ik deze belachelijke missie misschien zou overleven.

Plotseling drong een dode vrouw zich naar voren door de groene doeken in de etalage en drukte zich van binnenuit tegen het glas. Ze was slank en blond met een smal, verfijnd gezicht. Op haar gezicht had ze alleen hier en daar wat kleine zweertjes, die er bijna uitzagen als pailletjes. Ze droeg een wijde, donkerrode, mouwloze jurk, en een tel lang waren we allemaal gebiologeerd door haar elegantie.

Toen kwamen haar slanke armen omhoog en begon ze met haar kleine vuisten op de ruit te bonzen. Ze stak haar gezicht vooruit en deed haar mond open tegen het raam alsof ze zich met haar gele tanden een weg naar buiten wilde knagen. Het zwarte gat van haar mond vormde door haar honger naar ons een perfecte afdichting op het glas.

Fathia richtte haar geweer maar ik schudde mijn hoofd. 'Dat is getemperd glas, onbreekbaar. Ze komt er nooit door. Als je nu schiet, komen er misschien anderen op het geluid af.'

De soldaat keek haar commandant aan. Ifiyah knikte een keer en we liepen door en lieten de dode vrouw achter ons. Toen we de straat uit waren, konden we het gedempte bonzen van haar vuisten op het raam niet eens meer horen.

Op de bredere Greenwich Avenue vonden we een watertruck die nog na stond te druipen uit een stel kogelgaten. Eraan vastgebonden flapperde een ongelooflijk lang stuk gele politietape in de wind. Ik greep er een stuk van vast en las: QUARANTAINEGEBIED: INDRINGERS WORDEN NEERGESCHOTEN voordat ik het weer liet wapperen. We gingen linksaf op Twelfth Avenue en de meisjes verspreidden zich snel. We waren er. Ifiyah liet haar troepen vuurzones innemen en wees een GVP – een gewondenverzamelpunt – aan waar we elkaar weer zouden treffen als we van elkaar gescheiden werden. Ik ging Ayaan voor naar de dichte deuren van de spoedeisende hulp van St. Vincent en tuurde naar binnen.

'Het is donker daarbinnen,' zei ik. Ja, natuurlijk was het donker. Had ik dan verwacht dat er nog elektriciteit zou zijn, een halfjaar na het einde van de wereld? 'Het bevalt me niet.'

'Het is niet jouw beslissing,' zei Ayaan, maar ze had minder woede in haar stem dan gewoonlijk. Ze schoof haar dunne vingers in de spleet tussen de twee automatische deuren en trok. De deuren bewogen een stukje en schoven toen weer terug. Ayaan keek naar Ifiyah en stak drie vingers op, en snel kwamen er drie zestienjarige meisjes naar ons toe. Met ons vijven wrikten we de deuren zo ver open dat ik erdoor paste.

Ayaan gaf me een zaklantaarn uit haar *dambiil*-tas aan en controleerde haar eigen lantaarn door hem snel in en uit te schakelen. De drie meisjes die zich bij ons hadden aangesloten, deden hetzelfde. Ik keek naar Ifiyah voor toestemming om te beginnen en stapte naar binnen. De lobby van de eerste hulp was een chaos van omgesmeten stoelen en televisies met donkere schermen, maar er kwam tenminste nog een beetje licht binnen door de glazen deuren, wat het wat minder schemerig maakte.

De inschrijfbalie was half begraven onder een stapel glanzende pamfletten over hartaandoeningen en meeroken. Ik liep eroverheen, oppassend dat ik niet uitgleed, en zag een gekopieerde plattegrond aan de muur hangen. ‘Deze kant op,’ zei ik, wijzend naar een stel klapdeuren in de hoofdlobby. De hiv-kliniek bevond zich diep in het gebouw. Het zou ons misschien tien minuten kosten om er te komen in het donker, en even lang om weer terug te komen. Ifiyah had ons negentig minuten gegeven om de missie te voltooien en terug te keren naar de boot.

Ik hoefde dit maar één keer te doen, hield ik me voor. Maar één keer, en dan kon ik weer naar Sarah. Bij de gedachte aan mijn zevenjarige dochter op een Somalische religieuze school, ratelde mijn hart in mijn plotseling luchtledige borst.

Ik schopte de dubbele deuren open en scheen met mijn zaklantaarn door de pikzwarte duisternis van de gang daarachter. De lichtstraal raakte een paar ziekenhuisbedden tegen de muren. Een stapel vuil wasgoed op de vloer. Twee rijen deuren, tientallen deuren waar zich van alles achter kon verstoppen.

‘Vooruit met de geit dan maar,’ zei ik. Ayaan tuitte haar lippen alsof ze beledigd was dat ze een bevel kreeg van een burger. Maar ze zette haar geweer tegen haar schouder en stapte de gang in.

# 11

Gary schudde zijn hoofd en kwam langzaam overeind. Toen hij in de richting van Hoboken keek, zag hij niets dan lege gebouwen en stille straten. De geisers van gifgas die hij had zien uitbarsten, waren weg, waren er nooit geweest. Alleen maar een hallucinatie.

Hij strekte zijn handen, observeerde zichzelf een tijdje. Alles intact en functioneel. Eigenlijk voelde hij zich beter dan ooit; het gezoem was weg uit zijn hoofd en zijn handen trilden niet meer zoals voorheen. Maar belangrijker nog: zijn honger was verdwenen. Niet helemaal; hij voelde het wachten aan de horizon van zijn bewustzijn, wist dat het al snel genoeg weer sterker dan eerst zou terugkomen, maar voorlopig was zijn maag tenminste rustig.

Hij draaide langzaam rond, niet zeker hoe lang zijn nieuwe gevoel van gezondheid zou aanhouden of hoe breekbaar het zou kunnen zijn. Achter zich zag hij dat er verder niets was veranderd; New York was hetzelfde als altijd. Nog net zo stil. Hij zag een lijk op de grond liggen bij de kruidenier waar hij met Truckerpet had gevochten, en besloot op onderzoek uit te gaan.

Wat hij aantrof, beantwoordde geen vragen. Truckerpet was dood. Niet ondood, niet wandelend dood, maar gewoon dood, lag daar te ontbinden in de zon. Dat hoorde eigenlijk niet te gebeuren. De doden bleven komen tot je hun hersens vernietigde; dat wist iedereen, de vicepresident had het ook gezegd op televisie. Gary zag geen letsel aan het hoofd van de kerel, geen tekenen van wat voor trauma dan ook, maar om een of andere reden was hij gewoon gestopt. Gevallen en gestopt; definitief, zo te zien.

Gary pakte de pet op en draaide die rond in zijn handen. Toen liet hij hem geschrokken vallen en krabbelde op handen en knieën achteruit, weg bij het lijk. Hij was het vergeten; hij was zelf ook een ondode. Stel dat er een scherpschutter ergens op het dak zat? Stel dat de apocalyps eindelijk voorbij was en de doden niet meer tot leven kwamen? Stel dat er een nieuw, gevaarlijk virus was dat was gemuteerd om de doden aan te vallen?

Nee. Het kon geen virus zijn; een virus had levende cellen nodig om zich te vermenigvuldigen. Een bacterie misschien, of waarschijnlijker nog een soort schimmelinfectie, tuurlijk, een schimmel die zich verspreidde via sporen in de lucht...

Sporen die toevallig langskwamen op precies hetzelfde moment als Gary's duistere openbaring? Dat sloeg nergens op. Gary had tegen die vent gezegd dat hij moest oprotten en doodvallen. Het was belachelijk te denken dat een of andere schimmel net op dat moment was langsgekomen om de effecten van de Epidemie ongedaan te maken. Maar iets had Truckerpet omgelegd, er was iets gebeurd net nadat Gary tegen hem zei dat...

Gary had er misschien nog wat langer over gepeinsd als hij geen schoten in de buurt had gehoord. Geweervuur, dat betekende overlevenden. De doden hadden niet voldoende spiercoördinatie om vuurwapens te gebruiken. Een wanhopige, eenzame overlevende moest ergens in het noorden proberen zijn leven te rekken. In het Meatpacking District, zo te horen.

Het zou niet lang duren. Gary zou het gewoon moeten negeren, naar zijn appartement moeten gaan en plannen maken voor zijn toekomst, nu hij er weer een had.

Hij was er echter nooit goed in geweest zijn nieuwsgierigheid te bedwingen. Daardoor was hij ook ooit medicijnen gaan studeren, door zijn verlangen om te weten hoe dingen in elkaar zaten.

Ondanks zijn eigenbelang merkte hij dat hij naar het noorden liep, in de richting van de geweerschoten. Ze stopten abrupt toen hij halverwege was, maar toen had hij geconcludeerd dat ze van bij de rivier kwamen, misschien van een van de pieren.

Hij naderde voorzichtig en werd bijna neergeschoten. Een zwart meisje in een schooluniform en met een sjaal om haar hoofd richtte een geweer recht zijn kant uit. Hij schoof omlaag achter een verlaten auto en kneep zijn ogen stijf dicht, zijn armen om zijn knieën geslagen terwijl hij zich klein en onbeduidend probeerde te maken. Ze had een blik alsof ze wist wat ze deed met dat wapen. Als een soldaat of een politieagent of zo. Absurd... maar dit was kennelijk een dag van absurditeiten.

Er waren anderen bij haar. Een heel team, afgaand op het lawaai dat ze maakten. Hun wapens kletterden als ze liepen. Hij hoorde een van hen praten; een harde, kille stem met een accent. Ze kwam zeker uit Brooklyn. 'Ik zag beweging daarbinnen,' zei ze.

*Nee. Nee nee nee nee nee.*

'Als je nu schiet, komen er misschien anderen op het geluid af,' zei een ander; een man.

*Dankjewel, wie je ook bent*, dacht Gary.

Hij wachtte lange tijd in wanhopige stilte, tot lang nadat hij ze had horen weglopen. Het klonk alsof ze in de richting van

Gary's oude werkgever gingen. De pot op met zijn nieuwsgierigheid. Hij zou ze met rust laten. Toen hij er zeker van was dat ze allemaal uit het zicht waren, stond hij op en liep zo snel hij kon naar de rivier; bij hen weg. Hij probeerde te rennen, maar meer dan een schuifelend snelwandelen zat er niet in. Toen hij echter bij de rivier kwam, stond hem nog een verrassing te wachten.

Er lag een schip in de Hudson, misschien honderd meter vanaf de wal. Alleen maar een oude tobbe met zichtbaar roest op de boeg en een geïmproviseerde houten opbouw. De naam op de boeg van het schip was onleesbaar, geschreven in letters die Gary niet herkende; een beetje zoals Hebreeuws en veel lijkend op middeleeuwse kalligrafie. Hij tuurde er wat nader naar en zag mensen aan boord. Twee mannen leunden over de reling, kijkend naar de kade, terwijl een meisje in datzelfde soort van schooluniform en een sjaal om haar hoofd boven op de houten opbouw stond, met een overdreven lang geweer in haar handen.

Hij was deze keer zo verstandig om gebukt te blijven.

Het waren... overlevenden, dacht hij. Georganiseerde overlevenden met de middelen om Manhattan uit te komen. Hij had geen idee wat ze in New York deden, maar hun aanwezigheid betekende tenminste één onontkoombaar, vreselijk iets. Zijn besluit om zichzelf te transformeren tot een wandelende dode, om dit onlevende wezen te worden, was gebaseerd geweest op het feit dat New York ten einde was, uitgestorven, afgelopen. Dat er geen hoop meer was voor het menselijk ras.

Het leek erop dat als hij nog een paar dagen had gewacht, hij misschien wel gered had kunnen worden.

# 12

Ik zette een stap vooruit en mijn heup raakte iets hards en vierkants dat bij me wegschoot. Ik hoorde Ayaans geweer ratelend omdraaien en bracht snel mijn zaklantaarn omhoog, maar het ding waar ik in het donker tegen aan was gebotst, was alleen maar een kastje op wieltjes. Een plastic kastje vol medische artikelen. De gangen stonden er vol mee. Het reed nog een stukje verder en kwam toen midden in de gang tot stilstand. Schaapachtig duwde ik het kastje uit de weg. Ik voelde de meisjes achter me – Ayaan en haar drie commando's – overeind komen en wat spanning laten vieren.

Maar ik kon me gewoon niet ontspannen. Ik was nooit gek geweest op ziekenhuizen; nou ja, wie wel? De chemische stank van het ontsmettingsmiddel dat ze gebruiken. Het kale utilitarisme van het meubilair. Dat gevoel van ontbinding en desintegratie dat er blijft hangen. Ik had het gevoel alsof er iets over mijn schouders kroop, zo'n lange, vochtig uitziende duizendpoot vol met haartjes zo fijn en gebogen als wimpers.

Ik schopte een stapel bloedig linnengoed om, half in de verwachting dat er iets onder vandaan zou springen en me in het been zou bijten. Niets. Ayaan wierp me een blik toe en we gingen verder. We kwamen maar langzaam vooruit, uit noodzaak. De gangen van het verlaten, donkere ziekenhuis stonden vol dingen waar je over kon struikelen, zoals ik zojuist had bewezen, en elke paar meter was de gang afgesloten met een stel klapdeuren. Achter elk van die deuren kon een menigte doden wachten, dus de meisjes hadden een strategie bedacht om ze te openen. Twee meisje knielden aan weerszijden van de deuren, hun geweren in de aanslag, hun zaklantaarns op de deuren gericht. Ayaan stond een paar meter achter hen, klaar voor een frontale aanval. Dan duwde ik de deuren open en stapte snel achteruit als ze openzwaaiden. In theorie kon ik als we iets aantroffen uit de weg rollen voordat het schieten begon. Ik was er vrij zeker van dat dit mijn straf was omdat ik niet had geschoten op de pier.

We doorkruisten op deze manier een hele verdieping van het ziekenhuis. Tegen de tijd dat we bij een lifthal uitkwamen, was mijn overhemd nat van het zweet, ook al was het koel in de donkere gangen, en had ik een vrij lastige tic in mijn gezicht gekregen. Telkens als we langs een zijdeur liepen die ook maar op een klein kiertje stond, voelde ik letterlijk dat mijn huid van mijn rug af probeerde te kruipen. Telkens als we op een zijgang stuitten, kreeg ik het gevoel dat we in een afgrond van cyclopische afmetingen waren beland waar misschien al jaren iets reusachtigs en vreselijks lag te wachten, hopend op precies deze kans om toe te slaan.

In de lifthal bekeek ik de borden aan de muren, te fel in het heldere licht van mijn zaklantaarn, en probeerde te snappen wat er gebeurd was. Ik wist dat we verdwaald waren, dat was zonneklaar. Ik wist ook dat ik dat niet hardop kon zeggen. Dit moest mijn rol zijn bij deze missie: optreden als inheemse gids. Als ik nu mijn falen toegaf, zou dat de meisjes misschien het idee geven om weer naar buiten te gaan en me hier alleen achter te laten. Alleen en verdwaald en niet in staat de weg terug te vinden.

Dat wilde ik echt niet.

Ayaan schraapte haar keel. Ik liet het licht van mijn zaklantaarn over haar gezicht strijken, zodat haar ogen opgloeiden als van binnenuit verlichte glazen knikkers. Ze keek niet bang en, hoe irrationeel ook, ik vatte het op als een soort teken van minachting voor mij. Hoe durfde ze zo rustig te blijven, terwijl ik wel kon kotsen van pure angst?

Ik liet mijn licht weer over de met kleur gecodeerde bordjes gaan en wees toen naar de noodtrap. 'Deze kant op,' zei ik, en de meisjes bestormden de branddeur alsof ze een vijandelijk fort aanvielen. Was ik gewoon een lafaard? vroeg ik me af. In mijn carrière was ik met opzet naar enkele van de vreselijkste plekken op aarde gegaan (dat waren ze althans voordat de doden weer tot leven kwamen; nu was het overal even vreselijk), actief op zoek naar oorlogsmisdadigers en zwaarbewapende psychopaten zodat ik ze kon vragen of ze alsjeblieft hun wapens wilden inleveren voor vernietiging. Toen was ik nooit bijzonder bang geweest, hoewel ik wel wist wanneer ik moest bukken en wanneer ik moest vertrekken, met of zonder dat waarvoor ik gekomen was. In Soedan was ik een keer met een konvooi vol voedsel en sanitaire voorraden onderweg naar een dorpje in het uiterste zuiden van het land. Dat was precies op de dag dat de rebellen besloten de macht over die specifieke weg te grijpen. Honderd man in groene ziekenhuismantels (ze konden zich geen uniformen veroorloven, maar wel meer dan genoeg geweren) hadden ons staande gehouden en geëist dat we de inhoud van onze trucks aan hen afstonden. Er was wat discussie over de vraag of ze ons ook moesten neerschieten. Uiteindelijk lieten ze ons achter met één truck en al onze levens intact, en scheurden we de hele weg terug naar Khartoem. Ik weet nog dat mijn hart wat sneller sloeg. Maar het leek in niets op dit, deze kippenvel verwekkende doodsangst, deze kruipende vrees.

In die tijd was er, hoe vreselijk de situatie ook werd, nog altijd een kans op veiligheid. Er waren altijd nog de Verenigde Naties, en een Rode Kruis, en een Amnesty International. Ergens waren mensen die dag en nacht zouden werken om je te bevrijden uit gevangenschap of je overgebracht te krijgen naar een schone, goed geleide medische instelling, of je met een vliegtuig buiten gevaar te brengen. Sinds de Epidemie was dat allemaal weg. Mijn Amerikaanse staatsburgerschap leverde me hier niets op, geen hulp, geen redding. Zelfs midden in New York was ik hulpeloos.

Ayaan en haar team konden zich daar wel iets bij voorstellen; het was het enige soort leven dat ze ooit hadden gekend, zelfs voor de wereld stierf. Toen we het trappenhuis ingingen en de trap begonnen te beklimmen, overwoog ik hoeveel ik van ze kon leren, hoezeer ik zou moeten veranderen om te overleven. Ik deed mijn best om ze niet zo te haten omdat ze een voorsprong op me hadden.

*Klang, klang. Klang, klang*. Elke stap op de trappen rammelde en kletterde lawaaierig. De echo's rolden door de schijnbaar eindeloze verticale schacht van het trappenhuis op en neer, en het geluid bracht de koude lucht waardoor we liepen in beweging. Het was luid genoeg om de doden te wekken, weet je, als ze al niet... Verdomme, zelfs stomme grappen hielpen niet.

Ik scheet bijna in mijn broek van angst.

Het hielp me dus ook wel een beetje toen we de deur naar de tweede verdieping door renden en ik mijn zaklantaarn recht op een bordje richtte dat ons naar het zorgcentrum voor hiv-patiënten wees. We hadden het gehaald. We waren bijna op onze bestemming. Nu hoefden we alleen nog maar de medicijnen te pakken en weer via dezelfde weg naar buiten te gaan.

We vielen op een volgende deur aan, en net zoals bij alle andere was er niets achter dan meer duisternis en akelig ruikend ziekenhuis. Nog een stel karretjes op wieltjes en stapels vuil wasgoed. Niets bewoog, niets schreeuwde stemloos om ons vlees. Helemaal geen geluid. Ik zette een stap de gang in en zag de balie van de kliniek recht voor me in de gele straal van mijn zaklantaarn. Ik zette nog een stap maar voelde aan dat de meisjes me niet gevolgd waren. Ik draaide me om, om verontwaardigd te vragen waarom niet.

'*Amus*!' siste Ayaan. Ik hield mijn mond.

Niets. Stilte. Een absoluut gebrek aan geluid, zo opvallend dat ik mijn eigen adem mijn borst in hoorde komen en weer verlaten. En daaronder iets dofs en atonaals, en heel, heel ver weg. Maar het werd luider. Luider en indringender.

*Klang. Klang. Klang klang klang.* Net als het geluid dat onze voeten hadden gemaakt op de metalen traptreden, maar dan zonder het ritme van voetstappen. Het geluid dat een vuist maakt als het een stuk metaal raakt, maar dan zonder organisatie of doel erachter. *Klang. Klang klang.* We hoorden iets breken en kletteren, een deurklink die van een deur brak, misschien. Ik zag een beeld voor me, waarom weet ik niet, van vuisten die op de binnenkant van een dichte, metalen kastdeur ramden en van de deur die uiteindelijk bezweek. Tuurlijk, dacht ik. Zoals de metalen deur van een koelkast of een inloopvriezer. Of de zwaar geïsoleerde deur van een ziekenhuismortuarium, die de ruimte afschermde van de warmere lucht buiten.

Dat was nog iets anders wat ik haatte aan ziekenhuizen: er gingen mensen dood. Mensen werden erheen gebracht en in ruimtes opgeslagen. Dode mensen.

Een tijdlang hoorden we stilte. We bewogen ons geen van allen. Toen hoorden we het geluid weer. Langzaam, pijnlijk langzaam maar luid. Heel luid. *Klang, klang*. Pauze. *Klang, klang. Klang, klang.*

Er kwam iets de trap achter ons op.

# 13

‘Eerst gaan we op zoek naar de medicijnen,’ zei Ayaan, die haar geweer op me richtte. ‘Dan kunnen we vluchten.’ Ik probeerde de loop te pakken en weg te duwen, ervan overtuigd dat ze niet op me zou schieten, maar ze zette handig een stap achteruit zodat ik in de lucht graaide. ‘Ze zijn langzaam. We hebben de tijd, Dekalb.’

In het licht van slechts enkele zaklantaarns kon ik haar gezichtsuitdrukking niet goed peilen. Ik kon echter de dode mensen die de trap achter ons beklommen prima horen.

Ik drong me langs de meisjes de lobby van de kliniek in, mijn licht priemend door het wervelende stof in de gang. Rechts strekte zich een zaal met tweepersoonskamers uit – ik had hier geen tijd voor! – tot aan een verpleegkundigenbalie op de kruising van twee gangen. Lopen, zei ik tegen mezelf, lopen, en ik zette het op een drafje. Ik liet mijn licht schijnen over elke deur die ik zag. Washok. Patiëntenlounge. Linnenuitgifte. Oké. Oké. Ja.

De deur was voorzien van een zwaar slot, zo een waarvoor je een sleutelkaart nodig had. Nu de stroom was uitgevallen, was hij waarschijnlijk automatisch vergrendeld. Ik streek met mijn hand over de deurpost in de hoop dat er een soort van noodontgrendelingsmechanisme was, en gaf bijna een gil toen de deur onder mijn hand openging.

*Nee*, begon ik in gedachten te jammeren, maar ik stopte die gedachte even weg; dit hoefde niet per se iets te betekenen. Misschien ging de deur juist automatisch ópen als de stroom uitviel. Ik stapte het kastgrote kamertje binnen en er kraakte iets onder mijn voeten. Ik richtte mijn zaklantaarn op de vloer en zag een stel feloranje en vaalgele pillen, en nog wat pillen in dat poederroze kleurtje waar geneesmiddelenfabrikanten zo gek op zijn. Toen ik weer opkeek, zag ik lege kasten met somber openhangende deuren.

Voor de zekerheid doorzocht ik alle kasten, met vingers die onhandig waren van de stress. Ik vond in een ervan een potje Tylenol. Een soort paracetamol, meer niet.

'Plunderaars,' zei ik tegen Ayaan terwijl ik terug de hoek om rende en haar het potje toegooide. Ze ving het op zonder haar blik van mijn gezicht af te wenden. 'Het is wel logisch. Er waren hier patiënten, levende patiënten. Ze konden niet lang overleven zonder hun medicatie. Toen ze geëvacueerd werden, moeten ze alles hebben meegenomen.' Ze bewoog zich niet. 'Er zijn hier geen medicijnen!' schreeuwde ik haar toe terwijl ik probeerde haar arm te grijpen. Ze stapte weer bij me uit de buurt.

Het geluid van de doden die de trap opkwamen was oorverdovend geworden, hun zware voeten stampten op de metalen traptreden. Ze zouden nu ieder moment hier zijn.

'Is er nog een andere ruimte waar ze misschien medicijnen bewaren?' vroeg Ayaan me. 'Een uitgifteplek?' Maar ik was druk bezig mijn zaklantaarn te laten schijnen over de muren in de noord-zuidgang die wegleidde van de verpleegkundigenbalie. Volgens de plattegrond die ik beneden had gezien, was er nog een trap aan het uiteinde van het gebouw, en misschien was die vrij. Anders zouden we uit een raam moeten springen.

'Geen zorgen, Amerikaan,' zei een van de meisjes. Ze zette de keuzehendel van haar AK-47 om en glimlachte zoetjes naar me. 'We vechten wel tegen ze voor jou.'

Ik richtte mijn licht op haar gezicht. Haar zestienjarige huid was smetteloos, behalve op haar kin, waar een grote puist zat.

Het gebeurde als iets wat je onder water ziet. Met het soort trage, vloeibare gratie van een nachtmerrie waarin je valt en nooit de grond raakt.

Terwijl ik in afgrijzen toekeek, sloot er een hand met rafels van gescheurde huid over haar mond en trok haar achteruit de duisternis buiten mijn lichtstraal in. Ik hoorde haar gedempte gil toen de deur naar het trappenhuis dichtsloeg, en toen het geluid van een beddenlaken dat aan repen werd gescheurd. Ik rende weg.

De paniek golfde door me heen, bubbels adrenaline bruisten door mijn bloed terwijl ik als een gek door de gang rende. In het dansende licht van mijn zaklantaarn zag ik overal karretjes op wielen en stapels vuil wasgoed; ik dook om de eerste heen en sprong over de laatste heen en wist zeker dat ik mijn been zo zou breken, maar de andere optie, de enige andere optie, was om te blijven staan en ze me te laten inhalen.

Achter me hoorde ik schoten; het snelle gezoem van automatisch geweervuur. De discipline die de meisjes in de haven hadden vertoond, was verdampt in het aanzien van een donkere gang vol dood. Was het Ayaan die ik hoorde schieten, vroeg ik me af, of hadden ze haar al te pakken? Ik rende door in het donker en duwde een stel klapdeuren open, en bevond me toen ineens in de andere lifthal, bij de andere noodtrap.

Ik keek achterom. Ik duwde de deuren open en liet mijn lichtstraal door de gang erachter gaan, zocht naar tekens dat ik werd achtervolgd. 'Meisjes?' riep ik, wetend dat het de doden zou lokken maar ook wetend dat ik ze niet zomaar kon achterlaten, niet als er een kans was om me weer bij hen aan te sluiten. 'Ayaan?'

Heel ver weg hoorde ik iemand schreeuwen in het Somalisch. Ze praatte te snel om er met mijn beperkte woordenschat iets van te verstaan. Ik luisterde, met mijn hoofd naar voren gestoken alsof ik het beter kon horen als ik dichter bij het geluid was, maar er volgden geen schoten of geschreeuw meer. Alleen maar stilte.

'Ayaan,' riep ik, wetend dat ik alleen was.

Ik gaf haar de tijd die het me kostte om tien keer diep adem te halen en probeerde toen de deur naar het trappenhuis open te duwen. Hij bood weerstand, dus zette ik mijn schouder ertegenaan en uiteindelijk gaf hij mee, maar hij ging misschien maar vijf of zes centimeter open. Iets blokkeerde de deur vanaf de andere kant. Ik schopte er woedend tegen, maar dat scheen helemaal niets uit te maken.

Halverwege de gang rechts van mij hoorde ik iets op me af komen rollen. Ik richtte er snel mijn zaklantaarn op en zag een karretje op wielen, dat langzaam draaide tot het tegen een muur botste. Verderop langs de gang raakte mijn licht een stapel lakens met een dikke laag geronnen bloed erop.

Nee. Geen lakens. Een vrouw in een blauw, papieren ziekenhuishemd. Dood, natuurlijk. Haar haren waren zo fijn en dun dat het wel zijdedraden leken die op haar gevlekte hoofdhuid waren geknoopt. In de gele straal van mijn zaklantaarn kreeg haar huid een vaalgroene gloed. Ze had geen ogen. Ik besefte al snel wat er gebeurd was. Terwijl ze door de gang naar me toe kwam, was ze tegen het karretje gebotst en gestruikeld. Zelfs al kon ze me niet zien, ze wist dat ik er was. Ik neem aan dat ze me rook.

Langzaam, moeizaam, kwam ze overeind en zette zich met

een gevoelloze arm schrap tegen de muur.

Ik duwde weer tegen de deur van het trappenhuis, maar er zat gewoon geen beweging in. Ik ramde mijn AK-47 in de spleet die ik had gemaakt en probeerde de deur open te wrikken. Ik voelde hem een beetje meegeven... en toen nog een beetje. De dode vrouw was nu overeind gekomen en kwam weer naar me toe. Ze had een gebogen houding en liep met zeer stijve benen. Ik hield mijn zaklantaarn doorlopend op haar gericht terwijl ik bleef duwen tegen de kolf van het geweer. Eindelijk sprong de deur open en zag ik wat hem had geblokkeerd: een zware, metalen boekenkast. Te zien aan de bloedvlekken op de vloer van de overloop had iemand zich in het trappenhuis verschanst. Zonder succes.

Daar maakte ik me niet druk over. Ik perste me erlangs en rende de trap af en de gangen op de begane grond in.

# 14

Een kogel ketste af tegen het portier aan de passagierskant en de auto wiebelde. In de voorruit van de Volkswagen zat een lange, zilverkleurige barst maar hij was nog niet gebroken. Gary nam een foetushouding aan voor de bestuurdersstoel en probeerde geen enkel geluid te maken.

Die gedementeerde padvindsters – of wat ze dan ook waren – hadden hem gezien en het vuur geopend voor hij maar een woord kon zeggen. Hij had geprobeerd te vluchten maar zat ingeklemd tussen twee gevaren: de boot op de rivier, met de scherpschutter die klaarstond om op alles te schieten wat bewoog, en deze zwaarbewapende schoolmeisjes die het halve West Village hadden overgenomen. Het was onvermijdelijk dat hij gezien zou worden, en dat was ook gebeurd. Hij had amper tijd gehad om dekking te zoeken in de verlaten auto voor ze hun lood door de buurt begonnen te sproeien. Hij was er echter vrij zeker van dat ze niet precies wisten waar hij zat, dat ze zomaar wat in het rond schoten. Hij was er ook vrij zeker van dat ze uiteindelijk zouden vertrekken, als hij maar heel stil bleef zitten en zichzelf niet verraadde. En dat leek, gezien zijn huidige gezondheidstoestand (ondood), behoorlijk goed te gaan.

Als die verrekte vlieg er niet was geweest.

Zijn medepassagier zoemde kwaad, telkens als de auto bewoog. Hij liep een tijdje over het dashboard, sprong dan plotseling de lucht in en vloog een rondje door de afgesloten ruimte voor hij weer op een hoofdsteun ging zitten. Het speet Gary oprecht dat hij de vlieg in zijn gevaarlijke situatie had betrokken; het beest had het hier duidelijk goed naar zijn zin. De achterbank van de auto lag vol verrotte groenten. Een groot deel van het voormalige voedsel was allang in witte, pluizige schimmel veranderd, maar misschien at de vlieg dat ook wel. Hoe dan ook, de vlieg zag er vet en tevreden uit. Barstensvol leven, echt leven, niet die nepsoort die Gary animeerde. Het was het eerste levende ding (op de meisjes met geweren na) dat Gary sinds zijn reanimatie had gezien. Hij was prachtig, schitterend. Onbetaalbaar in zijn immuniteit voor de dood, in zijn nog altijd ademende bestaan.

In Gary's ziel was een diepe, brandende en volkomen ondraaglijke drang ontstaan om die vlieg op de een of andere manier in zijn mond te krijgen.

Een kogel raakte een van de banden van de vw en de auto zakte opzij met een knallend geluid dat weerkaatste tegen de bakstenen puien van de omringende huizen. Gary, wiens hand in de richting van de vlieg was gekropen, rolde zich nog steviger op op de vloer van de auto en probeerde aan helemaal niets te denken. Het lukte niet.

De vlieg landde op de sluiting van de autogordel en flapperde even met zijn prismatische vleugels in het zonlicht. Het hele lijfje leek wel te gloeien van gezondheid. Hij wreef in zijn pootjes als een tekenfilmfiguur die gaat zitten voor een lekkere hamburger; hij had alleen nog maar een piepklein slabbetje nodig. Dat zou geinig zijn. O god, Gary wilde de vlieg zó graag opeten. Zíjn vlieg, had hij besloten. Die vlieg was van hém.

Het insect sprong weer met flapperende vleugeltjes de lucht in en Gary's hand schoot ernaar uit. De vlieg ontweek hem, maar Gary dook omhoog en ving hem tussen twee handpalmen. Een tel later had hij het beest in zijn mond gepropt en voelde hij de vleugeltjes snel bewegen tegen zijn verhemelte. Hij beet erop en voelde de sappen over zijn droge tong knappen. De energie stroomde al door hem heen voordat hij het hapje had doorgeslikt, een elektrische schok van welzijn die door hem heen brandde als een witte vlam die hem voedde in plaats van verteerde. De hamburgers die hij eerder had gegeten, hadden zijn honger tot bedaren gebracht, maar de vlieg gaf hem een volkomen voldaan gevoel en doordrong hem van een euforie die met geen mogelijkheid kon worden toegeschreven aan de piepkleine massa van het insect. Hij voelde zich goed, hij was lekker warm en droog en tevreden, hij voelde zich ontzettend goed.

Het gevoel was nog maar amper vervaagd toen hij zich met een schok realiseerde dat hij overeind zat, op de voorstoel van de auto en duidelijk zichtbaar door de ruit. Hij hoorde geweerschoten en wist dat hij ontdekt was. Wanhopig, maar nu met een veilig en sterk gevoel, duwde Gary het portier aan de bestuurderskant open en rolde de auto uit. Hij kwam overeind op het asfalt en liep hobbelend weg bij de Volkswagen, zeker dat hij de veiligheid kon bereiken als hij maar een beetje opschoot, als zijn benen maar een klein beetje sneller wilden bewegen...

Een bajonet schoof zijn rug in en toen recht door zijn hart.

Maar goed dat hij het toch niet gebruikte.

Gary probeerde zich om te draaien maar zat vast – letterlijk – op de bajonet. Hij stak zijn handen in de lucht, het universele teken van overgave. 'Niet schieten,' riep hij, 'ik hoor niet bij hen!'

'*Kumaad tabay*?' Een van de meisjes liep zijn blikveld binnen en hief haar geweer. Ze hijgde van inspanning of misschien van angst, en haar wapen dook op en neer. Hij zag de donkere o van de loop naar zich toe zwaaien, de scheidslijn tussen een kogel en zijn hersens. Ze rukte aan een hendeltje op haar wapen en spande haar trekkervinger.

'Alsjeblieft!' schreeuwde Gary. 'Alsjeblieft! Ik ben niet zoals zij!'

'*Joojin*!' riep iemand. Achter zich hoorde hij laarzen komen aanrennen. '*Joojin*!' Het geweer voor hem kwam tot stilstand in de handen van het meisje. Kreeg ze nu het bevel om te vuren of juist niet? Gary's voorhoofd begon warm aan te voelen terwijl hij op de kogel wachtte.

Er kwam nog een meisje voor hem staan. Ze blafte bevelen tegen de anderen en Gary voelde de bajonet achteruit uit zijn lichaam worden gerukt. De meisjes ruzieden onderling – hij hoorde steeds het woord 'xaaraan' – maar hun bevelen waren duidelijk: ze moesten wachten.

'Jij praat,' zei het meisje dat de bevelen had gegeven. Ze keek onderzoekend in zijn gezicht, duidelijk van slag vanwege de dode aderen in zijn wangen.

'Ik praat,' bevestigde Gary.

'Jij *fekar*?'

'Ik weet niet wat dat betekent.'

Ze knikte en maakte een ingewikkeld handgebaar naar haar soldaten. Gary leidde uit de gouden epauletten op de schouders van haar marineblauwe jas af dat ze een soort officier moest zijn, maar dat sloeg nergens op. Welk leger, waar dan ook ter wereld, had er nou tienermeisjes als officieren? Gary kon het idee niet van zich afschudden dat hij was gevangen door meisjes op een schoolreisje dat vreselijk, vreselijk fout was gegaan.

'We vermoord jou als jij iets fout zegt,' opperde de officier.

Ze schudde met haar geweer naar hem. ‘We vermoord jou als je iets fout doet. Jij doet alleen goed, misschien we vermoord jou toch om hoe jij ruikt.’

‘Dat is redelijk,’ zei Gary, die langzaam zijn handen liet zakken.

# 15

Ik perste me door de van drangers voorziene deuren naar de eerste hulp en rende over de rolstoelhelling naar de stoep, half in de verwachting dat ik alleen zou blijken te zijn. Commandant Ifiyah en haar groep stonden echter op me te wachten. Zo te zien hadden ze iemand gevangengenomen. Er zat iemand geknield op de grond met een touw om zijn nek.

Het maakte niet uit; ik moest Ifiyah vertellen wat er gebeurd was. Het was stom van ons geweest om te denken dat we echt de medicijnen die we nodig hadden in deze spookstad konden vinden. We moesten weg, en wel meteen, voor er nog meer doden vielen.

'Ifiyah,' schreeuwde ik, en ik wenkte haar. Ik leunde met mijn handen op mijn dijen voorover om op adem te komen. 'Ifiyah! Minstens een van je soldaten is dood. De vijand is daarbinnen, en ze komen achter ons aan!'

De commandant draaide zich om en keek me aan met een gepassioneerd geoefende blik van desinteresse. 'Drie zijn dood,' zei ze. Pas toen zag ik dat Ayaan naast haar stond. O, godzijdank, dacht ik, ten minste één van de meisjes heeft het overleefd. 'Ayaan houdt haar hoofd bij en maakt slachting onder je vijanden, Dekalb. Ze zijn niet meer.'

Ik liep naar de groep meisjes, die stonden neer te kijken op de gevangene. 'Geweldig. Maar toch, er is geen reden om hier nog te blijven. Er liggen daarbinnen geen medicijnen. De hele boel is geplunderd,' zei ik tegen Ifiyah. Ze knikte alleen afwezig; natuurlijk had Ayaan haar dat al verteld. Ik voelde me verkillen bij de gedachte aan wat Ayaan haar commandant misschien nog meer had verteld. Dat ik was weggevlucht bij het eerste teken van onraad (hoewel ze dat vast wel zouden begrijpen, want we hadden het hier immers wel over de levende dóden), en dat ik mijn teamgenoten in de steek had gelaten.

Terwijl ik overpeinsde dat Ayaan niet alleen in haar recht stond als ze zo'n verslag deed maar dat ze eigenlijk verplicht was om dat te doen, en dat ik in feite behoorlijk mijn plicht had verzuimd in dat ziekenhuis, nam ik eindelijk de tijd om te kijken naar de gevangene en te zien dat hij een dode was.

*Jezus christus godverdomme ze hebben zo'n ding aan de riem...*

Mijn hersens kwamen sputterend tot stilstand terwijl mijn voeten achteruit dansten, me wegdroegen van het bewegende lijk. Voor iemand van zijn soort zag hij er niet slecht uit; je zag de donkere aderen onder zijn kaaswitte gezichtshuid en zijn ogen zagen er wat gelig uit, maar verder was zijn huid intact. Hij liet me echter zijn tanden zien en ik slaakte een geschrokken kreet voor ik besefte dat hij naar me glimlachte.

'Goddank, een Amerikaan,' zei hij.

Daar kreeg ik gewoon hoofdpijn van. De doden praatten niet. Ze kreunden niet, joelden niet, jammerden niet. Ze waren zeker niet in staat het onderscheid te maken tussen mensen van verschillende nationaliteiten; de doden geloofden waarachtig in diversiteit en verzwolgen iedereen, zonder te discrimineren.

'Je moet me helpen,' begon dat ding, maar we hoorden een bonzend geluid, keken achterom en zagen twee doden – ook die oogloze die me bijna te pakken had gekregen bij het trappenhuis – tegen de deuren van de eerste hulp bonzen. Er waren er misschien nog meer binnen. Het was te donker om het te zien.

'Ifiyah, we moeten nu meteen terug naar de boot,' zei ik, maar de commandant was me voor. Ze maakte handgebaren naar haar soldaten en na een paar geblafte bevelen kwamen we in beweging. Ayaan kwam naast me lopen. 'Ik dacht dat je zei dat je ze allemaal te pakken had gekregen,' zei ik tegen haar, want ik voelde me niet bepaald grootmoedig op dat moment.

'Dat dacht ik ook,' kaatste ze terug. Ze tuurde achterom naar het ziekenhuis maar de deuren hielden het; de doden hadden niet het mentale vermogen om te bedenken dat ze de deuren open moesten schuiven in plaats van er alleen maar tegenaan te duwen. 'De twee die mijn kumayozusters hebben opgegeten, zijn niet meer. Ik heb jou niet horen schieten om ons te verdedigen. Jij bent geen man, hè, Dekalb? Dat weten we nu tenminste.'

Mijn gezicht brandde met iets van woede, iets van schuldgevoel en een heleboel ergernis omdat ze het niet snapte, omdat ze gewoon niet begreep wat ik had meegemaakt. Ik wist echter wel beter dan zoiets te zeggen. Zelfs in mijn eigen oren zou ik klinken als een verwende blaag. Ik grimaste en liep wat sneller door om bij haar weg te komen. Ik had juist aangenomen dat ze te gedisciplineerd was om haar positie in het peloton te verlaten. Toen ik verder naar voren liep, haalde ik de gevangen dode man in en de meisjessoldaat die zijn riem vasthield; het was Fathia, de bajonetexpert.

'Luister, doe gewoon een goed woordje voor me bij ze,' smeekte de dode man toen hij me zag.

Terwijl we Fourteenth Street opliepen, schudde ik bedroefd

mijn hoofd. 'Wat ben jij verdomme voor iets? Je bent niet zoals zij, niet echt...'

'Ja, wel echt,' gaf hij toe en liet zijn hoofd hangen. 'Ik weet wat ik ben, je hoeft me niet te sparen. Maar dat is niet alles wat ik ben. Ik was arts, vroeger.' Hij kon me niet aankijken. 'Oké, ik studeerde medicijnen, eerlijk gezegd. Maar ik zou jullie kunnen helpen. Elk leger heeft toch artsen nodig? Ja, zoals bij M*A*S*H! Ik kan jullie Hawkeye Pierce zijn!'

De slachtpartij in het ziekenhuis had mijn verbeelding opgestookt. 'Een arts. Heb je... Heeft een van je patiënten je aangevallen? Iemand van wie je dacht dat hij nog leefde?'

'Ik heet Gary, trouwens,' antwoordde hij, en hij wendde zijn blik af. Hij stak zijn hand uit, maar ik kon me er niet toe zetten die aan te raken. 'Geen punt,' zei hij. 'Nee, het kwam niet door een van mijn patiënten. Ik heb het zelf gedaan.'

Ik moet wel wit weggetrokken zijn.

'Luister, ik dacht dat ik geen keus had. De stad stond in brand. New York City brandde verdomme tot de grond toe af. Alle anderen waren dood. Ik had de keus tussen me bij hen aansluiten of hun maaltijd worden, oké?' Toen ik geen antwoord gaf, verhief hij zijn stem. 'Oké?'

'Het zal wel,' mompelde ik. Dit sloeg nergens op... maar eigenlijk ook wel. Ik had vreselijke dingen gedaan om de Epidemie te overleven. Ik had mijn zevenjarige dochter toevertrouwd aan een fundamentalistische vrijheidsstrijder. Ik had mijn dode vrouw opgesloten en gewoon in de steek gelaten. Allemaal omdat het op dat moment de logische keus leek.

'Ik ben arts, zoals ik al zei, dus wist ik wat er met me zou gebeuren. Ik wist dat mijn hersens zouden afsterven zodra ik ophield met ademhalen. Daarom zijn ze zo stom: tussen het moment dat ze sterven en weer opstaan, krijgen hun hersens geen zuurstof en sterven de cellen af. Maar zo hoefde het niet te gaan.

Ik kon mijn hersens beschermen. Ik had er de apparatuur voor. Jezus, ik wed dat ik nu de slimste op de planeet ben.'

'De slimste ondode,' corrigeerde ik hem.

'Als je het niet erg vindt, geef ik de voorkeur aan de term onlévende.' Hij grijnsde naar me om te laten zien dat hij een grapje maakte. Hij leek zo wanhopig en eenzaam. Ik wilde een gebaar naar hem maken, maar toe nou, dit was zelfs voor een watje zoals ik een beetje te veel.

'Ik sloot mezelf aan op een ademhalingsapparaat en ging toen onder water liggen in een badkuip vol ijs,' legde Gary uit. 'Dat bracht mijn hart meteen tot stilstand, maar er stroomde nog wel zuurstof door mijn hersens. Toen ik wakker werd, kon ik nog nadenken. Ik kan me nog altijd beheersen. Je kunt me vertrouwen, man, oké? Oké?'

Ik gaf geen antwoord. De soldaten waren blijven staan en Ifiyah riep bevelen die ik niet verstond. Ik keek de straat door om te zien wat er aan de hand was. We stonden voor Western Beef, de grote vleesmarkt. Voor geen goud zou ik daar naar binnen gaan. Twee deuren verderop was een ander soort vleesmarkt; een chique nachtclub die De Lotus heette. Dat is dus het Meatpacking District. Je kon de ironie snijden met een plastic mes.

Ayaan liet zich op haar knie zakken en bracht haar geweer omhoog. Had iemand iets gehoord? Ik zag geen beweging tussen de stapels kartonnen kratten voor Western Beef. De stank was afgrijselijk, maar wat verwacht je anders van een pakhuis vol vlees als de stroom uitvalt?

De deur van de Lotus ging als eerste open. Een kleine, gedrongen man in een modieus gesneden zwart pak struikelde de straat op. Van deze afstand gezien had hij dronken kunnen zijn, niet dood. Ayaan richtte haar wapen met perfecte traagheid en precisie, en zijn linkerslaap verdween. Hij belandde op straat in een rommelige hoop zwarte stof, als een dode kraai.

'Er zijn er misschien nog meer,' zei ik hardop. Een van de meer overbodige opmerkingen die ik ooit heb gemaakt. Het schot galmde als een klok om ons heen en het geluid echode, nog lang nadat de dode man was omgevallen, tussen betonnen puien en bakstenen gebouwen heen en weer. Gewaarschuwd door het geluid kwamen er anderen.

Tientallen anderen: grote, stevige kerels met witte schorten die uit het gebouw van Western Beef kwamen strompelden, Europees tuig uit de club, zonder elkaar op te merken, soms klauterend over elkaar heen in hun verlangen om bij ons te komen. Ze stroomden door de deuren naar buiten, klauwend en krabbelend om als eerste bij ons te zijn. Tientallen veranderden in twintigtallen.

Als je er de doden bij optelde die aan alle kanten uit andere gebouwen kwamen, nou...

Twintigtallen veranderden in honderden.

# 16

Ze vulden de straat voor ons, een schuifelende horde met gapende kaken en rollende ogen. Sommigen zagen er keurig uit, bijna even gezond als ze er bij leven moesten hebben uitgezien. Bij anderen ontbraken ledematen of huid of zelfs hun gezicht. Hun kleren hingen om hun lijf in flarden of in perfect gesteven vouwen en allemaal – allemaal – kwamen ze op ons af. Ze zouden niet stoppen voor we aan repen waren gescheurd.

'We moeten weg,' schreeuwde ik tegen Ifiyah. Ik probeerde haar arm te grijpen maar ze schudde me van zich af. Met korte, afgemeten woorden beval ze haar meisjessoldaten om een vuurlinie in te nemen; dezelfde strategie die ze in de haven had gebruikt.

Het waren er deze keer een stuk meer en hun bewegingen werden minder belemmerd. Ik wist gewoon niet of we dit wel konden overleven.

'We kunnen ze voorblijven, een zijstraat ingaan,' stelde ik voor. De doden zetten nog een stap naar ons toe. En nog een. Ze zouden nooit stoppen. 'Ifiyah...'

'Ze hebben geen wapens, Dekalb,' zei de commandant alsof ze een insect verjoeg. 'Ze zijn zo stom, dat ze hier op ons liggen te wachten terwijl ze zelfs geen geweren hebben.'

'Dit is geen hinderlaag; ze zijn niet in staat tot een dergelijk niveau van planning,' drong ik aan. Ik keek naar Gary, de slimste dode man ter wereld, en hij knikte bevestigend.

Ayaan negeerde me nadrukkelijk. In tegenstelling tot de anderen moest zij toch weten wat er zou gaan gebeuren. Ze was erbij geweest, in het ziekenhuis, toen de meisjes stierven. Ik zag dat ze snel door haar neus ademde, haar kaken op elkaar geklemd, maar ze bleef in haar ineengedoken schiethouding zitten. Bevelen zijn bevelen, denk ik. De meisjes openden het vuur en schoten alleen op het hoofd. Misschien, dacht ik, misschien was het wel waar. Misschien was ik gewoon een lafaard. Die meisjes waren getrainde soldaten en ze waren niet in paniek. Misschien was het juist het beste om hier de confrontatie aan te gaan.

'We zijn de lul,' kreunde Gary, rukkend aan zijn riem. Het andere uiteinde was stevig aan een brandkraan vastgebonden.

De doden vielen geluidloos een voor een neer, maar anderen kropen gewoon over de bewegingloze lichamen en bleven komen. Ayaan en Fathia knielden bij elkaar neer, dekten elkaar en dunden de rijen die het dichtstbij kwamen uit, maar terwijl hun geweren klikten en kogels uitspogen, bleven de doden maar komen. Ik kon me deze plek in betere tijden herinneren, hoe druk en lawaaiig het hier toen was, maar het had in niets geleken op dit. Het lawaai dat we maakten, moest wel elk wandelend lijk in de Village lokken.

'Het is te gevaarlijk om nu te vluchten,' schreeuwde Ifiyah. 'We gaan hier niet weg tot ze allemaal dood zijn, en *insjallah* is het dan veilig.' Ik weet niet tegen wie ze het had; ze keek in ieder geval niet naar mij.

Ik stapte achteruit om de zijstraten af te speuren en zag dat die ook ontoegankelijk waren; niet vanwege de solide muur van doden die tussen ons en de rivier in stond, maar door tientallen dwalende lijken die van alle kanten op ons afkwamen. In het oosten – weg van de rivier en daardoor verder weg van de veiligheid – zag de straat er redelijk verlaten uit, maar wie wist wat we er zouden aantreffen, zelfs als we nu vluchtten?

Pal naast me schakelde een van de meisjessoldaten – een magere met schrammen op haar knieën – haar geweer om naar volautomatisch en sproeide kogels naar de naderende horde. Ze was in paniek – op deze afstand kon ze onmogelijk met zulke snelle schoten hoofden raken – en Ifiyah sloeg snel op haar handen om haar op te laten houden. Ze verspilde alleen maar kogels.

Ik zag de ogen van het meisje terwijl ze de kille intensiteit voelde van de woede van haar commandant. Ik had verwacht er angst in te zullen zien, maar ik zag alleen schaamte. De soldaten waren bereid hier te sterven als Ifiyah dat bevel gaf, ervan overtuigd dat het beter is te sterven voor een nobele zaak dan te leven zonder eer.

Persoonlijk zou ik liever in leven blijven, zelfs al zou het woord LAFAARD op mijn voorhoofd worden getatoeëerd. Toen de doden uit de zijstraten kwamen en ons vanaf de zijkanten begonnen te naderen, greep ik naar Ayaans arm en schreeuwde tegen haar dat we ons moesten terugtrekken. Ik nam aan dat als iemand Ifiyah tot rede zou kunnen brengen, zij het zou zijn.

De lucht werd uit mijn longen geperst toen ze me met de kolf van haar AK-47 in mijn maag ramde. 'Jij geeft mij geen bevelen!' krijste ze boven het geluid van de geweren uit. 'Jij geeft helemaal geen bevelen, *gaal we'el*! *Sedex goor* vertel ik je dat, en je kwettert nog altijd tegen me als een babyvogel! *Waad walantahay*!'

De doden kwamen massaal en snel op ons af terwijl ik mijn best deed om op adem te komen. Ze kwamen recht op ons af, nooit afdwalend, nooit aflatend. De kogels vertraagden ze niet eens. Ifiyah rende heen en weer en schreeuwde aanmoedigingen of scheldwoorden naar haar kumayozusters. Een dode man in een groene trui en gaatjesschoenen dook links van haar op; hij was op een of andere manier door een opening in de verdediging geglipt. Hij reikte naar Ifiyah en probeerde haar jas vast te pakken, de sjaal om haar hoofd, haar vlees, en Ifiyah zaagde de man doormidden met automatisch geweervuur, waardoor zijn bovenlichaam letterlijk van zijn benen werd gescheiden in een kolkend waas van gescheurde huid en botsplinters. '*Sharmutaada ayaa ku dhashay was*!' schreeuwde Ifiyah, haar gezicht stralend en uitgelaten.

De dode man met de groene trui aarzelde niet eens. Zodra zijn bovenlichaam de grond raakte, begon hij weer naar Ifiyah te kruipen. De commandant leegde de rest van haar magazijn in het lichaam, maar slaagde er op een of andere manier niet in het hoofd te raken. Voor ze de kans had bij te laden, sloegen twee skeletachtige armen om haar kuit en zonken gebroken tanden diep in haar dij.

Twee meisjessoldaten trokken het lijk van Ifiyahs been af. Ze stampten met de hakken van hun kistjes op het hoofd van de man tot er niets van over was dan grijze pulp. Het was echter al te laat. Ifiyah greep naar haar wond, haar geweer vergeten, en keek naar haar soldaten op alsof ze naar ideeën zocht.

'We moeten op zoek naar een veilig GVP,' zei Ayaan uiteindelijk tegen me, 'en jij bent de specialist in deze buurt.' Ik was zo gebiologeerd door wat er met Ifiyah was gebeurd, dat ik haar niet had zien aankomen en een kreet van schrik slaakte. 'Haal ons hier weg, Dekalb!'

Ik knikte en staarde richting het westen langs Fourteenth Street. Vanuit die richting kwamen maar een paar doden onze kant uit wankelen. 'Laat iemand hem losmaken,' zei ik, wijzend naar Gary. 'Hij is arts. Een *takhtar*. We hebben hem nodig.' Ze deden wat ik zei. De dode man beweerde dat hij niet kon rennen, dus liet ik twee meisjes hem dragen. Als ze dat geen plezierige taak vonden, waren ze te goed getraind om dat te zeggen. Ik tilde Ifiyah zelf op – het verontrustte me te merken dat ze maar een klein beetje zwaarder was dan mijn zevenjarige dochter Sarah – en toen renden we, galoppeerden we door Fourteenth Street, onze wapens hotsend op onze rug. We doken tussen de doden door, die naar ons graaiden. Een van de meisjes werd vastgegrepen door een bijzonder vingervlug lijk maar ze schopte hem in het gezicht en bevrijdde zich.

Hoewel we buiten adem waren voor we zelfs maar één straat door waren, gunde ik ons geen rust tot we langs een gebouw waren gerend dat was voorzien van steigers, waar de straat uitkwam op de door bomen omzoomde open ruimte van Union Square. Toen besefte ik dat ik geen idee had waar ik naartoe wilde. We liepen weg van de rivier en de veiligheid van het schip. Waar konden we ons hier nu verstoppen voor de doden?

# 17

We hielden halt en verzamelden ons rondom het standbeeld van Gandhi aan de rand van Union Square. Ik keek op naar het glimlachende, bronzen gezicht en verontschuldigde me in stilte omdat ik hem omgaf met zwaarbewapende kindsoldaten. Ik kon me nog een tijd herinneren dat hippies hier bloemenslingers om de hals van de grote pacifist hingen, maar alles wat ik daar nu zag, waren lege lussen van garen.

'Ze hebben de bloemen opgegeten,' merkte Gary op, bijna alsof hij mijn gedachte had opgevangen. Ik keek hem weer aan.

'Bloemen?' vroeg ik op bruuske toon.

'Alles wat leeft. Vlees is beter, en levend vlees is het beste, maar ze knagen de bast van een boom als het moet.' Hij stapte naar een grote, kromme eik en legde een hand op een van de dikke takken. Er waren inderdaad repen bast weg, waardoor er diepe, parallelle voren in het hout zaten.

'Waarom, verdomme? Waarom doen ze dit?'

Gary haalde zijn schouders op en ging tegen de boom zitten. 'Het is dwangmatig. Je kunt je er niet lang tegen verzetten; de honger neemt het gewoon over. Ik heb er wel een theorie over... Ik bedoel, ze hadden inmiddels allemaal al moeten wegrotten. Mensenlijken ontbinden snel. Ze zouden inmiddels hopen botten en slijm moeten zijn, maar ze zien er behoorlijk gezond uit.'

Ik keek hem woest aan.

'Oké, oké, dat was een gedachtescheet. Met "gezond" bedoel ik "aan één stuk". Ik denk dat als ze levend vlees eten, ze daar een soort levenskracht uit putten of zo. Een of andere energie die ze heel houdt.'

'Gelul,' zei ik ademloos. Ik keek naar de meisjes om te zien of ze het met me eens waren, maar ze hadden evengoed zelf standbeelden kunnen zijn. Ze hadden zichzelf uitgeschakeld, niet in staat te begrijpen hoe erg de situatie was geworden. Ze hadden iemand nodig die hun vertelde wat ze moesten doen, en nu commandant Ifiyah was uitgerangeerd, wisten ze niet welke kant ze op moesten kijken.

Ik had geen ideeën meer. Waar moesten we naartoe? Onze enige ontsnappingsroute was afgesloten. We konden schuilen in een van de gebouwen... Misschien de Barnes & Noble aan de noordkant van Union Square. In de boekhandel zouden we in ieder geval genoeg te lezen hebben terwijl we verhongerden. Ik had het tot hier gered op mijn adrenaline, maar nu...

We hoorden de doden niet aankomen. Ze maakten geen geluid. Door de bomen in het park konden we ze ook nauwelijks zien, maar op een of andere manier wisten we dat we omsingeld werden. Noem het slagveldparanoia als je wilt. Misschien ontwikkelden we een zesde zintuig voor de doden. Ik droeg de meisjes op om de stenen treden naar Union Square zelf op te gaan, waar we alles misschien beter zouden kunnen overzien. Toen we bij een van de paviljoenen boven de metro-ingangen kwamen, hieven de meisjes hun geweren puur uit gewoonte.

'*Wacan... kurta...*' zei Ifiyah zachtjes. Iets over schieten op het hoofd. Ze scheen niet de kracht te hebben om een werkelijk bevel te geven. Haar been bloedde nog altijd hevig, dus riep ik Gary erbij en zei dat hij zich erom moest bekommeren. Hij was ooit arts geweest. Of medicijnenstudent, in ieder geval, en dat zou maar goed genoeg moeten zijn. Ik zette een hand boven mijn ogen en tuurde naar de verre westkant van het park, op zoek naar beweging.

Die vond ik snel genoeg. Er was meer dan genoeg te zien: tientallen lijken, misschien wel vijftig, die op ons afkwamen terwijl wij gewoon zaten te wachten. Maar wat konden we doen? We zaten vast. Er kwam een horde ondoden achter ons aan. Ze bewogen zich niet veel sneller dan wij konden lopen, maar zij hoefden niet te rusten en zouden ons uiteindelijk inhalen. Voor ons uit waren het er een stuk minder. We zouden ons gewoon een weg door hen heen moeten banen.

'Fathia,' zei ik tegen de soldaat die naast me stond. 'Daar, zie je ze? Zijn ze binnen bereik? Elk schot moet raak zijn.'

Ze knikte en zette haar geweer voor haar oog. Een schot weerkaatste door het park en in de verte viel een tak uit een boom. Ze schoot nog eens en ik zag een van de dode mannen stuipen, maar hij liep wel door. Ayaan probeerde het ook, maar haar resultaten waren niet beter. Ik zou op dat moment veel over hebben gehad voor een verrekijker.

Ze kwamen in zicht in de buurt van het standbeeld van Lafayette. Grote kerels met kale koppen... Nee, helmen, ze droegen een soort helmen. Motorrijders? Een van hen had een lange stok of een geweer in zijn handen, en een akelig moment lang overwoog ik de mogelijkheid van doden met wapens. Hij liet het ding echter vallen, wat het ook was, om zijn hand vrij te hebben zodat hij naar ons kon graaien, ook al was hij nog op honderd meter afstand. Die dingen waren net vlees zoekende raketten, zonder het vermogen tot bedrog of misleiding.

'Die daar.' Ik wees naar de voorste, en drie snelle schoten volgden elkaar op. Een van die schoten moest raak zijn geweest; we zagen vonken van de helm afketsen. Hij hield echter amper zijn pas in. Toen besefte ik waar we naar keken. Mobiele eenheid.

Natuurlijk. In de eerste dagen van de Epidemie waren overal plunderingen begonnen. Grote paniek bij de burgers. Natuurlijk zouden ze de mobiele eenheid erbij halen om de orde te bewaren. En natuurlijk zouden enkele leden daarvan ten onder zijn gegaan in een chaos op zo'n grote schaal als de Epidemie. 'Probeer het nog eens,' zei ik, en ze schoten allebei tegelijk. De ex-politieman draaide rond in een cirkel toen de kogels tegen zijn hoofd ketsten. Hij zonk op de grond en ik zuchtte van verlichting.

Toen kwam hij langzaam weer overeind.

'De helm, die moet gepantserd zijn,' zei Ayaan. Jezus, dat moest wel kloppen. Alleen met een hoofdschot kon je een wandelende dode uitschakelen, en deze lijken hadden kogelvrije helmen op.

Wat konden we in godsnaam doen? De meisjes bleven schieten. Ik wist dat we munitie verspilden, maar wat moesten we anders? Ze probeerden nu gezichten te raken, maar de helmen waren voorzien van stevige vizieren.

'Geef de bevelen,' zei een van de meisjes terwijl ze naar me opkeek. 'Jij bent nu commandant, dus geef de bevelen.'

Ik wreef woest over mijn wang en keek om me heen. Er zat een Virgin-megastore aan de zuidkant van het park. Ik herinnerde me nog dat ik daar geweest was toen ik de laatste keer in New York was, en ik meende me te herinneren dat de winkel maar een paar ingangen had. Het zou echter tijd kosten om binnen te komen en de boel te barricaderen. Tijd die we niet hadden als we die xaaraan niet konden tegenhouden. 'Schiet op hun benen,' stelde ik voor. 'Als ze niet kunnen lopen...' Maar natuurlijk droeg de mobiele eenheid ook gepantserde uniformen.

De horde doden die vanaf Fourteenth Street kwam, naderde nog altijd. De voormalige mobiele eenheid was misschien nog vijftig meter van ons af.

'Geef de bevelen,' drong het meisje aan. Ik stond daar als een blok steen, zonder een enkele gedachte in mijn hoofd.

# 18

De dode agenten van de mobiele eenheid waren nog maar veertig meter van ons af. We konden ze nu duidelijk zien: hun dikke bepantsering, hun helmen met heldere plastic vizieren waarachter hun cyanotische huid zichtbaar was. Ze bewogen haperend, alsof hun spieren verstijfd waren als droog hout. Hun voeten glipten over de grond, op zoek naar evenwicht, dat slechts in beperkte mate aanwezig was.

'Ze stoppen niet,' zei Gary tegen me. 'Ze stoppen nooit.'

Die informatie had ik nauwelijks nodig. Ifiyah, de gewonde commandant van de kindsoldaten die me omgaven, had de vergissing begaan om de wandelende doden te behandelen als elke andere vijandelijke troepenmacht. Ze had geprobeerd ze te verslaan met een spervuur vanuit een verdedigbare positie. Ze had gedacht dat ze ze allemaal kon doodschieten. Maar we hadden gewoon niet genoeg kogels.

Ayaan schoot nog eens en spleet de laars van een politieman open. Hij struikelde en viel bijna, maar hij ging niet neer. Het enige kwetsbare deel van zijn lichaam – zijn hoofd – werd beschermd door een helm die ondoordringbaar was voor de relatief trage kogel uit een AK-47.

Ik wist dat beter dan wie ook. Het had een van die sommen kunnen zijn die ik moest oplossen toen ik nog in opleiding was bij de VN. Bij 710 meter per seconde – ongeveer twee keer de snelheid van het geluid, op zeeniveau op een zonnige dag – konden de kogels heel wat kracht loslaten op die helmen, maar die kracht werd verspreid door het gaas van ballistische kevlarvezels aan de binnenkant van de helm. Het soort feitje dat een wapeninspecteur van de VN zou horen te weten. Of het doelwit leefde of ondood was, was geen variabele waar we ooit rekening mee hadden hoeven houden.

Aan de oostkant van het park – onze onverdedigde flank, zogezegd – hoorde ik een schreeuw, en toen ik opkeek, zag ik een van de meisjes naar me wuiven. Ik had haar daarheen gestuurd om de vijand in ogenschouw te nemen, en het signaal betekende dat er een horde – een waar leger van ondoden – Sixth Avenue overkwam, niet meer dan twee straten vanaf onze positie. Bij hun standaard wandelsnelheid van vijf kilometer per uur (de standaard wandelsnelheid van een lévend mens is zes kilometer per uur, maar de doden sloffen nogal) gaf ons dat op zijn hoogst tien minuten de tijd voor ze ons zouden bestormen. Misschien – heel misschien – konden we de ex-politiemannen afweren door van dichtbij te schieten, maar dat zou tijd kosten; tijd die we niet hadden.

Op dat moment kon ik nergens anders op terugvallen dan op mijn training, en dus bleef ik hoofdrekenen. Het maakte niet uit hoe doelloos mijn berekeningen zouden zijn.

De voormalige mobiele eenheid was nog maar dertig meter van ons af toen ik eindelijk weer bij zinnen kwam. De meisjes bleven schieten, hoe zinloos ook. Ze waren hier niet op voorbereid, niet mentaal. Ze vochten nog altijd een guerrillaoorlog.

Voor guerillatactieken is een tegenstander nodig die in staat is logische beslissingen te nemen. De doden wisten niets van logica. Ik moest iets echt geks doen, iets echt waanzinnigs.

De meisjes hadden hun teveel aan wapens op een stapel onder aan het standbeeld van Gandhi gedumpt; een ironie die ik maar even negeerde. Ik weet niet zeker wat ik dacht, als ik al iets dacht, behalve dat ik me maar beter kon bewapenen. De AK-47 die me in de boot was gegeven, had een gebogen loop, het resultaat van mijn wanhopige misbruik van het wapen als breekijzer in het ziekenhuis. Ik had een nieuw wapen nodig als ik wilde vechten.

Ik had nog nooit een geweer afgevuurd met de bedoeling om iemand te raken. Ik kende de specificaties en schema's en statistieken van wapens uit mijn hoofd, maar ik had zelfs nog nooit een pistool afgevuurd in een gevechtssituatie. Ik keek niet eens naar het wapen dat ik oppakte. Op een of andere abstracte manier wist ik dat het een Russische raketlanceerder was, een RPG-7V. Daar had ik de handleiding van gelezen. Ik wist hoe ik aan de voorkant een granaat moest laden en hoe ik de buis op mijn schouder moest leggen. Ik wist er voldoende van om de lensdop van het kijkermechanisme te halen, één oog dicht te doen en met het andere door de zoeker te kijken. Ik richtte het kruis op de helm van de dichtstbijzijnde ondode agent en drukte de trekker in. Ik wist hoe dat moest, ook al had ik nog nooit van mijn leven met zo'n wapen geschoten.

De dode mannen waren nog twintig meter van ons vandaan.

Een lange kegel van vonken en vuur knalde achter uit de buis. Fathia sprong gillend achteruit; de hete lucht had haar wang geraakt. De granaat sprong bij me weg. Er volgde helemaal geen terugslag. Ik liet de nu lege buis vallen en keek de raketgelanceerde granaat na, die met een staart van witte rook achter zich aan verdween. Hij ging zo langzaam, leek wel in de lucht te blijven hangen. Ik zag vinnen uit het staartstuk springen, zag het ding zichzelf stabiliseren tijdens de vlucht en zijn draaiende beweging corrigeren. Ik zag hem de grond precies voor de eerste dode man raken.

Een heel korte flits van verzengend wit licht werd meteen opgeslokt door een wolk grijze mist die opbolde tot een kwade wolk van wervelende rook. Overal kwam puin uit de lucht vallen; stukken beton, pollen gras, een afgerukte hand. Het maakte allemaal een stuk minder lawaai dan ik zou hebben verwacht. Er waaide een warme bries over ons heen die de hoofddoeken van de meisjes in beweging bracht, en ik knipperde gruis en stof uit mijn ogen.

De rook trok op en ik zag een krater van een meter doorsnee in de grond, omgeven door verminkte lijken met afgerukte ledematen, uitstekende botten die beschuldigend de lucht in wezen. Een paar voormalige agenten bewogen nog, stuipten voornamelijk, maar trokken zich nog altijd naar ons toe met vingers die helemaal de verkeerde kant op bogen. De meerderheid lag bewegingsloos op de grond, slachtoffers van granaatscherven en hydrostatische shock.

'*Xariif*,' mompelde Ayaan. Het betekende 'slim' en het was het aardigste wat ze ooit tegen me had gezegd.

Ik zwaaide de lege buis, waaruit aan beide uiteinden nog altijd rook kringelde, over mijn schouder en wenkte onze verkenner. We hadden nog altijd zeer weinig tijd. Zodra we gehergroepeerd waren, leidde ik de meisjes op een wanhopige draf over Fourteenth Street richting het oosten, naar de Virgin-megastore daar. De hoofdingang, een driehoekige lobby van glazen deuren, zat stevig op slot, maar dat was juist goed. Een tweede ingang, in de buurt van het winkelcafé, ging open toen ik aan de chromen deurklink rukte. Ik wuifde de meisjes naar binnen en droeg ze op zich te verspreiden en te zorgen dat het veilig was.

Gary liep aan het eind van de rij. Ik stak mijn arm voor de deur voor hij naar binnen kon gaan. We waren bang, moe en nog altijd in groot gevaar. Het zou het moreel weinig goeddoen als de meisjes Ifiyah moesten zien sterven. Ik wilde met hem praten over wat we konden doen.

'Ze gaat dood,' probeerde ik, maar hij was voorbereid.

'Laat mij naar haar kijken. Misschien kan ik haar redden.'

We wisten allebei hoe onwaarschijnlijk dat was. Niemand overleefde ooit een beet van een ondode. De mond van de dode man die Ifiyah had gebeten, zat vol microben – gangreen, bloedvergiftiging, tyfus – en dat was allemaal recht in die wond geïnjecteerd. Als je daar de shock en het enorme bloedverlies bij optelde, had Ifiyah nauwelijks meer kans bij ons dan buiten bij de doden.

Maar toch. Ze leefde nog, voorlopig. Ik had misschien net een granaat afgevuurd op een menigte, maar dat had niet helemaal veranderd wie ik was. Als er een kans bestond dat Ifiyah het kon redden, dan moest ik haar die bieden.

Ik zuchtte maar hield de deur voor hem open. Hij mompelde een bedankje toen hij de schemerige megastore binnenstapte. Ik volgde hem op de hielen en trok de deur achter me dicht.

# 19

We verspreidden ons over de eerste verdieping van de megastore, stilletjes tussen de rijen displays door, keken met onze geweren in de aanslag achter balies en in kasten. De winkel had twee verdiepingen; een hoofdverdieping met een glazen pui waardoor we over het plein konden uitkijken, en een kelder vol dvd's. De middagzon verlichtte de hoofdverdieping vrij aardig, maar de verdieping eronder school in duisternis. Ik stuurde Ayaan en een groep meisjes met zaklantaarns naar beneden om de boel te verkennen. Ze kwamen binnen een paar minuten terug, met angstige gezichten maar zonder iets te melden. Mooi.

Onze eerste taak was het barricaderen van de cafédeur. We vonden de sleutels van de winkel in het kantoor van de manager en deden de deur op slot, waarna we er tafels en stoelen tegenaan schoven. Enkele meisjes deden hetzelfde bij de voordeuren. Op dat moment waren de doden al gearriveerd. Ze drukten zich tegen het glas, duwden elkaar opzij en probeerden door het glas heen te lopen. Ze sloegen er met hun handen op, pletten hun gezichten ertegenaan. Een tiental angstige minuten lang dacht ik dat het raam zou bezwijken onder de druk van hun lichamen, maar het hield. Ze waren vreselijk om te zien; hun gezichten vol witte en roze zweren, hun handen kapot en gewond terwijl ze redeloos op het glas sloegen. Ik zei de meisjes dat ze bij de ramen uit de buurt moesten blijven en zich moesten terugtrekken in het donkerdere gedeelte achter in de winkel, alleen al voor de moraal.

We zetten Ifiyah in de leren bureaustoel van de manager, en Gary haalde een EHBO-doos uit het café om haar wond te verbinden. De huid rondom de beet zag er bleek en opgezwollen uit. Dat was niet erg hoopgevend. Commandant Ifiyah kon op dat moment nog praten en Fathia, haar bajonetexpert, hield haar hand vast en stelde haar zachtjes wat vragen die ik niet helemaal verstond.

'*See tahay*?' vroeg Fathia.

'*Waan xanuunsanahay*,' was het antwoord. '*Biyo*?'

Fathia gaf haar commandant een veldfles aan. Het gewonde meisje dronk er gulzig uit en knoeide water over de voorkant van haar blazer. Ik wende me af en zag Ayaan naar me toe komen langs de rijen displays. 'Dekalb. We zijn voorlopig veilig, ja? Sommige meisjes willen graag bidden. Het is al te lang geleden.'

Ik knikte, verbaasd dat ze dat vroeg. Kennelijk was ik, in het machtsvacuüm dat was achtergelaten door Ifiyahs uitschakeling, de absolute autoriteit van het team geworden. Ik wist niet zeker wat ik daarvan vond. Ik dacht niet dat ik dat soort verantwoordelijkheid echt wilde, maar als westerling vond ik het wel een opluchting dat er niemand meer was die bevelen tegen míj blafte.

Meer dan de helft van de meisjes wilde bidden. Ze legden handgeweven *derin*-matjes op de vloer van de megastore en richtten ze naar het oosten, waar ik vermoedde dat Mekka lag. Ik luis terde naar ze terwijl ze op sonore toon in het Arabisch zongen, en ik keek naar de andere meisjes; de minder vrome, neem ik aan. De meesten staarden door de ramen naar de doden buiten. Vroegen ze zich af wat we nu gingen doen? Ik in ieder geval wel.

Een meisje – een van de jongsten, ik geloof dat ze Leyla heette – liep langs de rekken met artikelen, met één hand op de riem van haar AK-47 terwijl ze met de andere door de verschillende cd's die er stonden flipte. Haar onderlip ging omhoog of omlaag terwijl ze de titels las, en soms bukte ze vanuit haar middel, alsof ze wanhopig probeerde de neiging te onderdrukken om opgewonden op en neer te springen als ze een bijzonder populaire groep had gevonden. Ze deed me denken aan Sarah. Leyla was dan een stuk ouder en veel gevaarlijker, maar ze straalde nog altijd iets uit: die nauwelijks in bedwang gehouden energie die ik in mijn dochter zo was gaan bewonderen.

God, Sarah had nog nooit zo ver weg geleken als toen.

'Meer kan ik niet voor haar doen,' zei Gary tegen me terwijl hij een paar latex handschoenen afpelde. Ik keek naar Ifiyah en zag dat ze sliep of bewusteloos was. Haar been was strak omwonden met rafelige repen stof en haar voet begon paars te worden. Een tourniquet. Zelfs al overleefde ze het, dan zou ze waarschijnlijk haar been verliezen.

Gary ging op de vloer zitten en pakte een bierworstje uit. Hij kauwde er wat op tot ik het gevoel begon te krijgen dat de stilte tussen ons veranderde in iets wat getemd moest worden. Maar Gary was de eerste die iets zei. 'Waarom ben je naar New York gekomen?' vroeg hij. 'Had je hier familie?'

Ik schudde mijn hoofd. 'Lang geleden, ja. Maar mijn ouders waren al overleden voor... dit. Mijn moeder kwam om bij een vliegtuigongeluk en mijn pa kon niet zonder haar leven. Hij kwijnde gewoon weg. Grappig eigenlijk. Ik weet nog dat ik bij de begrafenis van mijn moeder zo vreselijk graag wilde dat ze terugkwam.' Ik keek naar de ramen. 'Je moet oppassen met wat je wenst, hè?'

'Jezus, wat ben jij een harde,' zei Gary, die met zijn ogen rolde. 'Doe eens rustig.'

Ik knikte en hurkte naast hem neer. Ik besefte dat ik honger had en pakte dankbaar een van zijn in plastic verpakte voedselachtige snacks aan. 'Sorry. Ik denk dat ik gewoon bang ben. Nee, we zijn hier in Manhattan op zoek naar medicijnen. De president-voor-het-leven van Somalië heeft aids, maar er is op het moment gewoon geen antiretrovirus in Afrika te krijgen.'

'En wat schiet jij ermee op?'

Ik haalde Sarahs foto uit mijn portemonnee maar liet hem die niet aanraken, niet met die dode handen. Ik liet hem de foto zien en staarde er toen zelf een tijdje naar. 'Zij en ik krijgen volledig staatsburgerschap op een van de veiligste plekken ter wereld.' Op de foto stond Sarah, toen vijf jaar oud, de neus van een onwaarschijnlijk tamme kameel te aaien. De foto liet niet zien wat er daarna kwam: de natte nies van de kameel, kleine Sarah die gillend door een kamp vol nomaden rende, die lachten en klapten en haar fruit aanboden. Dat was een mooie dag geweest. Ik denk meestal aan ons leven in Afrika als één lang griezelverhaal – beroepsdeformatie, denk ik – maar er waren zo veel mooie dagen geweest.

'Ik wil graag een tijdje rusten, als je het niet erg vindt,' zei ik tegen hem. Ik was niet zozeer vermoeid als in mezelf gekeerd, en het werd lastig om me nog op iemand anders te richten. Hij was zo vriendelijk om naar een stoffige hoek van de winkel te schuifelen, waar hij in alle rust op zijn bierworstjes kon kauwen.

Ikzelf draaide me om en keek uit het raam – niet naar de doden, want daar was ik me amper nog van bewust – maar naar het Empire State Building, duidelijk zichtbaar boven de bomen aan de noordkant van Union Square. De zo beeldende wolkenkrabber leek daar gewoon te zweven, losgekoppeld van de wereld. Ik vroeg me af wat je nu op de bovenverdiepingen zou vinden; een verdomd eind lopen aangezien de liften het niet meer deden, maar misschien toch de moeite waard. Wat voor veiligheid, wat voor sereniteit zou daarboven nog bestaan? Ik was vaak genoeg op het observatiedek geweest toen ik nog klein was, en ik wist dat je de hele stad van daarboven kon zien, maar in mijn gepeins zag ik niets anders dan lange, ijzige slierten wolken, een sluier tussen mij en het vuil op de grond.

Ze zeggen dat dit soort ontkoppeling veel voorkomt bij soldaten in oorlogsgebieden. In de nasleep van een gevaarlijk gevecht schakelt de geest een voor een zijn functies uit en gaat zweven; misschien eindeloos het moment herlevend waarin een ander lid van het bataljon werd geraakt door een kogel, misschien in een poging zich alle details van de chaos te herinneren zodra die voorbij was, misschien alleen maar, zoals die van mij nu deed, een beetje dwalend zonder enige gedachte of enig gevoel. Er is zelfs een naam voor dat fenomeen: de 'Thousand-Yard Stare', een soort tijdelijke gedachteloosheid. De moderne medische wetenschap noemt het soms een 'gevechtsstress'. Het is een stuk minder zen dan het klinkt. Eigenlijk meer het tegenovergestelde van gedachteloze verlichting. Het is alsof je vastzit in je allerslechtste herinnering. Meestal komt een slachtoffer er meteen weer uit zodra er zich een nieuwe taak of plicht aandient. Soms blijven soldaten de rest van hun leven in en uit dergelijke toestanden drijven; dat noemen ze 'posttraumatische stressstoornis', waar iedereen wel eens van gehoord heeft.

Er was geen stimulans aanwezig om me eruit te halen, niet op dat moment. Er was niets anders te doen dan wachten; wachten tot al die doden buiten zouden wegrotten. Wachten tot een van de meisjes een briljante inval had. Wachten tot we allemaal verhongerden. Ik zag het licht veranderen, het Empire State van een grijs gebouw naar een onduidelijke obelisk naar een zwarte verfstreep over de sterrenblauwe hemel gaan terwijl de middag plaatsmaakte voor de avond, plaatsmaakte voor de onverlichte nacht.

Uiteindelijk sliep ik en droomde ik.

# 20

'*Baryo*,' kreunde het meisje, de commandant van het meisjesleger, en ze bewoog in haar slaap. Gary had haar met zijn eigen broekriem vastgebonden op een comfortabele kantoorstoel, zodat ze er niet af zou vallen als ze stuipen kreeg.

Hij keek niet naar haar. Dat kon hij niet; nog niet. Hij wist dat ze stervende was en hij wist wat hij zou zien als hij zich omdraaide en naar haar keek, en hij wilde het niet zien. In plaats daarvan keek hij door de ruiten naar de menigte doden daar. Ze drukten zich nog altijd in groten getale tegen de ramen, maar in de afgelopen uren was hun wanhoop iets afgenomen. Niet dat ze nu minder honger zouden hebben, natuurlijk, maar de nacht en duisternis leek ze wat te kalmeren. Ze hoefden niet te slapen. Gary wist dat uit eigen ervaring. Hij kon zelf ook niet slapen; dat oude gevoel dat hij zich herinnerde van dichtzakkende oogleden, zware ledematen. Nee. Dat was voorbij voor hem. En voor hen. Maar een soort van ingesleten herinnering aan hun leven moest ze nog altijd vertellen dat als de zon onderging, het tijd was om te rusten. *Het zou fascinerend zijn om hun gedrag uit eer-*

*ste hand te bestuderen*, dacht Gary. Wat een kans voor de wetenschap!

'*Daawo*,' zei ze achter hem. Hij keek bijna over zijn schouder. Weerhield zich daar net op tijd van.

Hij zou toch meer dan genoeg tijd hebben om te leven tussen de doden en te ontdekken hoe ze zich gedroegen. Het was hem in de afgelopen uren duidelijk geworden dat de Somali's hem niet zouden meenemen als ze vertrokken. Natuurlijk niet, hij was ondood. Onrein in hun ogen. Maar zijn bizarre, rudimentaire hoop op redding was toegenomen sinds het moment dat hij hun boot op de Hudson had zien liggen. In de chaos van zijn gevangenneming en de strijd die erop volgde, had hij niet helder kunnen nadenken maar nu, nu... er was geen ontkomen aan. Hoe hij ze ook hielp, slijmde, zich in hun hart groef, ze zouden hem niet meenemen uit New York. Nou ja. Hij had geluk als hij een schouderklopje kreeg. Maar hij zou eerder een kogel in het voorhoofd krijgen als dank voor zijn trouwe dienst.

'*Maxaa? Madaya ayaa i xanuunaya... gaajo.*'

Gary wenste dat hij verstond wat ze zei. Ze had het zo moeilijk dat hij er niets aan kon doen; hij draaide zich om en keek. Het gezicht van het meisje had de kleur gekregen van sigarettenas en haar ogen puilden uit haar hoofd. Hij bukte zich en tilde de deken van haar benen. Ze waren zo gezwollen dat hij amper kon zien waar haar knieën zaten. En niet alleen haar gewonde been. De infectie had zich door haar hele onderlichaam verspreid. Ze was ten dode opgeschreven.

'*Canjeero*,' zei ze klaaglijk. '*Soor. Maya, Hilib. Hilib. Xalaal hilib. Baryo.*'

Hij voelde de hitte van haar gezicht afstralen. Nee, geen hitte. Iets anders. Een soort energie, maar niet echt iets tastbaars. Net als de trillingen die je voelt wanneer er buiten een zware vrachtwagen langsrijdt. Of de manier waarop je huid prikt wanneer je weet dat er iemand recht achter je loopt maar je diegene niet kunt zien. Een fantoomgevoel, nauwelijks bespeurbaar, maar wel aanwezig als je ernaar tastte.

Gary tastte ernaar.

'*Fadlan maya*,' kreunde het meisje, alsof ze aanvoelde waar hij mee bezig was. Toen, op bozere toon: '*Ka tegid*!' Hij kende die woorden niet, maar hij kon wel raden naar de betekenis. Ze wilde met rust gelaten worden. *Geef me even*, dacht hij, wetend dat zijn patiëntenvaardigheden wel wat verbetering konden gebruiken. Maar toch, hij moest het weten.

Hij bestudeerde haar niet zozeer met zijn ogen of neus of oren maar met iets anders; met de haartjes op zijn armen misschien, die rechtovereind stonden, of met de huid achter zijn oren, die tintelde van spanning. Een deel van zijn lichaam reageerde op die vreemde energie die ze uitstraalde. Zijn tenen krulden ervan om. Energie. Zoals de trillingen van een stemvork. Het kronkelde om haar heen en draaide de lucht in als rook of vonken vanaf een kampvuur. Het verwarmde zijn huid waar het hem raakte, irriteerde hem een beetje op een fijne manier. Zoals de adem van een geliefde tegen zijn nek. Gary had nooit veel vriendinnetjes gehad, maar hij wist hoe het voelde om te worden aangeraakt. Te worden gestreeld. Wat gebeurde er toch met hem?

Om het wat beter te begrijpen, liep hij naar de plek waar Dekalb en de andere, gezonde meisjes lagen te slapen, opgerold in hun kleurrijke, geweven matten. Hij ging heel stil staan en stelde zich zo veel mogelijk open. De energie was er, in hen allemaal, maar het was heel anders: een compacte massa, pulserend op een lage frequentie, trillend als een trommelvel. Dekalb had er een beetje meer van – hij was groter dan de meisjes – maar de energie in de meisjes voelde levendiger aan, op een of andere manier opwindender.

'*Waan xanuunsanahay*,' mompelde het gewonde meisje.

Gary ging weer naar haar terug en hurkte bij haar neer. Wat dit ook voor energie was – en Gary wist, wist met zekerheid, dat het haar leven was – het lekte uit haar weg. Sijpelde weg. Ze zou binnen het uur dood zijn, afgaande op hoe weinig er in haar over was. Ze zou teloorgaan. Wat een vreemde manier om te denken, maar zo zat het. Ze zou sterven en teloorgaan.

Gary liep achteruit en scheurde het plastic van nog een bierworstje. Kauwde er peinzend op. Hij kon niet... moest niet meer naar haar kijken, want hij kreeg er verkeerde ideeën van. Hij kon zich wel beheersen. Dat was een van de eerste dingen die hij tegen Dekalb had gezegd. Hij kon zelf nadenken. Hij hoefde niet te gehoorzamen aan elke gril.

Hij legde een hand tegen de ramen. De doden buiten keken even naar zijn hand en drukten toen hun gezichten weer tegen het glas, starend naar de mensen binnen. Terug naar hun verlangen, hun behoefte. Hij was op zo veel manieren net als zij, maar met dat ene verschil. Zijn wilskracht. Zijn wil. Hij kon elke drang weerstaan als hij maar zijn best deed.

'*Waan xanuunsanahay. Hilib.*'

Hij overwoog weg te gaan, de menigte daarbuiten in te gaan; ze zouden hem geen kwaad doen, dacht hij. Ze hadden niets aan hem. Niets wat hen interesseerde. Hij wist echter niet hoe hij de deur open kon krijgen zonder honderden doden zich een weg naar binnen te laten banen voor hij buiten kon komen en de deur weer achter zich kon sluiten.

Er was gewoon geen weg naar buiten. Hij zat hier vast, in de val, samen met de anderen.

'*Biyo*,' smeekte het meisje. '*Biyo*!'

Misschien, dacht hij, misschien zou ze met haar kreten de anderen wekken. Misschien werd Dekalb wakker en besefte hij dat hij was vergeten iemand op wacht te laten staan. Misschien zouden de meisjes wakker worden en voor hun commandant zorgen, haar geven wat ze nodig had. Misschien verlosten ze haar uit haar lijden. Maar ze bewogen zich niet eens.

Hij at met trillende handen nog een bierworstje maar het was niet de honger waardoor hij zo van slag was, niet het soort honger dat zich met snacks liet stillen, in ieder geval.

'*Takhtar*! *Kaalay dhaqsi*!' Het meisje klonk bijna samenhangend. Gary haastte zich naar de andere kant van de winkel, naar het kantoor van de manager. Hij ging de kast in en sloot de deur achter zich. Zittend op de vloer, met zijn hoofd tussen zijn knieën, drukte hij zijn handen tegen zijn oren.

Het zou wel goed komen. Hij kon zich beheersen. Het kwam wel goed.

# 21

In mijn droom zat ik achter het stuur.

Grote auto, een achtcilinder waarschijnlijk. Lederen interieur, chroom op de wielen. Ach wat, we geven hem ook staartvinnen. Een lekker diep gebrul als ik op het gas trapte en zo'n radio met een lichtgevende naald die heen en weer rolde door de golven in dc lucht, krabbelend naar hits. Mijn handen op het gewelfde stuur waren enorm en sterk en gebruind.

Het was nacht en ik reed door de woestijn. Het maanlicht scheen op de struikjes en het onkruid en de glooiende heuvels van zand en doden. Het was donker in de auto, op de lichtgevende naald na en de weerspiegeling daarvan in Sarahs ogen. Binnen, in het donker, leek Sarah precies op Ayaan maar het was Sarah. Het was Sarah. Buiten renden de doden mee met de auto en hielden ons behoorlijk goed bij ook al wees de snelheidsmeter bijna 140 aan. Ik maakte nog wat meer vaart en zag Helen naar me glimlachen van links van mij, haar benen pompend als een gek zodat ze onze snelheid kon bijhouden. Haar tanden vielen uit. Haar huid pelde af, zo hard rende ze, en al snel was ze niets dan botten, maar ze bleef rennen. Ze wuifde en ik knikte terug terwijl mijn grote, ronde elleboog uit mijn open raampje hing. Mijn lichaam hotste mee terwijl de auto verder reed.

'Dekalb,' zei Sarah, '*iga raali noqo*, maar wat is dat?' Ze staarde naar mijn hand op het stuur.

Ik deed de interieurverlichting aan en zag dat mijn handen onder het bloed zaten. 'Ach, meisje, het is niks,' zei ik lijzig. 'Gewoon wat vocht. Ik...'

Ik werd wakker voor ik die gedachte kon afmaken. Ik deed mijn ogen open maar er was niets te zien; zonder elektriciteit was het in Manhattan 's nachts even donker als diep in het binnenland. Donkerder nog, aangezien de wolkenkrabbers zelfs het licht van de sterren tegenhielden. Ik lag op mijn zij, stijf en ongemakkelijk en verkild tot op het bot. Iets nats en plakkerigs lag onder mijn hand; dauw misschien.

Ik kwam langzaam, kreunend overeind en strekte mijn knieën om de bloedsomloop in mijn benen weer een beetje op gang te krijgen. Ik dacht dat ik vlakbij iets hoorde bewegen maar nam aan dat het alleen de doden buiten maar waren, wachtend tot we naar buiten kwamen om te worden opgegeten. Ik negeerde het en ging staan. Ik had een toilet naast het kantoor van de manager gezien en ging daarheen, voorzichtig zodat ik niet op de slapende meisjes ging staan. Dat viel niet mee; mijn ogen waren inmiddels gewend aan de duisternis maar er was nog amper genoeg licht om afzonderlijke schaduwen te onderscheiden. Ik plaste klaterend in het droge toilet en toen, ondanks het voor de hand liggende gegeven dat het water niet meer kon stromen, reikte ik in de schemering naar de hendel en spoelde door. Vreemd genoeg werkte het. Ik weet niet wat voor waternet Manhattan heeft, maar het moet een wonder zijn. Zes maanden nadat de laatste levende personen er nog waren om ze te onderhouden, werkten de leidingen in de Virgin-megastore nog perfect. Zoiets kleins, zoiets stoms, maar het maakte zo veel goed. Iets wat nog werkte. Iets uit de oude wereld, het oude leven, wat nog werkte.

Onder de indruk en opgelucht liep ik weer naar buiten en vroeg me af of er nog iets te eten zou liggen in de pantry van het café. Ik betwijfelde het, maar ik had genoeg honger om in ieder geval oppervlakkig te zoeken. Toen ik halverwege was, hoorde ik het geluid weer, die beweging die ik had gehoord net nadat ik wakker werd. Deze keer was ik er zeker van dat het ín de winkel was.

Angst, uiteraard, schept ruimte in de geest. De adrenaline pompte vanuit mijn nieren omhoog en verspreidde zich in een golf door mijn lichaam. Mijn rug prikte en de huid onder mijn oorlellen begon te zweten. Het zou een rat kunnen zijn, of een van de meisjes die zich omdraaide in haar slaap. Het kon een lopend lijk zijn dat op een of andere manier toegang had weten te krijgen tot het gebouw, op een moment waarop we niets konden zien en ons niet konden verdedigen.

Ik pakte mijn zaklantaarn uit mijn zak en knipte hem aan.

'Dekalb.' Het was Gary, de slimste dode man ter wereld. Ik wilde me omdraaien en mijn lantaarn zijn kant uit schijnen, maar hij zei: 'Nee, kijk alsjeblieft nog niet.' Ik bleef staan en deed het licht weer uit.

Ik hoorde hem dichterbij komen. Misschien kon hij zien in het donker; hij liep niet zo onhandig als ik. 'Dekalb,' zei hij, 'ik heb je hulp nodig. Je moet het ze uitleggen. Ze moeten het begrijpen.'

'Ik weet niet waar je het over hebt,' zei ik.

'Ik kan van veel nut voor jullie zijn,' zei hij. Zijn stem was zalvend, bijna hypnotisch in de duisternis. 'Jullie moeten die aidsmedicatie vinden voor jullie weg kunnen, toch? Ik kan overal in de stad veilig rondlopen. Ik kan die medicijnen halen die jullie nodig hebben en ze naar jullie boot brengen. Jullie kunnen veilig op de boot blijven zitten en gewoon wachten tot ik naar jullie toe kom.'

'Gary,' probeerde ik, 'heb je iets gedaan...'

'Laten we het daar nog niet over hebben. Ik heb iets anders... Een idee over hoe jullie hier levend vandaan kunnen komen. Nu zitten jullie in de nesten, toch? Je kunt die deur niet uit zonder aan stukken gescheurd te worden. Jullie hebben geen voedsel, geen radio. Niemand komt jullie redden. Je hebt dit nodig. Je hebt die oplossing nodig die ik heb bedacht.'

Daar had hij gelijk in. 'Vertel,' zei ik.

'Pas als je voor me met de meisjes hebt gepraat, oké? Je moet ze bij me uit de buurt houden, Dekalb. Dat moet je doen, oké? Jij hebt voor de VN gewerkt. Jij... Jij bemiddelt in geschillen. Je moet voor me bemiddelen, je moet me helpen, toe. Zeg gewoon dat je het doet.'

Ik voelde me alsof ik twintig ijsjes had gegeten. Mijn buik voelde ijskoud aan. 'Ik ga mijn zaklantaarn aandoen, Gary,' zei ik.

Hij bewoog zo snel dat hij mijn nek had kunnen breken als hij dat had gewild. In plaats daarvan greep hij alleen mijn hand en dwong me de zaklantaarn te laten vallen. Ik voelde zijn lichaam heel dichtbij, rook de ontbinding van zijn vlees. En nog iets anders, iets versers maar niet minder afschuwelijk. 'Help me, Dekalb. Verdomme, je gaat me helpen,' fluisterde hij in mijn gezicht, en ik rook salami. 'Ze ging tóch al dood.'

*KLIK-KLAK*! Het geluid van de keuzehendel op een AK-47 die van SAFE naar SINGLE FIRE werd geschakeld. Het was Ayaan. 'Dekalb, wat is er? Waarom maak je zo'n lawaai?' Haar licht doorstak de duisternis en onthulde Gary's gezicht. Er zat bloed op zijn kin, rood, nat bloed.

*Uh-huh. Nee*, dacht ik, *dat stond niet in de planning, nee, dit had ik niet gepland.*

'Ik kan die medicijnen voor je halen, Dekalb. Ik kan je hier weg krijgen!'

Ik voelde Ayaan naar mijn achterhoofd staren. Wachtend op

een bevel. Zo meteen zou ze zelf een beslissing nemen en haar zaklantaarn omhoog richten naar de hoek, waar we Ifiyah bewusteloos in een kantoorstoel hadden achtergelaten.

Ik voelde Gary's lichaam schokken van angst, slechts centimeters bij me vandaan. 'Je kunt niet zonder me! Dekalb!'

De straal licht ging omhoog en over ons heen. We moesten alle drie het spoor van bloed op de vloer hebben gezien. Ik dacht aan de poel kleverige vloeistof waarin ik wakker was geworden, en mijn keel kneep samen. In de droom had ik bloed aan mijn handen.

'Dekalb! Help me!'

In het licht van de zaklantaarn had Ifiyahs lichaam een grote verandering ondergaan. Haar jas en overhemd waren weg. Net als het grootste deel van haar bovenlichaam. Ik zag gele ribben glinsteren in het vage licht. Ik zag haar gezicht of linkerarm niet, die waren misschien gehuld in schaduwen. Misschien.

'Ayaan,' zei ik zachtjes, 'laten we eerst nadenken voordat...'

Ik hoorde de kogel door de lucht zoeven, luid als de donder. Ik hoorde hem Gary's schedel versplinteren. Ik voelde iets droogs en poederigs over mijn gezicht en borst spatten toen Gary's lichaam bij me weg viel, draaiend en landend op de zij.

Ik probeerde adem te halen, maar het lukte niet. Toen kwam de lucht spastisch uit mijn keel. Als een soort gejammer.

Ik bukte me en pakte mijn eigen zaklantaarn. Deed die aan en richtte die op hem.

De slimste dode man ter wereld had een gat met de diameter van een vinger in zijn rechterslaap. Er was geen bloed te zien, maar er liep iets grijs uit de wond; hersens, stelde ik me zo voor. Zijn lichaam spande en kronkelde een tijdje spastisch, en toen lag het stil.

# DEEL TWEE

# 1

*vingers graven, draaien, drukken open wond geur van kaneel lachend donker donker donker koud honger vingers graven, graaien, scheuren...*

Gary verloor de strijd. Hij ging dood. Zijn vonk, de kracht die hem animeerde, liep uit hem weg, uit het gat in zijn hoofd.

Begin opnieuw.

(Er was nog iemand anders bij hem. Iemand die zo sterk en zo vastberaden was, zo vastbesloten Gary niet toe te staan het op te geven. Er was nog iemand anders bij hem.)

Vallend, eventjes vrij en gewichtsloos in de duisternis, zelfs de gele stralen van de zaklantaarn nu buiten zijn bereik in deze comfortabele, stille blindheid draaide hij terwijl hij viel, over de balustrade gesmeten, uit het paradijs de diepten van de megastore in geschoten. Botsend, zijn rug schampend langs de zachte rubberen leuning van de roltrap maar bij deze snelheid was alles hard, zo hard en broos en hij voelde zijn ruggenwervels breken, de een na de ander, T6, toen T7, T8 allemaal weg, vergruisd terwijl zijn lichaam als een geveerd zakmes over de leuning werd gevouwen, nooit meer lopen ha ha ha.

In de duisternis, de duisternis van de blindheid, was er die vorm, zie je, die witte boomvorm alsof er iets op Gary's netvliezen was gebrand, de flits, de flits uit de loop van een assaultgeweer het laatste wat hij zag het laatste wat hij ooit zou zien, het leek een beetje op een boom, misschien waren de takken de adertjes in zijn ogen terwijl die ontploften door de hydrostatische schok van het geweerschot, of misschien waren het geen takken, misschien...

Gary gleed in een onelegante hoop op de vloer.

*vingers vingers vingers in de taart, graaf rond, wiebel rond*

Dit onleven, dit halve licht sijpelde uit hem weg, flakkerde bij hem weg.

Begin opnieuw.

Wit en dik, vlezig bijna, rees de boom op uit vruchtbare grond en strekte felgekleurde bladeren uitgesmeerd uit over de hemel, de dikke vlezige stam pulserend van het leven maar nee, verbrijzeld, de boom was verbrijzeld door bliksem of door regen, gewoon een stam nu, Gary kon hem zien, de takken versplinterd en rondgestrooid aan de voet ervan, net een boomstam die uit de grond stak, gebroken, een grote knoop in het midden van de boom als een verbaasde mond opengesperd in een eeuwige o bevroren op het moment van verrassing, het moment waarop de coyote nog niet beseft dat hij boven een ravijn hangt, de boom is maar een stronk.

Dit alles spetterde over zijn blikveld. Het enige wat hij kon zien. Zijn spieren, zijn lichaam, die rubberen pop bleef maar onder hem bewegen. Stuipend veegde zijn hoofd over de vloer, ga nou toch gewoon dood, hij voelde de kogel in zijn hoofd zo heet zo heet en solide terwijl die in de vloeistof dreef, in de gelei van zijn hersens. Dit was het natuurlijk, het einde, *finito*. De doden sterven maar twee keer en dit was, natuurlijk, het moment. Kogel in het hoofd. Einde.

(Nee, niet het einde. Die iemand – de weldoener – die daar in de duisternis was, de sterke, de vastberadene, zei dat dit niet het einde was je hebt nog een kans maar dan moet je hem grijpen.)

De boom was gewoon een stronk. Stil. Pulserend van het leven. Zoemend van het leven, godverdomme.

Hij had nog altijd een beetje controle over zichzelf. Een trillende, breekbare energie die van hem was, die hij kon gebruiken zelfs terwijl het verkwist werd. Gewichtsloos, lichter dan de lucht, ging zijn hand omhoog naar zijn slaap en vond de wond, de ingangswond. Vocht op zijn vingers.

God. Walgelijk. Het gat was groot genoeg om er een vinger in te steken.

*het geluid dat een zwabber maakt als die de vloer raakt*

... maar dat was een herinnering, geen echt geluid. Gary porde nog eens met zijn vinger en hoorde hetzelfde geluid. Bijna alsof je een toets op een piano indrukte. Hij duwde nog eens en deze keer... deze keer voelde hij iets echts. Hard metaal dat weerstand bood aan zijn vinger.

De kogel.

*zuigt het leven ergens vandaan, jezus je kon het zien bewegen als het bonsde terwijl de vloeistoffen stroomden terwijl het leven bewoog onder de vlezige witte bast, binnen in het natte vezelige hout gewoon een stronk maar hij haalt ergens leven vandaan*

Bijna voorbij nu. Waarom blijven proberen als er geen hoop was?

BEGIN OPNIEUW.

(drong de weldoener aan.)

misschien waren het geen takken misschien waren het wortels

Gedachten werden kwik, glibberig als een vis in een rivier als je vingers ernaar reiken, zilver en helder onder het spetterende water, zilverig en hard in je hoofd reikend ernaar, zal twee vingers gebruiken moet alleen maar een stukje verder open kom op zeg, AAAHHH heel goed, jij bent met gemak het dapperste jongetje op wie ik ooit het genoegen heb gehad een open hersenoperatie uit te voeren hi hi twee vingers naar binnen, doet het pijn? Doet het pijn? Niks doet nu pijn, man, ik ben prettig verdoofd zoals het liedje gaat en nu heb ik twee vingers naar binnen maar de beelden, man, zoals die boom, die BOOM...

De wortels gaan eindeloos ver omlaag. Boven in het zonlicht hangen misschien goudkleurige appels, strakke kleine bundeltjes levenskracht met de kleur van... van... gewoon zo'n mooie kleur maar niets wat je met je ogen kunt zien. Geen van de zeven kleuren die ze je op school leren. Waren het er twintig? Dekalb en de meisjes, tuurlijk, twintig stuks die wachtten, verscholen in het donker zo bang en koud en hongerig en alleen maar ze wisten het niet, ze konden niet weten hoe prachtig levend ze waren. Daarboven in het zonlicht, metaforisch gesproken natuurlijk want het is zeker nog nacht daarboven het moet stikdonker zijn in de megastore maar in deze metaforische ruimte, deze plek waar je naartoe bent gevlucht omdat je buiten westen bent geraakt – ja, haha, flauwvallende dode man – buiten westen bent geraakt omdat je letterlijk probeert een kogel uit je hoofd te graven met je vingers, in deze metaforische ruimte zijn Dekalb etc. daarboven, daarboven op een zomerse dag vergeleken met wat hierbeneden is, diep diep beneden vermoord in zijn zeemansgraf, beneden bij de dode mensen, de dode mensen, de dode mensen

JA.

(de weldoener stemde hier knikkend mee in.)

omdat zij, de dode mensen, daar ook waren, al waren ze maar amper zichtbaar. Beneden in de aarde waar de wortels eindeloos groeven als blinde wormen, zoekend, krabbelend, als vingers gravend naar de kogel want o, ja, alleen omdat je buiten westen bent geraakt Gary betekent dat nog niet dat je bent gestopt met graaien naar die hoofdprijs, die loden dobber in de warboel, hou daarmee op, midden in je gelatinehoofd.

Maar, dacht Gary, ik dwaal af. Ik had het over de dode mensen die de boom voeden. Stinkende rotzakjes, stinkend naar de levenskracht omdat het gewoon van hen afdroop, dampend als stoom van hun rug terwijl het verdampte, niet het gouden glanzende leven van Dekalb en vrienden, nee, dit was de schaduw van die energie – zonder dimensies, koud in plaats van warm, donker, donkerpaars in plaats van licht – maar het was toch nog een soort energie. Genoeg om de boom te voeden. Genoeg om wie dan ook te voeden als je er aansluiting op kon vinden en ja, dat kon Gary. Dat kon Gary. Want in tegenstelling tot de discrete pakketjes energie in Dekalbs engeltjes, die rijpe, barstende vruchten van levenskracht, waren de dode mensen allemaal gekoppeld, op elkaar aangesloten, verbonden in een web van schuimende duisternis. Er waren wat, zes, zeven miljard mensen voor de Epidemie maar nu was er alleen nog maar één dode man, in zeker opzicht. Dat ding, de Epidemie, de ramp die de doden terugbracht, bracht ze samen, maakte ze als één, als een zwerm sprinkhanen zo dicht dat ze de hemel verduisterden als wolken, een oneindig aantal piepkleine waterdruppeltjes maar waar houdt de een op en begint de ander er is geen antwoord het is een zen-koan er is er maar één van ons met vele lichamen en ik ben de wil ervan. Ik ben de commandant ervan.

JA.

(er is een band, zei de weldoener, een web dat ons verbindt.)

Herinner je je Truckerpet nog? Denk aan hem, want Gary herinnerde zich maar al te goed hoe Truckerpet hem had aangevallen en Gary hem had gezegd dat hij moest ophouden en dat deed hij. En Gary had hem gezegd dat hij moest oprotten en doodvallen en zie zo geschiedde het want Gary, als enige onder de doden, kon nog nadenken. Hij kon nog altijd contact maken. Hij alleen had de wilskracht. Hij was met hen allen verbonden, hij was een van hen, maar hij alleen kon daar gebruik van maken.

Hij zoog duistere energie uit de menigte rondom de megastore, zoog het van een afstand op en voelde het opstijgen door zijn arm, tintelend in zijn vingers en ja en ja en ja daar was het god allemachtig verdomme daar had hij hem eureka hij had hem en hij trok, zo veel kracht in zijn hand dat er een bewuste wilsinspanning voor nodig was om dat kloteding er niet uit te rukken en toen lag hij in zijn hand nat en heet en hij greep hem vast, kneep erin, die verdomde kogel was uit zijn kop. Hij was uit zijn kop. De schade was aangericht, hersenweefsel verscheurd als een natte kledder toiletpapier huid bot en spieren doorboord ruggenwervels gebroken, verbrijzeld maar weet je wat? Het maakte niet uit.

De boom pulseerde van het leven zoals hij eeuwig zou blijven doen. Eeuwig verdomme man ik ga eeuwig leven en jij kunt me niet tegenhouden, dacht Gary, hij wilde het schreeuwen tegen die verdomde Ayaan en verdomde Dekalb je kunt me niet tegenhouden ik heb de kracht van miljarden.

Hij liet de kogel vallen en dat maakte een geluid als een rinkelende bel. Boven hoorde hij gespannen gefluister. ‘Wat was dat?’

Hij hoorde het. Hij kon weer horen.

Toen de ochtend kwam en daarmee het licht, kon hij weer zien. Hij stond, stond in de schaduwen, kijkend naar een dvd van de Olsen Twins in zijn hand en hij kon de kleinste lettertjes op de achterkant van het doosje lezen. Hij kon zien. Hij kon staan en lopen. Het leven (een soort leven, het duistere soort) pulseerde zo woest door hem heen, zo sterk dat hij verbaasd was dat hij niet gloeide.

JA.

(ja, zei de weldoener. ja.)

# 2

Het schot wekte de meisjes, natuurlijk. Ayaan rende snel naar Ifiyahs verwoeste lichaam en gooide haar blazer eroverheen, zodat de anderen niet zouden zien wat Gary met haar had gedaan. Samen tilden Ayaan en ik Gary's levenloze lichaam op en smeten hem over de balustrade in de duistere diepte beneden. De meisjes zouden hem aan stukken hebben gescheurd om wat hij met Ifiyah had gedaan, en dat kon ik niet verdragen. Nu hadden de meisjes al duizend vragen. Ik probeerde zo rustig mogelijk uit te leggen dat Ifiyah er niet meer was, en Gary ook niet. Er volgde wat gejammer en gehuil en een paar meisjes zeiden een gebed voor Ifiyah. Daarna kon niemand meer slapen.

Wat Gary ook met Ifiyah had gedaan, ze kwam niet weer tot leven. Ofwel had hij haar hersens opgegeten, of... verdomme. Ik begreep niet hoe de Epidemie werkte. Alles wat ik wist, was dat ze niet meer opstond.

Bij het eerste gloren van de dag hoorde ik een zacht geluid, een tinkelend geluid alsof er ergens een belletje rinkelde. 'Wat was dat?' fluisterde ik, denkend aan de belletjes die rinkelden als je ergens in deze stad een kruidenier binnenliep. Maar dit was de Virgin-megastore en de deuren zaten potdicht, dat hadden we gecontroleerd. Het geluid kwam niet terug.

Ik kon me niet ontspannen, kon het me niet gemakkelijk maken, hoewel de vermoeidheid mijn geest zacht had gemaakt en mijn gedachten traag en koud als gletsjers door een ijstijd schoven, een paar centimeter per jaar, of zo voelde het. Ik stond te kijken naar de doden die zich buiten tegen de ramen drukten en had niet de mentale energie om plannen te maken of opties te overwegen. Ik merkte het amper toen een van de dode mannen op de grond zakte en anderen naar voren drongen om zijn plek in te nemen.

Een vrouw met een grote open wond in haar arm en een tas van Yves St. Laurent nog altijd aan haar elleboog, sloeg met een vettige hand tegen het glas en viel toen om, haar lichaam nog een tijdje overeind gehouden door de menigte achter haar. Ze gleed langs het glas en haar slappe wang rimpelde waar die tegen het raam gedrukt werd, tot ze op de stoep belandde. Een tiener in een wit T-shirt klom boven op haar, maar toen zakte ook hij ineen.

Hier en daar vielen er nog anderen, eerst een voor een, toen in grote klompen die achterwaarts rolden als golven die zich terugtrekken van de kust. Ik greep mijn geweer, denkend dat het een soort truc moest zijn. Maar dat was natuurlijk ook Ifiyahs vergissing geweest, te denken dat de doden in staat waren tot misleiding. Voor zover ik kon bepalen, functioneerden ze automatisch, zonder dat daar vaardigheden of gedachten voor nodig waren. Terwijl ze wegvielen voor de ruit van de megastore kwam het zonlicht binnen en verlichtte de gezichten van de meisjes.

'Ze *dhimasha*, commandant,' zei Fathia, alsof ze me verslag uitbracht vanaf het front. Ze gaan dood, denk ik dat ze zeggen wilde.

Dat zag ik ook wel. Van de honderden, misschien wel duizenden dode mensen die zich om de megastore hadden verdrongen om bij ons te komen, stonden er nog maar een paar overeind, en die grepen naar hun hoofd en liepen doelloos over Union Square. Ze leken minder belangstelling voor ons te hebben dan voor wat het dan ook was waardoor de rest was bezweken. Ik schatte ze bijna zeker te hoog in, maar dat was waar het op leek.

Leiderschap, had ik ooit eens gehoord van een regionale veldchef van het ontwapeningsproject in Soedan, heeft minder te maken met het nemen van de beste beslissing dan met het nemen van een beslissing, púnt. 'Pak je spullen, we gaan,' zei ik tegen de meisjes.

Ze kwamen bij uit hun verbazing. Bidmatjes werden opgerold, wapens werden gecontroleerd en over schouders geslagen. Fathia en Leyla, het jongste meisje, wilden Ifiyahs lichaam ophalen, maar ik schudde mijn hoofd. We moesten snel zijn en konden het ons niet veroorloven ons te laten ophouden door de dode commandant mee te slepen.

Ik deed de deur open maar Ayaan was als eerste buiten, haar wapen woest zwaaiend terwijl ze probeerde alle dode achterblijvers tegelijk in de gaten te houden. Ze reageerden helemaal niet op haar. Ik wuifde de rest van de meisjes de deur door en volgde toen. Ik bedacht me net op tijd voor ik een bevel schreeuwde – het lawaai zou de doden uit hun trance kunnen wekken – maar rende in plaats daarvan naar voren en tikte Ayaan op de schouder. Ik wees in de richting van de rivier.

Meer had ze niet nodig. Ze maakte drie snelle handgebaren naar de meisjes en we zetten het op een lopen, al renden we niet echt hard (we droegen elk minstens tien kilo aan apparatuur) maar was het meer een schuifelende draf, al was de drang aanwezig, geloof me. Aanvankelijk moesten we over stapels lijken springen (of er soms gewoon overheen lopen) maar voorbij de buitenrand van het plein waren de stoepen vrij. We passeerden

Sixth Avenue. Seventh Avenue. Ik vertraagde mijn pas even voor Western Beef en vroeg me af of dit het punt was waarop het geluk ons niet meer meezat, maar de doden hadden het gebouw verlaten. Elk wandelend lijk in de Village moest daar bij de megastore zijn geweest, want we zagen er maar een handjevol op de weg terug naar de Hudson. Zodra we voorbij Sixth Avenue waren, was de bezwering uitgewerkt; ze kwamen even vastberaden op ons af als ooit tevoren, maar ook even langzaam.

Terwijl we langs hun rottende, graaiende handen renden, voelde ik een zekere opluchting omdat we weer op bekend terrein waren. We vluchtten dan wel voor ons leven en werden achtervolgd door doden, maar dit was beter dan wat we achter ons lieten. Wat de doden op Union Square ook had afgeslacht, het moest groot en machtig zijn en ik wilde liever niet weten wat het van míj wilde.

De gedachte dat het iets goedaardigs kon zijn, die ongeziene kracht die de doden tot zich had geroepen, kwam geen moment bij me op. Er was niets echt goeds of reins meer over in deze wereld. Alles wat daarop leek, moest wel een addertje onder het gras verbergen.

Bij de rivier bleven we op de pier staan en zwaaiden naar het schip. De *Arawelo* lag nog ongeveer honderd meter verderop in het water en er was niemand te zien aan boord, maar we waren te zeer buiten adem om het ergste te vrezen. Even later kwam Mariam aan dek, haar blazer uit en Osmans visserspet laag over haar ogen getrokken. Ze maakte wat drukke gebaren naar de luiken en de twee zeelieden kwamen naar boven, met een blik alsof ze bij iets ranzigs waren betrapt.

Het kon me geen moer schelen wat ze hadden uitgespookt. Ze kwamen met de boot naar de pier en gooiden ons touwen toe, zodat we konden aanmeren. Even later waren we aan boord en gooiden we de trossen weer los.

Ik denk dat het een goede beslissing was om die megastore zo hals over kop te verlaten, want we redden het allemaal. De meisjes keken me aan met iets nieuws in hun ogen. Ik wilde niet zover gaan om het respect te noemen.

Toen ik eindelijk ging zitten, merkte ik dat ik uitgehongerd was. Ik vroeg om *canjeero*, een plat Somalisch brood dat ons standaardvoedsel was op de boot. Osman wreef over zijn hoofd en tuurde een tijdje naar me voor hij besloot wat hij ging zeggen.

'Heb jij nu de leiding, Dekalb? Ben jij de *weyn nin*?' Hij keek om naar de meisjes. 'Ifiyah is niet teruggekomen, zie ik.'

Ik gaf geen commentaar. Osman en ik hadden een soort vanzelfsprekend kameraadschap ontwikkeld onderweg naar New York. Twee volwassen mannen op een schip vol kinderen; logisch dat er een band was ontstaan. Nu was ik echter veranderd, op een subtiele maar heel echte manier. Ik had een granaatwerper afgeschoten op een menigte vijanden. Ik had soldaten het bevel gegeven om mensen dood te schieten. Ik had de meisjes naar de veiligheid geleid, en ik had ook een lijk hun commandant laten opeten. Dat maakte het moeilijk Osmans luchtige laissez-fairegedrag over te nemen. Ik wilde hem zeggen dat hij zijn kop moest houden, me met rust moest laten. Maar dat deed ik niet. Kennelijk was ik toch niet zó veel veranderd.

'Zeg dan in ieder geval dat je de medicijnen hebt en dat we naar huis kunnen!' Hij stak beide handen in de lucht en liet zijn ongeloof blijken. Mijn zwijgen liet hem hoog en droog achter en hij liet langzaam zijn armen zakken. We wisten allebei dat we niet terug konden naar Somalië zonder die medicijnen. We hadden ze niet gevonden, en daarbij waren we ook nog eens vier leden van onze groep kwijtgeraakt. Ik schudde mijn hoofd.

'Nou, dat is mooi kut, meneer, jazeker, meneer!' zei Osman en bracht me een eenvingerig saluut. Ik neem aan dat er grenzen zijn aan het respect dat hoort bij leiderschap.

# 3

Hij was van top tot teen bedekt met fijne blauwe tatoeages. Een touw, stevig rond zijn nek gebonden, en een armband van bont waren zijn enige kleding, maar hij stond daar onbeschaamd en keek Gary aan met een soort hooghartige trots. Een behoorlijk verwaande leraar die van boven aan de roltrap neerkeek op zijn beste leerling.

'Kom naar me toe,' zei hij, en toen was hij weg. In zijn plaats verscheen er een beeld van een tempel of een bibliotheek of zoiets. Een heleboel treden omhoog naar een façade met pilaren. Gary kende die plek, maar de naam schoot hem niet te binnen.

Het kostte hem een paar pogingen om de roltrap op te komen. Gary's hersens waren nog altijd bezig zichzelf te genezen, maar zijn motorische vaardigheden kwamen het traagst terug. De luciditeit was teruggekeerd alsof hij op een snikhete dag een kamer met airco was binnengewandeld, maar zoiets eenvoudigs als de ene voet voor de andere zetten, was nog altijd bijna te veel gevraagd. De stuipen die door zijn lichaam trokken, waardoor zijn hersens schuimden als een goed geschudde frisdrankfles, hielpen ook niet echt. Hij kwam telkens een paar meter verder en merkte dan dat hij op de grond lag zonder enige verklaring voor hoe hij daar gekomen was, zijn handen krom als klauwen en zijn enkels verdraaid onder zijn lichaam.

Uiteindelijk bereikte hij de eerste verdieping van de megastore, en hij kroop het laatste stukje op handen en knieën. Hij kwam bibberig overeind en wankelde naar de deur, maar bleef daar stomverbaasd staan kijken naar wat er buiten lag.

Lijken – honderden lijken – in een vergevorderd stadium van ontbinding, overal op de stoep en willekeurig over de verlaten auto's heen. Rottend vlees lag in bergen onder de ochtendzon, niet meer allemaal herkenbaar als menselijk.

*Jezus*, dacht Gary. Had hij echt in zijn eentje zoveel schade aangericht?

Dit waren geen ondoden zoals hij ze eerder had gezien. Dit was gewoon... rottend vlees, gele botten die uit vlees staken dat vloeibaar begon te worden, met de stroperigheid van zachte kaas.

Iets bewoog op het plein richting het noorden en hij dook achter een Jeep omdat hij niet nog een kogel in zijn hoofd wilde. Hij had zich echter geen zorgen hoeven maken. Het was een dode. Een dode vrouw in een drukke jurk vol oud bloed en donkerdere vloeistoffen. Ze kwam naderbij, waggelend alsof ze haar knieën niet kon buigen, en hij zag dat ze ernstig toegetakeld was. De meeste huid was van haar gezicht verdwenen en een klompje maden zat als een krioelende sjaal in de holte van haar sleutelbeenderen. Goeie god, hoe kon ze dat hebben laten gebeuren? Hoe walgelijk ze ook waren, die maden lééfden. Ze hadden haar de energie kunnen geven om haar lichaam te herstellen. Maar in plaats daarvan aten ze háár op.

Er verschenen nog anderen achter haar, vooral mannen. Ook zij hadden betere tijden gezien. De wandelende doden van New

York hadden doorgaans wel een paar wonden op hun lichaam, natuurlijk, en misschien was hun huidskleur wat bleker en blauwer dan nodig – Gary dacht bovendien aan de dode aderen in zijn eigen gezicht – maar ze hadden zich nooit zo erg laten gaan. Een van die nieuwkomers had helemaal geen neus, alleen maar een donkere, omgekeerde v midden in zijn gezicht. Een andere had geen oogleden meer, zodat hij constant om zich heen leek te staren in een soort van verwonderd afgrijzen.

Gary reikte in het netwerk van de dood dat hem verbond met die schuifelende wrakken. Dezelfde band waardoor hij uit hun energie had kunnen putten, die hem de kracht had gegeven om die kogel uit zijn hersens te peuteren. Van de inspanning kronkelden zijn hersens in zijn hoofd en trok er een verzengende witte pijn door zijn rug, maar het contact was gelegd. Hij voelde de duistere energie die uit die ellendige wezens straalde en hij begreep een beetje wat er gebeurd moest zijn. In zijn wanhoop had hij de energie uit de menigte rondom de megastore gezogen om zijn eigen huid te redden, en daarbij had hij het ontbindingsproces van zijn slachtoffers versneld. In de nieuwe orde aten de doden de levenden op in een futiele poging hun eigen inzakkende bestaan te stutten, om brandstof voor hun onleven te vinden. Gary had al dat werk en die inspanningen ongedaan gemaakt en nu zagen de rottende stapels lijken buiten eruit alsof ze al die tijd al dood waren, dood en verrottend sinds het begin van de Epidemie. Je kon de dood niet ontlopen, besefte Gary, alleen maar uitstellen; en als hij je dan uiteindelijk inhaalde, verrichte hij geen half werk.

De neusloze stak een gevoelloze hand uit en raakte Gary's gezicht ermee aan. De vingers streken levenloos over zijn wang. Gary stapte niet achteruit. Waarom zou hij? Er school geen kwaad in het gebaar. Het had alle emotionele lading van een spierkramp.

De meeste ondoden hadden de strijd tegen de dood verloren toen Gary hun essence stal. Degenen die sterk genoeg waren geweest om het te overleven, hadden enkel nog de kleinste flardjes energie over. Vandaar de gehavende, stijve ondoden die hij voor zich zag. Misschien nog wel erger dan hun fysieke toestand was hun geestelijke toestand. Hij had het restje intellect van hen gestolen waardoor ze op jacht bleven gaan naar voedsel. Hun honger bleef – hij voelde die binnen in hen gapen, nog vuriger brandend dan voorheen – maar hij had hun de kennis ontnomen, hoe rudimentair ook, van hoe ze die konden stillen. Hij had het beetje verstand wat ze nog hadden van hen afgenomen, zodat ze zich nu niet langer herinnerden hoe ze moesten éten. Ze konden alleen maar doelloos ronddwalen terwijl hun lichamen aftakelden.

Gary voelde zich niet schuldig. Het was noodzakelijk geweest. Hij was bezig geweest een tweede en laatste keer te sterven, en alleen de van hen gestolen energie kon zijn bewustzijn aan de praat houden. Waarom identificeerde hij zich dan zo met hen, waarom voelde hij zoveel empathie? Hij was met hen verbonden, besefte hij. Hij was een van hen, maakte deel uit van het netwerk van de dood. Zijn vermogen om contact te maken en hun energie te stelen, definieerde hem. Er was geen echte scheidslijn, geen waterscheiding tussen hem en die bijna levenloze kwabben die doelloos over Fourteenth Street heen en weer waggelden. Als hij een paar maaltijden oversloeg, als hij zichzelf niet bleef voeden, zou hij net zo worden als zij.

Hij zonk op zijn knieën toen hij zich realiseerde wat zijn ware aard was. De toegetakelde doden kwamen aan, door een of ander flakkerend instinct gedreven om samen te scholen, en gingen om hem heen staan zodat hun verwoeste gezichten voor hem zweefden. Ze joegen hem geen angst meer aan.

Hij was ondood. Hij was een van hen. Toen hun handen naar hem reikten, wist hij dat ze hem niet aanvielen; ze hadden niet langer de nodige intelligentie voor agressie. Ze reikten naar hem in een gebaar van solidariteit. Ze wisten wat hij was.

Gary was óók een monster.

De dode man zonder oogleden staarde hem aan met een openheid, een onschuld waarvan Gary verbaasd was dat hij die niet eerder had opgemerkt. Er was geen kwaad in zijn ogen te zien, geen afgrijzen. Alleen een simpele behoefte. Zijn gezicht was slechts centimeters van dat van de dode verwijderd. Gary boog zijn hoofd naar voren en legde zijn voorhoofd tegen dat van de ander.

Toen hij zich hersteld had, beval hij de vrouw zonder gezicht hem overeind te helpen, en dat deed ze. Kom, zei hij tegen ze, en hij riep ze op zoals zijn mysterieuze weldoener hem had opgeroepen. Samen liep de kleine groep, Gary en de gedachteloze doden, noordwaarts richting Midtown. Het was zo ontzettend fijn om niet meer alleen te zijn.

Gary had weer leven, en nu had hij ook een doel. Hij zou die vreemde getatoeëerde man opzoeken en uitzoeken wat die wist. Gary had zo veel vragen, en om een of andere reden was hij ervan overtuigd dat de weldoener antwoorden had. Hij liep met zijn groepje vastberaden noordwaarts, het centrum in. Ze zouden het park straks bereiken. Was dat hun bestemming? Ergens maakte het niet uit. Op een zen-achtige manier was de reis op zich al genoeg.

Toen hij het visioen weer zag, stond het gezicht van de weldoener gefronst van de zorgen. 'Je komt dichterbij maar wees voorzichtig. Ik denk dat je zo meteen wordt aangevallen.'

'Huh?' vroeg Gary, maar het visioen was alweer weg. Gary draaide zich om, keek de neusloze man rechts van hem aan, en vroeg zich af of de andere doden de verschijning ook hadden gezien of dat het maar een oprisping was van zijn eigen zenuwstelsel.

De verbaasd kijkende dode staarde aandachtig naar iets in de verte. Voordat Gary iets kon zeggen, zakte hij levenloos in elkaar op de grond. Gary keek omlaag en zag de kogelwond in het achterhoofd van de dode man, lang voordat hij het geweerschot hoorde.

De volgende kogel raakte de stoep en er spatten stukjes beton op rond Gary's voeten. Er werd op hem geschoten. 'Niet weer, verdomme,' jammerde hij.

# 4

Ik schoor me met een elektrisch scheerapparaat dat ik op een stopcontact in de verdeelkast van de stuurhut had aangesloten. Telkens als ik het apparaat uit- of inschakelde kreeg ik een schokje, maar het was veiliger dan een echt scheermes te gebruiken op een deinende boot, en toen ik klaar was, voelde ik me oneindig veel beter over mezelf en de kansen van de missie.

Dat wilde niet zeggen, dacht ik terwijl ik het scheerapparaat schoonspoelde met water uit de Hudson, dat ik dacht dat het makkelijk zou worden. Alleen dat we misschien niet allemaal dood zouden gaan.

Toen ik klaar was, vroeg ik om mijn kaarten van New York. Ik bestudeerde ze lange tijd, denkend dat er een betere aanpak moest zijn. Overal in de stad stonden ziekenhuizen. De meeste stonden in de East Side, wat betekende dat ze door het vlot van mensenlijken dat de East River verstopte onmogelijk te bereiken waren. Al die ziekenhuizen, wist ik, zouden zijn geplunderd tijdens de evacuatie.

Ik kende nog één andere plek waar we de medicijnen konden

vinden die we nodig hadden. Het VN-gebouw, mijn eerste keus. Ook dat was onmogelijk te bereiken vanaf het water.

'Osman,' riep ik terwijl ik opstond, 'kom eens kijken.' Ik liet hem mijn kaart zien en gaf aan wat onze volgende halte was: Forty-Second Street in het centrum. Hij bestudeerde de West Side, las de namen van de gebouwen op.

'"Het Theater District,"' las hij voor. 'Dekalb, wil je naar een voorstelling?'

Ik liet mijn vinger over Forty-Second Street gaan. De straat liep ononderbroken vanaf de Hudson helemaal langs de zuidkant van het VN-complex naar de FDR Drive. 'Dit is een lange straat, met brede stoepen, minder kans om vast te lopen. Het was een van de drukste straten ter wereld, voor de Epidemie, dus misschien staan er zelfs geen afgeslagen auto's. De overheid zal geprobeerd hebben alles in beweging te houden voor het evacueren van de overlevenden.'

De kapitein staarde me alleen maar aan. Hij begreep het niet, of hij geloofde niet dat ik bereid was dit te doen. Maar tot ik die medicijnen in handen had, kon ik niet terug. Ik kon mijn lieve kleine Sarah niet zien, kon niet met mijn eigen ogen zien dat het haar goed ging. Daar zou ik alles voor doen.

'We kunnen van daaraf in een paar uur naar het VN-gebouw lopen. De medicijnen halen en teruglopen. Dat kost al met al minder dan een dag.'

'Je vergeet,' zei Osman, 'dat de doden zijn opgestaan. Met miljoenen tegelijk. Dit was ooit een drukke straat? Ik vertel je dat het dat nog steeds zal zijn.'

Ik knarste op mijn tanden. 'Ik heb wel een idee wat we daaraan kunnen doen.' Nu Gary dood was. Nu we er weer op konden rekenen dat alle ondoden stom waren. Stom genoeg. Ik keek achterom naar de stad, maar niet naar de gebouwen of de spookstraten. Daar. Ik wees naar een vervallen punt van verweerd hout en roestig metaal die in de rivier uitstak. 'Onze eerste halte is de pier van de Afvalverwerking. Daar ligt wat we nodig hebben.'

Osman was hier misschien verward over, maar hij boog zich over zijn besturing en bracht de treiler in beweging. We meerden aan langs een halfvolle afvalschuit, de meisjes in positie bij de reling, hun geweren als roeiriemen uitgestoken langs de zijkant van het schip. Boven op de stuurhut riep Mariam dat ze geen teken van beweging op de pier zag.

'Hier verzamelden ze altijd het afval van de stad,' zei ik tegen Ayaan toen we de treiler langs de zijkant van de schuit hadden vastgelegd. 'Eenvoudig genoeg te bereiken vanaf het water, maar aan de landkant is het een fort. Ze wilden niet dat iemand hier kwam en ziek werd – in verband met mogelijke aanklachten – dus zou het nog veilig moeten zijn.'

Ze gaf geen antwoord. Dat hoefde niet. We wisten allebei dat het lang geleden was dat er nog autoriteiten in deze stad waren. De doden konden overal komen als ze maar graag genoeg wilden. Ze konden in het water zijn gesprongen en dan tegen de zijkant van de schuit op zijn geklommen. Ze konden over het hek aan de landkant zijn geklommen. De ondoden zijn voor zover ik heb gezien niet zo goed in klimmen, maar als er iets levends op de pier was geweest – iets wat ze konden eten – zouden ze wel een weg hebben gevonden.

Vijf meisjes sprongen op de schuit en toen via de achtersteven naar de pier. Ze hielden elkaar in het oog, en een van hen liep steeds naar voren terwijl de anderen haar rugdekking boden. Ik volgde hen, zoals altijd, een beetje angstig maar niet al te ongerust. Het grootste deel van de pier was open, een zone van smerige kranen en lieren en enorme, gebutste stalen containers. Overal verroest metaal. Ik maande de meisjes voorzichtig te zijn; het was onwaarschijnlijk dat ze de nodige tetanusinentingen hadden gehad. Ze bevestigden mijn bevel maar waren te jong om zich druk te maken over zulke dingen. Aan de walkant van de pier troffen we een prefabschuurtje met een deur aan waar een hangslot aan hing. In druipende zilveren sprayletters was het opschrift VEILIGHEIDSAPPARATUUR naast de deur gespoten. Net wat ik zocht.

Ik vond een metalen staaf ongeveer zo lang als mijn arm en stak die door de lus van het goedkope hangslot. Met een paar rukken gaf het slot mee, en de trillingen trokken door mijn arm omhoog toen de stukken in het rond sprongen. Ze glinsterden in het zonlicht aan mijn voeten.

Er viel een straal zonlicht het schuurtje in. Stofjes dwarrelden door de lucht. Ik zag een bureau staan met een leeslampje, vol half ingevulde formulieren. Een oogspoelstation en een grote EHBO-koffer. Fathia greep die en bracht hem naar de boot. We zouden hem nog wel eens nodig kunnen hebben voordat dit achter de rug was. Achter in de schuur stond een rijtje kastjes, pas geschilderd. Ik trok aan de greep van het dichtstbijzijnde, en de meisjes begonnen te gillen. Leyla bracht haar geweer omhoog en vuurde een stuk of zes kogels af in de menselijke vorm die uit het kastje kwam vallen.

'Stop!' schreeuwde ik, wetend dat het al te laat was. Ik pakte het knalgele pak van de grond en stak een vinger door het kogelgat in het vizier. KLASSE A/VOLLEDIG OMHULSEL, las ik van een label dat was bevestigd aan de rits van het HazMat-pak. VLOEISTOFBESTENDIG EN DAMPBESTENDIG, zei het label geruststellend. Nou, nu niet meer.

'Ik ga nog zo'n kast openmaken. En deze keer niet schieten, oké?' zei ik. De meisjes knikten allemaal tegelijk. Ze keken doodsbang, alsof er in de volgende kast wel een magische vogel kon zitten die naar buiten zou fladderen en hun ogen uit zou pikken. In plaats daarvan zat er nog zo'n pak in, net als in het derde kastje. Ik gooide er een naar Ayaan toe en ze staarde me alleen maar aan. 'Nu zijn er nog maar twee pakken. Drie keer raden wie zich net als vrijwilliger heeft gemeld voor deze missie,' zei ik haar.

Wreed, ik weet het. Maar ze was ook niet bepaald warm tegen mij geweest. En ze was een van de weinige meisjes van wie ik eropaan kon dat ze niet in paniek zouden raken als we recht een menigte ondoden in zouden lopen met alleen drie lagen industriële tyvek om ons te beschermen. Tyvek, welteverstaan, is een zeer hightech soort papíér.

'Normaal gesproken,' legde ik haar uit, 'houden deze pakken gevaarlijke stoffen buiten. Deze keer houden ze onze geur binnen. De doden vallen ons niet aan als we ruiken naar plastic en eruitzien als een Teletubby.'

'Denk je dat, of weet je dat?' vroeg ze, terwijl ze het grote gele pak met gestrekte arm van zich af hield.

'Ik reken erop.' Dat was het beste wat ik te bieden had.

We namen de pakken mee terug naar de boot en lieten Osman koerszetten richting Forty-Second Street. Er was meer dan genoeg te doen. We moesten de buitenkant van de pakken steriliseren, de handleiding lezen en dan oefenen hoe we de SCBA-luchtrecirculatie-eenheden moesten opzetten en gebruiken, elkaar leren hoe we de pakken moesten aantrekken (een tweemansklus) zonder de buitenkant te besmetten. We moesten oefenen hoe we met elkaar konden praten door de mylar-gelaatsschermen en zelfs hoe we moesten lopen zonder te struikelen over de zakkerige pijpen van de pakken.

Ik had een spoedcursus gehad in het gebruik van een klasse B-pak toen ik onderzoek deed naar bewapende nucleaire inrichtingen in Libië. Het was een seminar van drie uur geweest, met PowerPoint-presentaties en een overhoring van dertig vragen aan het eind. Ik had goed opgelet, omdat een gat in zo'n pak betekende dat je kon worden blootgesteld aan carcinogenen. Deze keer zou het kleinste scheurtje in het pak zeker betekenen dat we werden omsingeld en opgevreten door de hongerige doden.

We deden alle oefeningen twee keer.

# 5

Gary stapte opzij en het volgende schot miste hem volkomen. Hij keek naar zijn metgezellen – de neusloze man en de gezichtsloze vrouw – en gebaarde dat ze zich moesten verspreiden en dekking moesten zoeken. Ze lieten hem merken dat ze dat niet konden – ze hadden niet de mentale capaciteiten om te bepalen wat dekking was en wat niet – dus verspilde hij nog een seconde om ze mentaal op te dragen achter verlaten auto's te bukken. Het geweld om hem heen had hem op een of andere manier aangescherpt, alles voorzien van extra contrast.

'Kev... Ik moet laden... Pak jij die!' schreeuwde een levend mens. Gary draaide zich om naar de bron van het geluid en zag een grote vent met kort, krullend zwart haar onder een afdak staan. De levende man was nerveus bezig met de hendel van een jachtgeweer met een lange loop, dat er in zijn enorme handen uitzag als een stok. Hij droeg een verkreukeld bruin overhemd en een naamplaatje waarop stond HALLO, IK HEET Paul. Ze waren met zijn tweeën, begreep Gary, deze Paul en een ander, die Kev heette. Gary stapte dichter naar de schutter toe en stuurde instructies naar zijn metgezellen om zich te verspreiden en de aanvallers van de zijkant te proberen te benaderen.

Er zoemde iets langs Gary's ogen. Een mug, misschien, maar toen hij het pad ervan volgde, belandde het in een kratertje niet groter dan zijn pinknagel in een winkelruit. Geen kogel, concludeerde Gary, maar toch een soort projectiel.

Voor het eerst besefte hij dat hij zelf in het volle zicht stond. Hij stapte de schaduw van een gebouw in en tuurde de straat af. Hij kon niet rennen; zijn benen voelden aan als stukken dood hout. Hij kon niet terugschieten. Zelfs als hij een wapen had gehad, trilden zijn handen daar te veel voor. Hij zou moeten proberen langs de overlevenden te komen en ze de pas af te snijden. Gary tastte langs de golflengte van de doden en liet zijn metgezellen verder terug en door de straat lopen. Hij moest ze eraan herinneren dat ze hun hoofd laag moesten houden. Toen pakte hij een leeg blikje van de straat en gooide dat zo hard mogelijk in de richting van de onzichtbare schutter.

Het had het gewenste effect. De schutter – op zijn naamplaatje stond HALLO, IK HEET Kev – kwam achter een brievenbus vandaan gerend alsof hij door een wesp was gestoken. 'Paul!' schreeuwde hij. 'We moeten hier weg!'

Paul hief zijn geweer en wees ermee in Gary's richting, maar schoot niet. 'Hij is daar ergens. Zie jij hem?'

'Laat hém maar zitten! Ze zijn overal!' Kev rende naar een verlaten limousine en rukte het portier open. Hij klom de auto in en Gary zag nu alleen nog de lange, smalle loop van een geweer naar buiten steken. Het wapen leek wel een stuk speelgoed.

Dat ding zou toch geen luchtdrukgeweer zijn? Gary onderdrukte zijn neiging om te lachen. Hij had wel wat bescherming hier in de schaduw, maar Paul leek bereid om op alles te schieten wat bewoog. De overlevende stond niet op het punt om te vluchten, wat betekende dat Gary zich in een patstelling had gemanoeuvreerd.

Hij duwde zijn bewustzijn naar buiten, maakte contact met de zenuwstelsels van zijn mededoden. Niet alleen zijn twee reisgenoten. Hij had versterking nodig. Gelukkig hoefde hij niet ver te zoeken. Hij voelde een groep doden, slechts een paar straten verderop, samengeschoold rond de verwrongen resten van een uitgebrande hotdog-keet. Het was moeilijker om contact met hen te onderhouden – in tegenstelling tot de gezichtsloze vrouw of de neusloze man, had deze nieuwe groep pas gegeten en waren ze sterker – maar hij wist hoe hij hun aandacht moest trekken. *Eten*, fluisterde hij hen toe, *eten hier. Kom hier voor eten.*

Paul vuurde zijn geweer af en een ruit vlak bij Gary's hoofd ging aan gruzelementen. Gary dacht dat die grote kerel schoot zonder te mikken, maar daar kon hij niet zeker van zijn. De versterkingen waren nog op een paar minuten afstand; te ver weg om te kunnen helpen, waarschijnlijk. Hij zou het erop moeten wagen en zelf moeten aanvallen.

Gezichtsloos stond op uit haar schuilplaats. Paul draaide zich om met een gratie die geen van de ondoden kon evenaren en schoot een kogel midden in haar borst. Ze dook weer omlaag na een bevel van Gary, gewond maar niet fataal, en Paul zette een hand boven zijn ogen om te zien wat er gebeurd was. Hij vroeg zich zeker af of hij haar geraakt had of niet.

Gary was niet van plan hem daar achter te laten komen. Hij kwam zo snel in beweging als hij kon, bleef gebukt en verschuilde zich achter auto's, zodat toen Paul weer in zijn richting keek, Gary nergens te zien was.

Kev stak zijn hoofd uit de limousine, maar Neusloos was er al. Gary stuurde het bevel en Neusloos sloeg het autoportier dicht, waardoor Kev achteruit weer in het voertuig belandde. Het zou de overlevende maar even tijd kosten om het portier weer open te maken, maar in dat eventjes kwam Gary nog dichter naar Paul toe.

'Jezus,' zei Paul, die met grote ogen toekeek terwijl de limousine op zachte banden heen en weer wiegde. 'Wat doe je verdomme daarbinnen, Kev? Er zijn hier dooien, weet je nog?'

De achterruit van de limousine ontplofte in scherven getint glas. Het luchtdrukgeweer kwam naar buiten, gevolgd door de overlevende op zijn handen en knieën. 'Dit is klote,' schreeuwde Kev. 'Ze zijn georganiseerd of zoiets!'

Gary had nóg een verrassing voor ze. Hij was steeds dichterbij gekomen terwijl die twee naar elkaar schreeuwden. Nu stond hij pal voor Paul, zo dichtbij dat hij de donkere lippen van de overlevende kon zien bewegen in een onuitgesproken vloek. Het jachtgeweer kwam omhoog en Gary greep de loop. Terwijl Paul schoot, rukte Gary het geweer zo hard naar beneden dat het tegen zijn borstbeen stond. Pijn – echte pijn – trok door Gary's lichaam en zijn overhemd vloog in brand door het schot, maar hij grimaste niet eens.

Volkomen kalm trok Gary het geweer uit Pauls handen en smeet het achter zich op straat. Hij riep naar zijn metgezellen, en Neusloos en Gezichtsloos reageerden, gingen op Kev af. Het luchtdrukgeweer knalde een paar keer en Neusloos wankelde op zijn voeten toen de kleine projectieltjes van zijn voorhoofd afketsten, maar al snel hadden de twee ondoden de kleinere overlevende vastgepind. Ze deden geen poging om hem te bijten, maar draaiden alleen zijn armen achter zijn rug. Gary complimenteerde de twee en hij voelde dat Gezichtsloos probeerde te glimlachen, dat de blootliggende spieren van haar gezicht openspleten in een obscene grimas.

'Dus zijn jullie nu klaar, of hoe zit dat?' vroeg Gary aan Paul. 'Misschien kan dit ook op de makkelijke manier. Ik was vroeger arts...'

Pauls gezicht betrok met vele, vele vragen. De eerste die naar buiten kwam, was: 'Jíj was arts?'

Gary lachte. 'Ik weet het, ik weet het. Vroeger probeerde ik levens te redden, en nu neem ik levens. Het is zo verdomde ironisch dat ik je kop er wel af kan rukken.' De overlevende verbleekte en Gary besefte dat hij een soort onuitgesproken regel van tact had geschonden die normaal in acht werd genomen tussen jagers en hun prooi. 'Ik beloof je dat ik dit zo pijnloos mogelijk zal maken,' zei hij. Hij keek om naar Gezichtsloos en Neusloos. 'Probeerde hij ons echt te vermoorden met een luchtbuks?'

Kev antwoordde zelf. 'Als ik je ermee in je oog had geschoten zou je nu niet lachen! Paul... Je moet me helpen, man! Haal die dingen van me af!'

Paul likte over zijn lippen. Zijn ogen glansden te fel. 'Wacht even. Je bent van plan ons allebei op te eten, toch?'

'Ja,' gaf Gary toe, en hij vroeg zich af waar dit naartoe ging.

'En niets wat ik op dit moment kan doen, zal je van gedachten doen veranderen.'

Gary haalde zijn schouders op. 'Jullie probeerden ons te vermoorden. Het lijkt me niet meer dan eerlijk, weet je?'

'Tuurlijk,' zei Paul. 'Nou, in dat geval... Hé, wat is dat?'

Gary volgde Pauls wijzende vinger, maar de grote overlevende zette een hand tegen Gary's gezicht en duwde hem achterover. Gary viel, en tegen de tijd dat hij zich hersteld had, zag hij alleen nog Pauls rug terwijl die als een gek, zijn benen woest pompend, de straat uit rende.

Gary had zich niet meer zo vernederd gevoeld sinds de spelletjes trefbal op school. Maar hij kreeg zijn wraak. Een stuk of tien sterke, goed doorvoede ondoden kwamen net op dat ogenblik de hoek om, in antwoord op Gary's oproep. Paul probeerde om hen heen te rennen, maar een dode vrouw met lange, gescheurde nagels greep naar zijn buik toen hij haar passeerde. Hij rende nog een paar passen door voor hij bleef staan en omlaag keek. De voorkant van zijn overhemd was rood van het bloed. Hij keek op naar Gary alsof hij de dokter smeekte alles weer beter te maken, maar toen scheurde zijn huid open en tuimelden zijn ingewanden dampend op het asfalt.

De doden verzamelden zich om hem heen. Hij probeerde weer weg te rennen, maar een dode man pakte een lus van zijn dunne darm en begon erop te kauwen. Paul struikelde en landde op zijn gezicht. Pijnlijk langzaam sleurden de doden hem over straat weer naar zich toe, haalden hem binnen als een vis aan een lijn. Toen hij dichtbij genoeg was – schreeuwend en schoppend maar verzwakt door het bloedverlies – bogen de ondoden zich over zijn trillende lichaam en namen om beurten een grote hap uit zijn gezicht. Uiteindelijk hield hij op met schreeuwen.

Gary wendde zich naar de andere overlevende. Neusloos en Gezichtsloos staarden Gary aan toen hij dichterbij kwam. Hij keek alleen naar Kev. Het gezicht van de overlevende glansde van het zweet en zijn mond scheen niet dicht te willen. 'Je... Je zei dat je het pijnloos zou maken, weet je nog?'

'Zo pijnloos mogelijk,' zei Gary, 'maar gut.' Hij stak zijn armen op en keek naar zijn zakken. 'Dat was ik vergeten. De verdoving is helemaal op.' Hij dook naar voren en beet diep in Kevs nek, draaide zijn hoofd zodra hij de keel van de man stevig tussen zijn tanden had, en beet hem in één bloederige brok de strot af.

# 6

We zagen de *Intrepid* van een halve kilometer afstand al liggen, maar alleen ik wist wat het was tot we bijna in de dofgrijze schaduw ervan waren. Toen Osman het buiten gebruik gestelde vliegdekschip zag liggen, wreef hij ingenomen over zijn kaak. 'Kunnen we... Kunnen we die gewoon meenemen, denk je?' Ik schudde mijn hoofd, maar zo gemakkelijk liet hij zich niet afschepen. 'Ik denk niet dat je marine hem zal missen, Dekalb,' opperde hij.

Ik glimlachte naar hem. 'Hij ligt half verzonken in de rivierbedding. Ze hebben de Hudson moeten uitbaggeren alleen om hem hier te krijgen.' Ik keek op naar de historische vliegtuigen die vastgesjord stonden aan dek. De militaire waarde van zo'n ding zag ik wel in, na alles wat we hadden meegemaakt, maar eerlijk gezegd was dit een nieuw soort conflict. Straaljagers en boordartillerie waren gewoon niet meer van toepassing.

Even ten zuiden van het schip kwamen we tot stilstand bij de Circle Line-pier, pier 83 langs Forty-Second Street. De toeristenferry's waren natuurlijk allemaal weg, en dat gold ook voor de toeristen die hier vroeger uren wachtten om de haven van New York rond te varen. In hun plaats waren de doden gekomen, krioelend over de dranghekken, in rijen opgesteld om als eerste bij ons te komen.

De meisjes stonden aan bakboord met hun wapens op de reling, terwijl Ayaan en ik elkaar in de HazMat-pakken hielpen. Het was een klus voor twee mensen – het pak ging dicht met een rits – maar we konden niemand anders ons laten aanraken. Elke menselijke aanraking op de buitenkant van de pakken zou ons besmetten. Dan zouden we ruiken naar voedsel. Osman en Yoesoef keken naar ons met een impassiviteit waarvan ik wist dat die voortkwam uit de overtuiging dat we hen voor altijd verlieten. Ik negeerde ze en concentreerde me op Ayaan. We trokken handschoenen aan en toen goot ik bleekmiddel over onze handen. Ik bevestigde Ayaans gesloten ademhalingsapparaat op haar masker en zette dat op haar hoofd, en zij deed hetzelfde voor mij. We worstelden ons in de pakken en trokken bij elkaar de luchtdichte rits omhoog, en drukten toen de stormflappen van klittenband dicht. Ik testte mijn kleppen en afdichtingen en schakelde toen mijn interne luchttoevoer in, voordat de binnenkant van mijn pak benauwd werd. We hadden twaalf uur de tijd voor we de tanks van de ademhalingsapparaten moesten vervangen, iets wat in het veld niet kon. Niet veel tijd te verspillen. 'Klaar?' vroeg ik haar. Ze trok haar gesteriliseerde AK-47 over haar schouder en verstelde de riem ervan voordat ze knikte. Door het grote vlak van haar gelaatsscherm kon ik zien dat ze er rustig en gedisciplineerd uitzag. Ze zag eruit als Ayaan, met andere woorden.

Op bevel van Fathia pakten de meisjes hun geweren op en schoten een kort salvo in de menigte xaaraan die ons opwachtte. Een paar van hen vielen, maar anderen draaiden alleen rond en leken even gedesoriënteerd voordat ze zich weer richtten op hun vraatzucht. De meisjes vuurden nog een salvo af en de doden werden onrustig, duwden harder tegen de dranghekken tot enkelen van hen erdoor werden gedrukt en in het water vielen. De schoten hadden het gewenste effect, namelijk de aandacht van ons afleiden terwijl wij stilletjes van boord gingen. Ayaan en ik lieten een smalle loopplank naar de wal zakken en renden eroverheen. Osman en Yoesoef stonden klaar en duwden het stuk spaanplaat in het water zodra wij aan land waren. We bleven niet staan, maar liepen snel naar de promenade aan de andere kant van het wachtterrein.

Een dode man met gouden kettingen op zijn gekrulde borstharen kwam naar ons toe, zijn armen wijd uitgestoken, zijn benen flapperend onder zich in zijn poging om te rennen. Ayaan hield haar wapen klaar, maar ik legde mijn in een handschoen gehulde hand op de loop en schudde mijn hoofd. Eigenlijk hoefde ik haar niet aan onze afspraak te herinneren – dat we alleen zouden schieten als het echt nodig was, uit angst dat we de doden zouden waarschuwen met het geluid van geweerschoten – maar ik voelde me er beter door. Door haar te kalmeren, kalmeerde ik mezelf, en op dat moment had ik dat nodig. Ik voelde dat mijn huid probeerde weg te kruipen bij het bewegende lijk dat steeds dichterbij kwam.

Hij stak een hand uit en greep mijn mouw, en ik dacht dat alles afgelopen was, dat ik een fatale vergissing had begaan. Misschien voelden de doden de levenskracht waar Gary het over had gehad, of misschien konden ze wel dwars door de pakken heen kijken. Ik zette me schrap voor wat er nu zeker zou volgen; het gegraai, de beten, het gevoel van vlees dat van mijn botten werd gescheurd. Ik deed mijn ogen dicht en probeerde aan Sarah te denken, aan haar veiligheid.

De dode man duwde me aan de kant en wankelde tussen mij en Ayaan door. We hadden alleen maar in de weg gestaan. Zijn werkelijke doelwit waren de meisjes op de *Arawelo*. Ik bleef even staan luisteren naar de zware, cyclische ademhaling via mijn ademhalingsapparaat, gewoon blij dat ik nog leefde. Wat voor speciale zintuigen de doden ook hadden, ze konden niet door de pakken heen kijken. Mijn plan zou echt kunnen werken.

'Dekalb,' zei Ayaan, haar stem vervormd door de lagen plastic tussen ons in, 'we ademen geleende lucht.' Ik knikte en we gingen op weg.

We staken de West Side Highway over, zochten ons voorzichtig een weg tussen de verlaten auto's om onze pakken niet te scheuren, en toen werden we omgeven door de gebouwen aan Forty-Second Street, als de muren van een doolhof. Ik had gehoopt dat de straat vrij zou zijn van stilstaande auto's, en voor een keer had ik gelijk gehad, met één uitzondering: een militair pantservoertuig stond schuin midden op straat. Hij was tegen een krantenkiosk gebotst en overal lagen glanzende exemplaren van *Maxim* en *Time Out New York*, de pagina's flapperend in de lichte bries. Ik wilde gaan kijken of het pantservoertuig het nog deed, maar Ayaan zei, heel terecht, dat als haar geweer al te veel lawaai maakte, een groot dieselvoertuig helemaal te veel aandacht zou trekken.

We liepen voorzichtig langs de openstaande achterdeuren van het voertuig, waarschijnlijk allebei denkend aan de gewapende mobiele eenheid op Union Square. Er kwamen geen leden van de voormalige Nationale Garde op ons af, maar het duurde niet lang voor we ze vonden. Drie man, nog altijd gekleed in hun volledige bepantsering en hun ballistische helmen, elleboogden elkaar uit de weg bij een afvalbak halverwege de straat. Die moest weken geleden al geplunderd zijn, maar toch vochten ze nog om de inhoud. Een van hen greep een armvol afval en liet zich op de stoeprand vallen, druk ruikend en likkend aan droog, geel krantenpapier en glanzend piepschuim. Een ander graaide er een frisdrankblikje uit. De rode verf op het blikje was eraf gesleten en het ding was anoniem en zilverkleurig geworden. Hij stak zijn vinger diep in het blikje, misschien om er nog een laatste druppel suikerwater uit te vissen, maar zijn vinger kwam vast te zitten. Hij schudde woest met zijn hand om het blikje los te krijgen, maar het wilde er gewoon niet af.

Het klinkt bijna grappig nu ik het beschrijf, maar op dat moment... Nou, je lacht de doden gewoon niet uit. Dat heeft meer te maken met angst dan met respect. Na je eerste paar ontmoetingen met lopende lijken nam je ze daarna altijd serieus. Ze waren te gevaarlijk en verschrikkelijk om luchtig over te doen.

Behalve natuurlijk als ze konden praten. Ik grimaste bij de gedachte. Ik had een grote fout gemaakt door Gary te vertrouwen. Ik bleef niet rondhangen om zelfs maar naar de politiemannen te kijken. We liepen door langs de speelhuizen van Theater Row, langs hun kleurrijke slogans over vermaak dat nu amper nog te begrijpen viel. Onder de uithangborden scharrelden doden rond op zoek naar voedsel. We zagen een oudere vrouw met blauw haar en een kleurige sjaal om haar hals op haar buik op de stoep liggen. Ze had haar magere armen door het rooster van een afvoerput gestoken en graaide in de duisternis eronder naar spinnen. Elke container die we zagen, rammelde doordat er dode mensen in zaten die zochten naar elk laatste flintertje voedsel.

Het meest zielig waren de zwakke exemplaren. Om een of andere reden konden ze niet helemaal concurreren om de kleine hoeveelheid beschikbaar voedsel. Sommigen hadden geen ledematen of waren te klein of miezerig om het tegen de anderen op te nemen. Veel ervan waren kinderen geweest. Zij waren te herkennen aan hun gevlekte, papperige gezichtshuid, de teruggeweken lippen die verdroogd waren zodat hun tanden permanent ontbloot werden in een gebroken grimas. Ze deden wat ze konden om te eten te krijgen, maar het was nooit veel. We zagen een meisje van Ayaans leeftijd langs het groene korstmos op een bakstenen muur schrapen. Anderen knaagden lusteloos aan de bast van dode bomen of kauwden op pollen droog gras terwijl de groene pasta uit hun malende kaken lekte. Het was alleen maar een kwestie van tijd, wist ik, voor zelfs de sterkste onder de doden dit soort maatregelen zou moeten nemen. Er was maar een beperkte hoeveelheid voedsel in de stad, hoe breed je die term ook interpreteerde. Ze aten elkaar niet, om onbekende redenen, dus dit was wat hun restte.

Dus dit was de toekomst. De rest van de geschiedenis in een nieuwe omschrijving: een mensengezicht, voor altijd kauwend op een leren laars. Ik hield mijn hoofd omlaag en Ayaan deed hetzelfde. We bleven geen van beiden staan om de taferelen verder te overpeinzen, maar sjokten oostwaarts, ademden ingeblikte lucht en luisterden naar het gekraak van onze pakken.

# 7

Toen Gary Central Park bereikte, zag hij dat het er een puinhoop was. Een zee van modder, hier en daar onderbroken door een poel stilstaand water met de regenboogglans van chemische verontreiniging. Flinters bot, oneetbaar zelfs volgens de losjes gehanteerde normen van de ondoden, lagen in greppelachtige kuilen in de aarde. Nergens gras te zien; dat was ongetwijfeld al met handenvol tegelijk door de doden verorberd. Talloze kapotte, scheef hangende bomen hieven donkere, smekende takken op naar een bewolkte hemel, papperig en wit waar de bast van het hout was weggevreten. Zonder de wortelsystemen van levende planten om de boel bij elkaar te houden, was zelfs de aarde onder Central Park in opstand gekomen, weggespoeld als modder telkens als het regende. De brede kanalen waren veranderd in rivieren van troebel, kolkend water. De hekken die het park hadden onderverdeeld in onopvallende recreatiezones waren omver geduwd door de wervelende kracht van het water en de modder, en lagen nu verwrongen als lange stukken prikkeldraad te roesten in de zon. Hier en daar stak een straatlantaarn scheef uit de grond als een grafsteen op een oud, verwaarloosd kerkhof. De geplaveide weggetjes en grindpaden die ooit door aangename weiden hadden gekronkeld, waren helemaal verdwenen. Een vloedgolf van modder was Sixth Avenue op gespoeld. Het was opgedroogd in de goten en had grote bruine strepen in ingewikkeld vertakte waaiervormen over straat gemaakt, had auto's weggespoeld en die een straat verderop tegen gebouwen gekwakt in klonters smerig, kapot metaal en versplinterd glas.

Gary ging Neusloos en Gezichtsloos voor, de bruine, open ruimte van het park in, en hij voelde zijn voeten drie centimeter wegzakken in de zachte grond. Na enkele minuten voortploeteren door het bos van dode bomen, voelde Gary zich volkomen verlaten. Door de kale takken zag hij de grote gebouwen van de stad overal om zich heen, behalve richting het noorden. De ruwe geometrie van de verlaten stad vormde abstracte bergketens die hem in het midden vastpinden. Hij voelde zich alleen, maar niet onbespied; de mysterieuze weldoener wachtte op hem, ergens voorbij de volgende heuvel van aarde.

Sinds hij had gegeten, kon hij helderder nadenken. Hij had zijn halve trance, die als een waas over hem heen had gelegen sinds hij onder in de Virgin-megastore zijn kracht hervond, van zich afgeschud en nu had hij de tijd om te overpeinzen waar hij eigenlijk naartoe ging.

Iemand, een anoniem wezen, was naar hem toe gekomen toen hij in levensgevaar was en had hem geleerd hoe hij zich open moest stellen voor iets groters dan hijzelf, hoe hij contact kon maken met de zenuwstelsels van talloze dode mensen. Uit die verbinding had hij de kracht geput om zichzelf geanimeerd te houden, zelfs nadat hij door het hoofd was geschoten. In ruil voor die kennis had de onbekende weldoener Gary naar zich toe geroepen, en zonder nadenken was Gary vertrokken om aan die oproep gehoor te geven. Nu hij wat helderder kon nadenken, vroeg hij zich echter af waar hij naartoe marcheerde. Het kon geen levende persoon zijn; een levende had geen toegang tot het netwerk van de dood, daar was Gary zeker van, en waarom zou een levend iemand trouwens een monster als Gary willen helpen overleven?

Maar als de weldoener dood was, wat kon hij dan in godsnaam van Gary willen? Zelfs als die ander op een of andere manier zijn intellect had weten te bewaren, net als Gary, dan zou hij dezelfde biologie en fysiologie moeten hebben als alle andere doden. De doden hadden maar één verlangen: eten. Het leek absurd, maar Gary was ervan overtuigd dat hij naar de plek liep waar hij zou worden opgegeten. Snackservice aan huis.

Zelfs als dat waar was, als hij enkel was gespaard om een maaltijd te worden voor een dode man die nog slimmer was dan hijzelf, dan nog kon Gary niet blijven staan. Hij rukte telkens zijn voeten uit de blubber en zette een volgende stap. Achter hem hielden Neusloos en Gezichtsloos hem bij, zonder te klagen of vragen te stellen.

De zon stond hoger aan de hemel tegen de tijd dat ze de eerste onderbreking zagen in de monotonie van modder in het park. De dierentuin kwam rechts van hen in zicht, de gebouwen nog overeind, hoewel ze half begraven waren in een dikke laag slib. Dankbaar voor elke onderbreking in de visuele code die het park was geworden, gebaarde Gary zijn metgezellen door te lopen en haastte zich de lage doolhof van verzonken hokken van de dierentuin in.

Er zaten natuurlijk geen dieren in de kooien; daar hadden de doden korte metten mee gemaakt. Hier en daar zat nog een stukje vacht vast aan het gaas van een kooi of het ingewikkelde smeedwerk van een hek, maar dat was alles. De plaquettes met informatie en de interactieve displays waren begraven of weggevoerd door een rivier van modder die lang geleden was gepasseerd. Alleen de barrières waren nog zichtbaar, een verzameling onbewoonde kooien die het middaglicht in lange repen sneden. Gary ging zijn metgezellen voor over lange, bochtige laantjes tussen wat ooit hokken voor bavianen en dwergpanda's waren geweest en die nu enkel nog kanalen van modder waren.

Omdat hij iets wilde zien, leidde hij hen naar een gebouw dat was versierd met de gebeeldhouwde koppen van olifanten en giraffen. Hoewel de reliëfs vroeger vrolijk en grappig moesten zijn geweest, waren het nu afzichtelijke dingen, gevlekt door de regen en roest die als tranen van bloed uit de ogen van de dieren droop. Gary negeerde het kille gevoel dat hij hier kreeg en pakte de verweerde handgrepen op de deuren van het gebouw vast.

De deuren vlogen open met een kracht waardoor hij tien meter achterover vloog, op zijn schouder landde en nog een eind doorschoof zodat hij met zijn droge lichaam een grote voor in de modder ploegde. Neusloos en Gezichtsloos draaiden zich om en keken hem in verdoofde schok aan, misschien met dezelfde uitdrukking die ze op zijn gezicht zagen. Wat kon er in godsnaam met zoveel geweld de stilte van het park hebben verstoord?

Een naakte, dode man kwam het olifantenhuis uit stampen op benen zo dik als elektriciteitspalen. Hij was minstens drie meter lang, een drillende berg bleek vlees doorschoten met zwarte aders. Er was geen enkele spier aan de reus te bespeuren, alleen maar dikke rollen doorschijnend vet en papperig vlees. Zijn handen waren opgezwollen en zo goed als nutteloos, zijn nagels op mensenformaat lagen diep verzonken in de toppen van zijn gezwollen vingers. Zijn hoofd van mensenformaat stond midden op de geleiachtige massa van zijn lichaam, als een soort obscene zeepok. Gary had nog nooit zoiets gezien. Hij dacht een tel lang dat dit misschien zijn weldoener kon zijn, en zijn verdoemenis, maar dat kon niet. Toen hij aan de draden plukte van het web dat alle dode mannen en vrouwen met elkaar verbond, voelde hij geen enkele vonk van intelligentie in dit monster.

Wat hij wel voor zijn geestesoog zag, was iets verschrikkelijks. Een duistere energie, veel meer dan mogelijk leek, een wervelende, kolkende stormwolk van duistere energie die in grote uitschieters van de reus afstraalde en toch nooit in kracht afnam; een zwarte ster. Er was ook haat daarbinnen, een rauwe, rode haat jegens iedereen die het waagde het domein van het monster te betreden.

Het wezen dat voor Gary stond, was zijn bestaan niet op dat formaat begonnen. Hij was bij leven een grote kerel geweest, maar geen bodybuilder of atleet. Hij was alleen een van de eerste wandelende doden geweest die de weg hadden gevonden naar de dierentuin. Hij had de zwakkere doden verjaagd toen die aankwamen, enorme strijd gevoerd met de sterkeren, maar steeds had hij overwonnen. Zijn huidige afmetingen waren eenvoudigweg te danken aan het feit dat hij grotere hoeveelheden voedzaam vlees had gegeten dan ieder ander die hem had geprobeerd uit te dagen.

Er waren geen olifanten meer in het olifantenhuis, besefte Gary, en ook geen giraffen, of nijlpaarden of neushoorns of beren. Hij keek nu naar wat ervan over was.

De reus stampte naar Gezichtsloos toe, en Gary gaf haar het dringende bevel om achteruit te stappen. Ze kwam niet snel genoeg in beweging en de reus sloeg haar aan de kant. Neusloos probeerde achter het ding te komen, maar de reus schopte hem en smeet hem met een vlezige klap tegen een bakstenen muur. Het wezen richtte zich nu op Gary en zou zich niet laten tegenhouden. Het monster zou hem verscheuren, wist Gary – niet voor voedsel, aangezien de doden nooit andere doden aten – maar alleen al om zijn beledigende aanwezigheid in de woonomgeving van de reus.

Gary kon fysiek nooit op tegen de reus. In plaats daarvan stak hij zijn handen voor zich uit en streelde over de draden die hen beiden in een of andere etherische ruimte verbonden. Het deed pijn om de woeste energie van de reus aan te raken, maar Gary reikte ernaar en trok er hard aan, en hij hield vast tot hij die waanzinnige hitte van het monster begon af te kalven.

De reus kon met geen mogelijkheid begrijpen wat er gaande was, maar hij voelde het wel, en het moest hem vreselijk veel pijn doen. Hij zoog zijn longen vol lucht, worstelde tegen enorme vetafzettingen om de zuurstof zijn lijf in te pompen en blies toen zijn adem uit in een kreet als een misthoorn. Gary sloeg zijn handen over zijn oren, verbrak zijn verbinding met de reus en even was de wereld weer stil. Toen draaide de reus zich om en begon een hoog hek over te klimmen, zijn vingers diep in het metalen latwerk terwijl hij zich zo snel mogelijk bij Gary uit de buurt trok.

Gary kreeg de neiging tevreden in zijn handen te wrijven terwijl de reus zich het modderige bos buiten de dierentuin in haastte. Dat deed hij ook bijna, maar toen greep iets als een bankschroef zijn hersens vast. Het was de weldoener, die zich misschien afvroeg waarom hij hier van zijn opgedragen pad was afgedwaald.

**Amaideach stócach!** joelde de weldoener. De stem was die van Gary zelf, dezelfde stem die hij zijn eigen gedachten had horen verwoorden, maar zo veel luider, zozeer vervormd dat het niet zijn eigen gedachten konden zijn. Iemand anders – de weldoener – schreeuwde in zijn binnenoor. De woorden zeiden Gary niets, maar ze sneden door hem heen als een zwaard van vuur. Hij belandde op de grond, waar hij lange tijd in de greep bleef van een zware attaque.

Toen hij in staat was weer overeind te komen, haalde hij Neusloos en Gezichtsloos op (die er wat gehavend uitzagen na het gevecht met de reus maar nog wel konden lopen) en liepen ze verder richting het centrum. Hij was niet van plan nog eens tegen de weldoener in opstand te komen.

# 8

We bleven midden op de straat lopen terwijl we de busterminal van de havenautoriteiten naderden. Dit moest het laatste deel van de stad zijn geweest dat werd geëvacueerd. We zagen stapels bagage – soms gewoon vuilniszakken die waren dichtgeplakt met tape, soms grote bergen Prada-tassen of Tumi-koffers – op de stoep staan. Overal waren stencils aan de muren geplakt of wervelden de papieren over straat als albinoroggen, met de adviezen BLIJF BIJ ELKAAR en ONTHOUD UW GROEPSNUMMER! De busterminal moest aan het eind nog de enige uitweg uit de stad zijn geweest. Ik had niet bepaald de wens om naar binnen te gaan en te kijken wat er van al die paniekerige vluchtelingen was geworden. In het beste geval zou het deprimerend zijn, dacht ik, in het ergste geval choquerend.

Toen liepen we de grote terminal voorbij en gingen Times Square op, en ontdekte ik een nieuwe definitie voor het woord 'choquerend'.

Het klinkt misschien belachelijk na alle verwoesting die ik had gezien, dat weet ik, maar Times Square was de meest angstaanjagende plek die ik had gezien in dit nieuwe New York. Er waren geen stapels lijken, geen sporen van plunderingen of paniek. Er was maar één ding mis met dit Times Square.

Het was donker.

Er brandde nergens licht, nog geen enkel peertje. Ik wendde me tot Ayaan maar zij begreep het natuurlijk niet, dus draaide ik me weer om en staarde omhoog naar de enorme, lege gevels van de gebouwen om me heen. Ik wilde het haar uitleggen, hoe hier vroeger televisieschermen waren van zes verdiepingen hoog, hoe de neonverlichting had gegloeid en gerimpeld en zo helder was geweest dat de nacht in een lichtgevende blauwe gloed was veranderd die niet leek op daglicht, niet leek op maanlicht, maar iets superieurs en gelokaliseerds was geweest. Dat er een wet was geweest waarin vereist werd dat elk gebouw een zekere hoeveelheid licht moest afgeven, zodat zelfs het politiebureau en de metro-ingangen en het rekruteringsgebouw van het leger verlicht waren geweest als de Strip in Vegas. Maar hoe kon ze dat begrijpen? Ze had geen referentiekader; ze had de grote billboards van Samsung en Reuters en Quiksilver en McDonald's nooit gezien. Ze zou ze nu ook nooit meer zien. Met mijn mond open draaide ik rond, zo geschokt dat ik niet kon nadenken. Het hart van New York City... zo werd Times Square in alle toeristische boekjes genoemd. Het hart van New York City sloeg niet meer. De stad was net als zijn inwoners gesneuveld en bestond nu alleen nog maar in een nachtmerrieachtige halfstaat, een onlevende ondood. Ayaan moest mijn hand grijpen en me meevoeren.

We liepen tussen de bioscopen door en zagen toen rechts van ons Madame Tussaud. Tientallen wassen beelden waren de straat op gesleurd, de verf afgespoeld door de regen, en hun half gesmolten gezichten keken ons misprijzend aan. We zagen de grote, onregelmatige scheuren in hun kelen en bovenlichamen waar ze door de hongerige doden waren aangevallen, die ze kennelijk hadden aangezien voor echte mensen. Ik staarde nog altijd naar de kapotte poppen toen ik iemand hoorde praten. Ik keek op naar Ayaan terwijl zij mij tegelijkertijd aankeek. We hadden het allebei gehoord, en dat betekende dat geen van ons tweeën iets gezegd had.

We hoorden het nog eens. 'Hé, luitjes! Hiero!' Ayaans gezicht verstrakte in grimmige vlakken. In deze spookstad kon een andere stem alleen duiden op Gary; maar hij was allang dood nu, begraven onder een lawine van dvd-doosjes. Wij waren erbij geweest, wij hadden dat gedaan. Het klonk trouwens ook niet als Gary. Kon er nog zo een zijn als hij? Als dat zo was, zaten we vreselijk in de nesten.

'Levende mensen, man! Overlevenden! Kom op!' De stem kwam uit de richting van Broadway. We renden de metro-ingang binnen en zagen dat die gebarricadeerd was met ijzeren hekken. Aan de andere kant stonden drie mannen die alleszins in leven waren en ademhaalden. Ze waren bezweet, alsof ze net een heel eind hadden gerend, en ze zwaaiden woest naar ons.

'Wie...' begon ik, maar natuurlijk was wel duidelijk wie ze waren. Overlevenden, New Yorkers, nog steeds in leven na al die tijd. Hadden ze zich verschanst in de metrogangen sinds de Epidemie was uitgebroken? Het leek onmogelijk, maar hier waren ze toch. Ze zagen er ondervoed en voddig uit maar ze waren niet dood, ze waren helemaal niet dood.

'Jullie zijn hier zeker om ons te redden, man,' riep een van hen, en hij klonk alsof hij ervan overtuigd was dat het niet zo was, maar toch fervent hoopte dat het wel zo was. 'Het heeft zo lang geduurd, maar we wisten dat jullie zouden komen!'

Ayaan schudde haar hoofd naar me, maar ik negeerde haar. De pot op met die medicijnen. Dit waren levende mensen! Ik tuurde tussen de tralies door. De mannen waren gewapend met pistolen en buksen en jachtgeweren; burgerwapens. Elk van hen droeg een naamplaatje op zijn hemd: HALLO, IK HEET Ray; HALLO, IK HEET Angel; HALLO, IK HEET Shailesh. Ray stak een zweterige, wanhopige hand uit en duwde zijn arm tot aan de schouder tussen de tralies door. Zijn hand kwam op me af, niet om me te grijpen, niet om me aan stukken te scheuren, maar om me te begroeten. Ik drukte hem warm de hand.

Shailesh stelde de eerste vraag. 'Waar zijn die pakken voor? We zijn niet besmet. Wij zijn clean!'

'Zo kunnen de doden ons niet ruiken,' legde ik snel uit. 'Ik ben Dekalb en dit is Ayaan. We zijn hier al een paar dagen, maar jullie zijn de eerste overlevenden die we hebben gezien. Met z'n hoevelen zijn jullie daar?'

Ray antwoordde. 'Bijna tweehonderd. Iedereen die hier was toen de laatste barricade van de Garde werd doorbroken. Zeg, hebben jullie helemaal geen overlevenden gezien? Er zijn twee jongens van ons daarbuiten op zoek naar proviand. Paul en Kev... Weet je zeker dat je ze niet hebt gezien? Ze zijn al veel te lang weg.'

Ik keek naar Ayaan alsof zij misschien wel iets had gezien, maar natuurlijk wisten we allemaal wat er met de verkenners moest zijn gebeurd. 'We hebben een schip in de Hudson liggen,' zei ik tegen hen. 'We moeten nog een manier vinden om jullie allemaal naar de rivier te krijgen, maar daarna zijn jullie veilig. Wie heeft hier de leiding? We zullen moeten gaan organiseren hoe we dit gaan doen.' Ik was van plan dit aan te pakken als een klassieke VN-vluchtelingenoperatie; de eerste stap was de bestaande sociale orde vast te stellen. Niet alleen zou de plaatselijke chef weten hoe hij of zij orde moest bewaren onder de mensen, maar hij of zij zou ook beledigd zijn als je hun autoriteit niet onderkende, hoe tijdelijk die ook was. Ik had nooit gedacht dat ik dit soort groepspsychologie zou toepassen op Amerikanen, maar het principe moest hetzelfde zijn.

'Dat is *el Presidente*,' zei Angel snerend. Het was duidelijk dat hij de plaatselijke autoriteit hier minachtte. Die minachting verzachtte echter bij het besef dat de ontsnapping misschien wel nabij was. 'Tuurlijk, man, ik praat wel met hem, ik zet dit wel in gang. Willen jullie binnenkomen, misschien wat eten? We hebben niet veel, maar het is jullie gegund.'

Ik schudde mijn hoofd maar dat was natuurlijk slecht zichtbaar door mijn gelaatsscherm, dus stak ik afwerend mijn handen op. 'Doe de poort niet open. Het is niet nodig dat jullie jezelf in gevaar brengen. Wij gaan nu terug naar het schip, maar we komen over een paar uur terug. Oké?'

De drie mannen keken naar me op met zo veel open en eerlijk vertrouwen in hun gezicht, dat ik me moest afwenden of volschieten. Ayaan schraapte haar keel toen we wegliepen bij de metro-ingang, in een poging mijn aandacht te trekken. Ik wist wat ze ging zeggen, maar ik wilde het niet horen.

'Dekalb. De *Arawelo* zit nu al vol, met maar zevenentwintig man. We kunnen geen tweehonderd vluchtelingen meenemen.' Ze praatte zachtjes, zodat de overlevenden ons niet zouden horen ruziën.

Ik fluisterde ook. 'Dan varen we een paar keer heen en weer... of, ik weet niet, misschien krijgt Osman wel zijn zin, misschien vinden we een manier om de *Intrepid* vlot te trekken. Godverdomme, Ayaan! We kunnen ze niet zomaar achterlaten.'

'Dekalb,' zei ze, veel luider nu, en ik draaide me om om haar te sussen, maar ze had al een ander onderwerp in gedachten. De zijdeur van een enorme container was opengeschoven en een naakte, dode man was naar buiten gekronkeld. Op handen en knieën kwam hij recht op ons af, snuffelend in de lucht.

'Hij ruikt vast de overlevenden,' siste ik tegen Ayaan. 'Blijf heel stil staan.'

De dode man kroop naar ons toe en kwam stijfjes overeind. Bij leven was hij al kalend geweest. Hij had kleine, diepliggende oogjes. Hij stond een lange, onbehaaglijke minuut voor me te wankelen, bukte toen vanuit het middel naar voren en stak zijn nek uit om snuivend aan me te ruiken. Hij scheen mijn rechterhand fascinerend te vinden.

Het was alleen maar natuurlijk dat ik omlaag keek om te zien waar hij zo opgewonden over was. Toen pas zag ik de vochtige glans op mijn hand. Zweet, op de buitenkant van mijn handschoen.

Nog twee dode mannen kwamen de container uit. Verderop in de straat zag ik beweging, een heleboel beweging.

'Je hebt die levende een hand gegeven! Je bent besmet!' schreeuwde Ayaan, en haar geweerriem raakte verward terwijl ze het wapen probeerde te pakken. Ik keek van haar naar de dode man, die met zijn klauwachtige vingers naar me graaide. Ze glipten ongevaarlijk over het tyvek-pak – ik voelde de vier harde contactpunten (een voor elke vingernagel) langs mijn ribben schuiven – en bleven toen hangen achter de afdichting van mijn handschoen.

Op dat moment probeerde ik weg te komen, maar mijn benen raakten verstrikt in het wijde HazMat-pak en ik viel bijna. De dode man gaf een snelle ruk en mijn handschoen schoot uit, waardoor mijn hand aan de lucht werd blootgesteld.

Mijn dampbestendige integriteit was geschonden.

# 9

Lange banieren van mylar flapperden woest tussen de pilaren van de gevel, de reclameboodschappen onleesbaar verbleekt door de zon. Klapperend, verstrikkend terwijl de wind eraan rukte, waren zij het enige in zicht wat bewoog. Het Metropolitan Museum of Art stond hoog en alleen in de modder van het park, de reusachtige deuren wijd open.

'Ik heb wel wat beters te doen,' zei Gary hardop. Bang om naar binnen te gaan. Neusloos en Gezichtsloos reageerden niet op zijn vaststelling. 'Ik moet het meisje vinden dat op me heeft geschoten. En ik heb ook honger.' Hij wendde zich echter niet af. Er hadden zich te veel vragen in zijn hoofd opgestapeld.

Gary leidde Neusloos en Gezichtsloos de lange trap naar de deuren op en tuurde een tijdje naar binnen, terwijl hij zich afvroeg wat daarbinnen kon zijn waar hij zo bang voor was. De gigantische lobby rees op naar drie vieze dakramen waar nog een spoortje licht door naar binnen viel. Genoeg om te zien dat het er verlaten was. Gary stapte de koele, dode lucht van het museum in en staarde op naar het gewelfde koepelplafond, naar de grote trappen die aan het uiteinde van de lobby omhoogleidden, naar de kaartjes- en informatiebalies die verlaten en naakt in het sombere licht stonden. Hij was hier al vaker geweest, maar zonder de menigten levende toeristen en personeel, zonder het gegil van verveelde kinderen of het vermoeide geroep van gidsen, leek het wel alsof elke stap die hij zette door het hele stenen gebouw van het museum weerkaatste als in een tombe.

Hij had een donkerbruin vermoeden waar hij op zoek moest naar de Weldoener, alhoewel hij er niets van begreep. Hij draaide naar rechts en liep door een verlaten beveiligingskordon. Neusloos en Gezichtsloos volgden hem, hun voeten schuifelend over de vloertegels. Ze liepen door een lange gang met aan weerszijden grafschilderingen die het dagelijks leven in Egypte afbeeldden, en toen een donkere ruimte in die vol stond met glazen toonkasten.

Een van de eerste dingen die ze zagen, was een glazen kist met een mummie erin, strak omwikkeld met linnen verband als een enorme cocon. Een gouden masker staarde naar hen op vanuit de diepten van het donkere glas, de gelaatstrekken in een uitdrukking van perfecte sereniteit terwijl het dwars door Gary heen naar de eeuwigheid keek. De grote ogen leken wel poelen die waren gevuld met een rustig begrip en een blijmoedige aanvaarding van de onsterfelijkheid. Dit kon de Weldoener niet zijn, dat wist Gary zeker. Hij legde een hand op het glas.

Het masker kwam met een knal omhoog tegen het deksel van de kist, het bleke lijf zonder ledematen eronder kronkelend, de larfachtige gestalte van iets vreselijks.

Gary sprong achteruit. Dit was onmogelijk. Maar toch gebeurde het, de mummie lag te stuipen in zijn glazen kooi. Gary tastte langs de frequentie van de dood en voelde daar een heel lichte schaduw van duistere hitte; woede en smart waren het enige wat de mummie gaande hield, en zelfs daarvan was niet veel over. Het wezen zou zichzelf snel uitputten en zich overgeven aan de entropie. Maar het was overduidelijk dat het onmogelijk enig soort van leven na de dood kon hebben. God! Het hield maar niet op met kronkelen! Het gouden masker was gedeukt en platgedrukt door de krachtige klappen tegen het glas, de gelaatstrekken uitgesmeerd en vervormd.

Gary was dan misschien zelf ondood, maar hij kon niet blijven kijken naar dat ding in die kist. Elke keer dat het vanuit het midden doorboog en het gezicht tegen het glas sloeg, dwong het Gary zich voor te stellen hoe zo'n bestaan moest zijn: blind, vastgebonden, hongerig... voor altijd, niet wetend hoe je daar was gekomen, je afvragend of je leefde of dood was. Het moest een hel zijn. Hij wendde zich naar Gezichtsloos en probeerde het haar uit te leggen. 'Nee, nee, dit kan niet... Ze haalden de hersens er altijd uit met een, met een lepel of zoiets als ze mensen mummificeerden!'

**Wat je zegt is waar**, zei de Weldoener. **Voor zover van toepassing**.

Gary keek in paniek op. De stem deed hem pijn aan zijn kiezen: even intiem als zijn eigen gedachten, zo luid als sirenes. 'Hoe bedoel je?' wilde hij weten.

**Ze haalden de hersens eruit, ja. Maar alleen in sommige dynastieën. Voor de 18e dynastie was die praktijk nog niet bekend. Nadat de Grieken Egypte hadden veroverd, verboden ze het verwijderen van de hersens helemaal**.

'Hoe weet je dat?' Gary draaide zich om, op zoek naar de locatie van de Weldoener, maar het was onmogelijk; die stem kon wel overal vandaan komen.

**Ik weet heel veel, Gary. Ik heb in je hart gekeken. Ik weet dingen die jij vergeten bent en dingen waar je zelfs nooit van hebt gedroomd. Kom naar me toe, Gary, dan zal ik je alles leren. Kom snel... We hebben veel te doen**.

Gary schuifelde om de glazen kist heen. Hij wilde uit de buurt zijn van dat ondode ding in zijn afschrikwekkende cocon voor het geval het eindelijk door het glas brak. Hij wilde er helemaal niet bij in de buurt zijn. Hij leidde Gezichtsloos en Neusloos dieper de Egyptische afdeling in, door slecht verlichte ruimtes vol grote sarcofagen en kapotte standbeelden en scarabeeën en gevlekte lijkwaden. Telkens als hij ergens afsloeg, zag hij weer andere mummies die tegen hun gevangenis bonsden; overal waar hij ging, zag hij scarabeeën en witte ogen die hem aanstaarden vanaf de muren. In een kleine alkoof drukte een zwart geworden mummie omgeven door de skeletachtige hoorns van lang geleden gestorven antilopen zich tegen het glas, in een andere stond een houten doodskist, kunstig beschilderd en ingelegd met goud, te schudden tot de splinters er als een droge regen vanaf dwarrelden. Gary dook ineen bij het gevoel van woede en angst en afgrijzen dat hij oppikte van de schokkende lichamen en drukte zijn handen tegen zijn slapen; hij kon hun eindeloze lijden niet verdragen.

Eindelijk kwamen ze uit in een grote open ruimte met één hele wand van glas die het grijze zonlicht binnenliet. Op een verhoogd platform stond de Tempel van Dendur: een vierkant gebouwtje voorzien van hiëroglyfen, met een enorme monumentale boog ervoor. Voor de boog stond een laag bankje, en daarop had iemand drie van die kronkelende mummies neergelegd. Hun gouden maskers waren afgedaan en lagen op een hoop in de buurt; onbetaalbare artefacten, gewoon aan de kant gesmeten. Boven hen was een bruine gestalte met een zwakke hand bezig het doek open te prutsen waarin de doden vastgesnoerd zaten. Dat was de Weldoener, wist Gary meteen. Hij hief zijn hoofd en wenkte Gary dichterbij.

**Zie me zoals ik ben, Gary. Ik ben Mael Mag Och, en ik heb je ogen nodig.**

Hij leek in niets op de verschijning die in de megastore tot Gary was gekomen. Zijn huid was hard leer, getaand tot een egaal, diep bruin, haarloos en op sommige plaatsen gerimpeld, op andere plaatsen glad en strakgetrokken over botten die van zijn lichaam staken in scherpe punten. Zijn hoofd rolde op zijn schouder alsof hij het niet rechtop kon houden, en inderdaad, zijn nek was gebroken: stukken van de bovenste wervels waren onder zijn schedel zichtbaar. Hij had maar één arm en zijn benen waren vreselijk ongelijk. Een ervan zag er sterk en gespierd uit, het andere gekrompen en skeletachtig. Hij droeg geen kleding, behalve een touw dat strak om zijn nek gebonden was – een soort strop, zag Gary nu – en een reep vervilt bont om zijn arm.

'Jij bent niet... zoals zij,' zei Gary, neerstarend op de schokkende mummies.

**Niet half zo oud, of zo wijs. Kom, kom hier. Nee, ik ben nooit in Egypte geweest, jongen. Ik kom van een eiland bij wat jij nu kent als Schotland. Alsjeblieft, kijk hier. Dit is een van de redenen waarom ik je heb geroepen, om me te helpen dit te zien.**

Gary had geen idee wat de ander bedoelde, maar toen zag hij het. Mael Mag Och had geen ogen in zijn hoofd, alleen maar gapende oogkassen.

**Ik kan zien wat jij ziet, door de *eididh* die ons één maakt. Ik had geen idee hoe lelijk ik was geworden. Hier.**

Gary keek naar waar Mael Mag Och wees. 'De eididh?' vroeg hij.

**Wat jij het netwerk noemt, hoewel het zo veel meer is dan dat.** Een dikke prop gevlekte windsels kwam los van de mummie en er werd een arm onthuld, een dunne arm die eindigde in vijf benige vingers. De hand greep naar Mael Mag Ochs gezicht maar had niet de kracht om enige schade aan te richten.

Het oogloze lijk reikte naar een volgende reep linnen en begon die af te pellen, zijn vingers onhandig met de verrotte stof. **We moeten ze bevrijden. Er was hun onsterfelijkheid beloofd, Gary. Die drommels geloofden dat ze wakker zouden worden in het paradijs. Ik kan hun afgrijzen niet verdragen. Help me**.

De vriendelijkheid, het medeleven van de daad, ontroerde Gary op een manier waartoe hij niet langer dacht in staat te zijn. Hij knielde neer om te helpen met het verwijderen van de windsels en riep Gezichtsloos en Neusloos op hetzelfde te doen. Met zo veel handen hadden ze de mummie al snel bevrijd uit haar omhulsel. Ze kwam langzaam overeind van de bank, een skeletachtige gestalte gewikkeld in flarden linnen. Een glanzende, gouden broche in de vorm van een scarabee was net boven haar hart aangebracht, terwijl andere amuletten en geluksbrengers rond haar middel en aan touwtjes om haar hals bungelden.

Haar gezicht was nog verborgen in de windsels, op een rafelig gat na waar haar mond ooit had gezeten. **Dat is ontstaan door hun laatste ritueel: de *wpt-r*, het 'openen van de mond'. Dat deden ze met een beitel en hamer**. De doeken rondom de wond waren bruin en geel gevlekt door lang geleden opgedroogde vloeistoffen. **Smerige barbaren**, mompelde Mael Mag Och. Ze liep op onvaste voeten bij hen weg, hobbelde naar de boog, waar ze zich liet zakken tegen het verweerde zandsteen alsof ze de hiëroglyfen met haar lichaam las. Gary zou haar hebben geplet, haar hoofd aan diggelen hebben geslagen als hij haar in een glazen kist had gevonden, zo stevig ingepakt als ze was geweest. Maar Mael Mag Och had het geanimeerde wezen, de menselijkheid gezien onder de windsels.

'Wat ben jij?' vroeg Gary.

**Een nederige Draoidh**. Zoals Mael Mag Och het uitsprak, klonk het als 'druïde'.

'Oké, wíe ben je dan?' vroeg Gary.

**Nou, dat is een makkelijke. Ik ben die kerel die het licht uitdoet als de wereld vergaat.**

# 10

De ondode man staarde naar mijn ontblote hand alsof hij er niet zeker van was wat het voor iets kon zijn. Ik stapte voorzichtig achteruit, maar hij kwam meteen achter me aan, zijn neus opgetrokken in zijn blauwige gezicht. Zijn mond ging wijd open en ik zag zijn kapotte gebit, nat van het kwijl, en toen viel hij aan, zijn armen dichtklappend als een tang om me rond mijn middel te grijpen. Ik probeerde hem van me af te schudden, maar het HazMat-pak beperkte me in mijn bewegingen. Ik bracht mijn knie omhoog en raakte hem recht onder zijn kin, maar als ik er al voldoende kracht achter had gezet om hem pijn te doen, dan liet hij daar niets van merken. Zijn kaken klapten dicht om een stuk van mijn pak en hij schudde woest met zijn hoofd om het af te scheuren. Ik liep het gevaar achterover te vallen, wat ongetwijfeld mijn dood zou betekenen, want met het zware ademhalingsapparaat op mijn rug zou het me veel te veel tijd kosten om weer overeind te komen. De andere twee dode mannen uit de container kwamen dichterbij. Als ik nu mijn evenwicht verloor, zou ik door drie van die dingen worden vastgepind.

Waar was Ayaan, verdomme? Ik draaide me half om en zag haar prutsen met haar geweer. Ze kon het schijnbaar niet omhoog krijgen, doordat de schouders van het wijde pak te dik waren om het voor haar oog te zetten. Ze kon waarschijnlijk wel vanuit de heup schieten, maar als ze dat deed, had ze evenveel kans mij te raken als mijn aanvaller. Ik stond er alleen voor tot ze het uitgevogeld had.

Mijn adem vormde pluimen van condens aan de binnenkant van mijn gelaatsscherm en beperkte mijn zicht terwijl ik draaide en rukte aan de ondode man die mijn middenrif vasthad. Hij hield me in een stalen greep terwijl ik met mijn met een handschoen bedekte hand aan zijn arm trok. Telkens als ik dacht dat ik hem stevig vasthad, liet een laag van zijn dode huid los en gleden mijn handen weer van hem af. Zijn tanden hadden nog niet door het tyvek van mijn pak weten te dringen – behoorlijk taai spul – maar ik wist dat hij uiteindelijk in mijn blote hand zou bijten en dat het dan afgelopen zou zijn. Zelfs als ik kon ontkomen nadat hij me gebeten had, zou ik ten prooi vallen aan een heel stel secundaire infecties. Ik kon me de paniek in Ifiyahs glazige ogen nog herinneren toen haar been opzwol en haar hart als een gek tekeer begon te gaan.

De wanhoop stuurde mijn vingers diep in de oksel van de dode man, en eindelijk had ik wat grip. De botjes in mijn handen voelden aan alsof ze ieder moment konden breken toen ik hem bij me weg klauwde en eindelijk zijn greep op mijn lichaam verbrak. Ik tilde onhandig een been op en schopte hem van me af, zijn vingers graaiend in de lucht als krabbenscharen. Hij landde op zijn rug en rolde meteen weer op handen en knieën, duidelijk van plan om weer op me af te komen. Toen ontplofte de bovenkant van zijn hoofd in een poederige wolk van verbrande grijze materie.

Ik draaide me hijgend om en zag Ayaan staan. Ze had haar

pak tot het middel los weten te ritsen en haar armen bevrijd, zodat ze haar AK-47 onbelemmerd kon gebruiken. Terwijl ik daar stond, bracht ze haar wapen weer omhoog en vuurde twee snelle schoten af, waarmee ze de twee dode mannen uitschakelde die inmiddels vlak achter me waren.

Snel ontdeden we ons van de nu nutteloze pakken. Er kwamen nog meer doden aan, een losse groep vanuit het westen die naderde met alle snelheid die de doden konden halen. De man voorop had geen armen meer, maar zijn kaken gingen hongerig open en dicht. Het waren er te veel om tegen te vechten; we moesten vluchten.

Ik greep Ayaan bij de arm en we renden noordwaarts Broadway op, maar daar waren ze ook, de zwakkere soort, die we al schimmel van bepleisterde muren hadden zien likken. Hun kleren hingen om hun uitgemergelde lijven, hun dunne nekjes en vlassige haar waren vreselijk om te zien. Ze zagen er een stuk minder zielig uit nu we onbeschermd waren. Vanuit het zuiden kwam een dode vrouw met lang, zwart haar in een trouwjurk met sleep, haar handen in bloedige handschoenen gestoken, haar sluier achterover zodat we de lange, scherpe tanden konden zien die door haar verdroogde lippen blootlagen. We zouden het erop moeten wagen, besloot ik, we zouden die bruid moeten neerschieten en hopen dat er niet nog meer doden achter haar zaten. Ik verheugde me niet op een ontmoeting met de bruiloftsgasten.

Ayaan had haar geweer omhoog en wachtte alleen nog op mijn bevel om te schieten, toen er plotseling een streep oranje licht langs onze voeten schoot en met een klaaglijk geluid recht de grootste groep ondoden in schoot. Het was een kat, een gevlekte, schurftige, half uitgehongerde, hondsdol uitziende kat. Een levende kat.

Toen het tot me doordrong, kon ik me de laatste keer niet herinneren dat ik een levend dier had gezien. Geen zwerfhond of zelfs maar een eekhoorn op de straten van New York. Dit kon geen toeval zijn, maar voor mij was het een onthutsend mysterie.

Het effect van de kat op de ondoden was opzienbarend. Ze negeerden ons volkomen en draaiden zich als één om om naar het vluchtende beest te graaien, hun handen uitgestoken naar zijn veelkleurige vacht. Hij sprong naar links, maakte een schijnbeweging naar rechts en de doden vielen over elkaar heen – letterlijk – om een handvol van die oranje streep te pakken te krijgen.

Of het ze lukte of niet, dat ontdekte ik pas later. Terwijl ik daar gebiologeerd stond toe te kijken, dook Shailesh, een van de overlevenden uit het metrostation, achter me op en greep mijn arm. Ik gilde als een klein kind. 'Kom op dan,' zei hij, 'zoveel aas hebben we niet, weet je.'

'Aas?' vroeg ik. Tuurlijk. Die kat. De overlevenden moesten die hebben losgelaten om de ondoden lang genoeg af te leiden zodat Ayaan en ik naar binnen konden vluchten. We volgden onze gids op de hielen en renden door het ijzeren hek bij de ingang van het station – ik hoorde het achter ons dichtslaan – en een schemerige trap af. In het schemerlicht zag ik overal kattenbakken en een paar kwaad kijkende katten en honden die tegen elkaar aan lagen te slapen. Een enkele gloeilamp verlichtte de metropoortjes, waar we overheen klauterden omdat Shailesh ons verzekerde dat ze muurvast waren komen te zitten toen de treinen niet meer reden.

Voorbij de poortjes werden we opgewacht door een ernstig kijkende overlevende in een vale, maar smetteloos schone spijkerbroek en met een brilletje. Hij had een militair geweer in zijn handen, de loop van ons af gedraaid. Het wapen schokte in zijn handen toen we hem naderden, maar hij hield het onbewust op een veilige hoogte. Dat gebeurde allemaal op zo'n reflexmatige manier, dat ik zeker wist dat hij in het leger had gezeten. Niemand anders zou zo gedisciplineerd omgaan met een vuurwapen. Hij had een sticker op zijn witte buttondown overhemd, een van die steeds vertrouwdere HALLO, IK HEET-labels, maar de witte ruimte eronder was leeg gelaten.

Hij wendde zich tot Shailesh. 'Zijn we veilig?' vroeg hij.

Shailesh lachte. 'Kerel, dit is het eerste wat je moet weten om in leven te blijven. Ze gaan af op het snelst bewegende voorwerp dat ze zien. Hoe sneller het gaat, hoe opgewondener ze raken! Je had ze moeten zien, Jack. Het was net een film met Jim Carey daarbuiten.'

Jack verhief zijn stem niet, maar toen hij weer sprak, verbrak Shailesh het oogcontact. 'Ik vroeg of we veilig waren,' herhaalde hij.

Onze gids knikte gehoorzaam. 'Luister,' zei Shailesh tegen mij, 'Jack brengt jullie naar binnen. Ik moet eh, weet je, het hek bewaken. Welkom in de Republiek, oké?'

'Tuurlijk,' zei ik, al begreep ik het niet helemaal. 'Bedankt.'

Jack keek me even aan en ik wist dat hij me inschatte. Hij onderwierp Ayaan aan dezelfde inspectie maar zei niets tegen ons, behalve: 'Deze kant op.'

# 11

Een van de mummies – een Ptolemeeër en een neef van Cleopatra, volgens Mael – liet zijn gedeeltelijk ontblote handen over het glas van een displaykast gaan en begon er toen op te bonzen. Mael hobbelde naar hem toe, maar kon hem er niet van weerhouden het glas in te slaan. Het tuimelde langs zijn in windsels gewikkelde benen in een waterval van piepkleine groene kubusjes. Lange scherven bleven in zijn armen en handen steken maar hij negeerde ze, bukte en pakte een aardewerk pot uit de kast. Het oppervlak was voorzien van hiëroglyfen en de dop van bewerkt hout had de vorm van een valkenkop. Mael probeerde de mummie weg te trekken bij het scherpe glas, maar de ondode Egyptenaar weigerde zich mee te laten voeren. Hij was veel te druk bezig de pot tegen zijn borst te wiegen.

Het was de eerste keer dat Gary een dode man zag die niet werd gemotiveerd door honger. 'Wat zit daarin dat zo belangrijk is?' vroeg hij.

Een spookachtige glimlach trok over Maels leerachtige lippen. **Zijn ingewanden.**

Gary trok een walgend gezicht.

**Ze begrijpen deze plek niet, Gary. Er is zo veel veranderd, en zo snel. Ze denken dat ze in de hel zijn en ze houden zich vast aan de dingen die ze kennen en begrijpen.**

'Ik neem aan dat datzelfde voor jou geldt.' Het was een uitdaging, maar een halfhartige.

**Misschien. Ik ben een beetje beter af dan zij. Ik heb toegang tot de eididh. Zo heb ik je taal geleerd en al het andere wat ik weet over Manhattan.** Die flakkerende glimlach weer.

'Ik kon alleen de energie zien, de levenskracht. Kun jij informatie uit het netwerk krijgen?'

**O, ja. Onze herinneringen gaan daar naartoe als wij omvallen, jongen. Onze persoonlijkheden. Wat onze bejaarde vrienden hier het *ba* zouden noemen. Het is het pakhuis van onze hoop en angsten. Indra's net. Het Akasha Archief. De verzamelde werken van het menselijk ras, allemaal verkrijgbaar in één handige band. Jij en ik kunnen daar alles lezen, als we ons openstellen voor die mogelijkheid.**

'Jij en ik. Omdat we nog kunnen nadenken. Je moet een bewuste inspanning leveren om het netwerk te bereiken en de anderen, de... de doden daarbuiten, zij kunnen die sprong niet maken, niet met wat zij aan hersens hebben.'

**Ja.**

'Maar er is ook verschil tussen jou en mij. Ik voel het. Jij... Je energie is compacter. Zoals een levende persoon bijna, maar donker zoals de mijne. Ik kan het niet zo goed uitleggen...'

**Je doet het prima. De mummies en ik, wij delen jouw honger niet. Onze lichamen zijn onbederfelijk, zoals ze dat vroeger zeiden. We rotten niet.** Die beverige glimlach weer. **En dan is er nog het feit dat jij hiervoor gekozen hebt. Jij hebt jezelf dit aangedaan.**

'Maar ik kan onmogelijk de enige zijn. Jij hebt me van een afstand gevonden, dus je moet weten of er nog anderen zijn zoals wij.'

Mael knikte. **Een paar. De meesten zijn van mijn soort, maar jij was niet de enige die zichzelf zo heeft toegetakeld. Er is een jongen op een plek die Rusland heet. Heel veelbelovend. Door een auto geschept. Hij heeft jarenlang geleden terwijl machines zijn hart voor hem aan de gang hielden, maar zijn ouders gaven de artsen geen toestemming om de stekker eruit te trekken. Ze konden natuurlijk niet weten wat ze daarmee creëerden. Een andere hier in jouw land. In Californië, noemt ze het. Een yogalerares die zich verstopt heeft in een zuurstofbar. Ik heb geen idee wat dat betekent. Ze had hetzelfde ingenieuze idee als jij, maar het werkte niet zo goed bij haar. Ze werd wakker met koppijn en merkte dat ze de tafel van vijf niet meer wist en nog een heleboel andere dingen ook niet. Zoals haar naam.**

Gary knikte. Rusland. Californië. Zonder een auto, zonder vliegtuigen, zou hij naar ze toe moeten lopen. Ze waren zo ver weg. 'Ze hadden net zo goed op de maan kunnen zijn. Het is wel grappig. Een paar dagen geleden dacht ik dat ik de enige was, en dat vond ik best. Toen nam jij contact met me op. Alsof ik me pas zo eenzaam begon te voelen toen ik wist dat ik niet alleen was.' Hij stak zijn hand in de kapotte displaykast en pakte een sieraad in de vorm van een god met de kop van een jakhals. Het was prachtig, gemaakt door liefdevolle handen. Een door mensen gemaakt ding. Dat was nu allemaal voorbij. Er was niemand meer over om mooie dingen te maken. En ook niemand meer om ervan te genieten. Er waren wel overlevenden, maar die waren alleen bezig met overleven. Hij nam aan dat hij ze dat niet kwalijk kon nemen. Gary legde het sieraad terug in de kast. 'Wat is er met ons gebeurd, Mael? Waar is de Epidemie door veroorzaakt?'

De druïde krabde aan zijn kin. Ik denk diep na, zei het gebaar. Mael was een meester in lichaamstaal, zelfs met maar één arm. **Ik weet waar je denkt dat het door is gekomen. Een ziekte zoals de griep of de pokken. Maar dat is niet zo. De oudsten, de vaders, wat jij goden zou noemen, zij hebben dit over ons gebracht, als vergelding. Het is een godsoordeel.**

'Waarvoor?'

**Kies maar, jongen. Om wat jullie met de aarde hebben gedaan, zou ik kunnen zeggen, maar ik ben dan ook maar een ouwe natuurfreak van lang geleden. Om wat jullie elkaar hebben aangedaan, misschien. Ik weet dat je dat soort dingen maar moeilijk kunt accepteren. In jouw wereld gebeuren dingen gewoon, hè? Per ongeluk, zeg maar. Willekeurig. Wij dachten anders. Bij ons gebeurde alles met een reden.**

**Loop met me mee, Gary. Ik heb maar weinig tijd om met je te praten. Er moet duister werk worden verricht – vechten, slachten – voor dit voorbij is.**

'Huh?' vroeg Gary. Iets anders kon hij niet verzinnen.

**Daar komen we later nog op. Ik wil je eerst iets laten zien.**

Mael leidde hem door de Egyptische vleugel van het Met. De bevrijde mummies hadden het overgenomen en Gary zag voor het eerst wat voor een morbide plek dit was. Een binnenstebuiten gekeerde begraafplaats waar de doden werden tentoongesteld voor schoolkinderen. Gary zag een mummie in een van de kamers bezig met sieraden passen, de turkooizen en gouden halssnoeren glinsterend op het gevlekte linnen om haar keel. In een andere ruimte probeerde een echt oeroude mummie, weinig meer dan vodden en botten, een enorme sarcofaag open te prutsen met zijn vingers. Het leek wel alsof hij wilde terugkeren naar zijn tombe.

Mael bleef staan in een kamer die was onderverdeeld met een opvouwbaar scherm. De tentoonstellingsruimte erachter was nog maar half voltooid: de curatoren waren er duidelijk nog aan het werk geweest toen ze het museum tijdens de Epidemie moesten verlaten. De muren waren hemelsblauw geverfd en in witte, cursieve letters boven een rij lege displays stond: MUMMIES VAN DE HELE WERELD. De lichamen in deze kamer waren echt dood. De SIBERISCHE IJSMUMMIES waren weinig meer dan incomplete skeletten met nog wat haar op hun kapotte schedels; de diepliggende oogkassen van de BERGMUMMIES UIT PERU waren hol en leeg, hun hersens allang weggerot. Achter in de kamer stond een lange, lage kist die van binnenuit was opengebroken. Er knerpte glas onder Gary's voeten toen hij ernaartoe liep. KELTISCHE VEENMUMMIE UIT SCHOTLAND, las hij. Dit moest Maels grafkist zijn geweest.

'Deze mummie leefde ten tijde van de Romeinen,' las Gary voor van een plaquette aan de muur. 'Hij is waarschijnlijk geofferd door zijn eigen volk. Door de voorwerpen die bij hem werden gevonden, denken archeologen dat hij een priester of een koning moet zijn geweest.'

**Een beetje van allebei, eigenlijk. En muzikant en astronoom en genezer, als het nodig was. Ja, Gary, ik was ook arts, in mijn tijd. Je zou mijn methoden nu waarschijnlijk primitief noemen, maar ik heb over het algemeen meer goed gedaan dan kwaad aangericht.**

Gary hurkte neer om het display te bestuderen. Er was een beeltenis gemaakt van hoe Mael er bij leven zou hebben uitgezien; die leek veel op de visioenen die hij in het centrum had gekregen. Ernaast stond een foto van Stonehenge, en het bijschrift daarbij verzekerde Gary ervan dat het niet door de Kelten was gebouwd, maar dat men de stenen gebruikte om zonsverduisteringen te voorspellen. 'Hoe ben je gestorven?' vroeg hij.

**Nou, dat is me nog eens een verhaal.** Mael ging op een displaykist vol gedeeltelijk geconserveerde schedels zitten en dacht een tijdje na voor hij verder ging. **We gingen om beurten. De gerstekoek viel mij te beurt op mijn drieëntwintigste. Zo kozen we de gezalfden, door stukjes koek uit een zak te pakken. De zomer was te koud geweest voor de maïs en mijn mensen liepen het gevaar te verhongeren. Dus brachten ze me naar de eikenbomen boven Mòin Boglach en hingen me op tot ik snakte naar adem. Toen ze me lossneden en ik in het zwarte water onder het veen viel, had ik een gebed aan Teuagh op mijn lippen. De clanvader, noemden we hem. O, heer, laat alstublieft het graan groeien. Zoiets. Onder het water wachtte hij op me. Hij vertelde me hoe teleurgesteld hij was. Hij zei me wat ik moest doen. Toen werd ik hier wakker.**

Gary zag voor het eerst dat het touw rond Maels nek daar niet ter decoratie zat. Het was inderdaad een strop. 'Jezus,' zei Gary ademloos. 'Dat is vreselijk.'

Mael reageerde hier boos op en schudde zo woest met zijn hoofd dat Gary bang was dat het eraf zou vallen. **Het was schitterend! Ik was op dat moment de ziel van mijn eiland, Gary, ik was de hoop van mijn clan, in al mijn gepijnigde vlees. Ik was geboren om zo te sterven. Het was mágisch.**

Gary stak een hand uit en legde die op Maels arm. 'Het spijt me echt, maar je dood is verspild geweest. Teuagh, wie dat ook was... hij kon de gewassen niet laten groeien.'

Mael stond snel op en hobbelde de kamer uit. **Misschien niet, misschien niet. Gelukkig maar voor mij dat dat niet is hoe het verhaal afliep.**

**Mijn wereld bestond uit een stuk of honderd huizen en**

**een stukje landbouwgrond. Daar voorbij lag alleen het bos; de plek waar de engerds 's nachts ronddoolden. We hadden niet jullie technologische middelen, maar we wisten dingen die jullie vergeten zijn. Ja, echte dingen, waardevolle dingen. We kenden onze plek in de natuur. We wisten wat het betekende om deel uit te maken van iets wat groter was dan wij.**

**Toen ik hier wakker werd, was ik blind. Delen van mij ontbraken. Ik begreep de taal van mijn gevangennemers niet of waarom ze me wilden opsluiten in een kleine glazen doodskist. Ik wist alleen dat mijn offer mislukt was. Het werkt niet, weet je, als je het overleeft. De clanvader had andere plannen met me, maar die begreep ik aanvankelijk niet. Het duurde veel te lang voor ik mezelf kon openstellen voor de eididh en het eindelijk begreep. Ik had bij leven één doel gediend. In de dood zou ik een ander doel dienen.**

**Ik was de engerd in de nacht geworden.**

**En dat brengt ons bij de dag van vandaag, mijn jongen, en bij de tijd dat ik dingen ga veranderen en je een vraag ga stellen. Ik heb werk te doen en zelf maar één hand. Jij zou me daarbij goed kunnen helpen, jongen.**

'Werk? Wat voor werk?'

**Ach, nou. Ik ga alle overlevenden afslachten.** De stem van de druïde had een melancholieke vermoeidheid aangenomen die Gary nauwelijks kon verdragen, echoënd in zijn hoofd. Dit was geen taak die hij wilde, zeker niet iets waar hij om had gevraagd. Het was een plicht. Gary maakte dat allemaal op uit de stem van de druïde. **Ik heb je verteld over het godsoordeel. Nou, ik ben het instrument van dat oordeel. Ik ben hier om te zorgen dat het gebeurt.**

'Jezus. Je hebt het over volkerenmoord.'

Hij haalde zijn schouders op. **Ik heb het over wat we zijn. Ik heb het over waarom we zijn teruggekomen met hersens in ons hoofd, om af te maken wat er begonnen is. Dus, jongen.**

**Doe je mee of niet?**

# 12

Jack ging voorop door een lange gang die alleen hier en daar werd verlicht via de roosters in het plafond. Aan de andere kant van die roosters waren duizenden ondoden, en het licht in de tunnel veranderde constant terwijl ze over de stoepen boven ons liepen en hun schaduwen voor de zon wierpen. Voor iemand die hier woonde, zoals Jack, was het misschien niet zo'n onrustbarende wandeling. Na een minuut had ik echter ijskoud zweet op mijn onderrug staan. Ik voelde me iets beter telkens als Ayaan een dode man boven ons zag lopen en in een spastische reflex haar geweer omhoog bracht. Eenmaal liet een van de doden zich vallen en staarde naar ons door het rooster, zijn nagels krabbelend langs het metaal. Ik voelde de korrelige spanning in Ayaans lichaam, ook al stond ik op een meter afstand. Ze moest zich vreselijk inhouden om niet te schieten, hoewel een kogel bijna zeker van het rooster zou afketsen en een van ons zou raken.

We waren ratten in een kooi. De doden hadden ons omsingeld.

Uiteindelijk, net toen ik dacht dat ik het niet meer trok, eindigde de gang in een grote opening. Daarachter was een open ruimte en wat meer licht. Toen we de hoek om liepen, kon ik mijn ogen nauwelijks geloven. Het perron van het metrostation zag er nog bijna precies zo uit als ik me herinnerde... Bijna. De witte pilaren van draagbalken waren er nog en hielden nog altijd het lage plafond omhoog. De muren hingen nog vol met reclameposters, achter dunne platen plastic met graffiti erop.

Er waren nog steeds te veel mensen in de lage ruimte, maar ze bewogen zich niet. Normaal was dit station vol grote, deinende getijden van mensen die van het ene perron naar het andere liepen. Nu zaten de mensen op de grond in groepjes van vijf of zes op een deken of hingen tegen de muren, en ze weigerden ons aan te kijken. Hun kleren waren felgekleurd of vakkundig gemaakt of gevoerd met duizenden dollars aan bont, maar hun gezichten waren ingevallen en bleek. Hun ogen weerspiegelden niets dan de uitgeputte verveling die ontstaat door een leven in angst. Ik had die blik overal in Afrika gezien.

Ik keek op naar het plafond en zag iets verrassends. 'Jullie hebben elektriciteit,' zei ik. Hier en daar sputterden wat verspreide tl-bakken. De meeste waren donker of bevatten geen tl-buizen, maar er was genoeg licht om onze omgeving te zien. 'Ik dacht dat de stroom was uitgevallen.'

'Er is hier een systeem van waterstofcellen. Dat is geplaatst na de stroomuitval in 2003, toen de mensen hier beneden vastzaten in het donker. Het was alleen bedoeld voor noodgevallen, maar we hebben het aan de praat gehouden.'

'Hoe lang zitten jullie hier al?' vroeg ik. Het was me nog niet eerder ingevallen. 'Sinds de evacuatie?'

Jack tuurde naar me. 'Er is geen evacuatie geweest.'

Ik schudde mijn hoofd. 'We hebben stapels bagage bij de havenautoriteiten gezien. Bordjes waarop stond dat mensen bij elkaar moesten blijven.'

Hij knikte. 'Tuurlijk. Omdat daar mensen naartoe gingen en probeerden weg te komen, en misschien is dat een aantal gelukt. Maar er was geen grootschalige evacuatie. Denk er maar eens over na. Waar moesten de mensen naartoe? Er is geen veiligere plek dan deze. Behalve misschien waar jij vandaan komt. De Garde sloot de stad blok voor blok af en beschermde wat ze konden, maar het was een verloren strijd. Times Square was de laatste plek waar nog enige echte autoriteit was. Dat duurde tot ongeveer een maand geleden. Degenen die slim genoeg waren om in te zien dat de beschaving voorbij was, kwamen hiernaartoe. De rest werd opgegeten.'

We werden onderbroken voor ik nog meer vragen kon stellen. Een vrouw kwam naar ons toe, een levende vrouw (ik voelde nog steeds de behoefte om dat erbij te denken) in een lange jas met Louis Vuitton-logo's erop over een strak T-shirt waarop KIJK VOOR JE stond. Zelfs in het schamele licht van het station droeg ze een perzikkleurige zonnebril. Ze moest minstens zes maanden zwanger zijn, te zien aan de bolling van haar buik onder haar shirt. Op haar naamplaatje stond HALLO, IK HEET val dood.

'Zijn dit onze redders?' vroeg ze aan Jack. Hij haalde zijn schouders op. 'Ze zijn niet ver gekomen.' Kennelijk was het nieuws over onze inspanningen al bekend onder de overlevenden. 'Maar goed, het geeft ons iets om over te kletsen. Verhalen over jammerlijk falen zijn altijd uitstekend voer voor roddels.'

Jacks mond was tot dusverre een smalle streep geweest, maar nu verdwenen zijn lippen helemaal. Hij brieste van walging of haat of woede of zoiets, maar stond zich niet toe die te tonen. 'Ze hadden een goed plan, Marisol. Het was echt ingenieus.'

'Dat gold ook voor plastic ceintuurs, lieverd, maar die zijn er nu ook niet meer.' Ze stak een hand uit en raakte Ayaans hoofddoek aan. 'Britney Spears en Moellah Omar ineen. Wat enig. Ik neem aan dat ik jullie zou moeten verwelkomen in de Grote Republiek, maar ik zou het niet menen. Er is voedsel voor jullie als jullie het nodig hebben. We kunnen waarschijnlijk nog wel ergens een deken zonder al te veel vlooien vinden als jullie willen pitten.' Ze zuchtte en streek een paar losse haren uit haar gezicht. 'Ik kom zo terug.'

Jack leidde ons naar een minder druk gedeelte van het perron en ging op zijn hurken zitten. Ik liet me op de vloer zakken, blij dat ik even kon rusten. Ayaan bleef staan en streelde af en toe over haar geweer. Ik weet niet wat zij van dit alles dacht. Jack was duidelijk niet van plan tegen ons te praten, dus brak ik zelf het ijs. 'Dat is een mooi geweer,' zei ik, gebarend naar zijn wapen. Hij trok het naar zich toe alsof hij dacht dat ik zou proberen het af te pakken. Waarschijnlijk gewoon een reflex die hij nog overhad uit zijn opleiding. 'Dat is toch een SPAS-12? Ik herkende hem bijna niet met die coating.'

Hij keek naar de dofzwarte emailverf op het wapen. 'Ik heb er een politiecoating op aangebracht omdat de standaardlaag te veel glansde.'

Ik knikte vriendelijk. Gewoon twee wapenfans aan de klets. De SPAS-12, een automatisch sportgeweer voor 12-kaliber hagelpatronen (de naam was bedoeld om het Congres te laten denken dat het een jachtwapen was; een volkomen leugen, het was een militair hagelgeweer, een 'stratenveger' in de gewelddadigste zin van het woord) had voor de Epidemie behoorlijk hoog op mijn lijstje van wapens gestaan die ik wilde verbieden, maar ik zag nu wel in dat het nuttig was het station tegen aanvallen van ondoden te verdedigen. 'Gebruik je standaardkogels of maak je ze kleiner voor tactische kracht?'

'Tactisch.' Jack wendde zijn blik een tijdje van me af. Een man die hield van veelzeggende stiltes in gesprekken, dus. Uiteindelijk gebaarde hij met zijn schouder naar Ayaan (zijn handen waren bezig met zijn geweer). 'Zij is een magere, toch? Een Somali.'

'Een "magere"?' vroeg ik.

'Gewoon legerpraat. Ik bedoel er niks mee. Ik was Ranger bij het 75e.'

Hij scheen niet de behoefte te voelen uit te leggen wat dat precies betekende. Afgaande op de manier waarop Ayaan zich spande en zelfs een zacht kreetje slaakte, kon ik voorzichtig zelf wat lege plekken invullen. Het 75e Ranger Regiment, zoals ik later bevestigd kreeg, was de eenheid die in 1993 had geprobeerd Mohammed Aidid gevangen te nemen bij het Olympic Hotel in Mogadishu. De uitkomst van die missie leidde de eerste keer in de geschiedenis in dat een dode Amerikaanse soldaat door de straten van een buitenlandse hoofdstad werd gesleept.

'Ze heeft zich bewezen als een vaardig bondgenoot,' protesteerde ik, maar hij legde me met een blik het zwijgen op. Dit, zo scheen het, was iets waar hij wel over wilde praten.

'Ik was niet bij die missie bij het hotel, ik was op de basis en zat de hele dag te kaarten. Maar ik heb wel meer dan zat andere shit gezien. De mageren waren slim. Ondanks al onze training en discipline waren ze ons nog te slim af. En toegewijd ook. Ik zag mageren worden neergeschoten en dan renden anderen, zelfs vrouwen en kinderen, de vuurlinie in om hun wapen te pakken en op ons te schieten.' Hij schudde zijn hoofd en keek dwars door me heen. 'We bezetten hun land en zij wilden dat we weggingen. We hadden daar nooit heen moeten gaan, en toen Bill Clinton de operatie afbrak, was ik zo blij om naar huis te gaan.'

Hij staarde naar Ayaan alsof hij haar inschatte, alsof haar aanwezigheid hier een verslag was vanuit een andere plaats, dat hij kon bestuderen en analyseren. 'Ik krijg het idee dat juist de mageren de plaag goed hebben doorstaan, dat zij niet zijn overmeesterd zoals wij.' Ik knikte bevestigend. 'Dat verbaast me niks.

Maar hou dat voor jezelf. Als die mensen hier wisten dat onze enige hoop was om ons aan te sluiten bij Somalië... Ik denk niet dat veel van hen daarheen zouden willen.'

Ik neem aan dat dat alles was wat hij wilde zeggen. Ik bleef het proberen, gebruikte mijn gedateerde kennis van legeracroniemen en slang om te proberen hem aan het praten te krijgen, maar hij gaf daarna alleen nog maar ja- en nee-antwoorden. Uiteindelijk stond hij op en liep zonder een woord te zeggen weg. Later kwam Marisol terug met een paar dekens voor ons en een blik maïskorrels, die Ayaan en ik dankbaar opaten. Het was duidelijk het beste wat de overlevenden te bieden hadden. Ze aten daar waarschijnlijk de hele tijd al uit blik.

'Ik zie dat jullie zeer onder de indruk zijn van onze accommodatie,' zei Marisol, die bij ons bleef terwijl we aten. 'Ik hoop echt dat jullie blijven voor de show.' Toen leek er iets in haar te veranderen, een masker dat afviel, en ze kwam naast me zitten. 'Ik hoop dat Jack jullie niet heeft gekwetst. Hij kan een ongelooflijke klootzak zijn, maar we hebben hem nodig.'

Ik had me eigenlijk meer afgevraagd hoe het met háár zat, niet met hem. Wat dacht ze met haar rottige instelling en sarcastische grappen nu eigenlijk te bereiken, hier beneden? Ik stelde een andere vraag. 'Heeft hij de leiding over jullie verdediging?'

'Lieverd,' zei ze, knipperend met haar wimpers in een halfhartige poging om haar zorgvuldige zorgeloosheid weer te hervinden, 'hij heeft de leiding over alles. Hij repareert de generator als die stukgaat. Hij organiseert de zoektroepen die ons voedsel binnenbrengen. Weet je hoeveel voedsel tweehonderd mensen per dag nodig hebben? Zonder hem zouden we doodgaan. Op een vreselijke manier.' Ze pakte het lege blikje uit mijn hand toen ik klaar was met eten. 'Maar ik moet het belang van mijn eigen mannetje natuurlijk ook nog benadrukken. Die ouwe doet het zelf ook lang niet slecht. Wacht tenminste tot je hem hebt ontmoet. Vanavond geeft hij een belangrijke toespraak.'

Het werd donker en we hadden niet langer de middelen om ons tegen de ondoden te beschermen. Het leek erop dat we geen keus hadden.

# 13

'Dat... Dat kun je niet menen,' zei Gary. Mael liep steeds dieper het donkere museum in, door een beeldentuin die alleen indirect werd verlicht door de vensters in de buitenmuur. 'Verwacht je nou echt dat ik geloof dat je de stad inloopt en overlevenden gaat vermoorden?' Terwijl de druïde verder hobbelde, begonnen de mummies uit de Egyptische vleugel te komen, met canopenpotten en hartscarabeeën tegen zich aan gedrukt. Een zeer gefrustreerde Gary riep Neusloos en Gezichtsloos naar zich toe; hij had niet de behoefte om nu in de minderheid te zijn. 'Hoe dan ook, dit is niet de plek voor zoiets. Er is misschien nog maar een handjevol mensen over in de stad...'

**Het waren er meer dan duizend, de laatste keer dat ik een kijkje nam.**

Mael duwde een deur open en ze stapten een vlak van gekleurd licht op. De glas-in-loodvensters hoog boven hen strooiden de schittering over hen heen, terwijl enorme gotische pilaren hen uitnodigden om door te lopen. Mael bleef staan en draaide zich naar Gary om. **Ze zijn er allemaal beroerd aan toe, jongen.**

**Ze verhongeren... Zitten zo stevig gebarricadeerd dat ze niet naar buiten kunnen komen, of ze zijn gewoon te bang om naar buiten te gaan en voedsel te zoeken.**

'Laat ze dan gewoon verhongeren!'

**Dat zou wreed zijn. Ik ben voor genade, jongen. Het menselijk ras is uitgerangeerd, dat weet iedereen. Het duurt alleen even voor het echt afgelopen is. Denk je eens in hoeveel leed ik kan voorkomen. Hier!**

Mael had een glazen displaykast gevonden die precies leek op de honderden andere die Gary had gezien. Met de hulp van twee mummies maakte hij hem open en haalde er een zwaard uit. Het was een prachtig gesmeed zwaard geweest, ooit, hoewel het door de eeuwen heen was verroest tot een matgroene glans en de kling één was geworden met de schede. Het gevest had de vorm van een schreeuwende Keltische strijder. Mael zwaaide het in een wijde, hakkende boog door de lucht.

**Het is de Beantwoorder niet, maar ze voldoet wel.**

'Ga je daarmee mensen vermoorden?'

Maels hoofd zakte naar voren. **Probeer eens niet zo letterlijk te denken. Ik wil alleen goed toegerust zijn. Dus je wilt me niet helpen. Het is niet 'jouw ding'. Goed dan. Wil je dan mijn vijand zijn? Zal ik eerst langs jou moeten om het grote werk te voltooien? Of ga je aan de kant en laat je me mijn gang gaan?**

Gary overwoog het idee een tijdje, maar het had geen zin. Hij was geen vechter, en hij had gezien hoe sterk Mael ondanks zijn uiterlijk was. Maels duistere energie was ook enorm en krachtig. Het leek op een zonloze planeet, groot en rond en onafhankelijk, iets wat zo groot en dodelijk was dat het zijn eigen zwaartekrachtveld had. 'Ik... Ik neem aan dat ik je niet kan tegenhouden. Ik kan proberen het je uit je hoofd te praten.'

**Er valt niets te bespreken, Gary. Dit is wat we zijn. *Uam-***

***ha's*. Monsters. Er is goed in deze wereld en er is kwaad, en wij zijn het kwaad. Kom nu met me mee of laat me met rust, jongen. Er is werk aan de winkel**.

Mael gebruikte het zwaard als wandelstok en wankelde door de middeleeuwse tentoonstelling naar de grote zaal van het museum. Niet wetend wat hij anders moest, volgde Gary hem, maar zijn hoofd tolde.

Hij had in een eerste reactie nee gezegd en wist dat hij daar eigenlijk bij zou moeten blijven, maar Maels overtuiging was op zich al een sterk argument. Gary was immers naar de druïde toe gekomen met zijn vragen. Had hij dan het recht om te kiezen uit de antwoorden, en degene terzijde te schuiven die hem niet aanstonden?

Gary voelde geen bepaalde verbondenheid met de levenden. Ze hadden hem behoorlijk rottig behandeld. Hij herinnerde zich het moment van herkenning toen hij kennismaakte met Neusloos op Fourteenth Street, toen ze spiegelbeelden van elkaar hadden geleken. Gary had zichzelf toen een monster genoemd, en dat meende hij.

Hij had zo lang alleen maar geprobeerd te overleven. Hij had zichzelf veranderd in een dood monster omdat het de enige weg vooruit leek te zijn. Hij had geprobeerd vriendschap te sluiten met Dekalb om zichzelf uit een benarde situatie te bevrijden. Maar waarvoor bestond hij? Gewoon doorgaan had voorheen een goede motivatie geleken, maar nu... Als hij niets deed met de tweede kans die hij had gekregen, had hij die dan überhaupt wel verdiend?

Hij geloofde niets van die bullshit over godsoordelen en vergelding. Maar misschien waren er nog andere redenen om mee te doen. Wraak, om te beginnen. Als alle mensen eraan gingen, dan gold dat ook voor Ayaan, en voor Dekalb. Die smeerlappen hadden niet naar hem geluisterd. Ze hadden hem gewoon afgeschoten als een hond en hem geen enkele kans gegeven.

En dan was daar nog de honger in Gary's buik, een wild beest daarbinnen dat tegen de muren schopte in wanhopig verlangen.

Als hij voor Mael ging werken, kreeg hij meer dan genoeg vers vlees te eten.

'Hoe ga je beginnen?' vroeg Gary timide.

Mael stond afgetekend in de open deuren van het Met, het zonlicht dansend over zijn leerachtige huid. **Ik ben al begonnen**, zei hij, en hij stapte het daglicht in. Gary volgde en zag ontelbare ogen naar zich staren.

Fifth Avenue stond helemaal vol met doden. Hun lichamen vulden de open ruimte als een bos van menselijke ledematen. In kleren die vaal waren geworden van het vuil en de tijd, met haren die waren uitgerukt of vervilt of uitvielen, werden ze een enkele entiteit, een gezichtsloze massa. Blank, zwart, latino, mannelijk, vrouwelijk, gammele skeletten en vers geslachte lijken. Duizenden lijken. Het kwijl droop uit hun openhangende kaken. Hun gele ogen richtten zich angstaanjagend synchroon op de druïde. Ze wachtten op zijn bevel. Mael had een leger verzameld; hij moest ze de hele tijd dat Gary hem vragen stelde en zich bezighield met morele vraagstukken al hebben opgeroepen.

Gary had er nog nooit zo veel bijeen gezien op één plek. Het leek onmogelijk, alsof de wereld zo veel gewicht niet kon dragen. Door hun stilte waren ze sfinxen, onkenbaar, onverzettelijk. Niets kon hen weerstaan.

Voor het eerst vroeg Gary zich af of Mael het echt zou kunnen redden. Er waren zo veel meer dode mensen dan levende. De paar overlevenden waren in leven gebleven door slimmer te zijn dan hun tegenstanders, maar als de doden georganiseerd waren, als één persoon leiding aan hen kon geven, wat voor kans hadden de levenden dan nog? Het was tijd om partij te kiezen.

Mael stak het zwaard in de lucht en wees, en de doden verspreidden zich massaal over de straten, opsplitsend naar de zijkanten van het museum en Central Park in. Het geluid van hun voeten die kletsten op de stoepen was als een oorlogstrommel die een woeste roffel sloeg. Mael en de mummies gingen achter de menigte aan en Gary haalde hen in toen ze langs een beeldengroep van drie bronzen beren liepen. Gary had het standbeeld al eens eerder gezien, maar had altijd gedacht dat het iets te maken had met een kinderverhaaltje. Nu leek het meer een totem, het embleem van een veroveringsmacht.

**Goed of kwaad, Gary, ik doe waarvoor ik bedoeld ben. Het maakt niet uit wat we kiezen. Het maakt alleen uit wat we zíjn.**

Hoewel Mael maar een klein stukje verderop stond, was Gary verbaasd over de gedachten die plotseling zijn hoofd binnendrongen. In het ritme van de marcherende doden had hij verwacht dat alle woorden ten onder zouden gaan.

In plaats daarvan leken ze te echoën. Goed of kwaad: twee kanten van dezelfde plicht. Vroeger redde ik levens, had Gary tegen de overlevende Paul gezegd. En nu neem ik ze.

**Denk je dat je een andere zaak te dienen hebt? Is er iets belangrijkers voor je? Wat zou belangrijker kunnen zijn dan het einde van de wereld?**

De modder in het park borrelde onder de stampende voeten van de doden, sprong op in grote kledders waar Gary doorheen moest waden. Ze kwamen op een grote open plek zonder bomen – dit moest ooit het grote grasveld zijn geweest – en de doden verspreidden zich, vormden een grote, ronde open plek in hun midden, een open gedeelte waar Mael met de mummies stond. De druïde draaide een paar keer rond en zette uiteindelijk met zijn zwaard een teken in de grond. Hij gebaarde naar de doden overal om zich heen en ze gingen van start. In de verte hoorde Gary een luide, rommelende knal en er steeg een pilaar van stof op boven de takken van de kale bomen in het zuiden. Er was een bom afgegaan, of een gasleiding ontploft... Gary had geen idee wat het was.

'Wat was dat?' vroeg Gary.

**De bouw is begonnen. Ik heb een *broch* nodig van waaruit ik mijn bevelen kan geven. Een fort met een troonzaal.**

Dat hielp niet veel, maar Gary begreep het al snel. De menigte begon langs de randen te golven en toen kwam de beweging dichterbij. De doden gaven bakstenen door, hand over hand. Er zaten brokken specie aan de bakstenen, waarvan sommige nog versierd waren met graffiti. De doden moesten een gebouw omver hebben getrokken – dat was die knal dus geweest – en nu waren ze van plan de vrijgemaakte bouwmaterialen te gebruiken voor Maels hoofdkwartier. Een voor een werden de bakstenen neergelegd, en de doden duwden ze met onhandige vingers diep in de modder. Ze zwermden als een nest mieren rondom de plek waar Mael stond, totaal gericht op hun taak. Dit ging veel verder dan waar de doden in Gary's ervaring toe in staat waren, in ieder geval niet zonder een intelligentie die hen van buitenaf aanstuurde. Kon Mael ze echt allemaal tegelijkertijd besturen? De druïde moest enorm veel macht hebben.

**Geef me een kans, Gary. Werk één dag met me mee. Misschien bevalt het je wel. Misschien voel je je wel thuis als je jezelf laat zijn wie je werkelijk bent.**

Hij had zich zo schuldig gevoeld omdat hij Ifiyah had opgegeten, omdat hij had geprobeerd te voldoen aan de norm van levende mensen, ondanks wat hij was geworden. De euforie na het verslinden van Kev was het meest natuurlijke wat hij ooit had ervaren.

Gary wilde weigeren, maar dat kon hij niet. Bij het zien van zo veel gezamenlijke inspanning, niet te vergeten Maels overtuiging, kon hij onmogelijk ontkennen wat er gaande was. 'Eén dag,' zei hij, het meest opstandige wat hij kon uitbrengen. 'Ik geef het één dag en kijk dan wat ik ervan vind.'

Mael knikte, oppassend dat hij niet te veel druk uitoefende op zijn gebroken nek.

# 14

Shailesh leidde ons naar een goede plek waar we tegen een stationspilaar konden leunen. Het was de beste plek om de toespraak te zien, zei hij. Ik had nog altijd niet veel benul van wat er gaande was. De lichten dimden even en het geroezemoes om ons heen nam af tot een zacht gemompel. We zaten te kijken naar een leeg stuk stationsvloer. Boven ons hadden we een goed uitzicht op de beroemde muurschildering van Roy Lichtenstein. De primaire kleuren en dikke striplijnen vormden een beeld van New York in de toekomst: metrotreinen met vinnen, die met raketaandrijving langs een stad vol spitsen en luchtbruggen zoefden. Helemaal rechts overzag een ernstig kijkende man met een radiohelm de treinen, gloeiend van trots.

Er kwam een man onder de muurschildering vandaan, glimlachend en zwaaiend naar de menigte. Er werd geklapt, en ergens begon een viool 'Hail to the Chief' te spelen.

De man was een jaar of zestig oud. Hij had een slordige grijze baard en wat pluizig haar op zijn hoofd. Hij droeg een antracietgrijs pak met een scheur in zijn mouw en een naamplaatje waarop stond HALLO, IK HEET Mr. President. Op zijn revers prijkte een discrete Amerikaanse vlag.

Marisol verhief zich aan de zijkant van de ruimte en bulderde een aankondiging. 'Dames en heren, ik presenteer u de man van het uur, mijn geliefde echtgenoot en uw President van de Verenigde Staten van Amerika: Montclair Wilson!'

De menigte juichte enthousiast. Wilson sloeg zijn handen boven zijn hoofd ineen en straalde als een zoeklicht. 'Dank u, dank u,' riep hij boven het gejoel van de mensen uit. Toen het eindelijk rustig werd, schraapte hij zijn keel en legde zijn handen op zijn rug. 'Medeburgers,' zei hij, 'het is een zware maand geweest. Maar we moeten eraan denken dat het lente is geworden, en daarmee is de belofte ontstaan van een nieuwe ochtend in Amerika.'

Ik greep Shailesh' arm. Het kostte hem schijnbaar moeite om zijn blik van Wilson af te wenden. 'Is dit serieus?' vroeg ik.

Hij schudde zijn hoofd om me het zwijgen op te leggen, maar toen zuchtte hij en antwoordde: 'Zonder een sterke leider zouden we verloren zijn.'

'Maar wie is die kerel?'

'Hij was hoogleraar politieke economie aan de universiteit van Columbia voor de... de je weet wel. Mag ik nu alsjeblieft luisteren? Dit is belangrijk!'

Ik liet hem los en draaide me weer om om naar de voordracht te luisteren, waar ik al een deel van had gemist.

'... al mijn campagnebeloften vervuld of overstegen. Ik ben er trots op te kunnen zeggen dat we genoeg warm water hebben zodat iedereen elke week onder de douche kan. Jullie vroegen me om meer werkende tl-buizen in het slaapgedeelte, en met de hulp van Jack heb ik duizend lichtpunten kunnen aanbrengen in ons goede land. We hebben ook vijf extra boeken aan de bibliotheek kunnen toevoegen, waaronder een boek van Tom Clancy dat ik persoonlijk van harte kan aanbevelen.'

Ik keek Ayaan aan met een sarcastische grijns op mijn gezicht, maar ze was even gebiologeerd als de anderen. Ze was opgevoed door demagogen en onder politieke indoctrinatie, dus ik neem aan dat het niet echt verrassend was dat ze gevoelig was voor dit soort retoriek. Ik leunde achterover tegen de pilaar en bestudeerde de gestippelde muurschildering, liet mezelf mijmeren over een toekomst die nu nooit zou komen. Ik ging echter weer rechtop zitten toen de president de huidige stand van zaken begon samen te vatten.

'We hebben allemaal de geruchten gehoord. Het lijkt waar te zijn: er ligt inderdaad een schip in de haven. Ik heb gehoord dat het een visserstreiler op diesel is, die is omgebouwd voor troepenvervoer. Ik wil het woord "redding" niet in de mond nemen. Ik weet dat we allemaal moe zijn en ons vervelen en hier weg willen, maar vanavond wil ik het niet over onze redding hebben. Ik zal jullie nooit beloven dat jullie gered worden, tot ik het werkelijk kan garanderen. Ik zal zelf een commissie voorzitten die zich in de feiten gaat verdiepen en zal kijken wat onze kansen op redding werkelijk zijn. De resultaten daarvan maak ik zo snel mogelijk openbaar. Ik kan u echter wel één ding beloven. Als we gered worden, gaan we allemaal naar dat nieuwe, beloofde land. We zullen geen enkel kind achterlaten.

Goedenacht, Amerika... En God zegene jullie!'

De menigte begon weer opgewonden te brullen toen Wilson het 'podium' verliet, zijn vuisten pompend in de lucht terwijl de vioolspeler een woeste versie van 'It's a Grand Old Flag' begon te spelen. Marisol rende naar de plek die haar man had verlaten en klapte op de maat mee. Toen het nummer afgelopen was, riep ze de vioolspeler erbij en liet hem verzoeknummers spelen. Het was een slanke tienerjongen die niet ouder was dan Ayaan, met heftige acné en een T-shirt waarop stond: BEWAPENDE WERELD-

AUTOPSIETOER 2004. Een vagelijk dreigende nu-metalband keek kwaad naar buiten vanaf het vale katoen. De verzoeken die hij kreeg, waren grotendeels voor nummers van Sinatra en Madonna, die hij met veel gevoel speelde.

Het was de eerste muziek die ik had gehoord sinds ik uit Somalië kwam, en ik moet toegeven dat het me roerde, zelfs mij, de bittere, cynische, chagrijnige oude Dekalb. Ik zong met een paar liedjes mee, teugdenkend aan mijn jeugd in de Verenigde Staten. Ik was gevlucht uit mijn thuisland en had veldwerk aangevraagd zodra ik door de VN werd aangenomen. Maar Amerika was toch niet zo slecht geweest? In mijn herinneringen was het er eigenlijk prima. Er waren een heleboel auto's geweest die constant panne hadden, herinnerde ik me, en we hingen vaak rond bij de McDonald's in de hoop dat er meisjes langs zouden lopen. Het leek wel het paradijs vergeleken met wat er boven ons hoofd gaande was. Toen de jongen echter Avril Lavignes hit 'Complicated' voor soloviool begon te spelen, kwam ik op gevoelloze benen overeind en liep naar de achterkant van het perron, waar frisdrank stond op een stel kaarttafels. Ik hielp mezelf aan wat punch (vruchtensap met water en een beetje goedkope wodka) en een koekje vol klonters bakpoeder.

De overlevenden wilden niet met me praten. Ik probeerde verschillende conversatietrucs – complimenten over de hapjes, vragen naar het weer, gewoon mezelf voorstellen – maar ik denk dat ze niet wilden horen hoe groot de kans was dat ze met ons mee konden. Als ze enkel maar naar me staarden, konden ze de illusie in stand houden dat ik een gratis ticket naar de veiligheid was.

Nou, misschien was ik dat ook wel. De *Arawelo* lag nog steeds ergens daarbuiten in de nacht. Als we die konden bereiken, hadden we een kans. En ik dacht dat ik wel een idee had hoe we er konden komen.

Ik ging op zoek naar Jack en bevond me plotseling in een verlaten gang. Verderop eindigde die bij een korte trap. Ik hoorde mensen daar beneden, dus ging ik op onderzoek uit en vond Jack. En Marisol. Hij had een hand in haar broek en zijn lippen tegen haar hals.

Ze zag me staan en even kreeg ze een blik van simpele uitdaging in haar ogen. *Waarom niet?* scheen ze te vragen, en eerlijk gezegd kon ik het haar ook nauwelijks kwalijk nemen. De dood was altijd bij ons in de buurt. Sterker nog: het ging me niet aan. Even later scheen ze zich te hervatten en duwde ze Jack boos van zich af. 'Jij stomme klootzak, laat me los!' schreeuwde ze. 'Je weet best dat ik getrouwd ben!'

Ze rende langs ons heen. Ik keek Jack behoedzaam aan en vroeg me af of hij boos op me zou zijn omdat ik hen had betrapt. Maar hij draaide zich alleen maar heel langzaam om en deed zijn ogen open. 'Wat kan ik voor je doen, Dekalb?' vroeg hij. Voor ik antwoord kon geven, hoorden we een kreet, misschien een gil – de witte tegels van het station deden vreemde dingen met de akoestiek – en renden we terug naar het perron.

De kat was terug. De magere gevlekte die Shailesh had vrijgelaten bij wijze van aas, zodat Ayaan en ik binnen konden komen. Hij moest zich op eigen kracht een weg tussen de doden door hebben gebaand en toen door een verborgen ingang, te klein om te hoeven worden bewaakt, weer binnen zijn gekomen. Het beest zag er verward en heel verfomfaaid uit toen hij over het perron liep, zijn staart argwanend heen en weer zwiepend.

Een meisje met een beugel en dikke brillenglazen bukte zich en klopte op haar knieën. 'Kom hier, schatje,' kirde ze, en de kat draaide zich naar haar om. Binnen een tel sprong hij naar haar toe en beet met zijn scherpe tanden diep in haar arm toen ze hem probeerde af te weren. Nu zagen we allemaal het gat in de flank van de kat, een gerafelde wond waardoor de ribben duidelijk zichtbaar waren.

Jack rende naar het meisje toe terwijl de rest van de menigte in afgrijzen achteruitstapte, bijna struikelend over elkaar in hun haast om weg te komen. Jack greep een jachtmes uit zijn laars en stak dat door de kop van de kat heen. Toen wendde hij zich naar het meisje. Hij greep ruw een van haar armen beet en rukte die omhoog. De arm zat onder de beten, speldenprikjes bloed en kattenspeeksel. 'Kom mee,' zei Jack. Zijn stem klonk noch wreed, noch vriendelijk; alleen maar leeg. Hij had geen emoties meer over. Hij leidde haar weg door een van de vele gangen vanaf het perron.

De lucht op het perron voelde solide aan en smaakte smerig. Alsof het er was volgestort met vloeibaar rubber. De sfeer van festiviteit was verdwenen; en kennelijk was dat aanleiding voor Marisol om het podium weer te betreden.

'Beroemde filmscènes!' riep ze. Haar stem klonk broos, maar ze wist de aandacht van de menigte te trekken. 'Beroemde filmscènes! Wie heeft er eentje?'

Misschien verdoofd van afgrijzen keken de overlevenden elkaar alleen maar aan terwijl ze iets probeerden te bedenken. Wat dan ook. Uiteindelijk was Ayaan degene die opstond. Ze zag eruit alsof ze wel door de grond kon zakken van schaamte, en ook haar beheersing van de Engelse taal liet haar behoorlijk in de steek, maar ze redde het om uit te brengen: 'Mogen we de beroemde scène zien van mevrouw Sandra Bullock en meneer Keanu Reeves in *Speed*?'

Marisol knikte gretig en riep Ayaan bij zich om samen met haar te acteren. 'Er is een bom in de bus!' schreeuwde Ayaan, met een lichte glimlach. 'Ik moet weten, mevrouw, of u deze bus kunt besturen!'

Dus dáár hadden ze Marisol voor nodig. Ik liet ze hun gang gaan, draaide me om en volgde Jack het perron af.

# 15

Gary knielde neer in de modder van Riverside Park en keek over de rivier naar de jachthaven aan 79th Street. Een paar zeilboten lagen er nog voor anker, de masten versplinterd en de kiel levenloos half onder water. Ertussenin lag een speedboot te smeulen; de zure rook dreef weg van de motor en werd door de nachtlucht naar Gary's opgetrokken neus gevoerd. Slechts één vaartuig, een grote wedstrijdzeilboot met een vastgebonden giek, zag eruit alsof het nog zeewaardig was. Er stonden een paar enorme wielen op de achtersteven, vastgesjord op het dek. Elke paar seconden gloeide er een enkele elektrische lamp op de boeg op. Iemand had een Amerikaanse vlag ondersteboven in de mast gehesen.

Mael was ervan overtuigd geweest dat er overlevenden waren in de jachthaven. Het leek erop dat die niet moeilijk te vinden zouden zijn.

Gary schopte zijn schoenen uit en sprong in de Hudson, met Neusloos en Gezichtsloos dicht achter zich. Zij zonken als bakstenen naar de bodem, terwijl Gary op en neer deinde als een kurk op het water. Hij besefte dat hij zijn adem inhield. Hij liet de lucht gaan – die had hij niet nodig – en zakte naar de bodem. Het water was koud, heel koud, voelde hij met zijn dikke huid, maar hij had er geen last van. Het was ook donker, troebel en somber, zodat hij maar een klein stukje voor zich uit kon kijken. Je zou hier beneden gemakkelijk kunnen verdwalen. Het beetje maanlicht dat door het wateroppervlak drong, verschoof en glinsterde zo erg dat het min of meer nutteloos was. Hij kon het stromende zilte water langs zich heen zien gaan en zag de omtrekken van eeuwenlang gedumpt afval; oude auto's, grote vaten die waren opengeroest, stapels en nog eens stapels zwarte plastic afvalzakken die waren dichtgemaakt met metalen krammen. Over alles lag een deken van slijmerige algen, en pluimen ervan dreven mee in de stroming van de rivier. Elke stap die Gary zette, kostte hem echt moeite, maar hij werd niet moe. Zijn voeten zonken in de modder van de rivierbodem maar hij liep door, op zoek naar het anker van de zeilboot.

Neusloos verscheen in het karige licht net rechts van Gary. De dode man leek onder water meer in zijn element dan op het land, een wit, papperig ding met drijvende haren en opbollende kleding. Er kwamen zilverkleurige belletjes omhoog uit zijn hemd. Gary keek goedkeurend toe toen zijn metgezel een vis uit het donkere water greep en er zijn tanden in zette. Wolken bloed bloeiden om hem heen op, waardoor Neusloos tijdelijk aan het zicht onttrokken werd.

De dode man ging goed vooruit. Na het voedsel van vandaag kon het wandelende lijk, dat ooit niet meer in staat was geweest om zichzelf te voeden, nu weer zelfstandig handelen. Bij Gezichtsloos duurde het wat langer, maar ze had zich in ieder geval ontdaan van de insectenlarven die zich boven haar sleutelbeenderen hadden genesteld.

Ze hadden allemaal goed gegeten dankzij Maels plan. Gary

had ontdekt dat hij echt talent had voor het moorden. Hij blonk erin uit.

Hun eerste missie was een bejaarde vrouw geweest die zich verstopte in een bakstenen huisje in Harlem. Ze had zich verschanst op de eerste verdieping en de trap volgestort met kapot meubilair en stapels met touw omwonden oude tijdschriften. Het moeilijkste was geweest om over al dat puin heen te klimmen. Toen ze boven waren, vonden ze haar in de badkamer, ineengedoken achter een rieten wasmand. Gary had verwacht dat hij last zou krijgen van zijn geweten als ze voor haar leven zou smeken, maar eigenlijk had ze zo getrild dat ze geen woord kon uitbrengen. Het was helemaal geen probleem geweest om haar te doden, geen aarzeling, alleen maar kille instincten tot de honger het had overgenomen en hij zich er niet eens meer van had kunnen weerhouden als hij dat geprobeerd had.

Toen het achter de rug was, waren ze verder gelopen naar het treinstation aan 125th Street. De hal en de verhoogde perrons waren verlaten, maar ernaast stond een gebouw dat al leegstond en dichtgetimmerd was zolang Gary zich kon herinneren, het uitgebrande karkas van een kantoorgebouw van rode baksteen met een mooi gemaakt wapen op de gevel. Een spandoek waarop tweedehands laptops werden aangeboden, hing slapjes omlaag langs de gevel. Vanaf de perrons zag hij het zonlicht door de gapende vensters van het gebouw lekken, en bomen die groeiden door de dakspanten van het kapotte dak. Hij zag ook een kronkelende sliert witte rook opstijgen van de bovenkant van het gebouw; rook die bijna meteen nadat hij het had gezien weer verdween. Iemand daarboven had een vuur gemaakt en dat kennelijk snel weer gedoofd.

De straatingangen van het gebouw waren al tientallen jaren gebarricadeerd, maar met hun drieën maakten ze korte metten met de spaanplaten voor een laag venster, door er met vereende krachten hun schouders tegenaan te zetten. Binnen vielen driehoekige lichtvlekken op de vloer vanuit het open dak, drie verdiepingen boven hen. De binnenkant van het gebouw was geïmplodeerd, waardoor er alleen nog een driedimensionaal doolhof van kapotte tengels en bungelende vloerbalken over was. Ze klommen omhoog, almaar omhoog, trokken zich met hun handen van plank naar plank, vielen een stuk omlaag als planken het begaven en kwamen vooruit als dat niet gebeurde. Met het geduld van de doden bleven ze het proberen en bleven ze vooruitkomen. Degene die op het dak zijn toevlucht had genomen, zou puin naar hen hebben kunnen gooien of ze kunnen neerschieten, maar toen ze boven waren aangekomen, stuitten ze op geen enkel verzet.

Iemand was zo aardig geweest een ladder onder het gat in het dak neer te zetten. Ze klommen omhoog door het gescheurde, geteerde papier en stonden toen in het heldere daglicht. Gary zag een provisorisch onderkomen op de enige nog stabiele hoek van het dak. De sintels van een kampvuurtje gloeiden nog na, en ernaast lag een rat aan het spit klaar om te worden geroosterd. Hij hoorde iets meegeven en toen het gekletter van stukjes steen die de straat beneden raakten, draaide zich om en zag een levende op de rand van het dak staan, één stap verwijderd van de diepte. Hij zag eruit als een zwerver, zijn gezicht vol vuile vegen en zijn kleren kleurloos en gerafeld.

Gary zette een stap naar de man toe, en de man sprong. Kennelijk had hij dat liever dan wat Gary voor hem in gedachten had. Vanuit zijn oogpunt was dat waarschijnlijk goed bedacht. Neusloos en Gezichtsloos gingen snel omlaag naar de straat om bij hem te komen voor hij weer kon opstaan. Gary nam de tijd. Het ging hem niet langer om het vlees, het ging hem om de levenskracht, die gouden energie van de levenden die hem sterk kon maken.

Vier uur later stond hij op de bodem van de Hudson met zijn handen om de ankerketting van de zeilboot. Hij zou deze overlevenden niet laten ontkomen, beloofde hij zichzelf. Hij begon te klimmen, hand over hand, en zijn volgelingen kwamen achter hem aan. Toen zijn hoofd weer boven water was, trok hij zichzelf op het houten dek van de boot terwijl het water in stralen van hem af liep. Hij ging staan en voelde dat hij meedeinde op de stroming die het vaartuig in beweging bracht. Midden op het dek was de toegang tot een hut, het luik verzonken in het hout. Dat was hun bestemming. Voordat Gary echter maar halverwege de deur was, ging die open en leunde er een levend mens naar buiten. Hij hield iets in zijn hand wat leek op een speelgoedpistool, feloranje en met een loop die wijd genoeg was om golfballen mee af te schieten.

Het wapen maakte een luid sissend geluid en er sprong rook over het dek. Gezichtsloos keek naar haar maag, waar een doffe, metalen cilinder zat te sissen en vonken. Het ding ontplofte in een uitbarsting van rood licht, als vuurwerk, waardoor ze achterover in het water belandde.

'Een alarmpistool?' vroeg Gary. 'Een godverdommes alarmpistool? Wat komt er straks? Een startpistool?'

'Jezus,' zei de levende man. Hij droeg een blauwe fleece trui met de kraag opgetrokken om zijn nek. 'Jij kunt... Jij kunt praten.' Hij legde het alarmpistool op het dek neer en stak smekend zijn handen omhoog. 'Het spijt me zo vreselijk! Ik dacht dat je een van die dooie dingen was!'

*Dat ben ik ook*, dacht Gary, en hij bereidde zich voor om de idioot te grijpen. Voor hij echter positie kon innemen, rende de zeiler het dek op, leunde over de reling en tuurde in het turbulente water. 'Jezus Christus, wat heb ik gedaan! Het spijt me zo... Ik heb hier ergens een reddingsboei. Kan ze zwemmen?'

Gary keek in het water. Hij zag Gezichtsloos, verlicht door de knetterende vuurpijl, draaiend naar de bodem zakken en worstelen om het projectiel uit haar lichaam te trekken. 'Ze redt het wel,' zei Gary, zijn stem druipend met zo veel mogelijk dreiging. 'Maar jij, aan de andere kant...'

'O. Je bent wél dood.' Het gezicht van de zeiler stond onthutst. 'Maar je kunt praten. Luister. Kom mee benedendeks. We... we bespreken dit als rationele mensen. Alsjeblieft.'

Gary had de neiging om te lachen, maar hij knikte alleen. Hij ging mee naar beneden en liet Neusloos achter om Gezichtsloos weer aan boord te helpen. Gary moest bukken onder de lage deurpost en volgde zijn gids een krappe cabine vóór in de boot in. 'Wil je koffie?' vroeg de zeiler, en hij schonk zichzelf een mok in uit een piepklein koffiezetapparaatje. 'Nee, dat zal ook wel niet. Ik heet Phil, trouwens, Phil Chambers uit, uit Albany oorspronkelijk. Het was daar verschrikkelijk. We zijn de rivier afgevaren in de hoop dat we een veilige plek konden vinden... Saugerties stond in brand en nu, New York City, dit is het, ik bedoel, er is geen andere plek meer om naartoe te gaan, behalve de Atlantische Oceaan. Dit is het einde van de rit.'

'Ja,' zei Gary. Het zou hem maar een tel kosten om die man te vermoorden. Een snelle beet in de keel. Een diepe scheur in de halsslagader.

Chambers pakte een paar zeekaarten uit een vakje en spreidde die uit over een tafel. Hij staarde aandachtig in zijn mok, alsof hij er een insect in had aangetroffen. Hij scheen niet te kunnen drinken. 'Doe dit alsjeblieft niet,' zei hij. 'Mijn kinderen zijn achterin. Ze hebben niemand anders. O, Jezus, nee. Nee, je pakt mijn kinderen niet ook. Alsjeblieft.'

Gary kwam dichterbij tot hij de lichaamswarmte van de man kon voelen. Chambers trilde en stonk naar angstzweet. Gary greep hem bij zijn haren.

'Ik smeek je, kerel, ik smeek je. Ik smeek je.'

Er rolden echte tranen over de wangen van de man. Gary proefde ze ook in zijn hals toen hij in het zachte vlees beet.

Hij had gedacht dat het moeilijk zou zijn als ze voor hun leven smeekten. Hij had het moment gevreesd dat de oude vrouw zou gaan brullen.

Het bleek helemaal niets uit te maken.

# 16

Jack keek over zijn schouder toen ik naderde. Hij had het meisje – dat de kat had geroepen en voor de moeite was beloond met diverse beten van het ondode beest – achter een stalen hek onder aan de trap opgesloten. Ze keek eerder chagrijnig dan bang.
'Wacht even, Dekalb,' zei Jack. 'Ik moet eerst voor haar zorgen.'

Ik knikte en ging op een krat zitten. We waren bij de laatste veilige barrière van perron 7, volgens een plakkaat dat met viltstift was beschreven en aan de muur geplakt. De tunnels zelf konden niet worden afgesloten, dus hadden de overlevenden gewoon alle perrons afgedicht en bleven ze alleen op de perrons en gangen daartussen, waarvan ze zeker wisten dat die veilig waren. Shailesh had me verteld dat ze eigenlijk nog nooit een ondode op de sporen hadden gezien, maar dat Jack het risico gewoon niet wilde nemen.

Het meisje – op haar naamplaatje stond HALLO, IK HEET Carly – was hier neergezet om te kijken of ze doodging of niet. Zo niet, dan mocht ze weer binnenkomen. Zo ja, dan zou Jack een kogel door haar hoofd schieten. Hoe dan ook, hij zou de hele nacht bij haar blijven. Hij deed wat hij kon en gaf haar door de tralies een EHBO-doos aan. Ze smeerde haar armen in met jodium tot ze knaloranje waren.

'Was je vergeten wat ik je heb geleerd?' vroeg Jack op vlakke toon. Alsof hij gewoon om wat informatie vroeg. 'Je raakt nooit iets aan wat buiten is geweest. Niet voor het is gecontroleerd.'

'Hij zag er zo bang uit en ik wilde alleen maar...' schokschouderde Carly. 'Het maakt trouwens toch niet uit. We gaan er toch allemaal aan.'

'Je mag je nu niet overgeven aan die houding. Vooral nu niet, nu we echt een kans hebben om hier weg te komen. Heb je niet over zijn boot gehoord?'

Het meisje staarde me aan. Er was niets anders in haar ogen te zien dan naakte antipathie, een volkomen weigering contact met me te maken. 'O, ja? Nou, bedankt dat je mijn dood extra ironisch maakt, opa.'

'Zo praat je niet tegen volwassenen,' zei Jack. Hij verhief zijn stem niet, maar ík kreeg kippenvel van zijn toon. 'Luister je naar me?'

'Ja, meneer. Het kan me alleen geen klote schelen, meneer.' Ze draaide zich om en liep weg bij het hek. 'Het is genoeg geweest,' riep ze achterom. 'Ik ga naar Brooklyn.' Er brandde voorbij het hek nog maar één tl-buis, en ze verdween snel in de schaduwen.

Jack riep haar niet na. Hij liet zich op de tegelvloer zakken, met zijn rug tegen een muur zodat hij een oogje op de poort kon houden. Hij pakte zijn SPAS-12 weer op en legde die over zijn knieën. Toen stak hij een hand in zijn zak en haalde er een kogel uit; een tweeënhalf inch wolfraamkogel, als ik het goed had.

'Hoe liggen haar kansen?' vroeg ik.

'Zo'n tien procent, afgaand op mijn ervaring. Vertel eens, Dekalb. Vertel me waarom je steeds achter me aan zit terwijl ik alleen maar mijn werk probeer te doen.' Die vraag was zo open en kwetsbaar dat hij niet bij deze man paste. Hij stond duidelijk onder enorme druk. Ik overwoog hem met rust te laten en de volgende dag terug te komen, maar ik had het gevoel dat al zijn dagen zo waren.

'Een paar dagen geleden heb je twee man naar buiten gestuurd. Paul en Kev, geloof ik.'

Hij knikte, opende de magazijnhendel van zijn wapen en schoof het magazijn open. Toen klikte hij de kogel in de loop en sloot hem weer. 'Ja,' bevestigde hij.

'Dus jullie zitten hier niet vast. Jullie kunnen mensen naar buiten sturen als het nodig is, om proviand te halen en zo. Ik zeg niet dat het niet gevaarlijk is, maar het kán wel. Jullie moeten hier overlevingstrucs hebben die wij niet kennen.'

Zonder zijn blik af te wenden van het afgesloten hek voor zich, trok hij zijn mondhoeken op. Ik zou het geen glimlach noemen. 'Tuurlijk. We kennen een fantastische truc. Wanhoop, noemen we die. Als we maar genoeg honger krijgen, meldt zich altijd wel een vrijwilliger om voedsel te gaan halen. Soms gaan mensen zich gewoon vervelen en gaan ze op eigen houtje naar buiten. Soms komen ze zelfs terug. Alles raakt op, Dekalb. Ik weet niet of je het gemerkt hebt, maar wat vooral opraakt, zijn de vrijgezelle mannen tussen de achttien en vijfendertig. Zij zijn de eersten die zich als vrijwilliger aanbieden.'

'Wauw,' zei ik. Ik had gedacht dat er een of ander geheim moest zijn.

'Je kunt hier niets anders doen dan wachten. Sommige mensen kunnen daar niet tegen.'

Ik begreep het, min of meer. 'Ik heb een idee, maar het is gevaarlijk. Heel gevaarlijk. We moeten je mensen naar de rivier zien te krijgen. Er staat een pantservoertuig even ten westen van de havenautoriteiten.'

Jack knikte. 'Ik heb hem gezien. Heb er zelf ook al eens aan gedacht. Hij zal het nog wel doen, als de brandstof niet verdampt is en de accu nog geladen is en geen van de motorriemen is weggerot. Tuurlijk, die zouden we achteruit voor een van de hekken kunnen zetten zodat iedereen erin kon klimmen. We zouden een paar keer heen en weer moeten, maar ja, zo zouden we best naar jullie boot kunnen komen.'

Ik begon warm te lopen voor het idee en wees op het nadeel. 'Iemand zou erheen moeten gaan, het ding aan de praat moeten zien te krijgen en ermee hierheen moeten rijden. Als de motor niet meteen werkt, moet die worden gerepareerd. En diegene zou de hele tijd worden belaagd door de doden. Ik kan wat soldaten laten komen – Somali's – maar die kunnen geen Amerikaans pantservoertuig repareren. Ik denk dat jij dat misschien wel kunt.'

'Klopt.'

Oké. Nu kwamen we ergens. 'Er is alleen één probleem. Dit kunnen we allemaal pas proberen als ik mijn oorspronkelijke missie heb voltooid.' Hij keek me scherp aan en ik stak mijn hand op om hem tot geduld te manen. 'Luister, er zijn politieke kwesties. Somalië is in handen van een strijder. Ik heb een goede reden nodig om haar ervan te overtuigen dat ze een stel blanke vluchtelingen moet opnemen die geen soldaten zijn, die haar voedsel zullen opeten. We moeten realistisch zijn.'

Als ik hem wilde manipuleren, dan was dat het sleutelwoord. Dit was een man die alle pretentie, alle sentiment had laten varen. Realisme was zijn enige filosofie. Hij knikte een keer. Ik probeerde hem te vertellen over wat ik moest doen en wat hij kon doen om te helpen, maar hij had geen belangstelling meer. Hij schakelde zichzelf gewoon uit, misschien om energie te besparen. Hij was de taaiste kerel die ik ooit had ontmoet. Dat gaf me echter ook hoop. Als iemand me naar het VN-gebouw kon krijgen, was het Jack.

We zaten een hele tijd zwijgend bij elkaar. Ik overwoog terug te gaan naar het perron, naar Ayaan en de andere overlevenden, maar ik kon het gewoon niet. Ik kon er niet tegen hoe ze naar me keken; alsof ik een smakeloze grap was, hun grootste hoop die hun werd voorgehouden na weken en maanden van horen dat er nooit meer iets goeds kon gebeuren. Ik kon niet tegen hun maffe spelletjes uit een populaire cultuur die niet meer bestond.

De stilte begon me nu echt te benauwen – ik stond op het punt tegen mezelf te gaan praten om maar gewoon iets te horen – toen hij werd verbroken door Carly. We konden haar niet zien, ze bleef in de schaduwen, maar we hoorden haar voetstappen weerkaatsen over het verlaten perron. Jack volgde het geluid met de loop van zijn geweer. Dat kwam hard over, maar we wisten allebei dat ze veranderd kon zijn.

'Ik heb overgegeven,' zei ze vanuit de duisternis. 'Dat is niet best, hè?'

'Waarschijnlijk niet. Maar het kan ook van de zenuwen zijn.' Jack kwam langzaam overeind, het wapen nog in zijn handen maar niet meer per se op haar gericht. 'Kom hier. Je zult het wel koud hebben, en honger hebben. Daar kan ik iets aan doen.'

Ifiyah had het koud gehad en had honger gehad nadat ze werd gebeten. Ik vroeg me af hoe vaak Jack dit vreselijke wachten al had doorgemaakt. Carly kwam naar de tralies toe en we zagen meteen dat ze zou doodgaan. Op haar gezicht lag een laagje zweet en haar ogen waren helemaal bloeddoorlopen. Haar armen, waar de kat haar had gekrabd, waren dik en donker van het gestolde bloed. Jack gaf haar een deken en een blikje rundvlees. Ze pakte beide dingen zonder commentaar aan. Ik keek naar haar gezicht terwijl ze at. Haar beugel sneed in de gevoelige binnenkant van haar lippen terwijl ze het eten naar binnen schrokte. Ze zag me kijken en onderbrak haar maaltijd even. 'Kijk maar goed, smeerlap,' zei ze. 'Mooier word ik niet.'

Ik wendde mijn blik af, blozend van schaamte. Ik had aan Sarah gedacht, had me afgevraagd of zij ook binnenkort een beugel nodig zou hebben. Maar dat kon ik natuurlijk niet tegen Carly zeggen. Ze zou het niet hebben begrepen.

We bleven de hele nacht bij haar zitten. Ik dommelde af en toe in, maar telkens als ik wakker werd, zat Jack nog volkomen stil. Het geweer schoof geen moment weg van de positie op zijn knieën. Iedere keer dat ik keek, zag Carly er slechter uit. Ze begon te hijgen toen haar longen probeerden te blijven voldoen aan de vraag van haar lichaam om zuurstof. Haar vingers veranderden in pijnlijk uitziende worstjes, zo dik dat de huid rondom haar nagels barstte en er donker bloed uitkwam. Rond vier uur 's morgens begon ze te ijlen; te smeken om water en haar moeder en, steeds vaker, om vlees.

Twee keer bood Jack aan om haar uit haar lijden te verlossen, maar beide keren weigerde ze dat meteen. 'Ik geloof dat ik me iets beter voel,' zei ze de tweede keer. Haar ademhaling was inderdaad ook rustiger geworden. Haar ogen vielen dicht en ik dacht dat ze het misschien kon redden; misschien zou haar afweersysteem dit gevecht winnen.

'Ga liggen als dat beter voelt,' zei ik tegen haar. 'Denk eraan hoeveel beter je je morgen zult voelen. Als je kunt slapen, moet je dat doen.'

Ze gaf geen antwoord. We wachtten een paar minuten en toen schopte Jack met zijn laars tegen het stalen hek aan, hard. Het geluid deed pijn aan mijn oren, maar zij vertrok geen spier. 'Oké,' zei hij. 'Ik ga het doen. Hou afstand.'

Ik schudde mijn hoofd. 'Nee. Nee, ze is alleen maar moe...'

Langzaam kwam ze overeind van haar zitplaats op de tegels. Haar benen waren onvast en haar ogen waren nog dicht.

'Kijk,' zei ik, 'het gaat goed.' Ik wist dat het niet klopte, maar ik zei het toch. Ze kwam op ons af met alle kracht die ze had, ramde haar gezwollen handen en haar bezwete gezicht tegen de tralies, drukte haar schouders en heupen tegen het metaal. Het kraakbeen in haar neus knapte toen ze met haar gezicht de barrière raakte, haar jukbeen brak en haar gezicht vervormde. Toen stapte ik wel achteruit. Jack richtte zijn SPAS-12 en vuurde, en de kogel ging haar linkeroog in en kwam via het achterhoofd naar buiten, samen met een deel van haar schedel. Toen bewoog ze niet meer. Het geweer klikte toen het gasaangedreven mechanisme automatisch een volgende kogel naar de kamer transporteerde. Die had hij niet nodig.

Ik hijgde en mijn lichaam zoemde van de chemie van de paniek. Jack legde het wapen over zijn borst en keek me aan. 'Soms,' zei hij langzaam, zachtjes, 'denk ik dat ze beter af zouden zijn als ze allemaal tegelijk in hun slaap overleden. Dan zouden ze niet meer bang hoeven zijn. Soms blijf ik 's nachts wakker en overdenk ik hoe ik dat zou kunnen doen.'

Hij zette die gedachte van zich af en toen hij weer sprak, was dat op zijn gebruikelijke toon vol zelfvertrouwen. 'We beginnen morgen met je missie, als we allebei geslapen hebben.' Toen draaide hij zich om en liep de trap op.

# 17

Gary marcheerde als een terugkerende held het complex in Central Park weer in. Hij had het gevoel dat hij eigenlijk een cape zou moeten dragen. Achter hem hielden Neusloos en Gezichtsloos hem gemakkelijk bij.

Het werk aan Maels broch ging goed. Twee driehoekige steunen rezen tien meter de lucht in, terwijl een van de buitenmuren al hoger was dan Gary's hoofd. De ondode arbeiders op de steigers zagen er in het beste geval wankel uit, maar ze tilden en droegen hun bouwmaterialen alsof het kostbare relikwieën waren en legden de stenen zo dicht tegen elkaar aan dat het moeite zou kosten er een vel papier tussen te steken. Groepjes dode mannen zaten in kuilen rondom de bouwplaats en schraapten met hun nagels de oude specie van de bakstenen. Sommigen gebruikten hun tanden.

Andere werktroepen waren bezig de steigers te bouwen, raamwerken van metalen buizen die ze van de gevels van andere gebouwen in New York hadden getrokken. Er was nooit gebrek geweest aan dat spul. De ladders en platforms die de doden hadden gebouwd, waren gammel en wiebelig, en er gebeurden veel ongelukken. In de korte tijd die Gary op de bouwplaats had doorgebracht, had hij meer dan eens de plotselinge plof gehoord van een ondood lichaam dat tien meter omlaag viel en in de modder belandde. Ze braken daarbij vaak hun botten of konden hun ledematen niet meer gebruiken, maar in dat geval werden de slachtoffers te werk gesteld op andere plekken. Als ze nog konden lopen, konden ze sleeën vol bakstenen slepen, en als ze hun armen nog konden gebruiken, konden ze in de schoonmaakkuilen zitten en specie van oude bakstenen afschrapen.

De paar zielenpoten die volledig verlamd waren geraakt door een val, waren nog altijd waardevol voor Mael als *taibhsear*, of zieners, in de meest letterlijke zin van het woord. Ze werden opgehesen en vastgebonden aan de muren van de broch en speurden voor hun meester het park af. Hij had zelf geen ogen dus was hij afhankelijk van die assistenten, zonder wie hij blind zou zijn. Dode mannen klommen tegen ladders op om de uitkijkposten vlees te voeren en ze in goede conditie te houden.

De druïde zat op een stapel stenen in het midden van het complex. Zijn erewacht van mummies stond achter hem opgesteld, tegen elkaar aan hangend, hun handen op hun amuletten of hartscarabeeën als een hof van geestelijk gestoorde tovenaars. Voor Mael op de grond lag een opvouwbare kaart van de stad, met prikkertjes die alle bekende schuilplaatsen van overlevenden aangaven. Een van de mummies knielde bij de kaart toen Gary naderde en verwijderde de prikkers van de drie locaties die hij die nacht had aangevallen.

Mael leunde naar voren over zijn groen uitgeslagen zwaard, joeg de mummie weg en tilde zijn hoofd op om zijn held te begroeten.

**Mijn *gowlach curaidh* is terug! Je ziet er goed uit, jongen. Het Grote Werk doet je kennelijk goed.**

'Ik heb het recht om te bestaan,' wierp Gary tegen. 'En dat betekent dat ik moet eten.'

**Ja, en je hebt het goed gedaan.** Het hoofd van de druïde zakte op zijn borst. **Misschien wel te goed. Moest je echt zo hard zijn voor die kleine kindertjes?**

Gary kon alleen maar zijn schouders ophalen. 'Je zei zelf dat we kwaadaardig zijn en dat we ons ook zo moeten gedragen. Ik volgde alleen maar bevelen op.' Gary hurkte neer en bestudeerde de kaart. Er waren nog meer dan genoeg overlevenden over, honderden. Hij kon dit maanden volhouden zonder dat het voedsel opraakte. Elk greintje medeleven of sympathie dat hij misschien ooit voor de levenden had gehad, raakte hij kwijt, misschien wel doordat er elke keer als hij ze ontmoette op hem geschoten werd. Of misschien was hij inderdaad het zwart-witte wezen aan het worden dat Mael wilde dat hij was. 'Dit is toch wat ik ben? Een monster? Bekritiseer me dan niet omdat ik er goed in ben.'

Mael keek hem een tijdlang onderzoekend aan voor hij instemde. **Ja. Vergeef een oude tovenaar zijn sentimentele gebazel. Ik heb nog een taak voor je, jongen, een waarvan ik denk dat je hem welt zult willen doen. Het is een grote klus en ik heb een weldenkend man nodig om hem uit te voeren.**

Gary knikte. Hij was bereid, wat het ook kon zijn. Mael had hem beloofd dat hij rust zou vinden zodra hij de rol aanvaardde die het lot voor hem in petto had, en zoals gebruikelijk had de druïde gelijk. Hij voelde zich sterk, zo veel sterker dan toen hij de kelder van de Virgin-megastore uit was gekropen met een gat in zijn hoofd. Zelfs nog sterker dan toen hij die eerste keer was bijgekomen in een badkuip vol ijs.

Een dode vrouw in een vuile spijkerbroek en een laag uitgesneden haltertopje waardoor haar verschrompelde, blauwe borsten te zien waren, kwam wankel naar voren en ging bijna op de kaart staan. Ze was vast ooit mooi geweest, een latina met een grote bos krullend haar. Nu had ze grote zweren op haar gezicht en troebele ogen. Ze keek eerst naar Gary en toen naar Mael, en liet haar blik uiteindelijk verglazen. Geen bijzonder vreemd gedrag voor een wandelend lijk, maar Gary had het idee dat ze verdoofder was dan nodig. Alsof ze iets toegediend had gekregen of in trance was gebracht.

**Voor deze klus heb je meer nodig dan je vaste begeleiders. Je moet leren de eididh te lezen, en hoe je troepen aanvoert in de strijd. Deze hier heeft kennis die ik naar jou wil overbrengen, als je erbij kunt komen**.

Gary likte over zijn lippen, meer dan een beetje opgewonden. Mael had krachten die ver boven die van hem uitstegen, maar tot dusverre had de druïde zijn hondje weinig nieuwe trucjes geleerd. 'Hoe moet ik...' vroeg hij, maar hij wist al wat het antwoord zou zijn.

**Stel je open, zoals ik je al eerder heb gezegd**.

Gary knikte, stak een hand uit en greep de dode vrouw bij haar nek. Hij probeerde te doen wat hij eerder had gedaan; het netwerk van de dood zachtjes beroeren, net zoals toen hij de macht over zijn metgezellen had gegrepen, net zoals toen hij de ondoden had opgeroepen om die overlevende Paul op te eten. Hij spande zich in tot zijn hersens bonsden en er witte dolken van licht rond de randen van zijn gezichtsveld lekten, maar het enige wat hij bereikte, was dat hij haar aandacht had. Ze staarde hem met grote ogen aan, alsof ze gefascineerd was door de dode aderen in zijn wangen.

**Dat kun je wel beter, man**, spotte Mael. **Het is niet iets wat je kunt zien of horen of proeven. Vergeet die dingen en probeer het nog eens!**

Een beetje geërgerd probeerde Gary het nog een keer; met

als enige resultaat dat zijn oren begonnen te suizen. Hij voelde het dode bloed drillen in zijn hoofd en was er even van overtuigd dat hij zichzelf een hersenbloeding zou bezorgen, maar toen, eindelijk, klikte er iets en bloeiden er kolkende schaduwen op in zijn geest, strepen duisternis, donkere doodsenergie die zich opsplitste in stralen, in draden. Draden van een web dat hem verbond met iedereen om hem heen; de dode vrouw, Mael, de zieners die aan de muren hingen. Hij voelde Gezichtsloos en Neusloos achter zich.

Toen zag hij zijn eigen achterhoofd.

Het was alsof hij door de ogen van zijn volgelingen keek, zag wat zij zagen, terwijl hij toch in staat bleef zijn eigen ogen te gebruiken. Hij draaide zich om en keek naar de latina, voelde datgene wat hen verbond, de eenheid van de dood. Hij voelde gedachten en herinneringen in haar; informatie waar ze zelf geen toegang meer toe had omdat haar hersens waren gestikt toen ze overleed.

Dat gold niet voor die van hem. Hij zag meteen wat Mael hem had willen laten vinden. Iets wat ze had gezien toen ze op zoek was naar voedsel, iets belangrijks. Een straat – een plein – een deuropening, een stalen hek. Mensenhanden, levende handen om de tralies. Witte ruis siste en knetterde om hem heen, hij proefde metaal maar onderdrukte het. Nog meer levende mensen, nog veel meer: honderden. Hij zag hun ogen turen vanuit de duisternis, hun angstige ogen. Honderden?

Honderden. Hun felle energie verzengde hem. Hij wilde ze die afnemen.

Toen hij weer bij zichzelf terugkeerde, zat hij op handen en knieën, met een lange sliert glanzend kwijl die van zijn onderlip op de modder onder hem droop. 'Nu?' vroeg hij.

**Ja.**

Gary wees een aantal dode arbeiders aan, die van hun ladders af klommen en zich voor hem verzamelden. Hij tastte rond met zijn geest en riep er nog meer op – een heel leger – van helemaal bij het reservoir in de buurt. Het was gemakkelijk toen hij eenmaal doorhad hoe het moest. Hij hoefde ze niet zulke gedetailleerde instructies te geven als Gezichtsloos en Neusloos. Hij hoefde niet alle details te besturen. Hij zei simpelweg wat hij wilde, en dat deden ze zonder vragen te stellen. Dat voelde goed. Het voelde geweldig. Hij riep er nog meer op, zo veel als hij er kon bereiken.

**Laat er nog een paar achter om een dak boven mijn hoofd te maken, oké, jongen?**

Gary knikte, maar hij was te druk bezig met het verzamelen van zijn leger om veel aandacht aan de druïde te besteden. 'Het zijn er zo veel,' zei hij, niet zeker of hij doelde op de levenden of de doden.

# 18

Jack gaf me een mobiele telefoon die eruitzag alsof hij uit de jaren negentig stamde. Een echte koelkast; vijf centimeter dik met rubberen randen eromheen. De antenne was bijna nog groter dan de telefoon zelf, vijftien centimeter lang en zo dik als mijn wijsvinger. 'Motorola 9505,' zei ik, in een poging indruk op hem te maken. 'Prachtig.' De meeste mobiele telefoons zouden nu nutteloos zijn in New York – de torens overal op de daken kregen nu geen stroom meer – maar dit monster had toegang tot het iridiumsatellietnetwerk. Hij zou overal op aarde werken zolang hij geladen was en er een zichtlijn naar de hemel was. Wat betekende dat je in de buurt van een raam moest gaan staan, of onder een van de roosters die zorgden voor ventilatie in de metrogangen. De VN gebruikte ook iridiums, maar alleen met mate; ze deelden ze aan veldmedewerkers uit alsof het Fabergé-eieren waren. In Amerika werden ze standaard uitgedeeld aan militaire eenheden, en Jack had ze dan ook uit een verlaten commandopost van de Nationale Garde gehaald, een paar straten verderop.

Nog twee telefoons stonden in een lader voor zes eenheden. De rest was meegenomen door zoektroepen en nooit meer teruggebracht.

Een van de geweldige eigenschappen van dit model was dat het kon functioneren als walkietalkie, zodat ik contact kon opnemen met de radio op de *Arawelo*. Ik pleegde snel een belletje naar Osman om hem te laten weten dat we nog leefden.

'Dat is jammer, Dekalb,' zei hij, het signaal verzwakt door het dikke plafond van het station maar nog altijd verstaanbaar. 'Als je dood was, kon ik naar huis.'

Ik hing op om de accu van de telefoon te sparen.

'Het volgende station is de wapenopslag,' zei Jack. Hij maakte de deur van een lokethuisje op het station open. Achter het kogelvrije glas stonden rekken vol geweren met lange lopen, sommige nog in de doos. Jammer dat het maar speelgoed was. Paintballgeweren, luchtdrukgeweer, hagelpistooltjes die gegarandeerd niet door een mensenhuid zouden dringen. 'Er zijn meer speelgoedwinkels dan wapenwinkels in New York,' legde Jack uit. Het klonk niet als een verontschuldiging. 'We hebben meegenomen wat we konden vinden. Ze zijn handig als afleidingswapen. Als je een lijk met zo'n ding raakt, voelt hij dat. Terwijl hij op je afkomt, heeft je partner de tijd hem af te maken.'

Je partner, in theorie, zou dan een eenschots jachtgeweer hebben, waarvan er precies drie in het hokje stonden, of een pistool, waar er tientallen van waren, al lagen er maar een paar doosjes munitie. Er lagen echter meer dan genoeg messen, mokers en knuppels. 'Ik vermoed dat je toch niet zo goed bent met een vuurwapen,' zei Jack, die naar zijn arsenaal keek. Hij koos een machete uit met een lemmet van veertig centimeter lang, oorspronkelijk een stuk tuingereedschap. Hij voelde goed in evenwicht in mijn hand en de greep was voor het comfort omkleed met rubber, maar ik verheugde me er niet op om hem te gebruiken.

'Je maakt een geintje,' hoopte ik.

'Ik heb 'm zelf geslepen. Laat mij het vechten maar doen, oké? Jij mag de radioman zijn.' Hij sloot het loket weer af en we gingen op zoek naar Ayaan. Ze was bij Marisol, die haar nagels aan het lakken was. De meisjessoldaat sprong in de houding toen ze Jack zag, maar ze kon toch haar enthousiasme niet onderdrukken toen ze mij aansprak.

'Zij was vroeger een filmster,' zei Ayaan. Ik moest de neiging om te lachen onderdrukken. 'Ze heeft meegedaan in *Runaway Bride*, met Julia Roberts, maar haar scènes zijn eruit geknipt. Ik vind haar de mooiste vrouw ter wereld.'

Ayaan was zestien jaar oud. Toen ik zo oud was, kleedde ik me als Kurt Cobain en leerde ik de hele tekst van 'Lithium' uit mijn hoofd. We zoeken onze helden waar we ze kunnen vinden, neem ik aan. 'We gaan de medicijnen halen,' zei ik haar. Dat verbrak de bezwering. Ze begon onmiddellijk haar wapen schoon te maken en te controleren, en pakte haar spullen.

Ik probeerde discreet te zijn toen Jack en Marisol afscheid van elkaar namen, maar ik stond te springen om op pad te gaan. Jack had een plan, en hoewel hij me nog niet had verteld wat het was, wist ik dat het goed zou zijn.

'Als je niet terugkomt...' zei Marisol terwijl ze Jacks bril weer op zijn neus duwde. Kennelijk kon ze haar zin niet afmaken.

'Dan zijn jullie allemaal de lul.' Jack legde zijn arm om haar heupen.

'Dekalb,' zei ze tegen mijn rug, 'snap je nu waarom ik met een politicus ben getrouwd? Montclair kan tenminste liegen. Wegwezen, nu. Ik luister aan deze kant mee. Niet dat ik iets kan doen als jullie in de problemen zitten, maar dan kan ik tenminste jullie doodskreten horen.'

Jack lachte er ook nog om, iets wat de vorige avond nog niet mogelijk had geleken. Hij gaf Marisol nog een laatste, lange kus en leidde ons toen diep de catacomben van het metrostation in... en recht naar het perron van de s-trein. De dubbele, gapende toegang van de tunnels, als het gevaarlijke uiteinde van een dubbelloops jachtgeweer, lag net achter een stalen hek.

Hij verwachtte natuurlijk dat we onthutst zouden zijn, en hij gaf uitleg terwijl hij een enorme sleutelbos uit zijn zak viste. 'Die tunnel loopt helemaal naar Grand Central, non-stop. De elektriciteit is uitgevallen, dus we hoeven ons geen zorgen te maken over de derde rail. Ja, het zal er donker zijn, maar ook leeg, voor zover we kunnen bepalen. We hebben nog nooit een lijk uit die tunnel zien komen.'

'Het is een verlaten metrotunnel en de doden zijn tot leven gekomen,' zei ik, alsof hij dat misschien nog niet doorhad.

'Zo komen we halverwege door de stad,' drong Jack aan terwijl hij het hek openmaakte. 'Bijna helemaal tot bij het VN-gebouw. Bovendien is het de hele weg een afgesloten omgeving.'

'Heb je dan nog nooit griezelfilms gezien?' wilde Ayaan weten, maar ze liep toch met ons mee door het hek.

Jack deed het hek achter ons op slot en liep met vastberaden passen het perron op. Ik moest me haasten om hem bij te houden. Aan het plafond brandde elektrische verlichting, de witte tegels aan de muren waren hier niet viezer dan die op het bewoonde perron, maar het voelde hier toch echt anders: kouder, minder uitnodigend. Er was hier geen bescherming tegen de rest van de stad.

Toen we de rechtertunnel inliepen, veranderde het gevoel in een kruipende angst. Jack bleef staan om voor elk van ons een lichtstaaf uit te pakken. Hij boog ze in het midden door, schudde ermee tot ze begonnen te gloeien en bevestigde ze toen aan onze kleding, zodat we elkaar niet zouden kwijtraken in de duisternis van de tunnel. Hij had met tape een halogeenlantaarn aan zijn SPAS-12 bevestigd, die hij nu inschakelde. We zagen rails die in een perfect rechte lijn van ons wegliepen; een afbeelding van de eeuwigheid uit de brugklas geometrie, als je toevallig het voortgezet onderwijs volgde in de hel.

De tijd verloor zo ongeveer alle betekenis terwijl we door de tunnel liepen. We bleven tussen de sporen lopen, en onze voeten vonden een ritme door steeds elke tweede biels te raken. Ik probeerde een tijdje mijn stappen te tellen, maar dat verveelde me al snel. Af en toe keek ik over mijn schouder naar het felle licht van het station dat achter me kleiner werd, wensend dat ik terug kon gaan, maar al snel was het licht niet helderder dan een ster. We maakten zo weinig mogelijk geluid en probeerden zelfs niet te luidruchtig adem te halen.

De tunnel voor Jacks zaklantaarn was egaal zwart, of zelfs meer dan dat. Een matte, stoffige kleur die het licht absorbeerde en weinig bood om je op te richten. Af en toe kwamen we langs een schakelkast aan de muur of een signaallamp, maar die leken in de ruimte te zweven, losgekoppeld van de realiteit. De realiteit bestond uit de sporen en de derde rail die naast ons liep en talloze nissen en nooduitgangen die in de muren waren ingebouwd, voorzien van Romeinse bogen om de dubbele tunnel te ventileren. Gaten waar echt van alles zich in zou kunnen verstoppen.

Voor ons bleef Jack abrupt staan, en ik liep met mijn neus bijna tegen zijn geelgroene lichtstaaf aan. Ik liep om hem heen om te zien waarom hij was gestopt.

Een dode vrouw zat op handen en knieën op het spoor, bezig kakkerlakken te vangen en op te eten. Toen ze opkeek, waren haar troebele ogen perfecte spiegels die ons verblindden met weerkaatst licht. Het grootste deel van haar bovenlip was weg, waardoor ze een permanente sneer op haar gezicht had. Ze klauterde overeind en begon op ons af te strompelen, en de cirkel van Jacks zaklantaarn wierp vreemde, waterige schaduwen over haar vale jurk.

Ze was bijna bij me voordat ik besefte dat noch Jack, noch Ayaan op haar ging schieten. Ik staarde naar hen en zag dat Jack de loop van Ayaans AK-47 vasthield, gericht op het plafond. Hij keek me aan met een uitdrukking van nonchalante nieuwsgierigheid.

Eén arm van de dode vrouw was pijnlijk kromgebogen onder haar borst, maar de andere strekte ze uit om naar ons te graaien. Haar mond stond wijd open, alsof ze ons met één hap wilde doorslikken.

'Net als een honkbalknuppel, Dekalb,' zei Jack, om me te herinneren aan de machete in mijn hand.

Ze was zo dichtbij dat ik haar stank kon ruiken, die ook in mijn kleding trok. 'Jezus,' gilde ik, en ik sprong vooruit, uithalend met beide handen terwijl ik mijn gewicht achter de machete zette. Ik voelde haar stakerige lichaam mijn borst raken toen het lemmet dwars door haar hoofd heenging en de weerstand veroorzaakte een harde klap tegen mijn schouder, alsof ik door een auto was geschept. Maar toen was ze dood, een rammelende, levenloze hoop die langs mijn broekspijp omlaag gleed. Ik hijgde, hapte piepend naar adem, bukte me en zag bij het licht van Jacks zaklantaarn dat ik de bovenkant van haar hoofd en één oog in een diagonale klap had afgehakt. Ze zou niet meer opstaan.

'Waarom?' vroeg ik.

Jack hurkte naast me neer en legde een arm om mijn schouders. 'Ik moest weten of ik je handje zou moeten vasthouden. Nu weet ik dat je jezelf kunt redden.'

'En dat is goed?' Ik spuugde alles uit wat in mijn mond zat; mijn angst, haar stank, de blik op Ayaans gezicht, die voor het eerst echt goedkeurend was. Goedkeuring die ik verdomme niet nodig had, als ik dít ervoor moest doen. Ze hadden me er nota bene gewoon íngeluisd.

Jack kneep in mijn arm en hij en Ayaan liepen verder door de tunnel. Ik keek Jack even na tot zijn lichtstaaf kleiner werd, en zette het toen op een drafje om hen in te halen.

# 19

We volgden Jacks zaklantaarn een eindeloze reeks trappen en stilstaande roltrappen op. Tijdens het lopen kregen we steeds beter zicht. Ik dacht dat mijn ogen wenden aan de duisternis, maar we waren bij Grand Central aangekomen en er kwam licht – echt zonlicht – door de hoge ramen van de terminal binnenvallen. Toen we in de marmeren gangen naar het hoofdperron aankwamen, kon ik plotseling alles weer zien. Ik knipperde snel met mijn tranende ogen.

Ayaan dook ineen en tuurde vanachter haar geweer door de verlaten terminal. Jack bleef dicht bij de muren, maar ik was gewoon zo blij dat ik uit die tunnels was dat ik dat niveau van gezonde paranoia niet kon vasthouden. Ik ging voorop langs lege krantenstandaards, lege winkels waar ze vroeger overhemden of cd's of bloemen verkochten, langs een verlaten schoenpoetsstation, tot we het grote hoofdperron bereikten en ik kon opkijken naar het groenblauwe plafond en de goudkleurige tekens van de dierenriem, naar de enorme vensters waardoor zichtbare stralen geel licht vielen. Er was nergens een teken van leven of beweging te bespeuren.

De leegte van Times Square had me geschokt, en dat zou hier eigenlijk ook moeten zijn gebeurd. Grand Central was in mijn ervaring altijd druk geweest. Maar iets aan die plek – de kathedraalachtige schaal ervan of het glanzende marmer, misschien – straalde een soort van sombere vrede uit. Ik had niet echt de tijd om van het uitzicht te genieten, maar het kostte me moeite om me los te rukken van de diepe rust in de terminal. Dit was een plek die was gebouwd voor slapende reuzen, en ik verlangde ernaar een tijdje te rusten in de megalithische elegantie ervan.

Ik leidde hen langs de passage van het Graybar-gebouw naar een rij glazen deuren. Ze waren aan boven- en onderzijde op slot gedraaid, maar Jack had een pick gun zoals de politie die gebruikte. Het instrument zag eruit als een pistoolgreep met een uitstekende, dikke naald op de plek waar de loop zou moeten zitten. Daarmee kon je elk slot in de stad open krijgen. Vroeger hadden alleen overheidsinstanties dat soort dingen, maar dankzij internet waren ze nu voor iedereen verkrijgbaar. Jack had die van hem van hetzelfde bedrijf dat hem de SPAS-12 had geleverd.

'Controleer de straat,' zei hij, terwijl hij neerknielde bij het onderste deurslot. Het was een lastige klus; je moest het pistool afschieten om de cilinderpennen terug te duwen en tegelijkertijd een moersleutel gebruiken om de slotpen te draaien.

Ik tuurde door het glas naar Lexington Avenue en zag stilstaande auto's en dode gebouwen maar nergens iets wat bewoog, alleen maar een vlucht duiven die tussen de glazen wanden van een stel verlaten kantoortorens heen en weer vloog. Het leek erop dat het ons meezat. Van hieraf was het maar een paar straten verder naar het VN-gebouw. Als we stilletjes deden en geen aandacht trokken, konden we het redden. Het leek wel alsof iemand dit hele stadsdeel had ontruimd. Misschien had de Nationale Garde barricades opgeworpen om de doden buiten te houden.

Misschien waren ze er zelfs nog wel, levende soldaten die dit laatste bastion van New York verdedigden en gewoon wachtten tot wij kwamen.

'Zie je iets?' vroeg Jack. Het slot sprong met een harde klap open, waardoor de vogels buiten schrokken. Ze sprongen de lucht in, hun vleugels uitgeslagen toen ze het luchtruim kozen, de een na de ander. Jack stond op en begon aan het bovenste slot.

'Nee,' zei Ayaan. Ze keek naar de vogels, even gebiologeerd als ik, misschien om hoe ze zo volkomen op elkaar vertrouwden, hoe elk de bewegingen van de ander nadeed, zodat telkens als de vlucht van positie veranderde, er een golf van beweging doorheen leek te rollen, alsof ze een enkele entiteit met vele lichamen waren.

Het tweede slot klapte open en Jack stopte zijn gereedschap weg. Hij drukte op de deurhendel en zwaaide hem open om de frisse buitenlucht binnen te laten.

Lucht die stonk naar verval en verrotting.

'Bukken!' schreeuwde Jack toen de vlucht duiven in de lucht draaide en een duikvlucht begon richting de openstaande deur. De voormalige Ranger sloeg de deur dicht waarna er tientallen vogels tegen het glas botsten, met in hun glazige ogen niets dan primitief verlangen. Honger. Een ervan lag een paar centimeter van mijn voeten vandaan te stuipen, alleen van mij gescheiden door een dun plaatje veiligheidsglas, en ik zag de wonden op zijn rug waar hij was dood gepikt, de warrige, veelkleurige veren. De snavel van het beest hapte naar me tegen de glazen deur, wanhopig verlangend naar een stuk van mijn vlees.

Achter me hoorde ik vleugels flapperen, en Jack rolde overeind in een zittende positie, zijn geweer in zijn handen. Hij schoot, en de knal weerkaatste woest tegen de marmeren wanden. Links en rechts vielen vogels uit de lucht, toen de duiven die het naar binnen hadden gered zich omkeerden om ons weer aan te vallen. Hij schoot nog eens, en nog eens, en Ayaan opende een salvo volautomatisch geweervuur waardoor de ondode vogels veranderden in wolkjes blauwe veren en natte smurrie. Mijn oren piepten van het lawaai en ik was bezorgd dat ze misschien zouden gaan bloeden.

Ik voelde druk op mijn rug en keek om. Er vlogen duiven tegen de deur achter me aan, in een poging die met hun lijfjes open te beuken. Ik zette mijn schouder tegen de deur terwijl Jack de laatste indringers afmaakte, op de koppen ging staan van vogels die hij enkel had aangeschoten. Ayaan legde haar geweer over haar schouder en hielp me overeind, terwijl de vogels buiten hun inspanningen verdubbelden.

'Dit is waanzin!' riep ze. 'Een klotezooi!'

Jack deed snel, met trillende handen, de deur weer op slot. De aanval had zelfs hem verrast. 'Ondode dieren... die zie je niet veel. De meeste beesten in de stad zijn in de eerste weken al opgegeten. Ik kan me de laatste keer niet herinneren dat ik een eekhoorn heb gezien.'

'Wat docn wc nu?' vroeg ik, weglopend bij de deur toen een volgende duif zich plette tegen de barrière. Het glas was vuil geworden van hun vettige lijfjes. 'Dit is belachelijk. Wat gaan we doen?'

Jack schudde zijn hoofd. 'Zo dichtbij. Als we dit nu afbreken...'

'Niemand breekt deze missie af,' zei Ayaan met een boze blik op ons allebei. 'Ik heb mijn commandant verloren om hier te komen. Ik heb vriendinnen verloren. Dit is niet het moment om te stoppen. Er is heus wel een manier, als we maar zoeken.'

Als een uitdaging kwam er buiten over de stoep een schaduw voorbij. Ik keek op en zag een volgende zwerm vogels naderen. Het leek bijna wel alsof ze georganiseerd waren, alsof ze hun aanvallen konden beramen. Het was natuurlijk alleen maar instinct, iets in de beenderen waar ze hun hersentjes niet eens voor nodig hadden. Duiven waren sociale dieren, die elkaar nadeden zoals ze altijd hadden gedaan. Ik kon me wel voorstellen hoe het kwam dat ze dit deel van de stad overheersten. Een ervan moest zijn gebeten door een ondood mens op zoek naar een snelle hap. Hij was ontkomen, maar doodgegaan aan zijn verwondingen. Toen hij terugkeerde naar zijn zwerm, viel hij de andere vogels aan, die daarop weer andere vogels aanvielen, enzovoort. De zwerm die samen vliegt, sterft ook samen, neem ik aan. De Epidemie moest zich nog sneller door de vogelpopulatie van New York hebben verspreid dan onder de mensen.

Even vroeg ik me af wat ze hier allemaal deden, zo dicht bij de East River. Toen begreep ik het en verkilde mijn bloed. Hongerige dingen gingen daarheen waar het voedsel was. De dode mensen hadden zo ongeveer alles aan land wel opgegeten. De laatste, grote voedselbron verstopte de rivier helemaal tot aan de Brooklyn Bridge. Dat had ik gezien vanaf het dek van de *Arawelo*.

Er waren voor de Epidemie honderdduizenden duiven in de stad geweest; nu hadden ze de krachten gebundeld, een instinct dat sterker was dan de dood. 'Als we hier naar buiten gaan,' zei ik, 'worden we binnen een paar tellen doodgepikt.' Het klonk hilarisch, maar niemand lachte. 'Maar er zijn hier tunnels. Er is er eentje naar het Chrysler Building, dat weet ik. Als we nu eens ergens anders boven de grond kwamen, ergens waar ze ons niet verwachten.'

Jack knikte. 'Tuurlijk. En als de wind toevallig goed staat, ruiken ze ons niet. En als we onze schoenen uitdoen, kunnen we geruisloos lopen. Tuurlijk. We zullen best een of twee straten verder komen voor er iets gebeurt en voor ze ontdekken waar we zijn.'

Ik staarde door de deuren naar buiten, keek tussen de gebouwen door. Ik kon het Secretariaatsgebouw van de VN van hieraf net niet zien, maar ik kon het bijna voelen, niet meer dan tien minuten lopen verderop. We waren er zó dichtbij.

Het lot nam de beslissing voor ons. De mobiele iridiumtelefoon in mijn achterzak ging over, met een doordringend, pulserend belsignaal dat me zo irriteerde dat ik het ding meteen greep en opnam. 'Met Dekalb,' blafte ik.

Ik verwachtte Marisols stem te zullen horen, maar er was een man aan de lijn. 'Meen je dat? Dekalb? Ik heb toevallig net deze telefoon gevonden en op sterretje negenenzestig gedrukt. Ik heb je denk ik net gemist. Dit is geweldig! Is Ayaan bij je?'

'Ze is... Met wie spreek ik?' vroeg ik. Osman? Shailesh? Het klonk niet als een van die twee, maar ik wist dat ik die stem herkende. Toen wist ik het en liepen er ijzige rillingen van angst over mijn rug.

'Met wie je spreekt? Ik ben die kerel die net de President van Times Square heeft opgegeten.'

'Hallo, Gary,' zei ik.

Ik verbrak snel de verbinding, alsof hij door de satellietverbinding kon komen om me te grijpen. 'Jack,' zei ik, in een poging het te begrijpen, 'er is een probleem op het station. De doden...'

Hij wachtte niet tot ik uitgesproken was. Hij draaide zich abrupt om en rende in volle vaart terug naar de metro-ingang. Ik riep hem na, en Ayaan rende een paar passen achter hem aan, maar toen draaide ze zich om en keek me aan. Haar gezicht was een vraag die ik niet wilde beantwoorden.

# 20

Gary klom tegen de muur van het rekruteringskantoor van het leger op Times Square omhoog en ging op het dak staan. Een windvlaag rukte aan zijn haar en zijn kleding. Hij keek op en zag de donkere schermen, dezelfde die Dekalb eerder waren opgevallen, maar voor hem was de dode neonverlichting niet zozeer een schokkend voorteken maar een monument voor wat de wereld, en daardoor hijzelf, was geworden. Dood maar nog altijd overeind. Een spiegelbeeld in een vervormde spiegel.

Hij liet zijn blik dalen naar straatniveau. Naar zijn troepen. Hij had honderden ondoden met zich meegebracht, en hoewel ze geen uniform of wapens droegen, waren ze een leger. Ze wachtten op zijn bevel, zwijgend en zonder passie. Hij keek uit over de rijen slappe gezichten en bungelende ledematen en overpeinsde hoe hij zou beginnen.

Vanachter de stalen poort van het metrostation keken levende gezichten naar het leger. Een geweerloop kwam tussen de tralies door en er klonk een schot. Een van Gary's soldaten viel achterover op een achtergelaten auto, waardoor die wiegde op de banden. Gary lachte alleen maar. Hij zette zijn handen rond zijn mond en schreeuwde: 'Jullie daarbinnen... Kom toch lekker buiten spelen!'

De gezichten achter het hek trokken zich terug in de schaduwen. 'Je komt toch nooit binnen,' riep een van de levenden. Als ze al verbaasd waren een dode man te horen praten, dan lieten ze daar niets van merken. Het geweer knalde nog eens en een volgend wandelend lijk viel neer op de stoep.

Gary tastte met zijn gedachten rond en de grond begon te beven. De reus uit de dierentuin in Central Park – nu getemd en bestuurd door Gary – kwam een hoek om zetten en greep met zijn enorme handen de tralies van het hek vast. De geweerloop verdween. Met een luid gekrijs van metaalmoeheid trok het hek krom in de scharnieren en liet toen los met een luid gekletter, waarna de reus achteruit struikelde.

Hordes ondoden drongen naar voren en gingen het station binnen. Gary kon door hun ogen kijken terwijl ze de trap af daalden en elkaar aan de kant duwden in hun haast het levende vlees binnen te bereiken. Er waren daarbeneden dieren, levende dieren. Een grote hond liet zijn tanden in de dij van een van Gary's soldaten zinken, maar drie anderen trokken het beest gewoon van hem af en vraten het op.

De menigte stroomde het hoofdperron van het station op, over de poortjes heen of eronderdoor. De mensen waren gevlucht, al hadden ze wel wat vreemde sporen van hun aanwezigheid achtergelaten. Een stuk of zes doorschijnende vuilniszakken hingen aan het plafond als industriële eierzakken. Door het dunne plastic heen waren duizenden spijkers en stukjes grit en nog andere ijzerwaren te zien; schroeven, moeren, bouten, ringen. Tussen het metaal zat een korrelig, zwart poeder. Gary begreep de bedoeling ervan, alleen net iets te laat.

Er waren door de levenden overal op de vloer oude dekens en

lege blikjes achtergelaten. Tussen al dat puin stond een bruine papieren zak, gewoon een verfrommeld stuk afval, tot je de draden zag die uit de opening staken. Een van de doden trapte op de zak zonder er zelfs maar naar te kijken.

Er barstte een storm van stof los op het perron, en Gary's uitzicht veranderde in een blauwe schemering die gierde en knetterde toen het ijzerwerk in de plastic zakken alle kanten op schoot. Spijkers en schroeven trokken voren in de witte tegelmuren, ringen en bouten schoten door de uitgedroogde hersens van de doden. Toen de rook had plaatsgemaakt voor wolken stof en Gary weer kon zien, lag zijn leger stuipend en kapot op de vloer.

De levenden hadden zich duidelijk voorbereid op deze invasie. Ze hadden de doden wekenlang bestudeerd en hun zwakke plekken gevonden; vandaar die geïmproviseerde fragmentatiebommen aan het plafond, op hoofdhoogte, waar ze de meeste schade zouden aanrichten. Landmijnen zouden een stuk minder effectief zijn geweest. Dit zou niet zo gemakkelijk gaan als Gary had gedacht.

Nou ja. Hij riep nog een massa soldaten op en stuurde ze dieper het labyrint in, over de lijken van de tweemaal doden kruipend op ontbindende handen en knieën. Gary sloot zijn ogen en luisterde met hun oren, rook met hun neuzen... Daar. Onder de stank van het zelfgemaakte buskruit en de strontlucht van opengebarsten ingewanden rook hij een lichtere, maar veel appetijtelijkere geur. Zweet, angstzweet; de transpiratie van de levenden. Hij stuurde een bevel door het netwerk, de eididh, en zijn dode krijgers schuifelden door naar een lange gang die eindigde bij een helling.

Op het tweede perron, waar de A-, C- en E-trein arriveerden, was ooit een winkelcentrum geweest. De boetieks en cadeauwinkels waren al lang geleden geplunderd en omgebouwd tot eenvoudige slaapzalen. Ze lagen nu leeg en mistroostig onder de tl-verlichting, rijen veldbedden zonder lakens, stapels dure bagage, achtergelaten in de haast van de levenden. Gary stuurde zijn troepen verder naar binnen, massaal naar de trappen die naar de perrons leidden. De tweede val zag hij helemaal over het hoofd.

Vlak bij de ingang naar het perron was een eenvoudige, kale deur, voorheen de deur naar de bezemkast. De doden waren er recht langs gelopen en stonden er met hun rug naartoe toen de deur op gesmeerde scharnieren openbarstte. Drie mannen met elektrisch gereedschap aan verlengsnoeren sprongen naar buiten en openden het vuur.

De ondoden vielen als graan voor een zeis, in de rug neergeschoten met projectielen die een hortend, pneumatisch gesis voortbrachten telkens als ze werden afgevuurd. Gary liet zijn soldaten zich snel omdraaien naar de aanvallers en zag dat ze spijkerpistolen hadden; zwaargewicht dakdekkersapparatuur die vuurde als automatische geweren. De spijkers die ze uitspuugden, brachten niet zo veel schade toe als kogels, maar dat hoefde ook niet. Zelfs één gat in een ondode schedel was al te veel. Een gemiddelde ondode kon een schot in het hoofd, zoals Gary dat had overleefd, niet aan. Hij moest die schutters uitschakelen. Gary stuurde zijn troepen struikelend hun vernietiging tegemoet, vastbesloten zo snel mogelijk een einde te maken aan deze dreiging.

Plotseling kwamen er nog meer levenden uit de trappenhuizen, met geweren en pistolen in de hand. De doden die zich hadden omgedraaid om de mannen met spijkerpistolen aan te vallen, waren een gemakkelijke prooi voor de zwaarder bewapende overlevenden achter hen. De doden konden niet snel genoeg lopen om hun aanvallers te bereiken, dus zaten ze vast in het kruisvuur.

Het zag er slecht uit – de levenden hadden de perfecte moordzone aangelegd – maar Gary liet gewoon versterking komen en liet die zo snel ze konden naar het gevecht toe schuifelen. Het was uiteindelijk gewoon een kwestie van simpel rekenwerk. Elk van de levenden kon misschien tien vijanden uitschakelen, maar dan zaten er meteen weer tien andere achter. De laatste verdediger die stierf, was een oudere man in een gescheurd pak met een vlinderstrik. Hij had een naamplaatje op zijn revers – Gary dacht weer aan de stickers die Paul en Kev ook hadden gehad – waarop stond HALLO, IK HEET Mr. President.

'Ik onderhandel niet met ondoden!' schreeuwde de overlevende, zwaaiend met zijn spijkerpistool.

Ach, nou ja. Gary liet zijn soldaten de leider van de levenden uit elkaar scheuren. De doden marcheerden gestaag verder de trap af naar het perron, waar volgens hun reukzin de levenden naartoe waren gevlucht. Er waren geen overlevenden te zien; ze moesten de tunnels zelf in zijn gegaan. Gary liet zijn soldaten op het spoor springen, maar hij kreeg een nare verrassing waar zijn hoofdhuid van ging jeuken. De levenden hadden de derde rail onder stroom gezet.

Het leek een waardeloos soort valstrik; maar een paar soldaten hadden de onder stroom staande rail aangeraakt. Hun vlees siste en hun lichaam schokte woest, maar slechts een fractie van de doden had er last van. Even later dreef de rook die van hun lichamen opsteeg naar het plafond en werd het sprinklersysteem geactiveerd, waardoor honderden liters vloeistof over Gary's leger werden uitgestort. Het stroomde langs hun gezicht en doorweekte hun vuile kleren. Natuurlijk hadden de levenden wel de tijd genomen om het water in het sprinklersysteem te vervangen door benzine. De dampen die als stoom van de doden oprezen, bereikten de derde rail en binnen een tel stonden de ondode soldaten in lichterlaaie. Gary knipperde woest met zijn ogen terwijl hij zijn legioen zag branden door hun eigen smeltende ogen.

'Shit,' zei hij met plotseling besef. Het spoor leidde van het perron naar de tunnel naar het centrum. Natuurlijk. Degene die deze valstrikken had bedacht, was Gary de hele tijd al een stap voor.

Ze moesten hebben geweten hoeveel soldaten hij kon oproepen, en dat hij bereid was er zo veel op te offeren als nodig was. Het was een verloren strijd, hoe je het ook bekeek; daarom hadden ze ook besloten niet rechtstreeks tegen hem te vechten. De verdedigingsmechanismen in het station waren niet bedoeld om de doden uit te schakelen, alleen om ze lang genoeg op te houden zodat de overlevenden via de tunnels konden ontsnappen. Recht naar het zuiden lag Penn Station, een perfecte wijkplaats voor het geval Times Square werd binnengevallen.

Gary stuurde zijn laatste golf soldaten vanuit de achterhoede aan, duwde ze verder door het verwoeste station, spoorde ze aan door de aardedonkere tunnel. De doden konden niet beter zien in het donker dan de levenden, en ze struikelden en vielen over rails en bielzen, maar er liepen er nog steeds genoeg door. Al snel zag Gary dansende lichten verderop, een groenige gloed van honderden gloeistaven.

'Doorlopen!' hoorde hij een vrouw schreeuwen. 'We kunnen ze voorblijven!'

O, dat had inderdaad gekund, als Gary het hierbij had gelaten. Maar hij stuurde een bevel naar voren, naar 34th Street. Daar waren ook meer dan genoeg ondoden. Het was geen probleem om die te mobiliseren en de metrotunnels in te laten komen. Niet veel later had Gary de overlevenden ingeklemd tussen twee hordes hongerige doden. De levenden sloten de rangen en boden verzet – ze hadden immers niets te verliezen – maar de munitie voor hun vuurwapens raakte snel op. Er werden messen en hamers en andere handwapens getrokken, maar ze waren verloren, en dat wisten ze.

Gary klom omlaag van zijn commandopost en haastte zich zo snel mogelijk door het verwoeste station om zijn leger in te halen. Hij baande zich een weg tussen de ondoden door en ging voor de overlevenden staan om met eigen ogen zijn overwinning te aanschouwen. Het waren er honderden, zoals beloofd. De meesten waren vrouwen, kinderen en oude mannen met rugzakken of tassen over hun schouder. Ze schoolden samen in doodsangst, sommigen snikkend, anderen echt jammerend. Een van hen stond een stukje van de anderen vandaan. Het was een vrouw in duur uitziende kleding. Op haar naamplaatje stond HALLO, IK HEET val dood. Ze was heel, heel erg zwanger en had haar handen op haar buik gelegd.

'Jij wint, teringlijer,' zei ze. 'Kom op dan maar. Eet me op. Doe me een genoegen!'

Gary kwam dichterbij. Hij keek omlaag en legde een hand met dode aderen op haar buik. De levenskracht vibreerde binnen in haar, en felle stralen energie kwamen als een warm vuurtje uit de kern van haar wezen naar buiten. Hij zag het door zijn vingers heen gloeien en ze een rode tint geven, alsof hij zijn hand opstak naar de zon.

'Eigenlijk,' zei hij, 'heb ik een beter idee.'

# DEEL DRIE

# 1

Rook en zure dampen wervelden over de vloer van het verschroeide perron. De muurtegels waren gebarsten en afgevallen tijdens de uitslaande brand en lagen in stapels scherven die tinkelden onder mijn schoenen. Het licht uit Jacks zaklantaarn prikte in een vale streep naar voren maar kon niet door het stof en roet in de lucht dringen. Lijken – voornamelijk grijze stapels zakken, maar hier en daar met een uitstekende hand of een verkoolde pluk haar – lagen in langgerekte, slordige stapels over de rails.

'Goed gedaan, meissie,' zei Jack.

Hij rende met twee treden tegelijk een trap op. Wij probeerden hem bij te houden, maar in de dichte lucht konden we amper ademen, en we raakten achterop tot we achterbleven in de bijna volkomen duisternis, tot alleen onze gloeistaven de weg voor ons nog verlichtten. Ayaan gooide die van haar naar mij toe zodat ze beide handen vrij had voor haar kalasjnikov. Ik hield de beide staven als fakkels boven mijn hoofd. We kwamen op een plek waar de lijken waren opgestapeld als onlevende barricades en ik zocht me er voorzichtig een weg overheen, doodsbang dat een van de tweemaal doden achter me op zou staan en me bij de nek zou grijpen. Ayaan zwaaide de loop van haar wapen van links naar rechts, omhoog en omlaag, en ze richtte op elk doorboord hoofd. Uiteindelijk kwamen we op het hoofdperron, waar Montclair Wilson zijn toespraak had gehouden. Het was niet meer te herkennen als plek waar ooit honderden mensen hadden gewoond. De muren waren kaal tot op het gebarsten beton. Het plafond was hier en daar ingestort, en er waren duizenden kilo's pleisterwerk over de kiosk gestort, die nu verwrongen en verlaten was. De doden daar waren ruw aan de kant geduwd, waardoor er een breed pad was naar de trappen die naar de straat leidden. Het licht daarboven wenkte ons en we bleven niet rondhangen.

Eenmaal op straatniveau zagen we dat Times Square verlaten was, ontdaan van de schuifelende lijken. Elk ondood ding in het centrum moest bij de invasie van Times Square zijn geweest, maar nu waren ze allang weg. Alleen Jack was er nog, ronddraaiend en zoekend naar sporen of aanwijzingen of zoiets. Ik zag helemaal geen tekenen van een worsteling, maar Jack bukte zich en pakte zomaar een stuk papier van de straat. Hij gaf het me aan zonder iets te zeggen. Het was een folder geweest van een show op Broadway, maar iemand had met een balpen iets in de marge gekrabbeld.

LEVEND = GEVANGEN

DOOD = GEORGANISEERD!

LEIDER = 'GARY'

GAAN NAAR CENTRUM

'Jack,' zei ik, met het papier in mijn handen omdat ik het niet zomaar wilde weggooien, niet nu het misschien Jacks laatste tastbare verbinding met zijn vroegere mensen was. 'Je had niets kunnen doen. Je had ze niet kunnen redden.'

Hij staarde naar me en zijn gezicht vertrok grimassend. 'Ze leven nog,' zei hij uiteindelijk en wuifde mijn protesten weg. 'Als de doden ze hadden willen vermoorden, zouden ze dat meteen hebben gedaan in plaats van ze eerst door de halve stad te slepen. Ze zijn om een of andere reden meegenomen. Wie is die "Gary"?' vroeg hij. 'Is hij een overlevende?'

'Hij is... Hij is ondood, maar anders dan de rest. Hij was arts en wist hoe hij hersenletsel moest voorkomen toen hij stierf. Hij... We hebben hem een tijdje terug ontmoet, en ik had je over hem willen vertellen, maar...'

Jack staarde me diep in de ogen. 'Er was een dreiging waar ik niets van wist, en jij vergat het me te vertellen.' Hij pakte het papier uit mijn handen. 'Ik heb het nu te druk om je onder je reet te schoppen, maar dat komt nog wel.'

Het was niets voor hem om zoiets te zeggen, en ik was sprakeloos. Gelukkig kon Ayaan nog praten.

'Hij is dood! Gary is dood! Ik heb een kogel door zijn kop geschoten. Dat heb ik zelf gedaan. We hebben hem zien doodgaan. Maar nu is hij weer terug, en heel gevaarlijk.'

'Ja, dat had ik begrepen.' Jack keek uit over het lege plein. Hij draaide naar het westen, naar de rivier, en liep in hoog tempo weg. Ik rende achter hem aan. Hij had vragen. 'Er was een leger voor nodig om door onze verdediging te breken. Hoe hij door dat hek is gekomen... Weet jij hoe hij dat kan hebben gedaan?'

Ik schudde mijn hoofd. 'Hij kon geen dingen vasthouden... Hij was dokter voor hij... nou, voorheen. Hij probeerde een van onze gewonden te helpen, maar hij kon niet eens zelf een verband bij haar omdoen, zo klunzig waren zijn handen. Ik denk niet dat hij elektrisch gereedschap kan hebben gebruikt.'

'Die doden waren georganiseerd. Is hij daartoe in staat?'

'Hij heeft nooit... Ik bedoel, wij hebben hem nooit iets zien organiseren,' zei ik. 'Niet zoiets. Hij leek onschadelijk toen wij hem ontmoetten.'

'Nou, ze hebben niet zichzelf georganiseerd. Ik denk dat die gozer wat trucjes kent die hij jullie niet heeft laten zien. Gedachtebeheersing over de doden. Een kogel in zijn hoofd overleven. Een hardstalen hek van de scharnieren trekken zonder gereedschap. Nu heeft hij mijn mensen, maar kennelijk is hij niet van plan ze zomaar op te eten, anders had hij dat hier wel gedaan. Hij loopt op ons voor en wij weten helemaal niks.'

In no time hadden we de oude barricade van de Nationale Garde in de buurt van de havenautoriteiten bereikt. Jack tastte onder het dashboard van het achtergelaten pantservoertuig en trok aan een hendel. Hij tuurde naar de motor van de grote truck en gromde. 'Ze hebben minstens een halfuur voorsprong op ons en die wordt alleen maar langer terwijl we hier staan te kletsen. We gaan dit rechtzetten, Dekalb. We gaan achter ze aan en ik ga Marisol terughalen. Je kunt me helpen, of je kunt vertrekken. Jouw keus.' Hij reikte diep in het motorblok en draaide ergens aan. Even werd zijn arm stijf van inspanning, en toen liet hij snel los omdat de motor sputterend oversloeg. Toen sloeg hij weer af.

'Jack... dat is zelfmoord,' probeerde ik, wetend dat als iemand wel beter wist dan cowboytje te spelen in dit soort omstandigheden, het de oud-Ranger moest zijn.

'Ik ben niet achterlijk, Dekalb. Ik heb het over verkennen. We vallen ze pas aan als we weten hoe de feiten liggen; dat is standaardprocedure. Voorlopig ga ik er alleen naartoe om een kijkje te nemen.' Hij maakte een reparatieset op de neus van het pantservoertuig open en haalde er een lange, witte ventilatorriem uit. Jack moest boven op de motor klimmen om hem te plaatsen, zijn armen diep in het mechanisme gestoken. Hij probeerde de starter nog eens en het voertuig brulde en jankte en verzonk uiteindelijk in een trillend, levend gedreun. Toen sprong hij weer op de straat en klom op de bestuurdersstoel. Ik wilde ook instappen, maar hij schudde zijn hoofd. 'Nee. Ik ga alleen. Met dit ding kom ik dichterbij, maar ik val wel op. Uiteindelijk zal ik hem moeten laten staan en ze te voet achtervolgen. Daarbij heb ik niets aan jullie.'

Dat was redelijk. Als het aankwam op geruisloos bewegen door een stadsomgeving, had hij de beste training ter wereld gehad, en ik helemaal niet. Hij trapte het gas in, vulde de straat met uitlaatgassen en zette het voertuig in de versnelling. Hij moest schreeuwen om het geluid te overstemmen.

'Neem Ayaan mee en ga terug naar je boot. Ga naar Governors Island. Als ik er over vierentwintig uur niet ben, staan jullie er alleen voor.'

Ik knikte, maar hij wachtte niet op mijn antwoord. Hij zette het voertuig in beweging en reed naar het noorden, naar de overlevenden; aangenomen dat ze nog leefden.

# 2

Gary werd door twee mummies opgewacht toen hij terugkeerde naar de broch. Ze gebaarden dat hij hen moest volgen; hij alleen.

Natuurlijk zou er gedonder komen. Mael wist al wat er gebeurd was. Toen ze het complex binnengingen, hadden de arbeiders op de muren van de grote toren zich omgedraaid om de stoet voorbij te zien gaan, hun handen langs hun zij, de bakstenen terzijde gelegd om honderden levende mensen angstig tot in het midden van de hoofdstad van de ondoden te zien marcheren. De doden waren van zichzelf niet nieuwsgierig; ondanks alle ogen die op Gary en zijn troep gericht waren, was er maar één intelligentie die naar hem keek.

Gary begreep Maels verbazing wel. Het dode leger had strikte bevelen om geen enkel levend wezen Central Park te laten binnenkomen, laat staan een hele menigte. Gary schond een groot taboe.

Hij beval zijn leger de gevangenen te bewaken en stapte toen de beschaduwde ruimte van de bouwplaats binnen. De wanden groeiden gestaag hoger: de doden rustten nooit en Mael had er talloze tot zijn beschikking. Midden in het gebouw wachtte de druïde op hem, op zijn steenhoopachtige troon. Hij keek niet blij.

**Zo, jongen, ik weet dat je slim bent, dus zul je wel kunnen uitleggen waarom mijn beste dienaar mijn instructies zo volledig in de wind zou slaan. Je was toch niet vergeten waar we mee bezig waren, hè? Het moorden en alles?**

'Nee, dat was ik niet vergeten.' Gary liep dichter naar de veenmummie tot hij er oog in oog mee stond, of althans in de donkere holten van zijn oogkassen keek. De druïde keek niet op, maar de taibhsearan aan de muren draaiden hun hoofd om Gary's bewegingen te volgen.

**Misschien ben je dan weer zacht geworden. Is dat het? Werd je helemaal bibberig toen je aan het roer stond? Ik kan het je niet kwalijk nemen dat je wat mededogen voelt, jongen, eerlijk niet. Als je wilt, stuur ik mijn eigen wezens wel om het nare werk op te knappen.**

Mael stond op van zijn zetel en hobbelde richting de uitgang. Toen hij dicht bij Gary kwam, leek hij iets te voelen. Hij bleef staan en stak een hand uit, die hij langzaam over Gary's gezicht liet gaan.

**Dus het was geen mededogen, o, nee.** Gary wist wat de druïde voelde; de energie die door Gary heen stroomde als golven in de oceaan, enorm en diep en sterk. Het zoemde en trilde binnen in hem en hij had het gevoel dat hij elk moment open kon splijten. **Hoeveel heb je er opgegeten? Twintig? Dertig?**

'Ik had de energie nodig. Anders zou ik hen zelfs ook nog hebben gespaard.' De mannen die hij had gedood, waren oud of op de een of andere manier ongeschikt geweest. Zij konden hem niet helpen zijn gewenste doel te bereiken. 'Mael. Ik heb nagedacht.'

**O, ja? En welke grote overtuiging heeft je in de greep?**

'Ik moet weten... Ik moet weten wat je plannen zijn met mij. Met mij en alle andere ondoden zoals ik, die honger hebben. Als het werk klaar is en alle overlevenden dood zijn, wat moet er dan van óns worden?'

De druïde streek over zijn kin en beende terug naar zijn zetel terwijl de taibhsearan Gary nauwlettend in de gaten hielden. **Natuurlijk worden jullie beloond. Ik schenk jullie vrede. Vrede en de voldoening die iemand voelt na het voltooien van een klus.**

'Vrede? De enige vrede die ik nog ken, is een volle maag,' probeerde Gary.

**O, jongen, doe niet zo stom. Ik weet waar je op doelt, en het is onnatuurlijk. Geen enkel wezen zou eeuwig moeten leven. Het is een vloek. Neem die vrede die ik bied nu maar aan. Ik wou dat het anders was, maar er zijn maar twee kanten aan het verhaal: je staat aan mijn kant, of je bent tegen me.**

Gary liep langzaam om de troon heen, en de zieners aan de muren volgden hem halsreikend terwijl hij zijn volgende stap overwoog. 'Jij hebt het over de vrede van het graf. Als er geen mensen meer zijn, hebben wij niets meer te eten. Dan laat je ons verhongeren tot we uiteenvallen in stof. Of, nee... Dat zou je harteloos vinden. Als het werk klaar is, als de laatste levende dood is, dan maak je ons gewoon af. Je zuigt onze duistere energie op en laat ons gewoon dood omvallen als stukken vlees.'

**Zie jij nog een andere optie, dan?**

'Ja!' riep Gary. 'Het begint bij deze mensen, die levende mensen daarbuiten. We houden op ze te vermoorden, tenminste, we houden op ze allemáál te vermoorden. Een aantal maken we af om op te eten, maar de rest houden we in leven en veilig voor de doden. Het een bron die zichzelf vernieuwt, Mael; ze blijven toch wel baby's maken. Het maakt niet uit hoe vreselijk het wordt. Zelfs tijdens het armageddon zouden ze nog baby's blijven maken. Ik kan dit gaande houden zolang... zolang als ik wil.'

**En als je dat doet, jongen, is mijn offer voor niets geweest. Mijn leven en mijn dood zullen voor niets zijn geweest. Nee! Ik laat me door jou niet betekenisloos maken! Doe nu wat je gezegd wordt!**

'Ik ben er klaar mee, Mael. Ik werk niet meer voor je,' zei Gary, kijkend naar zijn voeten.

De twee mummies kwamen met uitgestoken handen naar Gary toe, duidelijk onder bevel aan te vallen. Gary dook onder de armen van een van de mummies door en zag een amulet tussen haar windsels, midden op haar borst: haar hartscarabee. Hij rukte het ding los en smeet het zo ver mogelijk weg.

In zijn hoofd hoorde hij de mummie jammeren om haar magische amulet. Ze rende er achteraan en liet haar partner in de steek. De met windsels omwonden armen waar hij mee maaide, waren gemakkelijk te ontwijken. Gary gaf hem een kopstoot waarmee hij de schedel van de oude Egyptenaar kraakte, en de mummie zakte ineen.

Toen beende Mael zelf de strijd in. Het groene zwaard belandde met een klap op Gary's achterhoofd, maar hij was erop voorbereid en rolde met de slag mee. Hij dook opzij en zocht naar een opening. Hij had maar een paar tellen de tijd, wist hij, voordat Mael eraan dacht om versterking te roepen; duizenden doden. Ondanks de energie die door Gary's dode aderen stroomde, kon hij zich niet redden tegen een heel leger ondoden. Hij wist ook hoe sterk Mael was en dat als de druïde de kans kreeg, hij met één hand Gary's nek zou breken. Hij had een voordeel nodig, en snel ook.

Mael zwaaide met het zwaard en het kwam hard tegen de vloer aan; bakstenen werden aan puin geslagen en Gary rolde net op tijd weg. **Pak aan wat je verdient, jongen!** Gary sloeg zijn armen voor zijn gezicht, maar wist dat als Mael hem met het zwaard raakte, hij zijn botten zou verbrijzelen.

Nog een slag; Gary sprong opzij en voelde dat hij met zijn rug tegen een stenen muur stond. Hij kon geen kant meer op. Mael kwam achter hem aan, op hem neerkijkend vanuit de ogen van de taibhsearan.

Het wapen kwam weer omhoog en bleef toen in de lucht hangen. **In Balors naam**, krijste de druïde, **het is zo donker geworden als de nacht! Wat heb je gedaan, jongen?**

Gary hield zijn handen strak over zijn gezicht terwijl hij de eididh manipuleerde. Zijn stem was zachter dan zijn bedoeling was toen hij sprak. 'Ik heb alle monsters in het park opgedragen hun ogen dicht te doen,' zei hij.

Het zwaard viel uit Maels hand. De druïde tastte naar zijn lege oogkassen. Hij begon te kreunen, een laag, klaaglijk geluid waar Gary zo'n kiespijn van kreeg dat hij bijna zijn greep op de doden kwijtraakte. Hij voelde dat Mael probeerde zijn bevel ongedaan te maken, zijn mentale gegil gericht op de taibhsearan tegen de muren, wanhopige kreten naar de arbeiders buiten om binnen te komen en hun meester te dienen met hun ogen. Gary was echter te sterk geworden. Hij had te veel levende mensen gegeten.

Gary kwam langzaam overeind, oppassend dat hij niet te veel lawaai maakte, en stapte direct achter zijn voormalige weldoener. Het was niet gemakkelijk met zijn ogen dicht, maar hij had goed gekeken waar de druïde precies stond.

'Ik heb het recht om te bestaan, Mael,' fluisterde hij.

**O, jongen, en je bent zo wonderbaarlijk slim geworden**. Gary voelde de emotie als warmte van de druïde afstralen. Er lag iets van vrees in, en ook behoorlijk wat trots op zijn opstandige pupil. Maar het was vooral verdriet, echt verdriet dat zijn werk voorbij was.

Met trillende handen greep Gary Maels hoofd onder de oren vast. Het was nog maar met weinig meer dan een flap leerachtige huid aan zijn gebroken nek verbonden. Met één snelle beweging trok Gary het hoofd los. Maels uitgemergelde lichaam zakte op de vloer, even dood als toen hij in het koude water onder het Schotse veen had gedreven. Het hoofd zoemde in Gary's handen als iets wat ieder moment kon ontploffen. Het voelde tegelijkertijd warm en koud en nat en droog aan, en hij had de neiging het gewoon van zich af te gooien, maar dat zou pas echt stom zijn; Mael was nog niet helemaal dood. Gary wist niet zeker of wat hij nu van plan was echt zou werken, maar hij tilde het hoofd naar zijn lippen alsof het een pompoen was en beet er hard in. De oude schedel barstte uiteen tussen zijn tanden. Een zwarte vloed van krijsende vloeistof trok door de wereld en droeg Gary's bewustzijn mee op de meedogenloze stroming.

# 3

Het was geen probleem om terug te komen naar de rivier. Het leek wel alsof elke dode in het centrum van Manhattan voor Gary's leger was gerekruteerd. De meisjes waren dolblij om Ayaan weer te zien. Ze lachten en veegden tranen uit hun ogen en drukten hun wangen tegen die van haar. Ze hadden een heleboel vragen voor haar, waarvan ik alleen: '*See tahay*?' en: '*Ma nabad baa*?' verstond; de standaardbegroetingen. Ze luisterden vol aandacht en met oprechte vreugde naar haar antwoorden.

Osman keek één keer naar mijn kleren, waar ik in geslapen had, en naar mijn afgetobde gezicht, en hij schudde zijn hoofd. 'Gelukkig is er deze keer tenminste niemand gesneuveld,' zei hij. Hij pakte een oude plastic melkfles vol groene, hydraulische vloeistof en ging weer benedendeks om de motoren van het schip voor te bereiden op ons vertrek.

Het was niet zo heel ver naar Governors Island, maar we namen de tijd. Het traanvormige eiland ligt even ten zuiden van de Battery aan de punt van Manhattan, dicht bij Ellis en Liberty Island. Ik kende het al het grootste deel van mijn leven als basis van de kustwacht, maar in 1997 had de overheid die buiten gebruik gesteld. Wat Jack ermee wilde, daar had ik geen idee van.

Ik vond het echter niet erg om ernaartoe te gaan. New York. Het was zo fijn om weer op het water te zijn, ergens waar ik niet doorlopend in gevaar was. Op een gegeven ogenblik merk je niet meer hoe onrustig je wordt in een aanhoudende gevechtssituatie. Je gaat denken dat het normaal is dat je zomaar spierkrampen krijgt of steeds het gevoel hebt dat er iemand achter je aan sluipt, zelfs wanneer je met je rug tegen een muur zit. Pas als je weer in veiligheid bent, besef je hoe gek je eigenlijk aan het worden was.

En dat verklaart misschien waarom ik Osman vroeg een omweg te maken. Hij stuurde de *Arawelo* op zijn gemak en voer op halve kracht helemaal rond het kleine eilandje terwijl ik keek naar de bomen op de oever. Het grootste deel van de kust bestond uit havens en werven, terwijl er op andere plekken loopplanken waren gelegd die uitkeken op het water. De kanonbressen van het oude, ronde kasteel Williams waren leeg, en ik kon erdoorheen kijken naar een verlaten pleintje dat lag te bakken in de hitte van de dag. De meisjes waren gefascineerd door het grootste gebouw op het eiland, een toren van geperforeerde stalen platen die in het water net voor de kust stond als het skelet van een flatgebouw. Die zorgde voor de ventilatie van de Brooklyn-Batterytunnel. Ik negeerde het bouwwerk en bleef turen langs de kust. Ayaan kwam uiteindelijk naast me aan de reling staan en vroeg waar ik naar zocht.

‘Doden,’ zei ik haar.

‘En heb je ze al gezien?’

Ik schudde mijn hoofd. Nee. Het leek onmogelijk dat er een plek op deze wereld was die zo rustig en onaangedaan was door de Epidemie, maar Governors Island leek niet alleen verlaten, maar zelfs weelderig. De begroeiing die hier en daar in het water hing, trilde in de wind, maar de vrolijke aflandige bries rook helemaal niet naar de dood. De zon weerkaatste op de kapotte ramen en gaf alles een volkomen onnatuurlijke gloed van gezondheid.

Jack had ons kennelijk naar een veilige plek gestuurd. Een rustige plek waar we plannen konden maken. Ik gebaarde naar Osman dat hij naar de aanlegkade voor ferry's kon koersen. Dit was de enige plek langs het eiland die ruim genoeg was om de *Arawelo* aan te meren. We gingen tussen twee wanden liggen die waren behangen met oude banden, en voelden het schip krakend en botsend tot stilstand komen. Fathia en ik gooiden meertouwen naar de wal en twee andere meisjes maakten die vast aan grote betonnen plantenbakken vol kruiskruid en bonte netel. We stonden op het punt de loopplank uit te leggen toen we allemaal schrokken van een geweerschot.

Een man in een marineblauwe blazer en honkbalpet stapte de kade op en keek op ons neer. Ik had eigenlijk niet meer geschokt moeten zijn bij het zien van een overlevende, niet na mijn ervaringen op Times Square, maar deze vent was nogal opvallend. Ten eerste had hij een glanzende metalen badge op de voorkant van zijn jas en de letters DHS achterop geschilderd; ten tweede had hij een M4A1-karabijn in zijn handen, met een nachtkijker als een overdreven grote telelens en een M203-granaatwerper onder de loop gebonden. Hij was niet groot en hij zou eigenlijk moeten omvallen met zo'n zwaar wapen, maar ik lachte niet. Het was namelijk op mijn voorhoofd gericht. Ik keek recht in de vlamdemper.

'We leven nog,' zei ik. 'Dit is niet nodig.'

Het geweer draaide een stukje naar links en ik kromp reflexmatig ineen. 'Jij blijft gewoon daar staan, theedoek,' zei de overlevende. Hij richtte zijn wapen op Ayaan, die naar haar kalasjnikov reikte. Geweldig, dacht ik, net wat we nodig hebben.

Geopolitiek op kleine schaal en op het rottigste moment.

'Jij bent van de binnenlandse veiligheidsdienst, het Department of Homeland Security, toch?' riep ik.

De overlevende draaide zich niet om, maar hij krabde met zijn linkerhand in zijn slordige haren. 'Ik ben Special Agent Kreutzer van de DHS, ja, en ik vorder jullie vaartuig onder de noodbepalingen van de Patriot Act. Jullie kunnen alvast beginnen jullie wapens overboord te gooien. Die hebben jullie niet meer nodig.'

Ik haalde diep adem. 'Luister, ik heet Dekalb. Ik ben van de Mobiele Inspectie- en Ontwapeningseenheid van de Verenigde Naties. Ik denk dat we allemaal even rustig moeten doen.'

'Ik neem geen bevelen aan van geitenwollensokkerige wereldverbeteraars, dankjewel. En doe nu godverdomme wat ik zeg! Ik heb een doelstelling te behalen!'

'Wat is je doelstelling?' vroeg ik, in een poging hem aan de praat te houden. Die kerel zou iemand neerschieten als ik hem niet rustig kon krijgen.

De agent hief zijn armen ten hemel alsof hij tot een bedrieglijk lot bad. 'Ik moet mijn harige blanke reet van dit eiland af zien te krijgen! Gooi nu die wapens weg, klootzakken!'

Dat was de opening die Mariam nodig had. Zonder dat ik het had gemerkt (en gelukkig ook zonder dat Kreutzer het had gemerkt) was de scherpschutter boven op de stuurhut geklommen, en ze had Kreutzer perfect in het vizier. Toen Kreutzer zijn armen omhoog stak, richtte hij niet langer meer recht op iemand aan boord. Ze hield haar adem in en drukte de trekker van haar Dragoenov in. De topzware karabijn viel kletterend op het beton toen Kreutzer zijn rechterwijsvinger vastgreep. 'Jezus!' schreeuwde hij. 'Ze heeft mijn vinger er afgeschoten!' Hij staarde met grote ogen naar zijn bloedende hand en keek toen mij weer aan. 'Jezus!'

Binnen een tel was ik over de reling gesprongen. Ik greep het wapen dat hij had laten vallen, met de bedoeling hem ermee te bedreigen terwijl de meisjes keken of alles veilig was. Ayaan had een gelijksoortig idee, maar iets eenvoudiger. Ze sloeg de overlevende met de kolf van haar AK-47 in zijn gezicht. Hij viel op de grond en rolde zich op tot een bal.

'Godverdomme, Ayaan, dat was nergens voor nodig,' schreeuwde ik. 'En gevaarlijk ook. Stel dat hij een partner had gehad, of een heel peloton, verborgen achter die bomen?'

Ayaan knikte bedachtzaam. Toen porde ze Kreutzer met de loop van haar geweer in zijn maag. 'Deze theedoek wil wat informatie, *futo delo*. Zit er hier een peloton vol idioten zoals jij verstopt?'

'O, hemel, nee, o heer, ik ben de enige hier, Jezus, bescherm me in mijn tijd van lijden ik zweer het, ik zweer het!'

Ze keek naar me, glimlachte en haalde haar schouders op.

Ik riep de meisjes erbij om de vinger van die arme drommel te verbinden (Mariam had hem er helemaal niet afgeschoten, hem alleen maar verwond zodat hij zijn wapen zou laten vallen) en te zoeken naar een veilige plek voor ons hoofdkwartier. Het leek erop dat Governors Island helemaal van ons was. Ik bekeek het wapen dat Kreutzer had laten vallen, vergrendelde het in de veilige stand en gaf het aan Ayaan.

'Wel eens gedacht aan een beter wapen?' vroeg ik haar.

Ze keek ongeveer een tel naar het wapen, tuurde langs de overbelaste loop en schatte het aanzienlijke gewicht ervan in. Ze trok de samengestelde kolf helemaal uit en duwde hem met een ruk weer in. Toen keek ze van het zwarte plastic en de elektronische snufjes op de M4A1 naar het geverniste kersenhout en solide staal van haar eigen geweer. Kreutzers wapen leek wel een speelgoedje. Dat van haar leek op iets uit de middeleeuwen.

'Iedereen kent dit wapen. Stadsversie van de M16, toch?' vroeg ze. 'Hij staat erom bekend dat hij vastloopt op het verkeerde moment. De loop raakt oververhit als je een heel magazijn afvuurt.' Ze gooide het weer naar me toe en ik wankelde toen ik het ding opving. 'Nee, bedankt, Dekalb.'

# 4

Een van de mummies bracht de zwangere vrouw naar Gary toe. Ze was vastgebonden in een rolstoel nadat ze had geprobeerd een van haar cipiers met een baksteen de schedel in te slaan. Een heldhaftige poging, dat wel, maar Gary vroeg zich af hoe ver ze dacht te komen in een stad vol doden, terwijl ze niet eens kon rennen en alleen maar een beetje snel kon waggelen. Haar dikke buik lag op haar schoot alsof ze een bowlingbal onder haar shirt had gepropt.

De mummie duwde de rolstoel naar Gary's zitplaats op de stapel stenen en wachtte geduldig op Gary's volgende bevel. Hij nam er de tijd voor. Hij was de hele ochtend al in een vredige bui, had naar de hemel gekeken, naar de onvoltooide broch achter zich en de nieuwe gebouwen die hij liet bouwen op het grote grasveld, en had aan niets bijzonders gedacht. Na de vorige avond vond hij dat hij wel wat rust verdiend had.

Zijn lichaam had urenlang stijf gestaan van de attaques nadat hij Mael had opgegeten, en de duistere energie die hij uit de druïde had bevrijd, klotste rond in zijn maag, hoofd en vingers tot er zwarte bliksems uit zijn ogen en mond waren gekomen. Minstens honderd doden buiten de muren van de broch waren verteerd terwijl hij stuipend probeerde zijn vonk binnen te houden; Maels energie dreigde hem te veel te worden, hem letterlijk aan stukken te scheuren, en hij had gereikt naar hun wegsijpelende levenskracht om zijn verschroeide, gehavende lichaam gaande te houden. Op een of andere manier was hij niet ontploft. Na een paar uur rillend in een hoek, zijn armen om zijn knieën geslagen, zijn hersens gepijnigd door eindeloze hallucinaties en zijn ogen blind door de fosforescerende gloed van het duistere licht, had hij eindelijk weer kunnen staan en een beetje kunnen lopen.

'Je bent aangekomen,' zei de zwangere vrouw. Marisol, ze heette Marisol. 'Dat krijg je natuurlijk als je vreetbuien hebt en vergeet de ballast weer te lozen.'

'Hmm?' Gary keek op. Hij wreef over zijn slapen en probeerde bij de les te blijven. Die verstilde momenten waarop hij maar bleef navelstaren, leken te veel op de dood, te veel op de echte dood. 'Pardon. Ik was kilometers ver weg,' zei hij tegen haar. Hij moest iets doen, iets echts en lichamelijks, anders zou hij weer wegzakken in mijmeringen. 'Kom, we gaan een wandelingetje maken.'

De mummie duwde haar rolstoel mee terwijl Gary langs de drie meter hoge muur rondom zijn nieuwe dorp wandelde. 'Was het ontbijt smakelijk?' vroeg Gary. Hij had ervoor gezorgd dat de gevangenen genoeg te eten kregen. Ingeblikt voedsel was gemakkelijk te vinden in de verlaten stad, maar de ondoden hadden er niets aan omdat hun vingers niet soepel genoeg waren om een blikopener te gebruiken.

'O, ja,' zei de vrouw, aaiend over haar buik alsof ze er last van had. 'Ik eet 's morgens vroeg niets liever dan koude mosselen. We moeten kunnen koken als je wilt dat we eten. Heb je wel eens van botulisme gehoord?'

Gary glimlachte. 'Ik heb er niet alleen van gehoord, ik heb het gezien. Ik was vroeger arts. Maar jullie mogen geen vuur maken, want ik kan niet het risico nemen dat jullie iets overkomt.'

'Je kunt ons niet constant in de gaten houden. Als we maar graag genoeg zelfmoord willen plegen, dan lukt het ons wel. Dan eten we gewoon niet meer of... of we klimmen de muur op en springen eraf.' De vrouw wilde hem niet aankijken.

'Je hebt gelijk. Ik kan jullie niet tegenhouden.' Gary leidde haar naar een omgeploegd stuk aarde. In de modder van Central Park zou zo ongeveer alles willen groeien; na tientallen jaren bemesting en beluchting en de liefdevolle zorgen van professionele hoveniers was de aarde vruchtbaar en donker. Er groeiden al rijtjes stoffig onkruid in de kale aarde, nu Gary er was om ervoor te zorgen dat de doden niet alles wat leefde meteen opaten. 'Dit stukje grond wordt jullie tuin. Uiteindelijk hopen we dat jullie al je eigen eten kunnen telen. Verse groenten, Marisol. Dan kun je weer verse groenten eten. Stel je eens voor.'

'Ben je doof? Ik zei dat we liever zelfmoord plegen dan jou helpen!' De vrouw verzette zich tegen de touwen waarmee ze in de stoel gebonden was. De mummie wilde haar tegenhouden, maar Gary schudde zijn hoofd. Door heen en weer te wiebelen en woest in de touwen te kronkelen, kreeg Marisol het uiteindelijk voor elkaar haar stoel om te gooien, waardoor ze zijwaarts in de vochtige aarde belandde en haar gezicht en haren bevuilde.

Gary hielp haar zelf overeind, met zijn handen onder haar oksels geslagen. 'Ik heb je wel gehoord. En ik denk dat jij misschien inderdaad zelfmoord zou plegen. Maar anderen zullen hun eigen keuze maken.'

Hij leidde haar over een smal paadje tussen twee rijen provisorische bakstenen huizen die nog in aanbouw waren, liet haar de dubbelsteens muren zien en de isolatie van glaswol die ertussen zat. Het zou lekker warm zijn in de winter en koel in de zomer, legde hij uit. Maar ze zouden vooral veilig zijn, want de muur eromheen zou de doden buiten houden. 'Hoe kun je hier nou niet gelukkig zijn?' vroeg hij.

'Nou, om te beginnen vanwege de stank,' snauwde ze hem toe.

Gary glimlachte en hurkte zodat hij haar in het gezicht kon kijken. Ze wilde hem nog altijd niet aankijken, maar dat maakte niet uit. 'Toen ik nog in het ziekenhuis werkte, heb ik heel veel mensen zien overlijden. Oude mensen voor wie de tijd daar was, jonge mensen die amper wisten waar ze waren door een ongeluk. Kinderen... Ik heb kinderen zien sterven omdat ze niet wisten dat je geen gootsteenontstopper moest drinken of uit het raam moest springen. En net voordat ze doodgingen, vroegen ze me altijd om één laatste gunst.'

'O, ja?' sneerde ze.

'Ja. Het was altijd hetzelfde. "Alsjeblieft, dokter, geef me nog één uur tijd. Geef me nog één minuut." Mensen zijn bang voor de dood, Marisol, omdat die zo heel lang duurt en ons leven maar zo kort is. Ik bied je mensen de kans om een lang, goed leven te leiden. Ik kan de wereld die we kwijt zijn niet terughalen. Ik kan ze geen vijfgangendiners of luxe vakanties of *Idols* aanbieden. Maar ik kan ze wel een kans geven om niet constant bang te hoeven zijn. Een kans om opnieuw te beginnen. Een kans om gezinnen te stichten; grote gezinnen. Dat is behoorlijk wat meer dan jij ze kon bieden in je schuilplaats.'

'En in ruil voor dat alles? Wat krijg jij dan? Mijn baby? Je hebt mijn man al opgevreten, godverdomme!' Haar haren waren voor haar gezicht gevallen en ze blies ze weg, met kwade, rode wangen.

'Alles heeft een prijs. Ik heb maar één maaltijd per maand nodig, misschien minder als ik rustig aan doe. Dat is niet zo veel gevraagd.' Hij dacht aan Mael en zijn stam in Orkney. Zij werden om de beurt aangewezen als mensenoffer. Het was iets wat mensen wel konden accepteren als je er een noodzaak van maakte.

'Marisol, ik ga je nu een keus geven. Jouw zwangerschap heeft me op het idee gebracht voor dit gulle plan, dus ik zal een wens van je vervullen. Maar ik bepaal wat het wordt. Ik kan jou burgemeester maken van het laatste veilige mensendorp op aarde.'

Hij boog voorover en liet haar zijn stinkende adem ruiken. 'Of ik kan nu meteen je gezicht opeten. Maar geef nog geen antwoord, want er is nog meer! Ik zal zorgen dat het pijnloos is. Je voelt er niks van. Ik zal er zelfs voor zorgen dat je niet terugkomt. Dan ben je gewoon dood.' Hij greep de handvatten van haar rolstoel en draaide haar rond en rond. Hij vermaakte zich kostelijk. 'Dood, dood, dood voor altijd en eeuwig en je lichaam rot weg op de grond en de vliegen komen eitjes leggen in je mooie kleine wangetjes.'

Toen hij stopte, hijgde ze. Ze trilde zichtbaar, alsof ze het heel erg koud had, en er steeg een muffe en tegelijkertijd scherpe geur uit haar poriën op. Niets bijzonders, eigenlijk. Alleen maar angst.

'Dus wat wordt het, hmm?' vroeg hij. 'Krijg ik vandaag een vroege lunch, of moet ik je mevrouw de burgemeester gaan noemen?'

Haar ogen waren dunne streepjes van haat. 'Jij smeerlap. Ik wil de breedste zijden sjerp die je vinden kunt, met het woord BURGEMEESTER er in kristallen op genaaid. Ik wil dat de mensen weten wie ze verraden heeft.'

Gary glimlachte heel breed, zodat ze zijn tanden kon zien.

# 5

Kreutzer ging ons voor door een weelderig park waar bomen wiegden in de wind, en beschut onder de takken felgekleurde spaanplaten huisjes en geplaveide laantjes lagen; het oude officierswijkje toen Governors Island nog een militaire basis was. Overal was het logo van de kustwacht te zien, op monumenten en plaquettes en ijzeren hekken, zelfs op de straatnaambordjes.

De DHS-agent zwoer dat de huizen leegstonden en dat hij er zelf in had gekeken. 'Eerlijk, er staat niet één stuk meubilair binnen en er ligt geen moer te eten.'

Ik was niet overtuigd en stuurde groepjes meisjes elk gebouwtje binnen dat we passeerden. 'Er moeten hier nog andere mensen zijn geweest,' zei ik. 'Niemand zet een veldagent neer op zo'n plek als deze als er niets voor hem te doen is.'

'Er wáren er ook meer,' zei Kreutzer, die zijn verbonden hand wiegde. 'Er was een heel garnizoen. Toen de Epidemie uitbrak, hadden we een versterkte locatie nodig voor het overzien van noodacties. We hebben de basis hier weer ingenomen en er mensen van het Operations Directorate neergezet. Mensen die gewend waren op korte termijn heen en weer te vliegen. Een of andere waardeloze idioot in het Pentagon dacht dat je dooien kon bevechten met helikopters en politievliegtuigen.'

Ik keek rond, naar de bomen die stonden te ratelen in de wind, naar de gele huisjes. 'Daar zou je behoorlijk wat infrastructuur voor nodig hebben.'

Kreutzer knikte in de richting van het westelijke deel van het eiland. 'Die kant op. Dit is allemaal toeristenzooi. Toen de stad het in 2003 overnam, hebben ze het hier opgeleukt en zijn ze bezoekers gaan toelaten. Het echte werk werd uit het zicht gehouden.'

Ik knikte en gebaarde de meisjes dat ze moesten hergroeperen. We liepen over een mooi groen gazon langs het stervormige stenen gebouwtje van Fort Jay.

'Dus zoals ik al zei... Mijn partner Morrison en ik, we werden hierheen gestuurd om het signaalverkeer en de systemen in de gaten te houden terwijl de piloten van de Garde hun overvluchten maakten. We waren Systems Directorate voordat we onder de binnenlandse veiligheidsdienst vielen. Aanvankelijk was ik nijdig dat ik hier in deze pispot terechtkwam, terwijl kerels met lagere rangen dan ik het echte mannenwerk deden in de stad. Toen begonnen de helikopters vermist te raken – hele bemanningen die nooit meer terugkwamen – en schoot me te binnen dat ik het misschien nog niet zo slecht had. Uiteindelijk kregen we een belletje uit Washington, ze hadden al onze eenheden nodig voor een tactische missie langs de Potomac. Morrison en ik bleven achter om de boel draaiend te houden tot ze terugkwamen.'

We waren aan de zijkant van Liggett Hall aangekomen, een enorm bakstenen gebouw met slaapzalen dat midden over het eiland was gebouwd. Een rij bomen achter het gebouw verborg een ijzeren hekwerk met prikkeldraad er bovenlangs. De poort stond open en aan de andere kant was een zandpad te zien. 'Ze zijn zeker nooit teruggekomen?' vroeg ik.

'Goed geraden, eikel. Ze zijn afgeslacht, voor zover wij over de radio hebben gehoord. Ze konden niets doen vanuit de lucht en toen ze landden, zijn ze te grazen genomen, echt te grazen genomen.' Kreutzer bleef staan voor hij de poort doorliep. 'Ik weet niet of ik dit wel moet doen. Dit is verboden terrein.'

Ik drong me langs hem heen en ging de eigenlijke basis in. Een groot middengazon liep bijna helemaal naar de andere oever, en hier en daar lagen honken op het gras. Een betonnen landingsbaan was dwars over het gras aangelegd, met aan weerszijden vervallen prefabgebouwtjes die ik altijd associeerde met Amerikaanse militaire bases. De tijd en de roest waren niet vriendelijk geweest voor de meeste gebouwen, maar ik zag een paar hangars en een luchtverkeerstoren die er nog bruikbaar uitzagen.

'We hielden zo goed mogelijk stand. Af en toe klom er zo'n dooie klootzak uit de ventilatietoren omhoog, maar dan schoten we die meteen neer. Uiteindelijk hebben we de lamellen weten te sluiten, dus dat is geen probleem meer.'

Ik knikte afwezig, te druk bezig met het catalogiseren van alles wat er op het eiland aanwezig was. De hangars stonden vol met onbewapende vrachthelikopters. Er lagen een paar kotters van de kustwacht op het water te deinen, maar daar hadden we niets aan. Gary zou niet naar de waterkant komen zodat we zijn kop er af konden schieten met een .50 kaliber machinegeweer. Ik zag een paar dingen die van pas zouden kunnen komen, waaronder een volledig uitgeruste wapenkamer met veel M4's en kleinere wapens, en ik maakte in gedachten een checklist die ik met Jack wilde nalopen wanneer hij aankwam. Als hij kwam.

We sloegen ons kamp op op het gazon. Aanvankelijk kwam ik in de verleiding om in een van de gele officiershuisjes te gaan slapen of zelfs in een van de barakken, maar toen het avond werd, vond ik ze vreselijk eng worden. Mijn moderne ziel kan er niet goed tegen om in een vensterloze kamer te zijn zonder elektriciteit. De meisjes vonden het geen punt om te kamperen; dat waren ze van thuis al niet anders gewend. Ze hielden Kreutzer constant in de gaten, maar lieten hem verder met rust. We maakten een groot kampvuur en aten brood en dunne havermout; ons standaardvoedsel.

'Er is geen boon of zelfs maar een verdomde wortel op deze mesthoop meer te vinden,' liet Kreutzer ons weten terwijl hij gulzig at van de platte canjeero-broden die de meisjes hem met tegenzin aanboden. 'Dat is ook wat er met Morrison is gebeurd.'

'Ik vroeg me al af wanneer je over hem zou vertellen,' zei ik.

Kreutzer knikte. 'Morrison kreeg eerder honger dan ik. Hij was een grote vent, deed graag aan gewichtheffen in zijn vrije tijd en had denk ik meer calorieën nodig dan ik. Hij is in een semi-opblaasbare boot naar Staten Island gevaren om proviand te halen. Dat was twee weken geleden. Ik verwacht niet dat hij nog terugkomt.'

'En jij dan? Was je van plan hier maar gewoon te verhongeren?'

Kreutzer schepte een vinger havermout uit de pan en propte die in zijn mond. 'Ik heb liever niets te eten dan iemand z'n eten te worden. Ik kon vertrekken wanneer ik wilde, maar waar moest ik dan naartoe? Tot het moment dat ik jullie in de haven zag, dacht ik dat ik hier dood zou gaan, verdomme.' Hij gaf de pan terug aan Fathia. 'Bedankt,' zei hij.

Ik werd wakker bij het geluid van water dat tegen de zijkant van een kotter klotste, en een frisse bries die langs mijn wimpers streek en ze omhoogduwde. Ik grijnsde, een stomme grijns omdat ik me gewoon zo goed voelde. Toen ging ik overeind zitten en wist ik alles weer. Ik trok mijn broek aan en speurde om me heen naar een latrine toen ik een zoemend geluid vanaf het water hoorde.

Het was Jack.

Ik weet niet waar hij in New York een jetski vandaan had gehaald, maar hij kwam met een rotgang stuiterend over de golven naar de wal. Ik rende naar het water en zwaaide en floot, en uiteindelijk zag hij me en kwam naar me toe. Ik stak een hand uit en hielp hem op de kant te klimmen. Hij deed zijn zwemvest uit, ritste de plunjezak waarin hij zijn wapens en spullen droog hield open en zei me toen pas gedag. 'Hij heeft ze naar Central Park gebracht. Ik kon niet heel dichtbij komen; de wind stond hun kant op en dan zouden ze me hebben geroken, maar ik zag ze het park ingaan. Er is daar iets gaande, iets heel groots, en ik heb geen idee wat het is. Ik kan er niet zomaar wild om me heen schietend naartoe en dan hopen dat ik iemand kan redden. Maar toch ga ik dat doen.'

Ik knikte wijs. Ik moest vreselijk plassen, maar ik wilde hem ook iets laten zien, iets wat zijn probleem misschien zou oplossen. Ik leidde hem om een hangar heen en liet hem de tien meter lange trailer zien met radarschotels en de vier doodskisten; militaire slang voor de opslagkratten van de UAV's.

'Mooi,' zei hij, en hij begon de doodskisten open te breken.

'Jack,' zei ik, omdat ik al een hele tijd iets wilde vragen, 'waarom heb je ons hierheen gestuurd? Hoe wist je dat Governors Island verlaten was?'

Hij staarde me aan. 'Dat wist ik niet. Het kon hier wel krioelen van de doden. Maar ik wist dat jullie je toch wel zouden redden.'

'We hadden recht in de val kunnen lopen!' riep ik.

Jack keek eerst de ene en toen de andere kant op. 'Zo te zien heb je je prima gered. Help me nu eens met die krat.'

# 6

De besturing voor het onbemande vliegtuigje, een Predator RQ-1A, was eenvoudig genoeg. Hij was ontworpen met de gemiddelde soldaat in de eenentwintigste eeuw in gedachten, en was bijna gelijk aan een gamepad voor een Sony Playstation. Met de ene duimknop gaf je gas en met de andere stuurde je, terwijl de vliegtuigsystemen waren aangesloten op de bovenste en onderste knoppen; het landingsgestel intrekken, de op de neus gemonteerde camera bewegen enzovoort. Kinderspel, dacht ik. Ik had het wapensysteem vroeger bestudeerd, vroeger toen ik nog een leven en een carrière had. Ik was vol vertrouwen en alert toen mijn vliegtuigje vanaf Governors Island het luchtruim koos en richting Manhattan zoefde.

'Pas op voor plotselinge wind van beneden,' zei Kreutzer. 'Die kan je echt nekken.' Hij zat in de andere stoel in de krappe, veel te hete trailer. Als systeemspecialist moest hij de vluchtgegevens en telemetrie van het vliegtuigje in de gaten houden. Hij zat voor drie grote schermen waarop hij zijn 'product' kon weergeven en manipuleren.

Het gebouw van Standard Oil verscheen rechts van me en ik rolde wat opzij om de spits ervan te ontwijken, en toen ging er iets mis. De Predator wilde steeds omrollen, en de rechtervleugel kwam elke keer weer omhoog. Ik gaf wat meer gas om me te bevrijden van de, naar ik dacht, lichte turbulentie, en plotseling raakte een muur van wind het vliegtuigje op de neus en zoog het neer in een supersnelle, spiraalvormige afdaling die eigenlijk meer weg had van 'neerstorten'.

De UAV raakte Broadway in een hoek, stuiterde als een steen over de daken van enkele geparkeerde auto's en kwam toen ondersteboven midden op Bowling Green terecht. Door de camera hadden we een beverig uitzicht op het standbeeld van de aanvallende stier en een halfbewolkte lucht.

Kreutzers gezicht straalde een eindeloze zelfgenoegzaamheid uit toen hij me liet zien wat ik verkeerd had gedaan. Op zijn productscherm liet hij me een PowerPoint-voorstelling van de laatste paar seconden van de vlucht van de Predator zien. Ik zag de spits van het Standard-Oilgebouw en de pilaar van lucht daarachter, waar Morris Street met Broadway kruiste. Toen vergrootte hij het infraroodbeeld van diezelfde beelden en liet me zien dat er een kleurige draaikolk wervelde op de hoek van de twee straten; windschering veroorzaakt door het temperatuurverschil tussen de zon- en schaduwkant van de gebouwen.

'Oké. Lesje geleerd,' zei ik. Mijn hart bonsde nog steeds een beetje van de opwinding van het besturen van de Predator. Toen Jack binnenkwam om te kijken wat er gaande was, liet ik het Kreutzer uitleggen. Ze draaiden zich allebei om en staarden me aan toen ik een gil gaf.

Een dode man zonder huid op de bovenkant van zijn hoofd was komen kijken bij de Predator die op Bowling Green lag. Hij trok zijn neus op en rook aan de camera op het vliegtuigje. Ik was zo opgegaan in het besturen van de UAV dat ik was vergeten dat hij een halve kilometer verderop lag en dat het wandelende lijk me door het scherm heen niet kon pakken.

Ik schakelde het scherm uit en wreef in mijn handen. 'We gaan er nog eentje in elkaar zetten,' zei ik. 'Ik wil het nog een keer proberen.'

Een uur later had Ayaans troep vliegtuig twee klaar voor de start. Het ding had een vleugelwijdte van vijftien meter en het pakket instrumenten op de neus deed denken aan een van de buitenaardse wezens waar Sigourney Weaver vroeger in de film tegen vocht. Ik voerde mijn controles voor de vlucht uit en initialiseerde de camera. Toen gaf ik veel gas – onze startbaan was korter dan gemiddeld – en liet de Predator over het grasveld racen, het beeld op mijn scherm stuiterend terwijl het vliegtuigje vaart maakte. Op precies het juiste moment trok ik aan de stuurhendel en kwam de neus met een ruk omhoog. De UAV steeg op en vloog ruim over de bovenkant van Liggett Hall. Ik dacht er zelfs nog aan om het landingsgestel in te klappen, en we waren onderweg.

Ik bracht de UAV naar kruissnelheid en liet het ding eigenlijk min of meer zelf vliegen, stuurde het alleen wat bij om het boven Castle Clinton in Battery Park te brengen. Ik bleef laag vliegen, want het leek me beter dat een of twee ondode spionnen de propeller zouden horen dan dat miljoenen van hen het vliegtuigje zágen. Dat betekende dat ik tussen gebouwen door moest vliegen. Daar was de Predator op gebouwd, maar dan eigenlijk wel met een goed getrainde piloot aan de besturing. Toen ik de bakstenen muur van Lower Manhattan voor me zag, richtte ik op een smalle opening boven aan Battery, waar Bowling Green overging in de brede vallei van Broadway.

'Rustig nu, forceer het niet.' Kreutzer leunde naar me toe en ik rook zijn adem toen ik de wervelwind naderde, die me de vorige keer had verrast. Deze keer liet ik op het goede moment het gas los en schoot de Predator erdoor, voortgetrokken door de buitenrand van de windschering in plaats van te proberen erdoorheen te stoten. Ik vloog weer recht boven de verlaten auto's op Broadway toen de mobiele iridiumtelefoon begon te piepen.

'Wat moet ik doen?' vroeg ik. 'Wat moet ik doen?' Jack rende de trailer in en startte een tweede besturingsterminal op. Hij wist dat maar één persoon dat telefoonnummer had. Jack nam de besturing van het vliegtuigje over en ik rende naar buiten, naar het zonlicht en het groene gras, en nam op.

'Bespioneer je me nu?' vroeg Gary.

Ik was stomverbaasd. 'Waar heb je het over?'

De dode man lachte in mijn oor. 'Ik zie alles, Dekalb. Elk lopend lijk in Manhattan kan mijn ogen of mijn oren zijn. Ik neem aan dat jij degene was die net een vliegtuig op mijn perfecte eiland heeft gedumpt. Krijg je soms slimme ideeën? Je bent van plan hierheen te komen en de gevangenen te redden. Dat lukt je niet.'

Ik besloot te bluffen. 'We waren alleen maar op zoek naar de medicijnen. Ziekenhuizen aan het verkennen, op zoek naar een weg erheen om onze oorspronkelijke missie te voltooien.'

'Leuk geprobeerd. Mijn hersens zijn dood, niet beschadigd. Je wilt me vermoorden. Ik weet dat ik in jouw plaats hetzelfde zou doen. Ik ben een dreiging, een ernstige dreiging, en je wilt me neutraliseren. En dat wil ik natuurlijk niet. Ik ben bereid een deal te sluiten.'

Ik liet me met een bons op het gras zakken. 'Zeg het maar. De overlevenden...'

'Zijn nu van mij,' onderbrak hij me. 'Daar valt niet over te onderhandelen. Wat ik je wel wil geven, is een veilige doortocht. Ik weet dat je pasgeleden wat problemen had met duiven. Die haal ik voor je weg. Ik laat je lang genoeg Manhattan binnen om naar het VN-gebouw te komen, die pillen te halen en weer te vertrekken. Niemand zal je lastigvallen; ik kan ze bij je weghouden. Ik kan je beschermen. Als je dat doet, mag je daarna naar je boot en voor altijd hier weggaan. Hebben we een deal?'

'En als ik toch probeer de gevangenen te bevrijden?'

'Dan zul je ontdekken dat een miljoen doden het niet allemaal mis kunnen hebben. Dit is mijn aanbod, Dekalb, en verder niks. Haal die medicijnen en vertrek. O, en nog iets. Ayaan.'

Ik keek naar het meisje in kwestie. Ze poseerde voor foto's. Fathia had een polaroidcamera in een van de barakken gevonden en alle meisjes wilden een aandenken aan hun bezoek aan New York City. Ze draaide zich naar me om en glimlachte.

Gary spinde als een kat in mijn oor. 'Ayaan blijft hier. Ik wil haar huid in kleine reepjes van haar afsnijden en die een voor een opeten. Ik wil het gezellig maken met haar ingewanden. Ze heeft me door mijn hoofd geschoten. Niemand krijgt na zoiets nog gunsten van me.'

Ik legde een hand over mijn mond om binnen te houden wat ik daarop wilde zeggen. Dat kun je vergeten, klootzak. In plaats daarvan telde ik tot tien en zei: 'Ik bel je terug.' Ik verbrak de verbinding en stopte de telefoon weg.

'Dekalb,' zei Kreutzer vanuit de deuropening van de trailer. 'We hebben beeld.' Ik volgde hem weer de bedompte, krappe ruimte in om te kijken wat Jack had gevonden.

# 7

Gary vloog mee met de ondode duiven boven First Avenue. Door hun ogen zag hij ze vallen, hele zwermen tegelijkertijd, tuimelend door de lucht met levenloos ronddraaiende vleugelpunten. Gary was een man van zijn woord; als Dekalb van zijn gulle aanbod gebruik wilde maken, zou de weg naar het VN-gebouw vrij zijn. Gary was niet zozeer bang voor Dekalb, maar wel bezorgd. Hoewel de wapeninspecteur en zijn team van Somalische moordenaars amper een deuk konden slaan in Gary's verdediging, zouden ze iets zo willekeurigs kunnen doen dat het Gary's fokvee in gevaar kon brengen. Als ze bijvoorbeeld raketten wilden afvuren op de broch, zou Gary dat bijna zeker overleven, maar Marisols mensen konden slachtoffer worden van de chaos en het puin. Gary had al duizend van dergelijke scenario's overdacht en geen ervan stond hem aan. Het was gewoon gezond verstand om Dekalb zo snel mogelijk New York uit te helpen.

Gary zoog het leven uit de vogels tot er nog maar één over was, die onbezorgd over de grote stapels voormalige zwermgenoten vloog, waarvan de vettige, glanzende, blauw geveerde massa de straten verstopte. Gary flapperde met de vleugels van de duif en zette koers naar de rivier en Long Island. Hij groef zich diep in het brein van de vogel in en zweefde zo hoog dat hij Jamaica Bay in de zon kon zien liggen bakken, tot hij dacht dat hij de bolling van de aarde onder zich kon zien, maar... genoeg. Hij kneep hard in de vogel en het zicht van het dier dimde. Een nauwelijks bespeurbare vonk van duistere energie stroomde Gary's wezen binnen.

Op een zachte, beschaduwde plek verplaatste hij zich in zijn reuzenbadkuip, en er liep vloeistof in de holte van zijn sleutelbeenderen. Hij kwam omhoog terwijl de ziltige vloeistof in stralen van hem afdroop en greep zijn badjas. Er was werk aan de winkel.

Marisol gaf luidruchtig over op de bakstenen vloer. 'Ochtendziekte?' vroeg Gary, die de levende vrouw aan een elleboog overeind hielp.

Ze schudde hem af. 'Ik stik hier. Wat is dat voor spul? Augurkensap?'

'Formaline,' antwoordde Gary, die neerkeek op de poel strokleurige vloeistof waar hij net uitgeklommen was. 'Ik probeer mezelf te conserveren voor toekomstige generaties. Je zou me dankbaar moeten zijn. Hoe beter ik mezelf bescherm tegen bacteriologische ontbinding, hoe minder van jullie mensen ik hoef op te eten. Kom, we gaan een luchtje scheppen als je er zo veel last van hebt.'

Terwijl hij haar meevoerde, de wenteltrap op die verborgen was in het binnenste van de dubbele muur van de toren, riep hij een van de mummies op om het braaksel op te ruimen. Hij genoot er op een kinderachtige manier van om Maels voormalige lijfwacht schoonmaakwerk te laten doen, maar eerlijk, iemand moest de broch toch schoonhouden, en alleen de mummies hadden daarvoor nog vingers die soepel genoeg waren. Gary's eigen handen gedroegen zich alsof ze in met bont gevoerde wanten gestoken waren; hij kon zijn overhemd niet eens dichtknopen. De Ptolemeeërs uit het museum konden tenminste nog eenvoudig gereedschap gebruiken.

'Hoe gaat het met je mensen?' vroeg Gary. De doden waren nog altijd druk bezig met de bouw van de muur rondom het gevangenisdorp, maar de levenden waren alvast ondergebracht in hun eenvoudige huisjes. Gary had zo veel mogelijk geholpen met boeken uit de openbare bibliotheek op Forty-Second Street en archaïsch gereedschap uit het Museum of the City of New York (dat bekendstond om zijn periode-specifieke exhibities), maar het moest wel moeilijk zijn voor mensen uit de eenentwintigste eeuw om plotseling een achttiende-eeuws bestaan te moeten leiden. Gary kon ze niet van elektriciteit of stromend water voorzien, laat staan van televisie en online winkelen. Primitief overleven was het beste wat hij kon bieden. Maar toch, het was beter dan het alternatief.

'Ze zijn bang, natuurlijk. Ze vertrouwen je niet.'

Gary fronste zijn voorhoofd. 'Ik ben een lijk van mijn woord. Hoe dan ook, het is in míjn belang om te zorgen dat ze veilig zijn.'

Marisol glimlachte opstandig. 'Ze vertrouwden Dekalb al niet, en hij had een boot in de haven liggen. Jezus, weet je wel hoe je er tegenwoordig uitziet? Het is geen kwestie van logica, oké? Ze zien een dode vent die stinkt naar augurken en die nog stukjes huid tussen zijn tanden heeft zitten, en willen alleen maar hard wegrennen. Verplaats je eens in hen. Uiteindelijk, denk ik... denk ik dat je aan alles kunt wennen, maar voorlopig... Ze zitten in een omheining midden tussen een leger bloeddorstige monsters, en nu speelt een kannibaal in een badjas de baas over hen. Ze zijn bang. De meesten. Een paar denken nog steeds dat ze gered zullen worden.'

Gary krabde zich. 'Gered? Wat, door Dekalb? Als hij slim is, laat hij me met rust.'

Het was een zware tocht naar de top van de broch, waarschijnlijk te veel inspanning voor een zwangere vrouw met een zwakke maag (ze hijgde nogal toen ze boven aan de trap waren), maar Gary beklom de trap met gemak en zelfs bijna met twee treden tegelijk. 'Natuurlijk zal hij wel niet zo slim zijn,' zei hij tegen Marisol. Neusloos en Gezichtsloos wachtten op hen op het onafgemaakte platform boven op de toren. Neusloos kwam naar voren met een zilveren dienblad waarop een waaier van gedroogd rundvlees lag. Hij pakte er een stukje van en kauwde er genietend op. Met tegenzin pakte Marisol er ook een, en ze staarde er een tijdje naar voor ze er een hap van nam; misschien vroeg ze zich af of het gedroogd mensenvlees was. Dat was het niet; Gary was geen onmens. 'Dekalb is een idealist. Hij komt hier wel naartoe, zelfs al moet hij alleen komen, zelfs al betekent het zijn dood.'

'Misschien krijgt hij hulp,' opperde Marisol. 'Je hebt mijn Jack nog niet ontmoet.'

Gary gebaarde naar het park. Onder hen stonden duizenden doden. Hun schouders hingen omlaag en hun lichamen waren afgeleefd, maar het waren er zo veel. Ze bedekten de grond als sprinkhanen, hun constante beweging als de golven van de zee.

Hij reikte in de eididh, greep de kelen en strottenhoofden van duizenden doden met de schim van zijn vuist. De lucht zuchtte spastisch toen, voor het eerst in weken of maanden, hun stembanden opengingen en er lucht doorheen stroomde. Gary liet de lucht ontsnappen zoals uit het tuitje van een ballon.

'Hall... o...' kreunden de doden. Het was een geluid alsof er tektonische platen verschoven, alsof er een oceaan weglekte door een scheur in de wereld. Een echt doodlopend geluid, een symfonie voor solo-apocalyps. Gary's lippen spleten open in een brede grijns. ‘Hallo... Marisol...’

‘Ik heb geen mannen meer nodig,’ zei Gary tegen haar. ‘Als die hierheen komen, gaan ze eraan.’

# 8

De tien meter lange trailer bood nauwelijks ruimte aan drie man. Nu de meisjes zich allemaal naar binnen persten om een kijkje op de schermen te nemen, werd het binnen al snel te benauwd en bedompt om adem te halen. Ik veegde het zweet van mijn voorhoofd en knikte toen Kreutzer vroeg of ik klaar was. Jack hield de Predator nog altijd in de lucht, vloog in grote cirkels rond Manhattan op een hoogte van zo'n twintigduizend voet, maar zelfs hij kon zijn nieuwsgierigheid niet bedwingen. We wilden allemaal weten wat het spionagevliegtuigje had gezien.

Ik knipperde snel met mijn ogen toen er aan weerszijden over het scherm razendsnel gebouwen langskwamen, veel te dichtbij en veel te snel om goed te zien. Ik dook bijna naar voren in mijn stoel toen het uitzicht ineens veel weidser werd, toen de Predator over het hoofd van het standbeeld van Columbus op Fifty-Ninth Street vloog. Voorbij de barrière van Central Park South veranderde het uitzicht weer dramatisch, in een landschap van modder met puin. Het park was onherkenbaar veranderd nu zelfs het groene gras was weggevreten door de veranderingen na de

Epidemie. Ik had tot dat moment niet eens overwogen dat de doden zich op de planten daar zouden storten, en ik merkte dat ik ongelovig en vol afkeer mijn hoofd schudde om wat er van een van mijn lievelingsplekken op de wereld was geworden.

In stilte keken we toe terwijl het vliegtuigje op het centrum toesnelde. Jack had het laag gehouden zodat we een beter uitzicht hadden, op misschien zo'n vijfhonderd voet boven de grond. Op die hoogte leken de eerste dode mensen die we in het park zagen meer op stukjes popcorn op een donkere tafel. Kreutzer zette het beeld stil en gebruikte een beeldverbeteringsalgoritme om in te zoomen. We zagen een dode waarvan het haar in plukken was uitgevallen en waarvan de huid een zachte, romige kleur wit had gekregen. De kleren van de dode hingen in flarden om de verwrongen ledematen. We konden niet zien of het een man of een vrouw was.

Kreutzer, die tot dan toe nog maar een handjevol doden had gezien, moest even zijn blik afwenden. De rest van ons negeerde het lijk en bestudeerde de achtergrond; op zoek naar plekken om ons te verschuilen, posities die versterkt konden worden zodat we van daaruit een aanval konden doen.

Toen draaide de neuscamera van de Predator naar voren, naar de skyline, en zetten we allemaal grote ogen op.

De doden vulden het halve park. Ze liepen zo dicht bij elkaar dat ze amper met hun armen konden bewegen terwijl ze steeds dichter naar iets ronds en grijs in het midden van het park drongen. Ze vulden dat wat ooit het grote grasveld was geweest, en de Ramble, en het Pinetum. Ze bedekten de grond als een kolkende zee van schuimkoppen. Nee. Dat was een veel te mooi beeld. Ze leken meer op een massa maden. Hoe walgelijk ook, dat was de enige analogie die ik kon bedenken; hun kleurloze, papperige vlees en hun constante, gedachteloze bewegingen konden alleen maar beelden oproepen van vliegenlarven die kronkelden over de uitgerekte, droge huid van een dood dier.

Het was onmogelijk te schatten hoeveel het er waren. Duizenden, met gemak. Honderdduizenden, denk ik. Ik was eens naar een vredesdemonstratie in Midtown geweest, net voor de Eerste Golfoorlog. Mijn oorlog hatende medeburgers en ik waren, volgens de media, met minstens tweehonderdduizend man geweest, en we hadden maar een paar straten van First en Second Avenue gevuld. En nu stond Central Park halfvol...

Gary had het over een miljoen doden gehad. Het leek erop dat hij er niet ver naast zat.

'Wat is dát daar?' vroeg Jack, die zijn stoel krassend over de vloer van de trailer verschoof en wat dichter bij de monitor ging zitten. Hij tikte met zijn vinger op het scherm, met een zacht, mat geluid waardoor ik weer tot mezelf kwam. Hij wees naar de ronde, grijze vorm precies midden in de menigte.

Kreutzers vingers klikten over het toetsenbord terwijl hij een driedimensionale afbeelding van het object opriep, waarvoor details uit honderden tweedimensionale videobeelden werden geëxtrapoleerd. De harde schijven in de trailer ruisten en rommelden een tijdje, en toen zette hij zijn product op het scherm. Wat we zagen, was een soort gedrongen toren, een rond gebouw met taps toelopende muren en een onregelmatige bovenkant. Het was waarschijnlijk nog niet klaar. Het rees zeker dertig meter de lucht in en was breder dan het Met, dat ernaast stond. Wat Gary in godsnaam wilde met zo'n gebouw, was een mysterie.

De bijgebouwen waren iets logischer. De doden hadden een muur gebouwd van een meter of vier hoog, rondom een terrein zo groot als het grote grasveld. De muur was direct aan het hoofdgebouw vast gebouwd en vormde een soort van omheining. Binnen dat afgesloten gedeelte stond een soort dorpje van stenen gebouwtjes met rode pannendaken. Het leek op iets uit

Europa in de middeleeuwen. De enige weg het dorpje in of uit was door het hoofdgebouw.

'Waarom wil Gary hier koloniaal Williamsburg nabouwen?' vroeg ik verward. Ayaan staarde me nieuwsgierig aan. 'Die huisjes,' zei ik, terwijl ik ze voor haar aanwees, 'ik neem aan dat hij daar de gevangenen heeft ondergebracht, maar ze zien er niet uit als gevangeniscellen.'

'Nee, dat klopt,' zei Jack. 'Eerder schuren.'

Schuren; waar je je vee in onderbrengt. Ik begreep wat hij bedoelde. Gary wilde de gevangenen in leven houden, gezond houden, misschien zelfs tevreden houden, op de extreem lange termijn. Hoe lang hij kon overleven op het vlees in die omheining, kon ik niet inschatten, maar ik denk dat hij het zo lang mogelijk wilde rekken.

Ik stond op en liep naar buiten voor wat frisse lucht. Onderweg naar buiten kneep ik in Ayaans schouder. Ze volgde me naar het grasveld, waar niemand ons kon horen.

'Er is iets...' probeerde ik, hoewel ik niet precies wist wat ik wilde zeggen. 'Iets wat je moet weten. Ik ben van plan om achter hem aan te gaan. Ik kan pas weer naar Afrika terug als hij dood is. Echt dood. Dat betekent dat ik naar die toren moet. Ondertussen ga ik proberen de gevangenen te bevrijden, maar mijn voornaamste doel is zijn hersens op de grondigste manier van zijn lichaam te scheiden.'

Ze haalde diep adem. 'Dat is onmogelijk.'

Ik knikte. 'Ik heb gezien hoeveel doden hij onder controle heeft. Maar ik ga het toch proberen. Wil jij me helpen?'

'Ja, natuurlijk.' Ze glimlachte vreemd naar me. 'We hebben eigenlijk geen keus, hè? Hij zal ons niet in de buurt van het VN-gebouw laten komen, niet zolang hij nog enige macht heeft. Als we onze missie willen voltooien, moet hij uit de weg worden geruimd.'

Moest ik het haar vertellen? Het kon haar alleen maar van streek maken, en eerlijk gezegd had ze die druk niet nodig, die druk van weten dat ze echt een keus had. Uiteindelijk concludeerde ik echter dat ik Ayaan goed genoeg kende om te weten dat ze dit zou willen weten.

'Hij heeft me gebeld,' zei ik. 'Hij zei dat hij de weg voor ons vrij zou maken. Ons vrije doorgang zou geven. Maar er is een prijs. Hij wil jou persoonlijk opeten. Als een soort van wraak omdat je hem hebt neergeschoten.'

Haar ogen werden heel groot, maar slechts eventjes. Toen knikte ze. 'Oké. Wanneer vertrek ik?'

Ik stapte naar voren en legde mijn handen op haar schouders. 'Ik geloof niet dat je het begrijpt. Hij wil je martelen. Tot je dood bent. Dat laat ik niet gebeuren, Ayaan.'

Ze duwde me weg. Ik ben er vrij zeker van dat ik door haar zo aan te raken de Sharia had overtreden, maar het was vooral mijn instelling die haar niet aanstond. 'Waarom weiger je me dit? Het is mijn recht! Er zijn zo veel anderen gestorven! Ifiyah is gestorven zodat wij ervan konden leren. Dat meisje, die met die kat, zij stierf omdat ze stom was geweest! En jij wilt mij niet laten sterven voor mijn land? Jij wilt me niet de meest eerbare dood laten sterven die mogelijk is? Zelfs als onze missie dan een succes is? Zelfs als het betekent dat je dan je dochter weer kunt zien?'

Ik deed mijn mond open, maar zeg eerlijk. Er valt niets te zeggen na zoiets. Helemaal niets.

# 9

'Tuurlijk,' zei Kreutzer, woest krabbend door zijn slordige haardos. 'Het is wel logisch. Ze is toch een sjiiet? Die wíllen graag martelaar worden. Dat is een goeie deal voor ze; even snel doodgaan en dan ben je in het paradijs met je tweeënzeventig maagden, verdomme.' Hij dacht hier even over na. 'Of misschien wordt zij wel een van de maagden voor iemand anders. Zeg nou zelf, ze zijn er goed in zichzelf op te blazen.'

Ik keek hem woest aan. 'Dat is het achterlijkste wat ik ooit heb gehoord. Om te beginnen is de Somalische versie van de islam gebaseerd op de leer van de soefisekte, niet de sjia. En hoe dan ook, maar een fractie van de sjia staat achter dat soort onzin.' Ik wuifde met mijn handen door de lucht. 'Ze is een tiener, dat is alles. Ze begrijpt niet wat sterven echt betekent, maar ze weet wél zeker dat het leven klote is. Ze zit vol hormonen en energie en vreemde, door de cultuur gecreëerde bullshit, een verklooide seksualiteit die wordt geprojecteerd in glamoureuze ideeën van de dood als overgangs...'

'Ze is soldaat.' Jack maakte een scheur in een spriet ongemaaid gras en legde die op zijn lippen. Hij blies er hard op en er kwam een ijl geluid uit, als een sombere fagot aan het begin van een klaagzang.

'Ze is een kind,' zei ik. Maar natuurlijk was ze veel meer dan een kind. Jack begreep haar op dat moment beter dan ik. Ze was soldaat. Dat betekende dat ze haar ego kon onderdompelen in een groter idee, een context van de gemeenschap die moest worden gediend; haar nationale identiteit als Somali, haar plek als kumayostrijder die vocht voor Mama Halima. Het welzijn van de hele mensheid.

Het was een zeer on-Amerikaanse opvatting, maar ik had het zelf ook gevoeld. Toen we terugkeerden van die slecht afgelopen inval in het ziekenhuis en het stoffelijk overschot van Ifiyah hadden achtergelaten, voelde ik het ook. Mijn eigen behoeften en verlangens en tekortkomingen waren niet langer van toepassing. Toen we terugkwamen bij de boot en Osman geintjes begon te maken, had ik me zo vreselijk ver verwijderd gevoeld van hem en zijn egoïstische lafheid.

Het kost ons jaren om te leren ons over te geven aan iets wat groter is dan onszelf. Bij Jack was dat het grootste deel van zijn leven in hem gedrild. Ouders horen zoiets instinctief te ontwikkelen, maar sommigen leren nooit echt om hun gezin voorrang te geven boven zichzelf.

Ayaan had dat al op de lagere school door. Het was beledigend, en niet te vergeten zinloos, om haar het geloof te ontzeggen dat zo dicht bij haar ziel stond.

Het meisje moest ons gehoord hebben – ik praatte niet echt zachtjes meer nadat Kreutzer zijn onzin gespuid had – maar ze was bezig en had niet de behoefte mee te doen aan het gesprek. Ze bereidde zich voor, snap je. Bereidde zich voor om levend opgegeten te worden.

Van alle gestoorde dingen die ik heb gezien sinds de doden

weer tot leven kwamen en de wereld eindigde in een graaiende, hongerende verschrikking, was dit zestienjarig meisje, met haar voorhoofd op het groene gras op een zonnige dag terwijl ze communiceerde met haar god, nog wel het ergste. Ik kon haar motivering haar leven te vergooien nog wel begrijpen – ik kon er zelfs in meegaan als het moest, tandenknarsend weliswaar – maar ik wist dat het me altijd zou blijven plagen.

Maar dit was het dan. Alles wat ik ooit kon hopen te bereiken. Ik zou mijn medicijnen krijgen en teruggaan naar Afrika en Sarah weer zien, haar in mijn armen houden en bidden dat ze nooit beslissingen zoals deze zou hoeven nemen, nooit mensen zichzelf hoefde te zien opofferen voor corrupte politici een halve wereld verderop. We zouden een soort van leven opbouwen en ik zou proberen te vergeten wat er gebeurd was. Voor Sarah.

Mijn missie was bijna voorbij. De prijs: één zestienjarig meisje. Maar dan was het voorbij. 'Ik had niet gedacht dat het zo makkelijk zou zijn,' mompelde ik, en ik sloeg mezelf met een gebalde vuist op mijn dij.

'Dekalb,' zei Jack. 'Je vergeet iets.'

O, nee hoor. Ik wist donders goed dat Marisol en de anderen nog altijd als voedselvoorraad werden vastgehouden in Gary's kasteel. Ik wist dat het mijn taak was om Gary te vermoorden.

Ik wist ook dat Ayaan me net gered had. Ze had die dingen onbelangrijk gemaakt. Verwaarloosbaar. Ik kon mijn missie zonder veel moeite voltooien. Maar de prijs was omhooggegaan: tweehonderd mensenlevens. Tweehonderd en één, als je Ayaan meetelde. Toch betwijfelde ik of die tweehonderd zo verheugd zouden zijn over het vooruitzicht.

Jack was nog niet klaar. 'Ik heb wat ideetjes, maar ik heb elke man die ik krijgen kan erbij nodig. Ik heb je nodig, Dekalb.' Hij staarde naar me, maar ik weigerde categorisch om hem in de ogen te kijken.

Uiteindelijk volgde ik hem zwijgend de trailer in en liet me in een van de comfortabele stoelen zakken. Kreutzer bleef op de achtergrond en wreef nerveus in zijn handen terwijl Jack de hogeresolutiebeelden uit Central Park en de dingen die Gary daar had gebouwd, bestudeerde.

'We moeten uitgaan van een paar aannames,' zei hij uiteindelijk, en dat laatste woord klonk als iets met te veel pootjes dat zojuist zijn mond in was gevlogen. Dit was een man die vond dat je harde gegevens nodig had om een elektrische tandenborstel te kopen. Voor een suïcidale reddingspoging zou hij notariële verklaringen van signaalanalisten en een ondertekend bevel van de Joint Chiefs of Staff willen hebben, waarin tot in alle details precies werd omschreven wat de missie inhield. Hij had die luxe nu natuurlijk niet. 'We beginnen met aan te nemen dat dit een kans van slagen heeft. Dan nemen we aan dat we de nodige apparatuur en de mankracht hebben.'

Ik knikte maar weigerde nog altijd naar zijn scherm te kijken.

'We moeten aannemen dat hij nog altijd menselijk genoeg is om enkele beperkingen te hebben, zoals wij. Dat hij zich maar op één ding tegelijk kan concentreren.'

Ik wreef over de brug van mijn neus. 'Je wilt Ayaans offer gebruiken als afleidingsmanoeuvre.' Dat was natuurlijk wel verstandig. Gary wilde één ding heel graag, en dat was wraak. Als hij dat op een zilveren presenteerblaadje kreeg aangeboden, waarom zou hij dan op ons letten, als wij achter hem kwamen aansluipen met een kettingzaag om zijn hoofd er af te zagen?

Ik kon wel een stel redenen bedenken waarom hij dat zou merken. Hij was niet achterlijk. We hadden hem al eerder onderschat, en dat had ons erg veel gekost. Jack dacht echter aan mogelijkheden, niet in termen van wat er misschien zou gebeuren, maar wat er kón gebeuren. Zelfs ik wist dat dit gevaarlijk terrein was.

'We moeten nog iets aannemen, namelijk dat hij niet wist dat dit hier was toen hij zijn fort liet bouwen.'

Nu keek ik op. Iets wat Gary over het hoofd had gezien? Iets wat al onze problemen zou oplossen? Jack tikte op het scherm en wees naar een onopvallende rechthoekige vorm net binnen het park. Het stond aan de centrumkant van de overgang naar Seventy-Ninth Street, voorheen een netjes geplaveide weg maar nu een lint van modderig water. Ik had geen idee wat het was.

Toen Jack het me vertelde, moest ik serieus gaan nadenken over wat we gingen doen. Over hoe we Gary's fort zouden binnensluipen en het op een of andere manier levend weer naar buiten zouden redden met een paar honderd levende mensen op sleeptouw. Het was onmogelijk.

We gingen het doen.

'Hoe beginnen we?' vroeg ik.

# 10

Ze liepen in de tuin tussen de slaapzalen, de mummies op discrete afstand van de levenden, toen er heel snel iets wits door Gary's zichtveld schoot en zijn slaap raakte, waardoor zijn ogen in de kassen trilden. Zijn hersens krioelden in zijn hoofd toen hij tien bevelen tegelijk uitzond, groepjes soldaten naar zich toe trok om zijn blinde plek te dekken, Neusloos de trap van de broch op stuurde voor een beter uitzicht, Gezichtsloos liet snellen naar de plek waar de muur van de omheining nog niet helemaal klaar was.

Maar met zijn eigen ogen loste hij het mysterie op. Hij keek omlaag, nog van slag door de plotselinge klap, en zag het projectiel liggen dat hem zo hard had geraakt. Het was een softbal, vuil en gedeukt door veelvuldig gebruik. Toen hij weer opkeek, zag hij enkele tientallen meters verderop een meisje heel stil staan, met heel grote ogen. Ze droeg een softbalhandschoen en haar neus liep onbelemmerd. Haar felle energie pulseerde binnen in haar mee met de adrenaline die door haar aderen stroomde.

Gary knielde voor het doodsbange achtjarige meisje neer en

probeerde te glimlachen. Gezien de staat van zijn tanden was dat misschien niet zo'n goed idee. Het meisje trilde zichtbaar en golven van angst gaven haar kippenvel.

'Kom hier, lieverd. Ik bijt niet.' Niet deze, in ieder geval. Ze had nog een heleboel jaar als fokdier te gaan voor ze zou worden afgemaakt. Als ze een dreiging was, moest hij misschien haar vader opeten of zo om haar een lesje te leren.

Naast zich voelde hij dat Marisol zich amper kon beheersen. Ze wilde hem pijn doen, wist hij. Er was hem geweld aangedaan, en zij voelde dat als een soort startsignaal om een gewelddadige opstand te beginnen tegen haar gevangenschap. Hij wist ook dat ze niet zo stom was. De anderen, die in een grote cirkel om hem heen stonden, zagen eruit alsof ze bij de minste provocatie zouden wegrennen. Vandaag zou er niet gemuit worden.

'Heb jíj deze gegooid?' vroeg hij, en hij hield de softbal in de lucht. Hij moest beide handen gebruiken om het ding vast te houden. 'Heb je die met opzet naar me toe gegooid? Maak je geen zorgen, ik ben niet boos. Heb je hem expres gegooid?'

Het meisje schudde haar hoofd, misschien een beetje te snel. Gary glimlachte weer.

'Softbal is leuk, maar we moeten wel voorzichtig zijn,' zei hij. 'Misschien weet je nog dat er vroeger dokteren en ziekenhuizen waren, maar die zijn er nu niet meer. Als iemand gewond raakt of ziek wordt, is er niemand om voor hem te zorgen. Heb je...'

Hij onderbrak zijn zin. Zijn door de dood verdoofde zintuigen hadden iets opgepikt, iets in de verte, iets zwaks, een soort gerommel dat hij meer voelde dan hoorde. Als een overbelaste aanhanger die een paar straten verderop voorbijreed over een snelweg. Gary raadpleegde de taibhsearan aan de muren van de broch en zijn eigen verkenners in het park. Er kwam een algeheel gevoel van onrust van de menigte doden buiten, maar geen echte informatie.

Een levende man kwam naar voren en leidde snel het kleine meisje weg. Haar onderwijs zou moeten wachten tot Gary wist wat er gaande was.

'Wat was dat?' wilde Marisol weten. De levenden rondom schudden verward hun hoofd. Gary werd dus niet gewoon gek. Er was echt een geluid geweest. Hij raakte de geest van Neusloos aan en liet hem de dode bomen in Central Park bekijken, de tombe-achtige verschansingen daarachter. Daar... Een waas bruine en grijze rook boven enkele bomen langs de westelijke rand van het park. In de buurt van het natuurhistorisch museum, bijna direct aan de andere kant van het park vanaf de Met, waar Mael was gereanimeerd. Gary reikte door de eididh en stuurde een groep dode soldaten die kant uit. Degenen die het dichtst bij het museum waren, werden overspoeld door een wolk van stof die snel vervloog. Ze strompelden het terrein van het museum op en struikelden over gevallen brokken steen. Dat was niet helemaal verrassend; de doden hadden zo ongeveer de helft van het natuurhistorisch museum afgebroken op zoek naar bakstenen om Maels toren mee te bouwen. Misschien stortte de rest van het gebouw nu gewoon in.

Een tetterende, schrille uithaal rolde over het park. De doden nabij het museum sloegen hun handen over hun oren tegen het lawaai. Het geluid steeg en daalde en ging over in een hoge gil waar Gary pijn van in zijn schedel kreeg. Toen het eindelijk ophield, droeg hij zijn doden op om dichterbij te gaan, het museum te omsingelen. Dat was een door mensen gemaakt geluid geweest. Feedback op een luidsprekersysteem, misschien.

Of van een megafoon. 'Hallo! Meneer Klootzak Xaaraan!'

Dat woord was geen Engels, maar het klonk bekend. O ja, natuurlijk. Een van die Somalische meisjes had het gebruikt om hem te beschrijven. Toen ze net daarvoor een bajonet door zijn lijf had gestoken.

'Hallo, dooie, ben je daar?'

Er hing nog altijd stof in de lucht bij het natuurhistorisch museum. Het trilde mee telkens als het meisje sprak. Gary nam de kelen van zijn leger in bezit.

'Jaaaaa,' liet hij ze met hun verrotte stembanden zeggen. 'Ik ben hieeeeeeer.'

Een gestalte verscheen op het dak van het museum, boven op het met glazen wanden ommuurde Hayden Planetarium. Neusloos kon haar net zien met zijn troebele ogen: geruit rokje, blazer, hoofddoek. De meisjessoldaat tilde de megafoon weer op en haar woorden denderden over Central Park, weerkaatsten op de hard geworden modder, stuiterden tegen de verwrongen ijzeren straatlantaarns. 'Je zei dat je mij wilde als betaling voor de medicijnen. Ik ben er.'

Ayaan... Het was Ayaan, dat kreng dat hem had neergeschoten. Gary voelde zijn verdroogde speekselklieren opzwellen van opwinding. Hij had niet werkelijk verwacht dat Dekalb zijn aanbod zou accepteren. Hij stuurde zijn dode verkenners verder naar voren, het half afgebroken museum in. Binnen in de schemerige ruimte kolkte warm stof rond in grote wolken die het zicht belemmerden. Stapels puin verstopten de gangen en de grote tentoonstellingsruimtes. Ayaan moest alle trappen hebben verwoest; er was voor zover Gary kon zien geen weg meer naar het dak. Het enige deel van het museum dat niet was beschadigd, was het planetarium zelf, een met metaal bedekte bol die binnen een eigen gebouwtje van gehard glas was opgehangen. Je kon die glazen kubus niet inkomen zonder door het hoofdgebouw van het museum te gaan, en het glas was onbreekbaar.

Gary trok zijn troepen terug uit het verwoeste gebouw en liet ze rond de buitenkant zwermen. Ze reikten op langs het glas maar vonden geen houvast, helemaal niets waardoor ze omhoog konden klimmen. Ayaan had een bijzonder goed verdedigbare plek gekozen om haar laatste daad te verrichten. Er was geen weg naar boven; maar zij kon ook niet ontsnappen.

'Hier ben ik!' zei ze, en haar woorden werden gevolgd door rubberachtige echo's. 'Kom me maar halen!'

Ze was duidelijk niet van plan zich zomaar over te geven. Oké, dacht Gary. Oké. Dit kon wel eens leuk worden. Hij stuurde zijn leger naar voren, de hele, kolkende massa. Ze bewogen geruisloos als de wind door hoog gras, maar de aarde beefde onder hun voeten. Gary trilde onder de macht die hij had, maar zijn ego kreeg even later een klap te verwerken.

Vanachter ventilatiekappen en liftschachten kwam de rest van Ayaans troep tevoorschijn: tien, twintig meisjes met zware rugzakken om en assautgeweren in hun handen. Enkelen van hen hadden grote kartonnen dozen bij zich. Die meisjes renden naar de rand van het planetarium en keerden hun dozen om boven de hoofden van het naderende monsterleger.

De dozen zaten vol handgranaten. Ze vielen als fruit uit een boomgaard in een onweersstorm, tuimelden door dertig meter lucht en kwamen stuiterend tussen de voeten van Gary's soldaten neer. Ze gingen af in ritmische fonteinen van bleke rook die het leger aan het zicht van Neusloos onttrokken. Gary grimaste toen hij in de verte de pijn voelde van elke dode man die werd opgeblazen.

'Godverdomme,' schreeuwde Gary. Hij liep terug naar de broch en riep de mummies op om mee te komen. Het leek erop dat Dekalb toch nog een paar verrassingen voor hem had.

# 11

Zes uur eerder:

Osman gaf me een slappe kif-sigaret en een doosje lucifers aan voordat hij weer aan boord van de *Arawelo* sprong en bevelen brulde naar Yoesoef. 'Helpt tegen de zenuwen,' zei hij tegen me. Ik neem aan dat ik eruitzag als een spook; iedereen zei al de hele ochtend tegen me dat ik zo bleek was. Ik dacht niet dat Osmans slappe hasjiesj zou helpen, maar ik zwaaide dankbaar en stopte de joint in mijn zak.

De boot voer met een geklepper van zuigers en een vlaag hete lucht vanaf de dieselmotoren weg bij de steiger van de kustwacht. Osman stuurde hem langzaam bij, stekend en draaiend in een reeks langzame bewegingen. De meisjes aan dek hielden zich vast aan de reling of aan vastgesjorde kisten met wapens en keken verlangend naar het groene gras van Governors Island. Ik had gehoopt Ayaan niet meer te zien voor ze vertrok, maar ze stond boven op de stuurhut als een schoonheidskoningin op een behoorlijk roestige praalwagen. Ze keek op me neer en ik keek naar haar op. Onze blikken kruisten elkaar voor misschien wel de laatste keer en we leken te communiceren op een non-verbaal niveau, een soort golflengte van respect die ik niet echt kon definiëren. Uiteindelijk schonk ze me een glimlach waar ik wee van werd en toen draaide ze zich om naar de haven.

Ik ging op een drafje terug naar de vliegtuighangars; timing was belangrijk in Jacks plan en ik wilde niet degene zijn die het verklooide. De grote, buisvormige Chinook-helikopter – een CH-47SD, de nieuwste en mooiste vrachthelikopter van het leger – stond op het grasveld op me te wachten. Ik rende naar het laadplatform aan de achterkant, sloeg op de knop om de klep te sluiten en rende toen naar voren door de cabine, reusachtig nu we alle stoelen eruit hadden gehaald en galmend als de binnenkant van een betonmolen. Kreutzer had de dubbele rotor van de Super-D al op snelheid gebracht en was klaar voor vertrek. Hij had natuurlijk geprotesteerd toen we hem vroegen ons naar Central Park te vliegen, maar Jack had bepaalde overredingsvaardigheden. Hij zei namelijk tegen Kreutzer dat als hij zich niet vrijwillig aanmeldde voor de baan, we hem gewoon op Governors Island zouden laten verhongeren. Als Jack zoiets zegt, gaan mensen er doorgaans van uit dat hij niet bluft.

Zodra ik bij de cockpit was, steeg Kreutzer meteen naar honderd voet en dook toen zo snel naar voren dat ik achterover op mijn kont viel. Hij keek op me neer vanuit zijn pilotenstoel alsof hij me wilde uitlachen.

'Hoeveel vlieguren heb je in dit ding?' schreeuwde ik om het gebulder van de motoren te overstemmen.

'Meer dan jij, klootzak,' snauwde Kreutzer. Oké.

Ik klom voorzichtig in de navigatiestoel. Jack, in de stoel van de copiloot, gaf me een kauwgompje om de druk op mijn oren kwijt te raken.

We zoefden over de haven heen en het luchtruim van Brooklyn in, bleven laag en snel vliegen. Dit was het eerste van vele domme risico's die we tijdens deze missie moesten nemen. Hoewel we er zeker van waren dat het in Brooklyn barstte van de doden en dat sommige daarvan ons zouden zien, konden we alleen maar hopen dat Gary's vermogen de doden als spion te gebruiken zich niet zo ver uitstrekte... of misschien dat hij geen aandacht schonk aan de buitenwijken.

Door de positie van mijn stoel kon ik niet naar de straat kijken, dus bleven me gelukkig eventueel verbaasde blikken van doden die ons zagen bespaard. Alles wat ik zag, was af en toe een gebouw dat langs mijn raampje flitste: het gerechtshof, de klokkentoren van de Williamsburgh Savings Bank, het hoofdkantoor van de Jehova's getuigen. Toen we Queens binnengingen, bracht Kreutzer ons nog eens honderd voet hoger en ging richting de rivier. 'Laatste kans,' zei hij.

Ik fronste verward mijn voorhoofd en boog me toen voorover om naar de grond onder ons te kijken. We vlogen ter hoogte van het VN-complex, het Secretariaatsgebouw wit en glanzend als een grafsteen uittorenend boven de met lijken verstopte East River. Mijn hersens probeerden andersom te redeneren en toen begreep ik wat hij zei. We konden er nu gewoon heen vliegen, de medicijnen halen en weggaan. Ik kon Ayaan oproepen en deze zelfmoordmissie afblazen. Ik zag geen duiven; misschien had Gary zich daadwerkelijk aan zijn woord gehouden en de weg voor ons vrijgemaakt.

Zo dichtbij. Het gebouw stond daar. Dáár!

Jack legde een hand op mijn schouder en kneep erin. Hij bedreigde me niet, herinnerde me zelfs niet aan mijn verantwoordelijkheden. Het was gewoon emotionele steun, van een kerel die ik daar niet toe in staat zou hebben geacht. Ik knikte naar hem en liet me weer in mijn stoel zakken.

Het duurde niet lang voor Kreutzer ons boven de Queensboro-brug liet zweven waar die naar Roosevelt Island overstak. Dichter durfden we Manhattan niet te naderen in ons lawaaiige vervoermiddel. Ik stond op uit mijn stoel en keek naar buiten door het venster onder in de neus van de helikopter. Ik zag de doden ver beneden ons, met velen tegelijk rond de pijlers van de brug, hun hoofd in de nek en hun handen naar ons uitgestoken.

'Ik weet niet of jullie Jezus Christus hebben aanvaard als jullie verlosser,' zei Kreutzer, die zich half omdraaide in zijn stoel, 'maar anders is dit misschien een goed moment.'

We negeerden hem en liepen naar de achterkant van de cabine. Jack en ik ritsten elkaar om beurten in HazMat-pakken, net zoals de pakken die Ayaan en ik droegen toen we een paar dagen geleden – of een heel leven geleden – naar Times Square gingen. Dit waren pakken van de kustwacht, bedoeld voor het opruimen van giftig afval, dus ze waren dikker en onhandiger, maar ik had de mijne getest en wist dat ik erin kon lopen. Toen we klaar waren, legde Jack me de basisbeginselen van het *fast-roping* uit. Hij gaf me een nylon tuigje dat over mijn dijen ging en bevestigde een achtje – een achtvormig aluminium ding – met karabiners aan mijn kruis. Toen hij klaar was, opende hij in een uitbarsting van wit licht een luik in de buik van de Chinook en bevestigde een lier voor onze lijnen. Het ene uiteinde van de lijn ging in een ingewikkelde lus door mijn achtje. Jack bevestigde een veiligheidslijn achter aan mijn tuigje, en ik was klaar voor vertrek. 'Ik zie je beneden,' zei ik, en ik probeerde stoer te klinken. Jack gaf geen antwoord, dus hield ik mijn adem in en stapte door het luik naar buiten.

Ze noemen het fast-roping omdat 'vallen als een baksteen' niet dat sfeertje van militair jargon heeft. Ik kon mezelf afremmen als ik er geen bezwaar tegen had mijn handschoenen te verbranden – de wrijving van het touw was groot – maar het grootste deel van de afdaling liet ik me gaan in een vrije val, zoals Jack het me had geleerd. Vallende voorwerpen dalen allemaal met dezelfde snelheid – dat heeft Galileï bewezen – maar als je een rugzak van dertig kilo bij je hebt, heb je echt wel het gevoel dat je nog veel sneller valt. Ik minderde vaart toen ik de grond naderde en greep mijn lijn stevig vast, tot mijn handschoenen letterlijk begonnen te roken, boog mijn knieën door op het moment dat ik de asfaltweg raakte en rolde meteen opzij zodat ik mijn enkels niet brak.

Een tel later stond ik overeind en hield het touw vast, terwijl Jack me naar beneden volgde. We maakten onze lijnen en tuigjes los en wuifden naar Kreutzer, maar hij maakte al een wijde, zijdelingse draai waardoor hij ver buiten het zicht van Manhattan bleef. Binnen een paar seconden ging hij schuil achter een rij gebouwen en was de wereld plotseling stil, met alleen mijn ademhaling en het gekraak van mijn pak om me gezelschap te houden. Jack had me uitdrukkelijk verboden te praten tijdens dit deel van de missie, gewoon voor het geval dat. Maar één dode hoefde ons op te merken, dan zou alles mislukken en waren we zo goed als dood.

De brug rees aan weerszijden van ons op, een lint van asfalt geflankeerd door hoge, ijzeren torens. Ten oosten lagen Manhattan, de Upper East Side en dan Central Park. We hadden een lange wandeling voor de boeg. We vertrokken zonder een woord te zeggen.

# 12

Tijdens onze wandeling door de Upper East Side kreeg ik pijn in mijn botten en het zweet stond op mijn onderrug, maar we werden niet gezien en dat was het belangrijkste. De straten waren verlaten; kennelijk had Gary alle doden hier weggehaald en in zijn leger opgenomen. Dat betekende niet dat we veel risico namen. We liepen door de straten van Manhattan met een strategie die Jack een 'sluippatrouille' noemde, wat inhield dat ik me in een schemerig portiek verstopte en de straathoek in het oog hield terwijl Jack zo snel mogelijk de open plek overstak. Dan zocht hij dekking en deed ik wat hij net had gedaan, maar dan een stuk onhandiger.

We zagen een paar gebouwen die met brute kracht waren afgebroken; waarschijnlijk om bakstenen voor de bouw van Gary's toren te verkrijgen. Er staken handen en voeten uit de puinhopen. Gary had zich kennelijk niet al te druk gemaakt over veiligheid op het werk toen hij zijn troepen op pad stuurde voor bouwmateriaal. We zagen maar één actieve dode man, en dat was al genoeg om me hartkloppingen te bezorgen. Als Gary zijn ogen op dat moment had gebruikt, waren we het haasje; en dat zouden we pas weten als we in het park aankwamen en Gary ons opwachtte. Als ik erover nadacht, raakte ik in paniek, dus probeerde ik er niet aan te denken. Wat niet lukte.

De dode vent stond midden op Madison Avenue, een stuk waar bijna geen auto's stonden. Hij stond met zijn rug naar ons toe, te staren naar een winkelpui met een enorm billboard erop. OPENT IN 2005: LA PERLA, zei de reclameposter. Eronder stond een vrouw afgebeeld in niets meer dan een beha en slip, haar rug gekromd, haar gezicht ongeïnteresseerd in de richting van de camera gedraaid. Zelfs op tien keer haar normale grootte zag haar gezicht er smetteloos, porieloos uit.

Zijn huid was verkleurd en gevlekt, vol zweren en loslatend rondom wonden op zijn handen en rug. Zijn hoofd bewoog heen en weer en telkens klonk er een vochtige klik in zijn nek. Wat kon hij toch in hemelsnaam zoeken op die reclameposter? Dacht hij dat die reusachtige vrouw eetbaar was? Ik had nooit enig bewijs gezien dat de doden belangstelling hadden voor seks.

Jack en ik wachtten een kwartier bij de gevel van een gebouw, wachtten tot het lijk zou doorlopen, maar het werd ons duidelijk dat hij nergens naartoe ging. Uiteindelijk keek ik Jack aan en pakte een mes uit mijn rugzak. Hij knikte. Ik was van plan geweest hem het wapen aan te geven, maar kennelijk was het mijn beurt. Hij stak een vinger op voor zijn gelaatsscherm; doe het zachtjes, vertelde hij me.

Ik besloot dat het beter was om snel te zijn. Ik rende zo snel mogelijk naar de dode toe in mijn onhandige pak, het mes hoog geheven zodat ik het boven in zijn hoofd kon steken. Maar ik bleef abrupt staan toen de dode man zich op een onvaste enkel omdraaide en me aankeek. Op zijn ogen lag zo'n witte laag dat zijn pupillen helemaal niet meer te zien waren. Hij moest zo goed als blind zijn. Zijn kaak hing los onder zijn huid, niet bevestigd aan de rest van zijn schedel. Ik had nog nooit een dode gezien die er zo beroerd aan toe was. Even voelde ik een steek van medelijden, maar toen had ik het mes al omlaag gebracht en zijn hoofd doorboord. Hij viel in een slordige hoop op de grond.

We bereikten de rand van Central Park minder dan een uur later. Eerst verkenden we het verwoeste landschap; droge modder in grote hoeveelheden, en meer dan genoeg kale bomen die wat dekking boden. We zagen een paar doden rondlopen, maar die waren zo ver weg dat ze ons niet zouden zien. Hoopten we. Jack ging me voor over een van de paden die het park doorkruisten. We liepen tussen de stenen muren waar de paden een soort kunstmatig ravijn vormden, en al snel stonden we tot onze enkels in bruin water. Toen de doden het gras en de planten van Central Park opvraten, hadden ze het enige weggehaald wat tussen de prachtig onderhouden openbare tuinen en de erosie in stond. De eerste stevige regenbui had Central Park in een reeks geulen veranderd, vatbaar voor plotselinge overstromingen en de slijtende effecten van kolkend water. Nu waren de paden ondiepe riviertjes en waren de oude waterbassins in het park – de vijvers, de meren, het Jacqueline Kennedy Onassis Reservoir – alleen nog maar olieachtige poelen. Het is onmogelijk geruisloos door stilstaand water te lopen, maar gelukkig hadden we niet ver te gaan. Zo'n dertig meter het pad op stuitten we op twee hoge ijzeren hekken in de muur. Daarachter lag duisternis; een heleboel duisternis.

Jack pakte zijn politieloper uit zijn uitpuilende rugzak. Het slot op de poort zag er simpel genoeg uit, maar het kostte heel wat inspanning en gedraai om het open te krijgen. Op een bepaald moment pakte Jack een metalen vijl en begon met veel lawaai langs het slot te schrapen. Misschien was het dichtgeroest. Ik stond op de uitkijk voor eventuele doden, dus ik zou het niet kunnen zeggen. Eindelijk schoot het slot met een knal open en waren we binnen.

De tunnel achter de poort had een zandvloer (nu onder een laagje water; ik zag het zand onder mijn voeten glinsteren met vlekjes mica, en opwolken telkens als ik mijn gewicht verplaatste) en een gebogen plafond van witte baksteen. Er hingen lampen daarboven, maar die werkten niet. Er hing een fijne watermist in de tunnel, waardoor we niet meer dan drie meter zicht hadden. Onze eigen schaduwen strekten zich voor ons uit in die mist, drijvend op dampen. Elke beweging die ik maakte, leek te worden vergroot, uitvergroot tot het alle betekenis verloor. De schaduwen vermeerderden zich toen we door de duisternis liepen en onze gloeistaven activeerden, en de wervelende vormen doken over me heen of juist bij me weg over de weerkaatsing van ons licht in het water. Er kon wel van alles zijn in die tunnel; een leger van doden had recht op ons af kunnen komen zonder dat we dat hadden kunnen zien. De muren en het gebogen plafond van de tunnel leken zich uit te rekken, dreigden elk moment te verdwijnen en ons zonder waarschuwing in een oneindige duisternis te dompelen.

Uiteindelijk kwamen we in een ruimte vol turbineapparatuur; alles stond allang stil, gelukkig, anders zouden we zijn geëlektrocuteerd. De grote, ronde machines stonden in een rij, als eieren of slapende gestalten tussen ons en een smeedijzeren wenteltrap die omhoogleidde naar een mistige duisternis. Onze rubberen laarzen maakten niet zo veel lawaai op de trap, maar het water dat van ons pak af liep terwijl we de trap beklommen, maakte het een klotsende, druipende, lawaaiige klim. Boven aan de trap was een ruimte van baksteen, waar alleen wat kapot meubilair stond en een vlekkerige matras in een hoek lag. Er waren ramen, maar die boden alleen uitzicht op slordig gemetselde bakstenen. Er was één deur, een grote, afgesloten stalen deur die onze volgende bestemming was. Als hij tenminste ergens naartoe leidde.

Gary had zijn toren op een groot stuk van Central Park gebouwd zonder kennelijk veel na te denken over wat er in de weg stond. Hij had veel van de gebouwen in het park afgebroken voor de bakstenen maar andere – in de buurt van het grote grasveld – waren gewoon in hun geheel opgenomen in de toren. Belvedere Castle, een van mijn favoriete plekken in New York City, was weinig meer geworden dan een steun voor een enorme buitenmuur. Aan de centrumkant van de toren was het poorthuis van het zuidelijke reservoir gelijksoortig toegepast. Hij was gewoon meegebouwd in de toren, iets wat Jack had gezien op de videobeelden van de Predator. Wat Gary niet wist, hoopten we, was dat er een tunnel van het zuidelijke poorthuis naar een van de doorgangen leidde. De tunnel waar we net doorheen waren gekomen.

Het was mogelijk dat de deur voor ons was dichtgemetseld tijdens de bouw. Het was ook mogelijk dat hij direct toegang gaf tot Gary's eigen kamers. Of tot een wachtruimte vol gewelddadige lijken. Daar konden we alleen achter komen door het te proberen.

Dus dit was ons plan. Ayaan zou de doden afleiden, zo veel mogelijk van Gary's duizenden soldaten naar zich toe trekken en het zo lang mogelijk volhouden boven op het natuurhistorisch museum. Tegelijkertijd zouden Jack en ik inbreken in Gary's fort, alle wandelende doden vermoorden die we daar aantroffen (inclusief Gary) en de overlevenden naar een plek brengen waar Kreutzer ze kon ophalen met de Chinook. Het was het beste idee dat we hadden kunnen verzinnen. Ik ging er vol overtuiging in, bereid mijn leven te geven om het te laten slagen. Dat gold voor ons allebei.

Jack verspilde geen tijd. Hij greep de deurknop en draaide eraan. De deur zwaaide open op goed gesmeerde scharnieren en bleek uit te komen op een donkere bakstenen gang. Geen van de doden sprong uit het niets tevoorschijn om ons aan te vallen. Er kwam een vlaag droge lucht over ons heen, die bijna alle sliertten mist wegblies die nog van de wenteltrap opstegen.

Jack gooide zijn zware rugzak op de vloer en hielp mij om me van die van mij te ontdoen. Hij maakte mijn rugzak open en haalde er lange, zilverkleurige cilinders uit met ventielen aan de uiteinden, het soort cilinders waarin je persgas zou bewaren.

Ik had ze nog nooit eerder gezien. 'Wat zijn dat?' fluisterde ik, en mijn stem klonk zelfs binnen mijn gelaatsscherm onverstaanbaar.

Jack keek op, zijn rustige gezicht omlijst door het vierkant van transparant plastic. 'Het plan is veranderd,' zei hij.

# 13

De lijven spanden zich en duwden, ruggen werden gekromd en hoofden omlaag gedrukt terwijl voeten houvast zochten. Duizend bewegende lijken spanden zich met armen en benen in, duwden elkaar omhoog, terwijl de ledematen van de lijken onderop knapten als droge takken. De bovenste, een Aziatisch meisje in een bloederige roze Sanryo-overall, stak een hand uit en raakte de dakrand van het planetarium aan. Een Somalisch meisje met een bajonet aan het uiteinde van haar geweer sprong naar voren en doorboorde het hoofd van het dode meisje als een ananas. Toen de bajonet werd teruggetrokken, rolde het Aziatische meisje langs de zijkant van de ondode menselijke piramide omlaag en smakte op het asfalt van Central Park West. Een man in een Armani-pak met een versplinterd been zakte naar voren om haar plek in te nemen. Een van de Somali's begon te schieten met een .50 kaliber machinegeweer op een statief, en zijn lichaam ontplofte in brokken verrot vlees die de lichamen onder hem raakten als een smerige regen.

De piramide zou niet werken. Gary richtte zich op zijn oorspronkelijke plan en keek door de ogen van een dode man diep in de ruïne van het natuurhistorisch museum. Een klein groepje dat constant aandacht nodig had, had zich een weg gebaand door een deel van het puin, was over kapotte standbeelden en door openingen in ingestorte stapels vergruisde bakstenen geklommen. Rood van het stof, hun ogen opdrogend in de kassen, waren drie van hen tegen een stuk verwrongen en kapotte lichtrail opgeklommen naar de vierde verdieping. Gary had ze maar even aan hun lot overgelaten terwijl hij probeerde de menselijke piramide te bouwen, maar in die tijd waren twee van zijn verkenners recht van een balkon af gelopen en weer op de verdieping eronder gevallen. Een van hen had twee gebroken benen en was nutteloos geworden; Gary kneep het leven er uit principe uit. De ander had zijn aandacht niet nodig. Haar hoofd was gespietst op een uitstekende metalen staaf. Het derde, nog functionerende lijk was tot stilstand gekomen en kon niet verder. Hij stond bewegingloos met zijn armen langs zijn lichaam en liet zijn hoofd heen en weer gaan terwijl hij probeerde te verwerken wat er voor hem lag: een schaduw die opdoemde vanuit de koele duisternis van het museum, een schedel die zo groot was dat hij erin zou kunnen klimmen, met tanden als dolken en oogkassen die groter waren dan zijn hoofd.

Het was de schedel van een *tyrannosaurus rex*. De dode man probeerde te bepalen of het voedsel was, of een vijand, of allebei. Het was natuurlijk geen van beide; er viel zelfs geen merg uit de beenderen te zuigen, want de schedel was maar een replica van polymeerhars. Gary gromde en greep de directe controle over de armen en benen van de ondode. Zijn soldaten waren natuurlijk altijd al stom geweest, maar ze hadden ook al niets meer te eten gehad sinds de dag dat Mael de controle over hen nam. Daardoor verloren ze nu terrein aan de sluipender soorten lichamelijk verval. Hun ogen waren wit door bederf; hun vingers vervormd en stakerig. Door de dode man te dwingen stevig door te lopen, beschadigde Gary zijn weefsel onherstelbaar. Over een paar uur zou dit lijk helemaal uit elkaar vallen. Irrelevant, hield hij zich voor. Hij had deze nog maar een paar minuten nodig. Volgens de museumplattegrond lag de zaal van de sauriërs tegen de bovenverdieping van het planetarium aan. Als er een weg naar het dak was, moest die hier ergens zijn.

Het was schemerig in de zaal van de dinosaurussen, maar niet helemaal donker. Gary probeerde de verslechterende ogen van het lijk te ontspannen en te zien waar het licht vandaan kwam. Na een paar pogingen lukte het hem uiteindelijk om de dode man in de goede richting te sturen; naar een aanzienlijk gat in de muur waar bakstenen uit waren gevallen en het pleisterwerk was verkruimeld, zodat de zon er binnenviel in een werveling van frisse lucht. Gary duwde zijn afstandslichaam in het gat en drukte door. Het vlees van de dode man bleef haken achter afgebroken leidingen en houten balken – bleef haken en scheurde los – maar hij bewoog, centimeter voor centimeter, verder naar buiten. Uiteindelijk kwam zijn gezicht in het licht en even zag Gary alleen maar wit, terwijl de rotte pupillen van zijn avatar wanhopig probeerden zich samen te trekken. Toen hij eindelijk weer helder zicht had, zag hij precies wat hij had willen zien: het dak van het planetarium, nog geen meter onder hem, bitumen en ventilatoren en Somalische kindsoldaten. Hij had een doorgang gevonden! Gary richtte meteen zijn aandacht op het oproepen van honderden soldaten – nee, duizenden – en liet ze naar het natuurhistorisch museum komen. Hij was van plan volledig gebruik te maken van deze zwakke plek.

Toen liet hij zich weer in het beschadigde brein van zijn verkenner zakken om de situatie in ogenschouw te nemen... en staarde in het gezicht van een glimlachend tienermeisje. Ze had een rond, groen handgranaatje in haar hand. Gary probeerde de dode man naar haar vingers te laten bijten, maar hij kon haar er niet van weerhouden dat ze de granaat in de mond van de dode man propte. Hij voelde de ronde vorm ervan, het onplezierige gewicht in zijn mond. Hij proefde het metaal.

Hij hoefde niet echt te blijven rondhangen voor wat er volgde. De spleet in de muur zou nu nutteloos zijn; de meisjes wisten er nu van en konden een voor een iedereen afmaken die hij erdoor stuurde.

'Fuck!' schreeuwde hij, en hij wendde zich af van de borstwering van de broch. Terug in zijn eigen lichaam, voor het eerst sinds de aanval was begonnen, liep hij stampend de trap af, met de mummies op zijn hielen. Hij liet Neusloos op de bovenverdieping achter om de strijd te blijven gadeslaan. Een beetje halfhartig bleef hij ook letten op de strijd in het westen, waar zijn soldaten een voor een werden neergeschoten, maar hij was niet direct geïnteresseerd in de details. Ayaan ging helemaal nergens naartoe, en hij ook niet. Hij had alleen wat tijd nodig om te hergroeperen, om na te denken.

Hij kwam op de benedenverdieping van de toren aan en liet zich dankbaar in zijn formalinebad zakken. Het werd steeds lastiger om zelf te lopen; misschien besteedde hij zoveel tijd in de eididh dat zijn spieren atrofieerden. Iets om zich druk over te maken als...

*FWHAM. FHHHWHAM. FHHWHAM.*

Steenstof dwarrelde neer van de bovenverdiepingen en landde als paprikapoeder in zijn bad. Gary kwam met veel geklots overeind en tastte naar informatie. De westkant van de broch was gehuld in rook, die bewegingsloos in grote slierten in de lucht hing. Neusloos was van de houten plankieren van de bovenste galerij gevallen, door de inslagen omver gekegeld. Gary dwong hem op te staan en een kijkje te nemen.

Een van de meisjes had een granaatwerper met raketaandrijving; hetzelfde wapen dat Dekalb had gebruikt op die dode mobiele eenheid. Ze schoot recht op de broch, en de granaten kwamen op Gary's uitkijkpost af als dodelijke voetballen die draaiend door de lucht vlogen met perfect rechte staarten van witte damp er achteraan.

*FHHHHHHHHHWHAM.*

Gary brieste van woede terwijl hij nog meer soldaten opriep – verdomme, állemaal – en ze naar het museum stuurde. Hij zou hier nu een einde aan maken, op welke manier dan ook. Als hij het hele planetarium moest omgooien met de brute kracht van een miljoen doden, dan zou hij dat doen. Als hij dat gebouw zelf moest afbreken, zou hij dat doen! Hij stuurde zijn reus naar voren door de vloedgolf van doden, omdat die met zijn lange benen sneller kon lopen dan de rest. Hij stuurde Gezichtsloos naar buiten om zijn ogen te zijn; ze had de laatste tijd goed gegeten en haar zicht was nog niet vertroebeld. Dit pikte hij niet, godverdomme!

Het leger van doden omringde het planetarium in rijen van honderd man diep, hun schouders gebogen en duwend tegen het gebouw tot ze elkaar vertrapten, toen Gary het geweerschot hoorde. Met zijn eigen, fysieke oren. Zijn aandacht ging onmiddellijk terug naar zijn eigen omgeving.

Dat geluid was van binnen in de broch gekomen.

# 14

Jack ging aan het werk bij het licht van een handjevol gloeistaven. We trokken onze HazMat-pakken uit om gemakkelijker te kunnen bewegen en ik wachtte geduldig op Jacks instructies. Hij ritste de grote tas open die ik Gary's fort binnen had gedragen en haalde er een paar pakketjes in folie uit, met waarschuwingsstickers en kleine lettertjes erop. Ik tuurde zelf ook in de tas, maar had geen idee waar ik naar keek. Naast de metalen gascilinders zaten er nette stapeltjes elektronica in en een paar bakstenen die er zacht en wittig uitzagen. Ik zag wel wat er ontbrak: geweren. Er zaten helemaal geen vuurwapens in. Geen pistolen, geen assaultgeweren, geen buksen. Geen granaatwerpers of scherpschuttersgeweren of machinegeweren.

En ook geen messen. Het combatmes dat aan mijn been was gegespt, was het enige wapen dat ik kon vinden. Ik ritste Jacks tas open, met het idee dat hij misschien alle wapens zelf maar had gedragen omdat hij vermoedde dat ik anders per ongeluk mijn voet er af zou schieten (best een redelijke aanname, als dat was wat hij echt had gedacht. Dat was niet zo). Hij stak een hand uit en hield me tegen. 'Die pak ik wel uit,' zei hij.

'Ga je me al vertellen wat we gaan doen?' vroeg ik voorzichtig.

'Nee,' zei hij.

Dat was echt Jack. Alleen maar nee, ontkenning, uh-huh. Hij pakte de mobiele iridiumtelefoon uit mijn rugzak en legde die op de vloer nadat hij voor de derde keer had gecontroleerd of hij op de trilstand stond en geen belgeluid zou maken. 'Geef me een voor een, en heel langzaam, die bakstenen aan,' zei hij, wijzend naar mijn tas.

Ik pakte er eentje. Hij voelde een beetje poederig aan, als een verkruimelend stuk zeep, en hij zat verpakt in een dun laagje plastic, een soort huishoudfolie. Ik maakte met mijn duim een deuk in de baksteen, maar dat scheen Jack niet erg te vinden. Hij trok het plastic eraf, pakte een van de gascilinders en begon de kleiachtige substantie rond de cilinder aan te brengen en voorzichtig glad te strijken. Terwijl hij ermee werkte, verloor het spul die poederachtige samenstelling en werd het rubberachtig en kneedbaar.

Ik had dat spul wel eerder gezien. Het is zo normaal en goedkoop dat je het vaak genoeg ziet in het arsenaal van de meeste ontwikkelingslanden. En in trainingskampen van terroristen, niet te vergeten. 'Dat is semtex, hè?'

Jack keek me boos aan.

Stom van me, ik dacht dat hij boos was omdat ik er een Europese naam voor had gebruikt. 'Sorry. C-4. Plastic explosieven. Je gaat Gary opblazen.'

'Zoiets.' Hij ging weer aan het werk en bracht een lading rond het uiteinde van een volgende cilinder aan.

Ik moest het weten. Ik pakt een van de cilinders op. Er zat een vaal geworden sticker bij het ventiel in de buurt, met twee symbolen erop. Het een was een driehoek met een kapotte reageerbuis. Tekenfilmdampen stegen op vanaf de breuk. Het andere symbool was een schedel met gekruiste beenderen.

De foliepakketjes bevatten tweedelige atropineauto-injectors. Eerste hulp in het geval van een ongeluk met chemische wapens.

'Wat zit er in die cilinders? Sarin?' vroeg ik heel, heel rustig.

'VX,' zei hij, een beetje snuivend alsof ik zijn professionele trots had verwond. 'Met een LD50 van tien milligram, geïnhaleerd of via huidcontact.'

Een dodelijke dosis in een vijfde van een regendruppel. Dat is alles wat ervoor nodig is. Ik wist een heleboel meer over LD50's en cijfers bij blootstelling van de ogen of de huid dan ik ooit had gewild. Dit spul was mijn nachtmerrie toen ik nog werkte als wapeninspecteur. Het zou de ergste nachtmerrie zijn geweest van iedereen, als iemand ooit gek genoeg was geweest om het te gebruiken. Zelfs Saddam Hoessein had, toen hij probeerde de Koerden uit te roeien, minder gevaarlijke zenuwgassen gebruikt dan VX. Het was een uitvinding van de Britten. Ze hadden het aan Amerika verkocht in ruil voor de schema's van de atoomboom. Zo dodelijk was het.

'Het leger heeft alles geprobeerd toen de Epidemie uitbrak,' vertelde Jack. 'Er was een gerucht dat ze een atoombom op Manhattan wilden gooien, maar ik denk dat ze dat niet op tijd konden regelen. Ze hebben wel geprobeerd de ondoden te vergassen in Spanish Harlem. Dit is een deel van de spullen die ze mee hadden gebracht voor dat project.'

'Hebben ze zenuwgas ingezet tegen de levende doden?' vroeg ik ongelovig. Ik neem aan dat ik in die positie misschien ook echt alles had geprobeerd. 'En... werkte dat?'

'Het hád moeten werken. Een dode kerel is in feite alleen maar een wandelend zenuwstelsel, en VX is een zenuwgas. Het schakelt de acetylcholinecyclus uit. Het had moeten werken.'

Blijkbaar had het dus niet gewerkt. Waarschijnlijk had het leger zelfs alleen maar de overlevenden die zich in die buurt verstopten uitgeroeid en bleven de ondoden ongedeerd. De dingen die we toch doen met de beste bedoelingen... Ik schudde mijn hoofd. 'Dus je bent hier helemaal niet om Gary te vermoorden.'

Jack pakte een handwapen uit zijn eigen rugzak, een Glock 9mm. Hij richtte het niet op me, bedreigde me helemaal niet. Heel voorzichtig, zonder de loop van de muur af te wenden, legde hij het op de grond.

'Ik heb je eens verteld over mijn noodplan. Dat ik nadacht over hoe ik ze in hun slaap uit hun lijden kon verlossen.' Hij bleef ladingen om de cilinders aanbrengen. Ik deed niets. Ik wist nog heel goed wat hij had gezegd. Ik was er toen bang van geworden, en nu nog meer omdat ik nu wist dat hij het meende. 'Een reddingspoging heeft geen kans van slagen, Dekalb. Het kan gewoon niet. Ik ben in gedachten door een miljoen scenario's gelopen, en in geen daarvan komen wij twee levend terug.'

'Dat weet je niet,' zei ik verontwaardigd.

Hij knipperde met zijn ogen en wendde zijn blik van me af. 'Dekalb,' zei hij, 'hoeveel man passen er in een Chinook waar de stoelen zijn uitgehaald?'

Mijn mond ging spastisch open en dicht. 'Dat weet...' Maar ik wist het wel. Ik wist het antwoord. Misschien honderd man als je niet ver hoefde te vliegen. We konden maar de helft van de overlevenden redden, als we al zo ver kwamen.

Jack wilde duidelijk niet kiezen wie hij moest achterlaten.

'Het heeft geen zin als we zo sterven. We kunnen nog iets voor de overlevenden doen. Voorkomen dat hij ze opeet. Ik wel, tenminste,' zei ik.

Hij gooide me een van de atropine-injectoren toe. Als ik werd blootgesteld aan zenuwgas was het enige wat me kon redden – het énige – die naald in mijn achterwerk of dij. Als ik niet was blootgesteld aan zenuwgas maar mezelf er toch mee injecteerde, zou de atropine me het leven kosten.

'Jij kunt hier weg. Ga terug zoals we hier gekomen zijn. Ga naar Kreutzer en laat hem je naar het VN-gebouw brengen. Haal die meisjes van dat dak. Je kunt je missie nog altijd afmaken. Maar laat mij die van mij afmaken.'

Dat betekende dat ik tweehonderd mannen, vrouwen en kinderen ter dood veroordeelde.

'Dekalb... Ik had je alleen tot hier nodig omdat ik niet al die spullen in mijn eentje kon dragen. Nu zal ik je een dienst bewijzen. Draai je gewoon om en ga weg.'

Ik wist niet wat ik moest zeggen. Ik wist al helemaal niet wat ik moest doen. En ik had zeker geen idee wat mijn volgende reactie zou zijn. Als ik uit mijn lichaam had kunnen treden en met mezelf had kunnen praten, zou ik het mezelf ook hebben afgeraden.

Het was een beetje impulsief.

De mobiele iridiumtelefoon zoemde met een klein, onopvallend geluid. Hij trilde tegen de stenen vloer, wiebelend en dansend, schoof een stukje over de grond en bleef liggen. Een tel later begon het opnieuw. Dit was Ayaans teken voor ons, de melding dat ze Gary's ondode leger naar zich toe had gelokt. Bij ons weg. Jack en ik staarden allebei naar de telefoon.

We keken op hetzelfde moment op. Ik had mijn combatmes in mijn hand, gericht op zijn buik. Hij had de Glock in zijn hand, gericht op mijn hart.

Ik dook.

Hij schoot.

# 15

Jacks beste plan – waar hij dagenlang over had gedroomd en nagedacht en waarvoor hij manieren om het uit te voeren had bedacht – was om elke levende persoon in Gary's fort te vermoorden. Hij zou acht bommen maken, elk ervan met genoeg vx-zenuwgas erin om een hele stadswijk te ontvolken. Hij zou die bommen op zijn lichaam binden. Dan zou hij het fort binnenrennen met een ontsteker in zijn hand. Of hij redde het naar buiten en naar Gary's boerderij, waar de overlevenden woonden – en kon misschien ondertussen nog een laatste blik werpen op Marisol – of hij zou onderweg worden tegengehouden door aanvallende doden. Hoe dan ook, hij zou die ontsteker activeren. De daaruit voortkomende wolk gifgas zou zich door dit deel van de stad verspreiden. Het zou uren duren voor het gas was vervlogen. Iedereen die eraan werd blootgesteld, al was het maar een paar minuten, zou sterven. Niemand was immuun voor vx. Je kon niet eens je adem inhouden en wachten tot het optrok. Zodra het je huid raakte, was je dood. Er was geen tijd om het af te spoelen.

Hij dacht dat hij er met zenuwgas voor kon zorgen dat de doden niet meer zouden opstaan. vx veroorzaakte kortsluiting in het hele zenuwstelsel, waardoor het lichaam onmogelijk nog kon functioneren. Misschien zou het hebben voorkomen dat Marisol en de overlevenden van Times Square weer gingen bewegen. We zullen het nooit weten.

We probeerden elkaar te vermoorden in die laatste, akelige seconde, met alles wat we in ons hadden. Ik stak hem met het combatmes, dook boven op hem. Hij gebruikte al zijn vaardigheid met wapens om te proberen mij in het hart te schieten. Een mens neerschieten is iets anders dan zo'n monster neerschieten. Als je op een levend mens, en vooral een bewegend mens schiet, dan zijn schoten op het hoofd, had Jack me kunnen vertellen, lastig, zelfs van dichtbij, als je vanuit je heup schiet met een pistool. Zelfs als je raak schiet, dan schiet je nog op het meest benige gedeelte van een menselijk lichaam, het deel waar een kogel het eerst op afketst. Het kan zijn dat je alleen de hoofdhuid van je doelwit schampt en hem alleen maar boos maakt. Of je raakt zijn kaak, wat een lelijke wond oplevert die de meeste mensen door de inslag echter niet eens voelen. Een schot in de borst zal op zijn minst een long doorboren. Als het op stopkracht aankomt, moet je altijd op het bovenlichaam richten.

Ik was niet getraind in mesgevechten. Ik kende geen speciale trucs. Ik wist al helemaal niet hoe je effectief een mens ombracht met een mes. Ik dook gewoon naar voren met mijn mes voor me uit en hoopte er het beste van.

Hij miste. Het is mogelijk, neem ik aan, dat hij niet echt op me wilde schieten, dat hij me alleen wilde afschrikken. Maar we hebben het hier over Jack, dus ik denk dat we die mogelijkheid veilig kunnen verwerpen. Het is veel waarschijnlijker dat hij me niet echt goed kon zien. Dit gebeurde allemaal immers bij de gloed van vier chemische lichtjes. Gloeistaven. Ik was een schaduw die op hem afkwam in een kamer vol schaduwen. Hij miste.

Ik niet.

Er lag zo veel bloed – overal bloed – dat ik pas later besefte wat er gebeurd was, toen ik de kans had mezelf te onderzoeken en te zien dat ik geen rokende gaten had. Ik had hem weten te raken in enkele aders en belangrijke slagaders. Zijn bloed lekte niet gewoon uit hem, het spoot uit zijn buik. De wond die ik hem had toegebracht was zo diep, dat mijn mes in hem was blijven steken en ik het daar had laten zitten. Het leek net alsof ik in een perfect gebakken biefstuk had gesneden. Het was net als het uitbenen van een vis.

Ik zou daar later nog lange tijd aan denken. Op dat moment lag ik alleen maar boven op hem, hijgend, me volkomen onbewust van wat er om me heen gebeurde, met alleen de wetenschap dat ik nog leefde en er vrij zeker van dat het niet lang meer zou duren.

Het schot was door het hele fort te horen geweest. Zo duidelijk als maar kan.

Toen de deur openbarstte, hoorde ik dat niet, al moest het een behoorlijke klap hebben gegeven. Toen de dode handen me vastgrepen, was ik me daar amper van bewust. Ik merkte eigenlijk meer hoe mijn gewicht steeds maar weer uit hun dode handen glipte. Ik voelde me onverzettelijk. Ik had het idee dat geen enkele macht in ruimte of tijd me kon bewegen.

Uiteindelijk grepen de doden me simpelweg bij de enkels en sleepten me mee het pomphuis uit. Ze sleurden Jack op dezelfde manier naar buiten. Hij leefde nog. Min of meer. Zijn ogen waren open en helder. Hij keek me zonder enige emotie op zijn gezicht aan terwijl we door een lange gang werden gesleept, onze broek opkruipend wanneer onze kont over hobbels in de vloer sleepte, mijn wang brandend van de wrijving op de stenen vloer.

Toen begon de tijd weer te lopen en probeerde ik me te verzetten. Ik kromde me naar voren en greep naar de rottende vingers die mijn enkels omklemden. De dode mannen lieten me vallen en ik rolde snel in een zittende houding, voor ze me konden doodschoppen. Ze probeerden het zeker, geloof me. Het lukte me mijn benen onder me te krijgen en op te staan. Toen leunden vijf van hen min of meer tegen me aan, hun schouders tegen mijn borst en rug. Ze ramden me tegen een muur met alleen het gewicht van hun ontbindende lichamen. De stank was vreselijk, vooral gemengd met de olieachtige geur van Jacks bloed op mijn overhemd.

Ze bonden mijn handen niet vast; daarvoor hadden ze niet de coördinatie. In plaats daarvan duwden ze me gewoon voor zich uit met hun handen en voeten, als kinderen met een colablikje. Telkens als ik me omdraaide om hen aan te vallen, duwden ze me gewoon weer tegen de muur tot ik rustig werd.

Ze hadden alle tijd van de wereld. Ze zouden niet moe worden. Uiteindelijk liet ik me maar gewoon meevoeren. We kwamen op een plek waar de gang overging in een grotere ruimte, en toen duwden ze me neer op handen en knieën. Ik keek op.

Zes dode mannen stonden in een kring tegen de muren van de ruimte. De ruimte was rond en hoog, maar niet zo groot als ik had gedacht. Hij was nog kleiner doordat het grootste deel van de vloer was uitgehold tot een enorm bassin, een tobbe. Een badkuip. De kuil stond vol met een of andere smerig stinkende vloeistof. Ik herkende de geur van formaline; het is een chemisch nevenmiddel, een ingrediënt in een aantal chemische wapens. Ik zou die geur overal herkennen. Iets ter grootte van een grote kool dreef op het oppervlak, maar ik kon het niet zo goed zien; er kwam echt daglicht binnen door het open plafond en ik werd erdoor verblind na zo'n lange tijd in de tunnel en het pomphuis.

Een mummie – een echte Egyptische mummie, met smerige windsels om zijn lijf – pakte Jack bij een voet op en sloeg een paar politieboeien om zijn enkels terwijl hij in de lucht bungelde. Ik nam me voor te onthouden dat mummies heel, heel sterk waren. Het andere uiteinde van de handboeien werd bevestigd aan een haak die aan een ketting aan het hoge plafond hing. De ketting werd een stukje opgehesen en Jack bungelde als een stuk rundvlees aan een vleeshaak. Hij bewoog helemaal niet. Er liep een dikke straal bloed via zijn linkerarm naar de vloer. Ik kon niet naar hem kijken. Als hij nog leefde, moest hij helse pijn lijden. Als hij dood was, zou hij dat niet lang blijven.

Ik keek weer naar het koolachtige ding in de kuip. Het deed een stel zeer bloeddoorlopen ogen open. Het glimlachte naar me. Het was Gary's hoofd. 'Hoi,' zei hij.

Ik keek naar links en naar rechts. De doden waren bij me weg gestapt, alsof ze hun meester een maaltijd hadden opgediend. Ik dook naar voren, mijn handen geklauwd, met de bedoeling om Gary's ogen uit te drukken of zo. Hem gewoon maar pijn te doen, hoe dan ook. Ik was bij lange na niet meer die laffe ambtenaar die hij op Union Square had ontmoet. En dat zou hij weldra merken. Gary stond op in zijn badkuip met het geluid van de branding op het strand en stak een hand uit om me tegen de vloer te slaan. Mijn adem werd uit mijn longen geperst en ik kreeg vlekken voor mijn ogen. Ik keek op en zag de hand die me had geraakt. Het leek wel op zo'n reusachtige schuimrubberen hand die je soms op sporttribunes ziet. Hij was gigantisch, de vingers zo dik als jonge boompjes. Gary was naakt, en zijn lijf was een rimpelende massa vet en dode aderen. Gelatine met lijkensmaak in een vette worst die elk moment kon openbarsten.

Hij was drie meter lang. Hij was drie meter breed. Hij moest wel vijfhonderd kilo wegen. Zijn hoofd was helemaal niet gegroeid. Het zag er piepklein uit boven zijn schouders, zijn nek verborgen achter rollen vet. Hij keek naar zichzelf.

'Tussendoortjes,' legde hij uit.

# 16

De beruchte Jack hing aan de ketting, zijn slappe lichaam eerst de ene, toen de andere kant op draaiend. Het bloed dat eerder uit zijn aderen was gespoten, kwam nu nog maar in druppeltjes. Voor zijn geestesoog zag Gary de gouden energie van zijn leven, ooit fel en onafhankelijk, veranderen in sliertjes ijle rook, zijn lichaam nauwelijks warmer dan de lucht om hem heen.

Een druppel bloed viel van zijn bungelende linkerhand en raakte de stenen vloer met een zacht, spetterend geluid.

'Dus... ik win,' zei Gary, al wist hij zelf niet zeker wat dat betekende. Hij liet zich weer achteroverzakken in de welkome omhelzing van zijn bad. Zijn gewicht was de laatste tijd een probleem geworden; zijn botten klaagden als hij opstond en ze dwong al dat extra vet mee te torsen. Het voelde veel beter om gewoon maar in de formaline te liggen en zich een beetje te laten drijven. 'Het is voorbij.' Een kwartier geleden had de laatste granaat de broch geraakt. Ayaan had zeker geen munitie meer. Dekalb en Jack waren hier. De gevangenen, volgens Neusloos, waren bang maar rustig. In heel New York City was er niemand meer die hem kon uitdagen. 'Ik win,' zei hij nog eens.

Nog een druppel bloed viel op de grond. *Drup*.

Dekalbs kaak trilde toen hij zijn mond opendeed om iets te zeggen. Hij moest de woorden zichtbaar naar buiten persen. 'Ik neem aan van wel. Dus maak me maar gewoon af. Eet me op en verlos me uit mijn lijden.'

Gary grijnsde en legde zijn handen op zijn bolle buik. 'Nee,' zei hij.

'Nee?'

'Nee.' Gary knikte naar Jack, die wit als een laken was geworden. *Drup. Drup*. 'Hij gaat zo dood. Als dat gebeurt, komt hij terug; als medestander van mij. Dan laat ik hém je opeten. Dat lijkt me geweldig.'

*Drup*.

Dekalbs maag trok samen en de spieren onder zijn bebloede overhemd verkrampten terwijl zijn borst uitzette van angst. *Hij heeft vast moeite zijn sluitspier in bedwang te houden*, dacht Gary. *Misschien schijt hij wel in zijn broek*. Dat zou grappig zijn. Dit was de man die geen woord had gezegd toen Ayaan Gary door het hoofd schoot. Gary zou hem flink laten lijden.

Dekalb liet zijn handen over zijn kleding gaan, misschien zodat ze ophielden met trillen of misschien om het klamme zweet er af te vegen. Hij ging over zijn broekzak en scheen daar iets te voelen. Zijn portemonnee? Zijn huissleutels? Iets veiligs, troostends, bemoedigends. Een of andere valse hoop. Zijn ogen waren echter spleetjes, gekwetst, verloren en onmachtig. 'Je... Dat hoef je niet te doen. Je hoefde dit alles niet te doen... Gary, er is nog een kans. Je kunt dit omkeren. Iedereen redden.'

'O, ja?' sneerde Gary.

'Ja.' Dekalb ging met gekruiste benen op de rand van Gary's badkuip zitten en wreef over zijn gezicht. 'Je zou... Je zou de doden kunnen besturen, ze allemaal de oceaan in laten marcheren als je wilt. Je zou ons kunnen redden. Je zou het menselijk ras kunnen redden.'

*Drup.*

Gary liet zijn hoofd even onder de conserverende vloeistof zakken. Voelde het in zijn mond, zijn neus, het labyrint van zijn neusholten. Hij kwam weer omhoog en liet de vloeistof van zijn gezicht druipen voor hij weer sprak. 'Het menselijk ras. De levenden, bedoel je; de mensen die me haten. Die niet eens naar me kunnen kijken. Waarom, Dekalb? Waarom walgen jullie zo van me? Geef me daarop dan tenminste een eerlijk antwoord.'

De vijand dacht in ieder geval na voor hij antwoord gaf. 'Omdat je net zo bent als wij. Je kunt praten, je kunt denken. De rusteloze doden daarbuiten, je leger, daar kunnen we naar kijken en ons voorhouden dat het maar beesten zijn. Ze weten niet wat ze doen. Maar jij hebt hiervoor gekozen.'

'Ik heb ervoor gekozen,' herhaalde Gary. Hij had daar nog niet over nagedacht; hij had zich altijd gezien als een slachtoffer van de omstandigheden. Voortgedreven door de gebeurtenissen tot hij er uiteindelijk boven stond.

'Je bent menselijk, of althans bijna. En je eet andere mensen. Daar is niets ingewikkelds aan. Het is het oudste taboe dat er bestaat. Je bent een kannibaal.'

Gary's maag draaide zich om bij die gedachte. Tien verschillende uitvluchten voor zijn gedrag schoten hem te binnen, maar hij verwierp ze meteen weer; ze waren vals. Dekalb had gelijk, hij had ervoor gekozen te zijn wie hij was. Dat veranderde niets. Woede klauwde zich een weg uit Gary's borst en in zijn mond. Hij wilde spugen. 'Je snapt het nog steeds niet, Dekalb. Ik ben hier niet de boosdoener. Ik ben geen monster, verdomme. Mensen hebben geprobeerd me te vermoorden bijna sinds de dag dat ik herboren werd; Ayaan en haar padvinders uit de hel, en Marisol, en vanwege Marisol, Jack hier. Jij bent hier vandaag ook gekomen om me te vermoorden. Er zijn nog anderen geweest over wie jij niets weet; een vent van wie ik dacht dat hij mijn vriend was, of tenminste mijn leraar. Waarom? Omdat ik onrein ben, onnatuurlijk? Omdat ik kwaadaardig ben? Ik ben geen van die dingen. Ik heb alleen maar hónger,' brulde Gary. 'Ik heb het recht om te bestaan, het recht te blijven leven zolang ik kan, en dat betekent dat ik moet eten. Dat betekent dat ik het récht heb om te éten.'

*Drup.*

'Je kunt me veroordelen zoveel je wilt, maar hier staan we dan. Ik win. Ik zal eeuwig leven... en jij gaat dood.'

*Drup.*

Jacks lichaam begon te schokken, een laatste protest van de spieren. Hij trilde aan zijn ketting, raakte met zijn schouder een muur en begon te draaien. Zijn mond ging open en er kwam een vochtige kreet van afgrijzen uit, een rauw, nat beestengeluid dat verzwakte tot een geratel. Deels de symfonie van de verdoemde en deels het gehuil van een pasgeboren baby.

Er liep braaksel uit zijn neus en mond. Zijn borst ging nog een laatste keer spastisch omhoog en toen stopte hij gewoon. Zijn systemen werden uitgeschakeld. Hij overleed.

'Je hebt ongeveer een minuut de tijd voor hij reanimeert,' zei Gary, terwijl ze allebei naar het verse lijk staarden. 'Heb je nog een laatste wens?'

Dekalb lachte met een bitter, explosief geluid. Hij stak zijn hand in zijn zak en pakte er iets uit. Gary schrok even, maar ontspande zich toen hij zag wat Dekalb had gevonden: een shagje en een pakje lucifers.

'Ik wist niet dat je rookte,' giechelde Gary.

'Als ik dan toch ga beginnen, dan is dit wel het moment.' Hij stak de joint tussen zijn lippen en vouwde het luciferboekje open. 'Osman – die ken je niet – heeft me deze gegeven voor ik van

Governors Island wegging. Hij zei dat het goed was tegen de zenuwen. Misschien maakt dit het minder pijnlijk om levend te worden opgevreten. Maar dat zou jouw pret bederven, hè?'

Gary stak in een wegwuivend gebaar een druipende arm omhoog. 'Zo'n enorme klootzak ben ik nu ook weer niet. Ga je gang. Een laatste daad van genade.'

'Bedankt.' Dekalb scheurde een van de papieren lucifers los en zette de kop ervan tegen het afstrijkvlakje. 'Trouwens, iemand is je zijn excuses schuldig.'

'O?'

Dekalb knikte, en zijn absurde joint wiebelde mee in zijn mond. 'Ja. Je leraren op de medische faculteit. Ze zijn vergeten je te vertellen dat formaline zeer licht ontvlambaar is.' De lucifer ontbrandde met een licht gesis. Dekalb schoot hem in een fladderende boog weg zodat hij recht in Gary's badkuip belandde.

# 17

De brandbare vloeistof ontvlamde met een enorme *FFFH-WOOMP* toen alle lucht in de ruimte naar de brandhaard werd gezogen. Een vuurbol met een ongelooflijke felheid en hitte schoot omhoog door het open plafond toen alles in de ruimte tegelijk vlam probeerde te vatten. Ik stak mijn armen op om mijn gezicht te beschermen toen het vuur over me heen spoelde en ik probeerde adem te krijgen. Mijn voeten kwamen los van de vloer en alles draaide rond, en ik voelde het haar op mijn armen omkrullen en verschroeien. Ik liet mijn armen zakken en merkte dat ik op mijn rug lag.

Pijnlijk kwam ik overeind zodat ik Gary weer kon zien. Hij was een pilaar van gesmolten vuur geworden. Zijn enorme, volgepropte lijf schokte spastisch terwijl brandend vet door zijn gebarsten huid en over zijn ledematen sijpelde als kaarsenwas.

Terwijl ik naar hem staarde – en geloof maar dat ik dat deed, die verschrikking voor me had een brute, hypnotische sfeer die me niet losliet – probeerde hij zich te herstellen om de controle over zijn lichaam weer te krijgen. De pijn... Ik kan zijn pijn niet beschrijven. Niemand kon dat, geen enkel levend mens. Mensen ervaren dat levend verbranden nooit, niet zoals Gary dat deed. Onze hersens kunnen dergelijke overstelpende stimulansen niet aan. We raken bewusteloos en het ergste blijft ons bespaard.

De doden slapen niet. Ze vallen ook niet flauw. Gary stierf op de meest pijnlijke manier die mogelijk was, maar de genade van de bewusteloosheid was hem niet gegund. Ik zag dat hij probeerde zijn opstandige lichaam onder controle te krijgen, zich door de pijn heen probeerde te vechten. Zijn handen strekten zich, zijn armen kwamen omlaag. Hij probeerde iets te grijpen. Wat dan ook. Mij.

Ik kon nog net uit de weg rollen toen een enorme brandende arm met een klap op de stenen naast me neerkwam. Ik voelde de hitte die van Gary afstraalde, de superhete lucht die hij met zijn slag verplaatste. Mijn voeten zetten zich af om onder me te komen, mijn armen strekten zich om me van de grond te duwen. Als ik niet binnen een tel overeind kwam, was ik gedoemd.

Gary draaide rond, zijn armen uitgestoken als knuppels, en het licht dat ze verspreidden verblindde me toen ik net onder zijn bereik door dook en overeind kwam met mijn rug tegen de muur. Hij haalde een arm achterover en wilde me met een enorme vuist een knal verkopen, maar het lukte me die te ontwijken. Zijn vuist raakte de muur en vergruisde de bakstenen.

Ik was eventjes veilig. Gary was blind; het vuur had zijn oogbollen veranderd in gekookte bubbels gelei. Hij maaide om zich heen, alle kanten op om me te vinden in zijn privéduisternis. Ik besloot hem niet de kans te geven.

Ik draaide me om en glipte een gang in die van de ruimte wegleidde, en stond toen oog in oog met een dode man in een verschroeide spijkeroverall. Ik was Gary's persoonlijke lijfwachten vergeten. Deze hier leek helemaal niet blij met wat ik zijn meester had aangedaan. Zijn kapotte handen grepen naar mijn overhemd en zijn mond ging open, zijn tanden afdalend richting mijn schouder. Ik kromde me achterover om zijn greep op me af te schudden, maar het had geen zin; hij zat met zijn wijsvinger verstrikt achter een van mijn riemlussen. De beste strategie die ik kon bedenken, was hem een zet te geven zodat hij in Gary's badkuip zou belanden en hopelijk in brand zou vliegen, maar dan zou ik met hem mee gesleurd zijn.

De kaken van de dode man sperden zich open, klaar om te bijten, toen er iets echt verrassends gebeurde. Wat er ook voor animerende vonk of levenskracht in Overalls ogen te zien was geweest (en dat was niet veel), het liep uit hem weg. Zijn ogen rolden achterover in zijn hoofd en zijn knieën knikten. Levenloos, tweemaal dood, gleed hij omlaag en trok me bijna met zich mee.

Een dode vrouw met krulspelden in haar haren verscheen om hem te vervangen, maar ze viel dood neer voor ze me zelfs maar kon aanraken. Mooi zo. Ik was nog druk bezig om Overall van mijn riemlus los te prutsen.

Ik wist vrij te komen en rende weg, gewoon zo snel mogelijk weg, zonder een idee van waar ik naartoe ging. Ik kwam onder aan een trap en probeerde me te herinneren of de doden me omhoog- of omlaag hadden gesleurd toen ze me uit het pomphuis haalden. Ik stond daar nog steeds te twijfelen, wanhopig om het donkere fort uit te komen, toen ik voetstappen van bovenaf hoorde naderen. Twee stel voetstappen. Het ene langzaam, afgemeten en ritmisch, het andere onregelmatig en chaotisch alsof iemand zonder enige coördinatie probeerde de ander bij te houden. Ik had al eerder zulke voetstappen gehoord, in het ziekenhuis in het Meatpacking District. Dat was niet goed afgelopen.

Ik kon me nergens verstoppen en ik had geen wapens. Ik ging

eraan, zonder twijfel, als de wezens die die trap afkwamen me wilden vermoorden. Gelukkig voor mij was dat niet het geval.

Een mummie met een blauwe, keramische hanger om de hals verscheen vanuit de duisternis. Ze – ik zag min of meer hoekige vormen van borsten en heupen onder haar warrige linnen windsels – voerde een van de doden aan, een man zonder neus. Hij had alleen maar een gapend rood gat midden in zijn gezicht.

Drie treden boven me bleven ze allebei staan, op een manier die aangaf dat zij de controle had over de dode man. Ze legde haar handen aan weerszijden tegen zijn hoofd en drukte er hard op terwijl ze haar voorhoofd tegen dat van hem aan legde. De dode man maakte een vreemd droog, zuigend geluid, raspend en pijnlijk klinkend, wat veroorzaakt moest worden doordat hij lucht inademde door zijn wond. Toen hij sprak, werd me op een of andere manier duidelijk dat het niet zijn eigen stem was die ik hoorde, maar van iemand anders die via hem sprak.

'Je moet nu weg,' zei ze tegen me. 'Hij is niet meer helemaal bij zijn volle verstand, onze Gary. Hij kan zich niet staande houden, als je begrijpt wat ik bedoel. Het zal hier straks krioelen van de doden. Ik neem aan dat je hier dan niet meer wilt zijn.'

Ik likte over mijn lippen. 'Nou, nee,' zei ik.

'Kom dan maar mee, jongen. Ik wijs je de uitgang wel,' zei ze, en ze liep langs me heen terwijl ze haar huisdier-dode achter zich aan sleurde. Toen hij haar niet bij kon houden, tilde ze hem op en droeg hem, met zijn dode ledematen bungelend, zijn mond slap en open en tandeloos. Ze liep snel, veel sneller dan alle andere doden die ik tot dan toe had gezien, en het was soms lastig haar bij te houden in de smalle gangen waar we doorheen moesten. Ik moest precies de verkeerde kant op zijn gelopen toen ik Gary's badkamer uit liep. Als mijn Egyptische gids er niet was geweest, zou ik nooit de uitgang hebben gevonden.

We kwam uiteindelijk buiten in het felle daglicht en de frisse lucht. Pas toen ik wat schone lucht inademde, besefte ik hoeveel roet ik had geïnhaleerd. Gary's fort stond in brand; de rookpluim die boven uit de toren kwam was doorschoten met vonken. Dat kon me niet zoveel schelen. Het had geen zin om weer terug naar binnen te gaan.

Wat me wel iets kon schelen, was dat de mummie me naar buiten had gebracht, naar een gazon vol armetierig uitziende plantjes omringd door ouderwetse bakstenen huisjes. Gary's vee-omheining, waar de gevangenen woonden. Ik riep Marisols naam tot ik moest hoesten en mijn verschroeide slokdarm zich woest verzette tegen nog meer praten.

Deuren en ramen in de huizen gingen open en doodsbange gezichten keken naar buiten. Terwijl ik daar stond en me afvroeg wat ik tegen die mensen moest zeggen, kwam Marisol naar me toe rennen met een gebarsten theekopje. Het zat vol water, dat ik dankbaar naar binnen klokte.

Marisol wierp een snelle blik op de mummie en leek toen over haar verrassing over de aanwezigheid van de Egyptische vrouw heen te zijn. Ik neem aan dat ze meer dan genoeg dode mensen had gezien tijdens haar gevangenschap.

'Waar is Jack?' vroeg Marisol.

Jack. Tuurlijk. Jack, die voor zover ik wist op dat moment ondersteboven aan één voet in Gary's badkamer hing. Dood. Hongerig. Niet in staat naar beneden te komen. 'Hij heeft het niet gered,' antwoordde ik. Ik hoefde niet op de details in te gaan.

Ze sloeg me hard tegen mijn wang.

'Oké,' zei ik, terwijl ik met een bons op het kalende grasveld ging zitten.

'Dat was omdat je hem hebt laten doodgaan. Zo. Wat is er verdomme gaande? Is Gary dood? Zeg me alsjeblieft dat Gary dood is.'

Ik knikte. Ik hoefde haar niet te vertellen dat ik er niet zeker van was. Ik bedoel, ik had geen zin in nog een pets. 'Ja, hij is verbrand.'

'Mooi. Wat is het plan?'

Ik dacht daar een tijdje over na voor ik antwoord gaf. Er was een plan geweest; en toen viel het in duigen. Behalve dat het dan nu misschien alsnog kon lukken. 'Er is een helikopter onderweg. Die brand zal onze piloot opvatten als signaal... Hij zal hier met een minuut of tien wel zijn. Dan halen we jullie hier weg. Er is alleen één probleem.'

'Er is maar één probleem?' vroeg Marisol. 'Dan is dit de beste dag ooit!'

'Rustig, oké?' Ik stond op en gaf haar de kom terug toen ik weer op adem was. 'Er is niet genoeg ruimte in de helikopter om allemaal tegelijk te gaan. Maar luister... Die muur beschermt ons.' Ik wees naar de drie meter hoge bakstenen muur die helemaal om het dorpje heen liep. Hij was stevig tegen de muur van het fort aan gebouwd en was duidelijk bedoeld om de mensen binnen te beschermen tegen aanvallen van de ondoden. 'We nemen de vrouwen en kinderen eerst mee, en komen dan terug voor de mannen.'

Marisol beet op haar lip, zo hard dat het bloedde. Ik zag het bloed. Toen knikte ze en greep me bij mijn oor. Ze trok hard en ik kon niet anders dan haar volgen, al protesteerde ik wel luidkeels.

Ze voerde me helemaal mee langs de huizen voor ze me losliet. Ik staarde haar aan, echt kwaad; ik had immers net alles op het spel gezet om haar van Gary te redden. Toen keek ik op en zag wat ze me probeerde duidelijk te maken.

Er zat een gat van drie meter breed in de muur; een plek waar de bouw nog niet helemaal voltooid was. Er lagen nette stapeltjes bakstenen naast, klaar om te worden verwerkt, maar er waren geen arbeiders om de klus af te maken.

Intussen waren er aan de andere kant van die muur misschien een miljoen dode mensen. Een miljoen dode mensen die al dagen niet gegeten hadden.

# 18

De doden rennen niet. Ze hobbelen. Ze hinken. Sommigen kruipen. De snellere doden vertrappen de anderen die gebroken of helemaal geen benen hebben. De sterkere duwen de zwakkere aan de kant.

Ze maken geen geluid tijdens het lopen, helemaal geen geluid.

Ze kwamen als een golf op ons af, een golf van ledematen en verwrongen gezichten, grote ogen, troebel en leeg, handen, vingers naar ons uitgestoken als het schuim boven op een golf, vingers, klauwen, nagels. Ze waren niet prettig om naar te kijken, details waren moeilijk te ontwaren, het ene dode ding lastig te onderscheiden van het andere. Hun mond stond open, van ieder van hen. Ze waren te menselijk en ongepassioneerd om te beschouwen als een kudde dieren in paniek, te dierlijk en onverzadigbaar om te beschouwen als een menigte mensen. Ze wilden allemaal maar één ding: ons.

Als er een menigte op je afkomt, is er geen andere emotie meer behalve angst.

Er was er eentje bij – een vrouw in een jurk die onder het vuil en bloed zat en zelfs verbrand was, zo te zien – die sneller was dan de anderen. Ze beende vastberaden voor hen uit en toen ze dichterbij kwam, zagen we dat ze geen huid op haar gezicht of hals had, alleen maar de gespannen elastische banden van haar gezichtsspieren die bleven hangen achter haar gemeen uitziende, blootliggende tanden. Haar ogen waren donkere poelen onder een dikke gelei van klonterig bloed, die deed denken aan koude spaghettisaus. Haar handen reikten naar ons, de vingers krampend en ontspannend, en haar haren wapperden achter haar aan in dikke, klitterige touwen.

Marisol pakte een stuk baksteen op. Ze kneep er een paar keer in en slaakte toen een kreet: 'Hyah!' en gooide hem zo hard mogelijk naar het gezicht van de dode vrouw. De steen raakte haar midden op het voorhoofd, op de blootliggende schedel. De dode vrouw zakte in elkaar, haar hoofd als een gebroken stuk aardewerk.

Dat verdreef de angst, een beetje. Genoeg.

Marisol en ik begonnen bakstenen te grijpen en in het zand te duwen, in een poging het gat te dichten in de paar minuten die ons restten voordat de doden zouden komen. Het had natuurlijk geen enkele zin, maar het was beter dan in paniek raken. 'Marisol... ga de rest... halen om... te helpen,' hijgde ik tussen de bakstenen door. Ze knikte naar me en draaide zich om naar de huizen achter ons. Ze kwam echter niet verder dan een stap of twee. Toen ik zag waarom, liet ik mijn baksteen vallen.

De mummie was daar, dezelfde die me het fort uit had geleid. Ze hield de dode man zonder neus op schoot als een moeder met een ziek kind.

'Wat wil je?' vroeg ik. 'Wat ben jij?'

De stem die tegen me sprak, kwam gorgelend uit de keel van de dode man, een emotieloze stem die noch van hem, noch van de mummie die hem vasthield was. Hij was van Mael, natuurlijk, Gary's leraar, maar ik kon dat op dat moment niet weten. Hij nam amper de moeite zich voor te stellen. 'Wat ik ben? Alleen maar stukjes en beetjes, dat is alles, fragmentjes en deeltjes maar niet genoeg om ertoe te doen. Ik kan jullie niets doen. In mijn eentje ben ik vrij machteloos. Maar aan de andere kant kan ik misschien helpen.'

Ik staarde in de ogen van de dode man. 'Luister, ik heb hier geen tijd voor.' Ik gebaarde dat Marisol de anderen moest halen, dat het gat moest worden gedicht. Ze negeerde mijn wuivende hand en staarde naar de mummie.

'Ik wel. Ik heb alle tijd van de wereld, jongen. Meer tijd dan ik hebben wil, eerlijk gezegd. Ik heb een bepaalde overeenkomst met die wonderschone Egyptische dame die je hier ziet. Met haar en haar vrienden. Ik kan zelf geen vinger uitsteken om jullie te helpen, aangezien ik die niet heb. Ik ben nu helemaal lichaamsloos, zodat ik zelfs de mond van deze kerel heb moeten lenen. Maar deze dame heeft echt talent om koppen in te slaan. Wil je nog meer horen, jongen, of zal ik maar oprotten en je lekker verder laten metselen?'

Ik had gezien hoe sterk die mummies waren. Maar hoeveel konden er zijn? Nooit genoeg om die menigte doden buiten de muren aan te pakken. Ze konden de wandelende lijken misschien wel ophouden. En dat kon misschien genoeg zijn.

Maar toch. Ik was zover gekomen door nooit op de doden te vertrouwen. 'Je wilt er klaarblijkelijk iets voor terug. Help ons en dan praten we erover.'

Marisol schopte me tegen mijn scheenbeen. 'Hij bedoelt dat hij alles doet wat je vraagt.' Ze staarde me aan en vormde met haar lippen de woorden 'hé, klootzak'. Toen wees ze met haar duim in de richting van de dode menigte, misschien vijf minuten van ons vandaan op hun huidige snelheid.

Ja, daar had ze wel gelijk in.

De dode man glimlachte. 'Niets wat je met tegenzin zult doen. Alleen maar afmaken waar je aan begonnen bent. Ik ben een dubbele verliezer, vriend. Ik heb mezelf opgeofferd om de wereld te redden, en zelfs het sterven lukte me niet. Ik probeerde het eind van de wereld te overzien, maar ik was niet goed in dood zijn. Wat komt er daarna? Wat is er belangrijker dan het einde van de wereld, dat zou ik wel eens willen weten. Er moet nog iets voor me zijn, want ik mag niet zomaar doodgaan. Begrijp je het nu? Ik ben teruggebracht tot fragmenten van wat ik was. Ik kan pas rusten tot die fragmenten weer bij elkaar zijn. En ik denk dat jij wel weet wie de beste delen van mij heeft.'

'Nee, ik heb geen idee waar je het over hebt,' gaf ik toe.

De ogen van de dode man rolden in de kassen. Een ervan bleef hangen en alleen het oogwit was nog maar te zien. 'Gary, stommeling! Maak hem af! Ik kan pas rustig slapen als hij echt en waarachtig dood is! Hij heeft me opgegeten, heeft in mijn hoofd gebeten alsof het een meloen was en nu heeft hij mijn halve ziel in zijn buik. Bevrijd mij, dan red ik al je vrienden.'

'Leeft Gary nog?' vroeg ik.

'Je zei dat hij dood was,' drong Marisol aan. Nou ja, dat had ik inderdaad gezegd. Ik had het ook geloofd, grotendeels. Ik haalde mijn schouders op.

Ik had hem in brand gestoken. Hem levend verbrand, of ondood verbrand, of wat dan ook. Maar ik had hem ook al eens een kogel in het hoofd zien krijgen en daarna weer terug zien komen.

Ik keek naar Gary's fort. Het rookte nog altijd, al zag ik geen vonken meer uit de bovenkant komen. Ik was niet gewapend en bovendien uitgeput. Maar als ik dit niet deed, zou hij gewoon weer terugkomen. Steeds maar weer, tot in alle eeuwigheid, tot iedereen die ik kende en van wie ik hield dood was. Inclusief mezelf.

'Wacht niet op me als ik niet op tijd naar buiten kom,' zei ik tegen Marisol.

'Oké,' antwoordde ze.

Net toen ik in beweging kwam, stompte de mummie de dode man zo hard in zijn gezicht dat zijn hoofd implodeerde. Misschien slaakte ik een kreet. De mummie negeerde me. Ik nam aan dat mijn gesprek met de geest afgelopen was. Ze klom over onze zielige pogingen om het gat in de muur te dichten heen en ging aan de buitenkant van de muur staan, met haar armen over elkaar, wachtend tot de doden kwamen. Er kwamen nog andere mummies uit het fort; misschien een stuk of twaalf in totaal. Ze liepen veel sneller dan de doden zouden moeten kunnen. Ik liep onderweg naar binnen in een wijde boog om hen heen.

Eenmaal binnen in het fort was Gary's badkamer gemakkelijk te vinden. Ik volgde gewoon de geur van aangebrand spek. Er hing rook op de open plek midden in de toren, een olieachtige, smerig stinkende rook die donkere vegen op mijn kleding achterliet. Alles in de ruimte lag onder een dun laagje vettige roet. Hier hoorden geen mensen thuis, maar ik wel, ik moest hier zijn. Ik stapte dichter naar de badkuip toe en tuurde in het schemerlicht naar de lege tobbe. De bakstenen waren gebarsten door de intense hitte van de brand, sommige waren vergruisd door de ontploffing. Een poel gesmolten vet in het midden van de kuip lag nog te borrelen en lichtjes na te branden.

Wat er over was van Gary leunde tegen de rand, met één afhangende schouder hard tegen de bakstenen gedrukt. Gary's benen waren enkel verbrande stokken bot die uit de verkoolde massa van zijn onderbuik staken. Ze leken wel wat op de poten van een ooievaar of zo. Er was nog iets van zijn bovenlichaam en zijn armen over, die als knuppelvormige aanhangsels over zijn borst lagen. Zijn hoofd smeulde nog. Het had minder schade opgelopen dan de rest van hem; het enige deel van zijn lichaam dat niet grotendeels uit brandbaar vet had bestaan. Zijn ogen waren weg, en zijn oren en neus ook, maar ik had toch het gevoel dat hij nog daarbinnen zat.

'Dekalb,' hoestte hij. 'Kom je je verkneukelen?' Zijn stem was alleen nog een droog gerasp.

'Niet precies.'

'Kom dichterbij. Ik ben wel blij met wat gezelschap in mijn laatste minuten, denk ik. Kom op. Ik bijt niet. Niet meer.'

Ik dacht dat ik hem nu zelf wel aankon. De stem – de geest of wat het dan ook geweest was – had me verteld dat Gary niet langer controle had over de ondoden. Het zou alleen tussen ons gaan. Tenminste, dat dacht ik toen ik dichter naar de badkuip liep. Toen hoorde ik een ratelend geluid, alsof er een eind ketting van een hoogte op de grond viel. Precies zo, eigenlijk. Jack moest via zijn eigen ketting omhoog zijn geklommen en toen in een hinderlaag zijn gaan liggen wachten tot er iemand, wie dan ook, recht onder hem doorliep.

Hij zat op mijn rug, met zijn benen om mijn middel geslagen en zijn tanden in mijn nek. Zijn vingers grepen naar mijn gezicht, en een ervan kroop in mijn linkerneusgat en trok het stuk. Ik bokte op en neer en probeerde wanhopig hem van me af te schudden terwijl warm bloed over mijn toch al vuile overhemd liep. Ik kromde me achterover, niet in staat adem te halen, mijn lichaam nog verdoofd van de kracht van de inslag. Nee, dacht ik. Nee. Ik was zo ver gekomen, zo ver zonder ernstig gewond te raken, zonder vermoord te worden...

'Stommeling,' gorgelde Gary zonder zijn hoofd op te heffen.

# 19

Ik liet me achterovervallen en smeet Jack tegen de muur, om te proberen zijn rug te breken, zijn houvast op mijn gezicht af te schudden. Het maakte hem alleen maar nog vastberadener. Jack was bij leven veel sterker geweest dan ik. Dood was hij sterk en wanhopig. Hij sloeg een arm om mijn keel en trok eraan, misschien om mijn nek te breken. Hij kneep wel mijn luchtpijp dicht.

Ik draaide me woest rond, rukkend aan de benen, die om mijn middel geslagen zaten. Ik had net zo goed kunnen proberen ijzer te buigen. De weinige lucht in mijn longen veranderde in kooldioxide maar ik kon niet uitademen, en plotseling wervelden er donkere sterretjes door mijn gezichtsveld, vonkjes licht als waarschuwingsvuren, een voor elk van de neuronen die afstierven in mijn hoofd terwijl ik stikte. Ik verloor op dat ogenblik alle rede en raakte gewoon in paniek. Zonder ook maar een gedachte in mijn hoofd rende ik naar voren, weg van dat ding op mijn rug, terwijl mijn onderbewuste niet in staat was te beseffen dat het er nog op zat. Jacks greep op mij werd alleen maar strakker terwijl mijn voeten weggleden op de stenen vloer. Net als een muilezel die een ploeg trekt, probeerde ik bij hem weg te komen.

Zuurstofgebrek vervormde mijn gehoor; het geluid van mijn hartslagen was een stuk luider dan het geluid van Jacks nekwervels die kraakten. Hij liet me plotseling en onverwachts los en ik viel voorover, ving mezelf op met mijn handen, kwijlend terwijl mijn lichaam naar lucht hapte. Ik ademde niet zozeer maar slokte zuurstof op, met grote monden vol. Ik deed heel erg mijn best om niet over te geven. Als dat was gebeurd, had ik het ongetwijfeld ingeademd en was ik in mijn eigen braaksel gestikt.

Mijn ogen deden pijn doordat de kleine adertjes erin waren opengebarsten onder Jacks aanval. Ik knipperde er woest mee om wat tranen te produceren, ging zitten en raakte voorzichtig mijn keel aan, het brandende vlees daar. Ik keek op.

Ik keek nog eens wat beter toen ik zag wat mijn redding was geweest. Jack hing aan zijn ketting, met de schakels strak rond zijn keel gewikkeld. Strak genoeg om diep in zijn vloeibaar wordende vlees begraven te zitten. Op een of andere manier was hij tijdens het wachten om zijn slag te slaan verstrikt geraakt in de ketting. Dat had hem waarschijnlijk niet kunnen schelen – hij hoefde niet te ademen – tot de verstikkende druk de botjes in zijn nek had verbrijzeld. Zijn lichaam hing slap in de lussen van de ketting als een weggesmeten kledingstuk.

Zijn hoofd bleef levendig. Zijn ogen staarden me aan. Zijn lippen bewogen in afwachting van nog een hap van mijn vlees. Ik wendde mijn blik af...

... en besefte dat ik aan het doodbloeden was. Ik keek naar mijn borst en het verse bloed dat op me zat. Ik stak twee trillende vingers omhoog en voelde langs de randen van mijn wond. Jack had me heel dicht bij een belangrijke ader gebeten. Hij had een hap uit mijn lichaam genomen achter in mijn nek. De wond was zo groot dat ik er twee vingers in kon steken. Ik scheurde een reep van mijn overhemd en propte die in het gapende gat;

alles om het bloedverlies te beperken.

'O, man, dat was prachtig,' lachte Gary toen ik de lap tegen mijn nek hield. 'Snap je het nu, Dekalb? Het is afgelopen met het menselijk ras, en jullie levenden zijn laatste geworden! Jullie kunnen niet tegen ons op, man. Geen schijn van kans.'

Ik kwam wankel overeind, met een hand tegen de ruwe bakstenen muur om mezelf te ondersteunen. Het duizelde me behoorlijk toen ik opstond. Zeker een slecht teken. Ik liep naar de badkuip toe en stapte de gebarsten kuip in.

'Je kunt me niet vernietigen, klootzak. Je kunt me door mijn kop schieten en je kunt me verbranden, maar het maakt niet uit. Ik kan mezelf repareren, mezelf opnieuw samenstellen!' Gary's misvormde hoofd schudde tegen de bakstenen toen hij praatte. 'Ik ben onoverwinnelijk!'

Ik schopte tegen zijn nek tot zijn hoofd losliet van zijn lichaam en over de vloer wegrolde.

Ik was nog niet helemaal klaar. Het kostte even voor ik het pomphuis weer gevonden had, maar ik moest dit doen. Ik had een tas nodig en moest ervoor zorgen dat die vx-cilinders niet vanzelf af zouden gaan. In het afnemende licht van de gloeistaven pelde ik de explosieven van de bussen af. Ik demonteerde de ontstekers en maakte de onderdelen stuk, die ik door de kamer verspreidde. Ik begroef de cilinders onder een paar losse bakstenen. Er was niet veel meer dat ik kon doen – je kunt zenuwgas niet zomaar in het riool of in een gat dumpen – maar nu kon in ieder geval een wandelende dode niet per ongeluk die chemische wapens activeren.

Er was nog een massavernietigingswapen waar ik over moest nadenken. Het stond me niet aan, maar ik zou het met me mee moeten nemen. Ik maakte een van de zware rugzakken die Jack en ik naar het fort hadden meegebracht leeg en propte Gary's hoofd erin. Ik geloofde hem toen hij zei dat hij zichzelf uiteindelijk kon regenereren, dat hij alles kon overleven. Ik zou zijn hoofd tot een fijne pasta kunnen vermalen, maar zelfs dat was misschien niet genoeg; hij had immers ook een kogel in zijn hoofd overleefd. Door het hoofd bij me te houden, zou ik hem opnieuw kunnen vermoorden als hij terugkwam. Zo vaak als nodig was.

Jacks Glock 9mm stopte ik in mijn zak. Het stelde als wapen niet veel voor, maar obsceen genoeg voelde ik me veilig door het te hebben. Dat had ik nodig. Mijn verwondingen gaven me het gevoel dat ik ieder moment kon instorten.

Tegen de tijd dat ik klaar was om het fort achter me te laten, ademde ik zwaar en zag ik bijna niets meer. Toen ik het daglicht in strompelde, was ik even verblind. Wat ik uiteindelijk zag, stemde me behoorlijk vrolijk. Een oranje en witte waas die in de lucht zweefde. Kustwachtkleuren; dat moest Kreutzer zijn. O, godzijdank. Hij was er. Ik had half verwacht dat hij met de Chinook naar Canada zou vliegen. Er hing iets geels onder de helikopter maar ik kon niet genoeg scherp stellen om te zien wat het was.

Toen ik het grasveld tussen de huizen bereikte, had Marisol de overlevenden al verzameld om aan boord van de helikopter te gaan. De wind van de Chinook-rotoren klaarde mijn zicht op en ik zag de blik op haar gezicht. Het was er een van volkomen ongeloof, en hoop. Ik had haar nog nooit zo zien kijken.

Ik rende naar het gat in de muur en zag duizenden doden daarbuiten, ongeduldig in hun honger naar voedsel, die werden tegengehouden door zes mummies. Maar zes. De Egyptenaren hadden hun armen in elkaar geslagen en stonden zij aan zij in het gat, met hun rug naar me toe. Het collectieve gewicht van honderden dode mannen en vrouwen drukte op hen, maar ze hielden stand, schopten de doden naar achteren die tussen hun benen door probeerden te kruipen. Ik zag de vrouwelijke mummie, die met wie ik gesproken had, een dode jongen een kopstoot geven en hem vervolgens door de lucht vliegen.

Daarbuiten, midden tussen de doden, stond er eentje die met kop en schouders boven de rest uitstak. Letterlijk. Er was daar een reus, en hij kwam op de rij mummies af. Hij sloeg de andere doden als vliegen van zich af terwijl hij naderde. Of de mummies ook hem zouden kunnen tegenhouden, was nog de vraag.

Genoeg... Ik had geen tijd meer om me zorgen te maken. Die rij hield wel. Dat moest gewoon. Ik draaide me om en zag de helikopter nu duidelijk afdalen. De gele waas eronder bleek een schoolbus te zijn die met drie stalen kabels onder aan de Chinook was gehangen. Kreutzer zette de bus voorzichtig neer – oké, hij schokte behoorlijk toen de banden stuk voor stuk knapten, maar hij viel in ieder geval niet om – en landde toen zelf een paar meter naar rechts, de kabels uitgestrekt over de grond. Hij opende het luik aan het achtereind van de helikopter en de levende mensen stormden aan boord. Marisol schreeuwde dat ze rustig moesten blijven. 'Vrouwen en kinderen eerst!' riep ze, 'en geen geduw, verdomme!' Andere mensen klommen in de bus via de nooddeur aan de achterkant. De rij overlevenden die wachtten om aan boord te gaan leek oneindig, maar zonder echt na te denken over waar ik mee bezig was, merkte ik dat ik aan het uiteinde van de rij ging staan en naar Marisol riep om te vragen of ze koppen had geteld.

'Dit zijn ze allemaal,' schreeuwde ze naar me boven het geluid van de helikopter uit. 'Tot de laatste man!'

(Ik sprak Kreutzer later over hoe hij op het idee was gekomen die bus te gaan halen, hoe hij wist dat er niet genoeg ruimte in de helikopter was voor iedereen. 'Ik zat verdomme bij de staf van het USCG, weet je?' vloekte hij tegen me, alsof dat alles moest verklaren. 'De computerjongens. We kunnen goed rekenen!' Hij had uitgerekend hoeveel mensen er in een lege Chinook zouden passen en geconcludeerd dat we niet genoeg plek hadden. Ik heb die vent nooit echt gemogen, maar ik moet toegeven dat dat wel een staaltje uitstekend denkwerk van hem was.)

Ik zag Marisol achter in de helikopter klimmen en toen ging ik aan boord van de bus, via de vooringang. Er was nog net genoeg ruimte om op het trapje te staan. Een vriendelijk stel overlevenden bood me hun ruimte in het gangpad aan, maar ik weigerde. Toen de bus de lucht in ging, waarbij het metalen chassis angstaanjagend kraakte en de wielophanging het begaf en onder de bus vandaan viel, alsof de vloer elke seconde ook kon verdwijnen, wilde ik naar buiten kunnen kijken

Ik wilde nog één keer naar de stad kijken, dat was alles. Ik keek amper naar de menigte doden onder ons toen de mummies opzij gingen en ze het fort binnenstroomden, twee miljoen handen die naar ons graaiden toen we wegvlogen. Dat was niet waar ik naar zocht. Ik wilde de watertorens zien. Ik wilde de brandtrappen zien, en de overgroeide daktuintjes en de duiventillen en de ventilatiekappen als draaiende koksmutsen. Ik wilde de gebouwen zien, hun grote, vierkante massa, hun talloze verlaten kamertjes waar nooit meer iemand naar binnen zou gaan en ik wilde de straten zien, de straten vol auto's en verlaten taxi's als felgekleurde schimmels overal. Ik wilde nog een keer lang en goed naar New York City kijken. Mijn geboortestad.

Het zou mijn laatste kans zijn om ernaar te kijken, wist ik. Mijn lichaam brandde nu al van de koorts, mijn voorhoofd was nat van het zweet hoewel de koude rillingen als ijsklontjes over mijn rug stuiterden. Ik voelde me licht in het hoofd en mijn tong voelde dik aan.

Ik was stervende.

# 20

*Lieve Sarah,*
*Het lijkt erop dat ik niet meer bij je terugkom.*
*Het lijkt erop dat ik je nooit meer zal zien. Die gedachte is nu te groot om te verhapstukken.*
*Ik heb misschien niet genoeg tijd om deze brief af te maken.*

Gisteren omhelsde Ayaan me op het dak van het natuurhistorisch museum, maar ik voelde de aarzeling in haar omhelzing. Ze kon in mijn ogen zien wat er zou gaan gebeuren.

Het maakte niet uit, zei ik tegen haar. We waren bijna klaar.

Mijn koorts was gezakt. Het kwam en ging in golven, en ik voelde me best lucide. Ik had een nieuw symptoom gekregen, een soort van weeïg gerommel in mijn ingewanden, maar dat kon ik wel voor me houden. Ik vroeg haar hoe het was geweest, daar boven op het planetarium, en dat liet ze me zien.

In de laatste momenten van de strijd, net voor Jack op me schoot en Gary besefte dat hij misleid werd, vielen een miljoen lijken met hun blote handen het natuurhistorisch museum aan.

Heel veel van hen waren vertrapt toen ze hun schouders tegen het metalen skelet van het gebouw zetten, hun gewicht toevoegend aan de stapel. Ik nam niet de moeite om over de rand te kijken en te zien hoe vertrapte ondoden eruitzagen. De doden hadden zo veel schade aan het planetarium aangebracht dat het dak waarop we stonden schuin hing en Kreutzer de Chinook er amper van kon weerhouden over de rand te rollen. We verspilden geen tijd, haalden de meisjes aan boord en zorgden dat we daar vandaan kwamen, en lieten zelfs wat zwaardere wapens en materialen achter. We stegen binnen vijf minuten weer op en gingen recht op het VN-gebouw aan de andere kant van de stad af.

'Gary is dood,' zei ik, en ik vertelde Ayaan wat er allemaal gebeurd was tijdens haar afwezigheid, schreeuwend om het motorgeluid van de Chinook te overstemmen. Ik liet de meeste akelige details maar weg. 'Ik weet nog steeds niet of de mummies me naar Gary's valstrik leidden of dat ze het meenden. Hoe dan ook, ze hebben ons gered. We hebben de overlevenden teruggebracht naar Governors Island; Marisol gaat daar iets bouwen, iets veiligs en betekenisvols.' Ayaan knikte, niet bijzonder geïnteresseerd in mijn verhaal, en staarde uit een van de patrijspoortachtige raampjes. Ik stak mijn hand door een nylon lus aan het plafond van de cabine om mijn evenwicht te bewaren en ging dichter naar haar toe zodat ik niet hoefde te schreeuwen. 'Dus het spijt me.'

'Waarom?' vroeg ze. Ze was elders met haar gedachten.

'Je hoefde geen martelaar te worden.'

Daarmee verdiende ik een vrolijke grijns. 'Er zijn vele manieren om Allah te dienen,' zei ze. Zo herinner ik me Ayaan het liefst. Het licht vanuit de patrijspoort dat over haar schouder viel. Met haar handen op schoot, een knie afwachtend op en neer stuiterend. Als Ayaan echt opgewonden was, kon ze niet stilzitten. Zij vond het een zwakte, maar voor mij betekende het zo veel. Het betekende dat ze menselijk was, geen monster.

We landden in de noordelijke tuin van het VN-gebouw, een stukje groen net naast First Avenue dat al gesloten was voor het publiek sinds elf september. De meisjes verlieten de Chinook in hun standaardstrijdformatie, maar het leek erop dat Gary zich aan zijn woord had gehouden, en dat verbaasde me een beetje. Er waren niet eens ondode duiven om ons lastig te vallen. Ik ging de meisjes voor naar de witte beveiligingstent bij de bezoekersingang, voorbij het 'Non-Violence'-standbeeld in de vorm van een enorm pistool met een knoop in de loop. Ze wisten niet wat ze ervan moesten denken. Een wereld zonder geweren is voor hen een wereld die zichzelf niet kan beschermen. Voor de Epidemie begon, streed ik tegen die instelling. Nu kan ik er alleen maar vol lof over zijn.

*O, God... een pijnsteek, shit! Godverdomme! Pijn in mijn kop en ik...*

*Sorry, ik ben er weer.* Het duurde een uur voor ik de stroom weer op gang kreeg; ik ben geen elektricien. Zweterig, gebutst en half blind in de duisternis van een bunker onder de beveiligingstent kreeg ik de noodgeneratoren aan de praat en kwam het hele complex tot leven, een willekeurig patroon van lichtjes dat op de buitenkant van het Secretariaatsgebouw verscheen, de fontein aan de voorkant die een drie meter hoge pluim groenig schuim uitspuugde. Godzijdank zat er nog brandstof in het reservoir. Ik had me er niet op verheugd in het pikkedonker op zoek te gaan naar die medicijnen, zoals in het St. Vincent.

Binnen het gebouw van de Algemene Vergadering bleef ik staan en moest even diep ademhalen. Het was vreemd om terug te zijn op een plek waar ik vroeger een kantoor had; dat leven was nu van me verwijderd, niet alleen in ruimte en tijd, maar ook door een psychologische kloof die ik niet kon meten. De ruime, moderne architectuur van de lobby met de balkons en – wat zinloos hartbrekend nu – het model van de Spoetnik aan draden aan het plafond spraken niet alleen van een andere tijd maar van een ander soort mensheid, een mensheid die had gedacht dat als we allemaal maar lief tegen elkaar waren, de wereld één kon zijn.

Natuurlijk had het in de VN in mijn ervaring gebarsten van de corruptie en het klassensnobisme, maar het had toch wat goed kunnen doen. Er werden wat hongerige mensen gevoed, ze probeerden volkerenmoord tegen te gaan. Ze voelden zich tenminste schuldig toen ze faalden in Rwanda. Dat was nu allemaal weg. We waren weer terug naar de staat van de natuur, rood van tand en klauw.

Onderweg naar het Secretariaatsgebouw kwamen we langs de postzegelwinkel, waar toeristen vroeger hun foto op een velletje echt bruikbare postzegels konden laten afdrukken. Ik keek er amper naar, maar Fathia riep een scherpe waarschuwing en plotseling ontplofte de koude lucht in de lobby in lawaai en licht. Ik dook achter een bankje in Bauhaus-stijl en toen ik opkeek, zag ik wat er gebeurd was. De camera van de winkel was zo opgesteld dat hij een beeld liet zien van iedereen die langsliep, om het publiek te lokken. Toen de meisjes langsliepen, hadden ze hun eigen gestalten omgedraaid op het scherm gezien, en leken die op hen af te komen lopen. Natuurlijk waren ze van het ergste uitgegaan: actieve doden. Het videoscherm was een hoopje fonkelende scherven tegen de tijd dat ze klaar waren.

*Sarah, zul je je televisie nog herinneren als je volwassen bent? Ik zou je meer stomme comedyseries hebben laten kijken als ik wist dat het toch geen gewoonte zou worden.*

*Mijn hand trilt nu bijna spastisch en ik weet niet zeker of je mijn handschrift wel zult kunnen lezen. Ik weet dat je dit toch nooit zult zien. Ik schrijf dit voor mezelf, niet voor mijn dochter ergens ver weg. Als ik doe alsof dit een brief aan jou is, kan ik je beter voor me zien, dat is alles. Het geeft me een reden om door te gaan.*

*Alsjeblieft. Laat me lang genoeg leven om deze brief af te maken.*

Hoe dan ook, veel meer valt er niet te vertellen.

Op de vijfde verdieping van het Secretariaatsgebouw vonden we de medicijnen, precies waar ik dacht dat ze zouden zijn. Er was daar een complete kliniek en een kleine operatiekamer en volledig functionele dokterspraktijk. De pillen die we nodig hadden, stonden netjes op een plank in een rij plastic bakken. Epivir. Ziagen. Retrovir. Het waren er zo veel dat de meisjes ze als in een brandrij aan elkaar doorgaven. Een voor een gingen ze de lift in en het gebouw uit. Fathia pakte de laatste vier bakken op en wendde zich naar Ayaan, die geen vinger had uitgestoken.

'*Kaalay*!'

'*Dhaqso*.'

'*Deg-deg*!' smeekte Fathia, en toen was ook zij weg. Ayaan en ik waren alleen.

Ik hoorde mijn zware ademhaling in de kleine ruimte. 'Ik hoop dat ik niet neerbuigend klink als ik je zeg hoe trots ik op...' Ik hield mijn mond toen ze haar wapen van haar schouder liet zakken.

Een van haar ogen stond wijd open. Het andere ging verborgen achter de zoeker van haar AK-47. De loop was op mijn voorhoofd gericht. Ik kon elke deuk en kras op de loop zien. Ik zag het geweer op en neer duiken toen ze het van SAFE naar SINGLE SHOT overschakelde.

'Leg dat alsjeblieft weg,' zei ik. Ik had dit wel min of meer verwacht.

'Wees een vent, Dekalb. Geef me het bevel om te schieten. Je weet dat het de enige manier is.'

Ik schudde mijn hoofd. 'Er zijn hier medicijnen – antibiotica – die me misschien kunnen redden. Zelfs wat steriel verband en jodium zou al kunnen uitmaken. Je moet me een kans geven.'

'Geef me het bevel!' schreeuwde ze.

Zo kon ik het niet laten gebeuren. Ik kon het niet verdragen om er zo uit te stappen. Zoals een van hén. Haar wapen moest ze gebruiken om de ondoden uit te schakelen, niet om een mensenleven te beëindigen.

Nee, dat was het niet. Ik zal eerlijk zijn. Ik wilde gewoon niet dood. Gary had Marisol eens verteld over zijn tijd als arts, over de stervende mensen die smeekten om nog één minuutje leven. Ik begreep die mensen op een manier waarop ik Ayaan of Mael en hun bereidheid om alles op te offeren voor waar ze in geloofden niet kon begrijpen. Het enige waar ik op dat moment, met dat geweer op me gericht, in geloofde, was in mezelf.

*Zo was mijn generatie, Sarah. Egoïstisch en bang. We overtuigden onszelf ervan dat de wereld best veilig was en dat we daardoor de verkeerde keuzes maakten. Ik ben nu niet meer zo bezorgd om jou of jouw generatie. Jullie worden strijders, sterk en gedreven.*

Ik stak een hand op en raakte de loop met één vinger aan. Ze brulde naar me, brulde letterlijk naar me als een leeuw, probeerde de moed te verzamelen om me dood te schieten, of ik dat nu wilde of niet. Ik greep de loop vast en draaide die bij me weg.

'Beloof me dat je voor mijn dochter zorgt,' beval ik haar.

Toen ik weer in haar ogen keek, huilde ze. Ze vertok zonder nog iets te zeggen.

Ik volgde haar natuurlijk niet. Ik zou niet terugkeren naar Somalië. Ik ging nergens naartoe. Het was te laat voor antibiotica, te laat voor wat dan ook. Maar toch. Ik was niet bereid om het zomaar op te geven. Ik ging op de vloer zitten, wreef met mijn handen over mijn gezicht en dacht over wat er gebeurd was, en wat er zou gaan gebeuren, een hele tijd lang.

Op zeker moment raakte mijn been verdoofd en worstelde ik me overeind met veel gevloek en gehaspel en wat tranen. Ik bleef hopen dat het gevoel wel weer terug zou komen. Ik verwachtte echt ieder moment dat tintelende gevoel dat je krijgt als je bloedsomloop weer op gang komt.

Gewoon om iets te doen te hebben, pakte ik een notitieblok en een pen en begon dit op te schrijven. Alles wat er gebeurd is, zoals het gebeurd is, sinds ik jou achterliet, Sarah. Het heeft me uren gekost. Mijn been is nog steeds gevoelloos. Af en toe flikkert het licht en dan maak ik me zorgen dat ik mijn laatste uren in het donker moet doorbrengen. Tot nu toe gaat het best aardig, maar, ugh, wacht even...

*Ik heb net bloed opgegeven. Mijn lichaam is stervende.*

*Alsjeblieft, dokter. Nog één uur. Nog één minuut.*

*Nog...*

Oké, ik ben weer terug, Sarah. Ik moest even flauwvallen. Nu ben ik terug en voel ik me een stuk beter, een beetje licht in het hoofd en vergeetachtig misschien. Ik heb trek. Maar ik voel me goed genoeg om deze brief af te maken, hoewel het me nu moeite kost de pen vast te houden. Gary's hoofd staat voor me op tafel, kijkt naar me terwijl ik schrijf. Hij beweegt niet of zo, maar dat hoeft ook niet. Hij is daarbinnen en haat me, haat Ayaan, haat Mael. Geeft iedereen de schuld voor zijn ondergang behalve zichzelf. Hij is net als ik, Sarah. We hebben allebei de dood in de ogen gekeken, de troostende, passende, tijdige dood, en allebei zeiden we nee omdat we bang waren.

Je vraagt je waarschijnlijk iets af, of dat zou je doen als je dit zou lezen. Je vraagt je waarschijnlijk af hoe ik weet wat hij denkt. Hoe ik al die stukken vanuit zijn gezichtspunt heb kunnen schrijven, dingen kon beschrijven die ik nooit heb gezien of ervaren.

Misschien denk je wel dat ik het allemaal verzonnen heb.

Of misschien weet je het al. Misschien weet je dat de kamer naast de kliniek een eerstehulpafdeling is. Een kamer vol ziekenhuisbedden en alle noodzakelijke apparatuur om mensen in leven te houden tot ze naar een echt ziekenhuis kunnen worden vervoerd.

Apparatuur zoals ademhalingsmachines en dialysemachines.

Alsjeblieft. Geef me nog één minuut.